완판방각본

유충렬전

고전 분위기를 살린 현대어역, 원문 교정 및 정밀한 역주

완판방각본

유충렬전

원작자 미상
역주자 신해진(申海鎭)

보고사
BOGOSA

머리말

한국고소설 작품은 누구나 알다시피 한문소설과 국문소설이 있다. 그간 몽유록을 비롯한 한문소설에 대해서도 번역과 주석 작업을 해왔으며, 또한 국문소설에 대해서도 현대어역과 주석 작업을 해왔다. 그런데 17세기 민족수난기의 한문 실기 문학과 문헌에 대한 역주 작업을 하느라 국문소설을 잠시 치지도외한 것 같다.

국문 고소설 작품들은 목판본 등 일부를 제외한 대부분 그 원문 읽기가 쉽지 않을 뿐만 아니라, 문장이 난삽하고, 연문 등이 삽입되고, 같은 인물의 성명이 앞뒤에서 서로 다르고, 오기가 허다하고, 그 오기를 문맥에 따라 유추하여 바르게 읽어야 하고, 한자가 표기되지 않은 채 한자음 그대로 표기된 것도 허다하고, 시제가 불명확하고, 끊어 읽기·행(문단) 나누기가 되어 있지 않다. 이른바 정련되지 않은 원석 그 자체라 할 것이다.

국문 고소설 작품의 현대어역이란 것이 옛 글자와 단어에 부합하는 현대어로 단순히 교체하는 데에 그치는 것은 아닐 터이다. 작품의 전체에 대한 정교한 이해, 인물간의 관계에 대한 파악 및 존대어의 층위 조절, 정확한 재해석에 따른 어휘의 적정한 재활용, 비문이나 착종 문장의 바른 문장화, 오기에 대한 정정 등 참으로 해결해야 할 것들이 많다.

　이러한 과정을 거쳐 적정한 시제와 화자의 발화에 따른 다양한 정서 등을 살리는 것이 필요하나, 그렇다고 하여 원전을 벗어난 현대어역이어서는 아니 될 것이다. 쉬 읽히면서도 고전의 분위기와 맛을 즐길 수 있도록 유의해야 함은 자명한 일이다. 그러한 현대어역은 해당분야의 연구를 보다 심화시킬 것임은 물론이요, 인접학문의 연구자들이 새로운 현대적 의의를 재발견할 수 있는 밑거름일 것임은 분명하다. 또한 일반 독자들에게는 고소설에 대해 제대로 된 감상을 가능케 할 것이다.

　한편, 이 책에는 완판 86장본 〈유충렬전〉의 원문을 활자화하여 실려 있다. 상권에는 회장체식 제목이 있지만 하권에는 전혀 없는데, 원전 그대로의 모습을 보이기로 하였다. 이미 이와 관련하여 이러저러한 책들이 200여 종 발간되었지만 아동용 도서로 고쳐 쓰거나 단순히 현대어로 바꾸어놓은 것이 대부분이나, 그 가운데 1996년도에 최삼룡·이월영·이상구 세 분이 완판본뿐만 아니라 필사본까지 현대어역과 원문의 활자화 및 주석 작업을 한 것은 주목받을 만한 것이었다. 곧, 〈유충렬전/최고운전〉(연강학술도서 한국고전문학전집 24, 고려대학교 민족문화연구소, 1996)이다. 이 작품의 연구자들에게 많은 공헌을 하였다. 이의 도움을 받아 이 책에서도 지문과 대화문에 대한 구분, 띄어쓰기, 문단나누기, 한자병기 등이 보다 수월하게 이루어졌다.

　그러나 현대어역에서는 오늘의 존대법 일변도로만 이루어졌거나 인물 상호관계가 고려되지 않은 원문 발화문을 그대로 옮겼을 뿐이지 중세인의 발화에 따른 존대법의 층위가 고려되지 않아 그들의 정서가 잘 전달되지 않았고, 게다가 세 분이 협업하다 보니 일관성의 결여가 눈에 띄었다. 주석 작업에서는 결정적인 오류가 있었는데, 그 후에 나온 관련 자료들은 그것들을 바로잡지 않고 버젓이 전재만 하고 있는 실정

이다. 이 책에서는 주석 작업을 하면서 오류 등을 바로잡고 보충해야
할 것은 보충하며 비교적 상세히 하려 애썼다. 끝으로 원문을 단순히
활자화하여 옮겨놓는 데만 그치는 것이 아니라, 대괄호[ ]를 통해 교
정하고 중괄호{ }를 통해 풀이까지 병행하여 연구자들에게 연구 자료
가 되도록 하였다. 뿐만 아니라 연구자들에게 필요한 기존 연구 논문
과 논저 목록도 덧붙였다.

〈유충렬전〉에 대한 해제 성격의 글은 그 연구목록들을 통해 얼마든
지 살펴볼 수 있기 때문에 쓰지 않았다. 다만, 이 책은 온전한 감상과
이해를 위한 텍스트로만 역할하기를 바랄 뿐이다. 나름대로 최선을 다
했지만 그럼에도 여전히 미진한 면이나 오류가 없지 않을 것인바, 대
방가의 질정을 청한다.

언제나 따뜻한 마음으로 편집을 맡아 수고해 주신 보고사 가족들의
노고에 심심한 고마움을 표한다.

2018년 7월 빛고을 용봉골에서
무등산을 바라보며 신해진

차례

원문과 주석

일러두기

이 책은 다음과 같은 요령으로 엮었다.

1. 현대어역은 원문에 근거함을 원칙으로 하되, 가급적 원전의 뜻을 해치지 않는 범위 내에서 호흡을 간결하게 하고, 더러는 의역이나 보충을 통해 자연스럽게 풀고자 했다. 참고한 기존 역주서는 다음과 같다.
   『유충렬전/최고운전』, 최삼룡·이월령·이상구 역주, 고려대학교 민족문화연구소, 1996, 12~211면.
2. 원문은 저본을 충실히 옮기는 것을 위주로 하였다. 〔 〕를 통해 교정하고 { }를 통해 풀이하여 원문만으로도 읽을 수 있도록 하였다.
3. 원문표기는 띄어쓰기를 하고 句讀를 달되, 그 구두에는 쉼표(,), 마침표 (.), 느낌표(!), 의문표(?), 홑따옴표(‘ ’), 겹따옴표(“ ”), 가운데점(·) 등을 사용했다.
4. 주석은 원문에 번호를 붙이고 하단에 각주함을 원칙으로 했다. 독자들이 사전을 찾지 않고도 읽을 수 있도록 비교적 상세한 註를 달았다.
5. 주석 작업을 하면서 많은 문헌과 자료들을 참고하였으나 지면관계상 일일이 밝히지 않음을 양해바라며, 관계된 기관과 여러분들께 진심으로 감사드린다.
6. 이 책에 사용한 주요 부호는 다음과 같다.
   1) ( )   : 同音同義 한자를 표기함.
   2) 〔 〕   : 異音同義, 出典, 교정 등을 표기함.
   3) { }   : 의미 풀이 등을 표기함.
   4) “ ”   : 직접적인 대화를 나타냄.
   5) ‘ ’   : 간단한 인용이나 재인용, 강조나 간접화법을 나타냄.
   6) 〈 〉 : 편명, 작품명, 누락 부분의 보충 등을 나타냄.
   7) 「 」 : 시, 제문, 서간, 관문, 논문명 등을 나타냄.
   8) ≪ ≫ : 문집, 작품집 등을 나타냄.
   9) 『 』 : 단행본, 논문집 등을 나타냄.

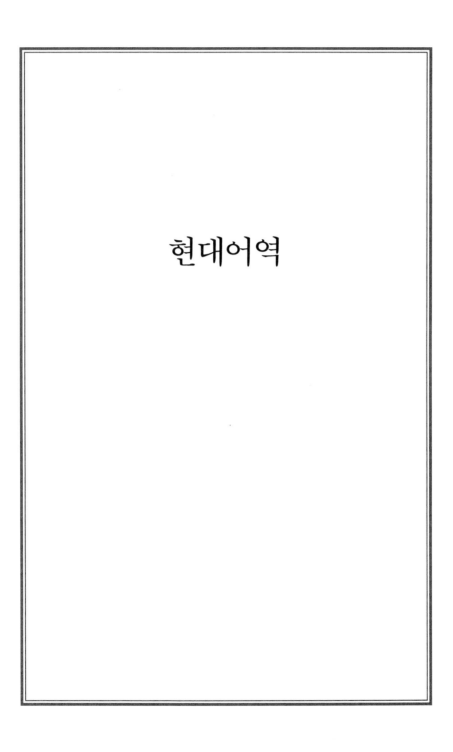

현대어역

〈유충렬전〉 상

각설. 명나라 영종(英宗) 황제 즉위 초에 황실이 미약하고 법령이 행해지지 않는 가운데, 남쪽과 북쪽의 오랑캐 및 서역이 강성하여 반역을 꾀하려는 뜻을 가졌다. 이러한 까닭으로 천자가 남경(南京)에 있을 뜻이 없어 다른 곳으로 도읍을 옮기고자 하였다.

이때 마침 창해국(蒼海國) 사신이 왔는데, 성은 임이요 이름은 경천이라 하는 사람이었다. 천자가 반가워서 불러들여 만나고 접대한 후에 도읍 옮기는 것을 의논하니, 임경천이 아뢰었다.

"소신(小臣)이 옥루(玉樓)에서 육지와 산천의 기운을 살피니 지금 황실이 있는 곳은 알맞나이다. 천하의 명산인 오악(五嶽) 가운데 남악(南嶽) 형산(衡山)이 가장 신령한 산으로 한 나라의 도읍지 뒤쪽의 산줄기인 주룡(主龍)이 되었고, 창오산(蒼梧山)의 구의봉(九疑峰)이 외청룡(外靑龍)을 이루고 소상강(瀟湘江)의 동정호(洞庭湖)가 강물이 광활하여 내청룡(內靑龍)을 이루어 내수구(內水口: 물이 빠져나가는 곳)를 막았으니, 제왕의 궁궐은 장구할 것이옵니다. 또한 소신이 몇 년 전에 본국에서 하늘의 기운을 살폈사온데, 북두칠성의 정기가 남경으로 내리고 삼태성(三台星)의 고운 빛이 황성(皇城)에 비치며 자미원(紫微垣)의 대장성(大將星)이 남쪽 지방에 떨어졌으니, 머지않아 신기한 영웅이 날 것이옵니다. 황상께서는 어찌 조그마한 일 때문에 쇠로 만든 듯 견고한 성이 있는 이러한 땅을 버리려 하시며, 이전의 황제들께서 아주 오래도록 다스려 왔던 나라의 터를 어떻게 하루아침에 버리려 하시나이까?"

천자가 이 말을 듣고는 마음이 맑아져서 도읍 옮기려했던 것을 그만두고 나라의 일을 다스리니, 시절이 태평해지고 백성들의 마음이 대체로 안정되더라.

이때 조정에 한 신하가 있으되 성은 유요 이름은 심이었으니, 예전에 선조 황제(先祖皇帝: 명나라 태조 주원장)가 개국할 때의 공신이었던 유기의 13대손이요 전 병부상서(前兵部尚書) 유현의 손자일러라. 대대로 이름난 집안의 후예로 높은 벼슬과 녹봉이 떠나지 아니하더니, 유심의 벼슬은 정언 주부(正言注簿)에 이르렀다. 사람됨이 정직하고 성정이 민첩하며 한결같은 마음으로 충성하여 나라에서 주는 녹봉이 쌓이고 쌓이니 한 집안의 재산이 아주 넉넉하였고, 일을 처리함이 공평하게 하니 세상에 떨친 공명(功名)은 당대의 제일이었다. 인간 세상의 부귀영화 누리는 것을 나라 안의 모든 사람들이 칭송하였으나, 다만 슬하에 자식이 한 명도 없었다. 유 주부는 이를 한탄하여 1년에 한번씩 조상의 무덤에 제사할 때마다 홀로 앉아서 울며 말했다.

"슬프다! 나라에서 주는 녹봉을 먹거니와 나의 몸에 무슨 죄가 있어 자식이 없으니, 세상이 좋다한들 좋은 줄 어찌 알며, 부귀가 영화롭되 영화로운 줄 어찌 알랴? 내가 죽어 청산에 묻힌 백골을 뉘라서 돌보며, 조상의 제사를 뉘라서 책임지고 지내랴?"

이렇게 말하며 하염없이 흘리는 눈물이 옷깃을 적시곤 하였다. 부인 장씨는 이부상서(吏部尚書) 장윤의 맏딸이었다. 유 주부가 이렇듯이 서러워하니, 장 부인은 유 주부 곁에 앉았다가 온 마음이 슬픔에 젖어서 말했다.

"상공(相公)이 대를 이을 자손이 없음은 소첩이 복이 없기 때문이니, 첩의 죄를 따지자면 벌써 버려졌을 것이지만 상공이 남모르게 베풀어 준 은혜로 지금까지 어렵사리 몸을 지탱해온지라, 부끄러운 말씀을 어찌 다 하오리까? 듣자오니 이 세상에서 가장 뛰어난 산이 남악 형산이라고 하옵니다. 수고로움을 생각지 말고 산신께 소원을 비는 정성(精誠)이나 드려 보사이다."

유 주부가 이 말을 듣고 대답했다.

"하늘이 자식을 갖게 해주시어도 팔자에 자식이 없는데, 빌어서 자식을 낳을진댄 세상에 자식 없을 사람이 있으리오."

장 부인이 여쭈었다.

"근본 요지만 생각하면 그 말씀도 지극히 옳으나, 만고의 성현인 공부자(孔夫子)도 니구산(尼丘山)에 빌어 낳았고 정(鄭)나라 자산(子産: 公孫僑의 자)도 우성산에 빌어 낳았으니, 우리도 빌어 보사이다."

유 주부가 이 말을 듣고서 삼칠일(三七日) 동안 몸과 마음을 깨끗이 하였고, 소복(素服)을 가지런히 정리하고서 제물(祭物)을 갖추고 축문(祝文)을 별도로 지어 장 부인과 함께 남악산을 찾아가더라. 산세가 웅장한데다 봉우리 저마다 높은 곳에 푸른 솔은 울창하여 태고 때의 빛깔 그대로이고, 강물은 잔잔하여 거문고 타는 소리를 돋우었다. 산봉우리 72봉은 구름 밖에 솟아 있고, 겹겹으로 쌓인 낭떠러지 위에는 갖가지 색의 온갖 꽃들이 다 피어 있고, 소상강의 아침 안개는 동정호로 돌아가고, 창오산의 저문 구름은 호산대로 돌아들었다. 유 주부가 장 부인과 함께 강서성(江西省)을 바라보며 수양버들 가지를 부여잡고 6, 7리를 들어가니, 연화봉(蓮花峯)이 중앙의 계단이었다. 꼭대기에 올라서서 사방을 살펴보니, 옛날 하우씨(夏禹氏)가 9년간 계속된 홍수를 다스리기 위해 겹겹으로 쌓인 낭떠러지를 팠던 터가 어제 한 듯 뚜렷하게 남아 있고, 산천이 심히 장엄하고 정숙한 곳에 천제당(天祭堂)을 높이 만들고 백마를 잡던 곳이 분명히 남아 있었다. 스쳐가는 새끼제비[雛燕]를 따라 바라보니, 옛날 위부인(魏夫人)이 선동(仙童: 신선의 시중을 드는 아이) 5, 6인을 거느리고 도를 닦던 일층단(一層段)이 무너져 있었다.

제단(祭壇) 한 층을 따로 쌓고 노구밥을 정결하게 담아 놓은 다음, 장 부인은 제단 아래에 무릎 꿇어앉고 유 주부는 제단 위에 무릎 꿇어앉아서 분향한 후 축문을 내어 고운 소리로 빌었으니, 그 축문은 이러하다.

「유세차(維歲次) 갑자년(甲子年) 갑자월(甲子月) 갑자일(甲子日)에 대명국(大明國) 동성문(東城門) 안에 사는 유심은 형산(衡山) 신령께 비나이다. 오호라! 대명(大明) 태조(太祖)께서 나라를 세우실 때 공을 세운 신하의 후손이옵니다. 조상의 공덕으로 부귀를 아울러 갖추고 몸에 아무런 탈이 없사오나, 나이가 반백이 넘도록 한 명의 자식조차 없으니 죽은 뒤에 백골인들 뉘라서 흙으로 덮어줄 것이며, 조상의 제사를 뉘라서 받들겠사옵니까? 인간세상의 죄인이요, 지하세계의 악귀이나이다. 이런 일을 생각하면 원한이 마음에 가득하나이다. 이러한 까닭에 더러운 정성으로 신령께 소원을 비오니, 황천(皇天)은 감동하시어 자식 하나를 갖게 해주사이다.」

이렇듯 빌기를 다하더라. 정성이 지극하면 하늘도 감동하는 법이니, 황천(皇天)인들 무심할 것이랴. 제단 위의 오색구름이 사방을 둘러싸고 산속의 백발 신령이 일제히 내려와서 정결하게 차린 제사 음식들을 모두 다 받아먹었다. 좋은 조짐이 이러하니, 귀한 자식을 두지 못할 것이랴.

장 부인이 빌기를 끝낸 후에 온 마음으로 기다리던 차, 어느 날 한 꿈을 얻었다. 오색구름이 영롱한데, 하늘 위에서 한 선관(仙官)이 청룡(靑龍)을 타고 내려와 말했다.

"나는 청룡을 다스리는 선관이더이다. 익성(翼星)이 무도한 까닭에 상제께 아뢰었더니, 익성의 죄를 다스려 다른 지방으로 귀양을 보냈나이다. 익성이 그것으로 말미암아 원한을 품었는지라, 백옥루(白玉樓)에서 잔치를 벌일 때에 서로 싸우게 되었나이다. 이로 인해 상제께 죄를 짓고 인간세상으로 쫓겨나 갈 곳을 모르는 중에 남악산 신령이 부인 댁으로 가라고 지시하여 왔사오니, 부인은 불쌍히 여기어 은혜를 베푸소서."

선관은 타고 온 청룡을 오색구름 사이에 놓아주며 말했다.

"뒷날에 풍진세상(風塵世上)에서 너를 다시 찾으리라."

그러더니 장 부인의 품속으로 달려들더라. 장 부인이 놀라 깨어나니 한바탕의 황홀한 꿈이었는데, 정신을 가다듬고 유 주부를 들어오도록 청하여 꿈 이야기를 하였다. 유 주부가 즐거운 마음을 비할 데가 없어 춘정(春情)을 붙이면서 부인을 위로하고 아들 낳기를 온 마음으로 기다리더라.

과연 그날부터 태기가 있어 열 달이 다 된 후에 옥동자(玉童子)가 태어났다. 이때 방안에서 향취가 나고 문밖에 상서로운 기운이 뻗치니, 싱그러운 빛이 땅에 가득하고 상서로운 광채가 하늘을 찔렀다. 그 가운데 한 선녀가 오색구름을 타고 내려오더니, 장 부인 앞에 무릎을 꿇어앉고서 백옥상(白玉床)에 놓인 과일을 장 부인에게 주며 말했다.

"소녀는 천상의 선녀이온데, 오늘 상제께서 분부하시기를, '자미원(紫微垣)의 장성(將星)이 남경(南京)에 사는 유심의 집에 환생하였으니, 네가 바삐 내려가 산모(産母)를 시중들고 유아를 잘 보살펴라.'고 하셔서 내려왔나이다. 백옥병의 향탕수(香湯水)를 부어 동자를 씻기시면 온갖 병이 없어지고, 유리(琉璃) 주머니에 들어 있는 과일을 산모가 잡수시면 목숨이 오래도록 이어지고 죽지 아니하리다."

장 부인이 그 말을 듣고 유리 주머니에 들어 있는 과일 세 개를 모두 집어 드니, 선녀가 여쭈었다.

"이 과일 세 개 가운데 한 개는 부인이 잡수시고, 또 한 개는 공자를 먹일 것이요, 남은 한 개는 훗날 유 주부가 잡수실 것이옵니다. 옥황께옵서 다 각기 임자를 정해주신 과일을 어찌 다 잡수시리까?"

그리고는 장 부인께 한 개를 드시게 한 후에 향탕수를 부어 옥동자를 씻겨 비단 이불 속에 뉘여 놓더니, 선녀는 장 부인께 하직하고 오색 구름에 쌓여 가니라. 선녀가 간 뒤에도 공중에 서려있던 상서로운 기운은 떠나지 아니하더라.

장 부인이 선녀를 보낸 후에 일어나 앉으니, 정신이 상쾌한데다 맑고 수려한 기운이 전날보다 배나 더하더라. 장 부인은 유 주부를 들어오도록 청하여 아기를 보이며 선녀가 한 말을 하나하나 빠짐없이 모두 고하니, 유 주부가 공중을 향해 옥황께 사례하더라.

유 주부가 아기를 살펴보니, 생김새가 웅장하고 기이하더라. 이마가 훤하게 넓고 아래턱이 둥글넓적하며, 초승달 같은 두 눈썹은 강산의 정기를 씌었고 밝은 달 같은 앞가슴은 천지조화의 이치를 품었으며, 단산(丹山)의 봉황과 같은 눈은 두 귀밑을 돌아보고 칠성(七星)에 싸인 종악(宗嶽: 으뜸가는 산)처럼 우뚝 솟은 콧대와 용의 얼굴은 훤히

멀끔하였다. 북두칠성 맑은 별이 두 팔뚝에 박혔고 뚜렷한 대장성(大將星)이 앞가슴에 박혔으며 삼태성(三台星) 정신별이 등 뒤에 떠 있는데, 붉은 색으로 쓴 '대명국 대사마 대원수'라는 글자가 은은히 박혀 있으니, 웅장하고 기이함은 세상에 비길 데 없는 만고의 제일이요, 천추의 먼 미래에 하나뿐이로다. 유 주부가 기운이 상쾌하여 장 부인을 돌아보며 말했다.

"이 아이의 상(相)을 보아하니, 천상의 사람이 죄를 짓고 인간세상에 내려온 것이 틀림없는지라 만고의 영웅이 분명하오. 지난날 황제께서 도읍을 옮기고자 하여 창해국 사신 임경천에게 물으니, 임경천이 아뢰기를, '북두칠성의 정기가 남경에 내리고 자미원 대장성이 황성에 떨어졌으니, 머지않아 신기한 영웅이 나리라.' 하였다는데, 이 아이가 틀림없으니 어찌 즐겁지 아니하겠소? 오래지 아니하여 대장의 절월(節鉞)을 허리에 비스듬히 차고 상장군(上將軍)의 인수(印綬)를 비단 주머니에 넌지시 넣을진대, 부귀영화가 조상을 빛내고 사나운 기운과 영걸스러운 풍채가 온 천하에 진동할 것이니 뉘라서 칭찬하지 아니하겠소? 산신령의 깊은 은덕은 죽은 뒤에도 잊기 어려우니 백골인들 잊을 수가 있겠소?"

그러더니 이름은 충렬이라 짓고, 자는 성학이라 하였다.

세월의 빠름이 흐르는 물과 같아서 충렬이 어느새 7세가 되자, 골격이 준수하고 총명함이 출중하더라. 필법은 왕희지(王羲之)요 문장은 이태백(李太白)이었으며, 무인으로서의 기예(技藝)와 장수로서의 지략(智略)은 손무(孫武)와 오기(吳起)보다 낫더라. 천체의 운행[天文]을 헤아리고 지형지세의 변화[地理]를 살펴 마음속에 비축해 두어 국가 흥망이 손안에 매여 있으니, 말 달리기와 칼 쓰는 재주는 천신(天神)도 당하지 못하겠더라.

오호라! 시운이 불행하고 조물주가 시기했는지, 대대로 부귀가 지극했던 유 주부에게 인생은 즐거움이 다하면 슬픔이 닥쳐 이른다는 흥진비래(興盡悲來)가 미치었으니, 어찌 피할 가망이 있을쏘냐.

유 주부는 참소를 당하여 귀양을 가고, 장 부인은 화를 피하다 수적을 만나다.

각설。 이때 조정에 두 신하가 있었으니, 한 명은 도총대장(都總大將) 정한담이요, 또 한 명은 병부상서(兵部尙書) 최일귀일러라. 정한담은 본래 천상 익성(翼星)으로 자미원 대장성과 백옥루(白玉樓) 잔치에서 서로 싸운 죄로 말미암아 상제께 죄를 얻어 인간세상에 내려와 대명국(大明國) 황제의 신하가 된 자이라. 그는 본시 천상의 사람이어서 지략이 충만하고 술법이 신묘한 데도 금산사의 옥관도사를 데려와 별당에 거처케 하며 술법을 배웠는지라, 만 명의 장정으로도 당해 낼 수 없는 용맹이 있어 백만 군의 대장이 될 만한 자이다. 벼슬이 일품직(一品職)에 있으면서 포악하기가 이를 데 없는지라, 모든 백성의 생사가 그의 손안에 매여 있고 온 나라의 권세가 그의 손끝에 달려 있으니, 초(楚)나라 회왕(懷王) 때의 항적(項籍)과 같고 당(唐)나라 명황(明皇: 현종) 때의 안록산(安祿山)과 같아라.

정한담은 항상 마음속으로 천자를 도모하고자 했으나, 다만 정언 주부의 직간을 꺼리고 또한 퇴임 재상 강희주의 상소를 꺼려 중지한 지 오래였다. 이럴 즈음 영종 황제 즉위 초에 여러 나라의 제왕들이 각각 사신을 보내어 조공(朝貢)을 바쳤는데, 오직 토번과 가달이 강포함만 믿고 천자를 능멸하여 조공을 바치지 아니하였다. 정한담과 최일귀 두 사람이 이때를 틈타서 천자께 여쭈었다.

"폐하께서 즉위하신 후에 은덕이 온 백성에게 베풀어지고 위엄이 온 세상에 떨치자 여러 나라의 신하들이 다 조공을 바치는데, 오직 토번과 가달이 강포함만 믿고 천자의 명을 거스르고 있사옵니다. 신(臣)들이 비록 재주는 없사오나 남적을 항복 받아 충신으로 돌아오면 폐하의 위엄이 남방에 가득하고 소신들의 공명은 후세에 전하리니, 엎드려 바라옵건대 황상(皇上)께서는 깊이 생각하옵소서."

천자는 매일 남적이 강성함을 근심하다가 이 말을 듣고 크게 기뻐하며 말했다.

"경(卿)들의 마음대로 군대를 일으키도록 하라!"

이때 유 주부가 조회(朝會)하고 나오다가 이 말을 듣고 천자 앞에 들어가 엎드려 아뢰었다.

"듣사오니 폐하께옵서 '남적을 치라.' 하시어 군대를 일으킨다는 말씀이 사실이나이까?"

천자가 말했다.

"정한담의 말이 여차여차한 까닭에 그런 일이 있노라."

유 주부가 여쭈었다.

"폐하, 어찌 망령되이 허락하셨나이까? 왕실은 미약하고 외적은 강성하니, 이는 자는 범을 찌름과 같고 그물에 들어오는 토끼를 놓침과 같사옵니다. 한낱 새알이 천 근이나 되는 무게를 견디리까? 가련한 백성들의 목숨이 100리나 되는 모래벌판에 떠도는 외로운 넋이 되면, 그것인들 악을 쌓는 일이 아니리까? 엎드려 바라옵건대 황상께서는 군대를 일으키지 마옵소서."

천자가 그 말을 듣고 여러 가지로 의심하던 차에, 정한담과 최일귀가 함께 동시에 아뢰었다.

"유신의 말을 듣사오니 죽여도 아깝지 않을진대 나라를 그르친 간신과 같은 무리로소이다. 대국(大國)을 저버리고 도적놈만 칭찬하여 개미 무리를 대국에 비유하고 한낱 새알을 폐하에게 비유하였으니, 이 시대의 간신이요 세상에 비길 데 없는 만고의 역적이라 할 것이옵니다. 신들은 마음에 꺼리건대, 유심의 말이 가달을 못 치게 하니 가달과 한마음이 되어 내응(內應)한 듯하옵니다. 유심의 목을 먼저 베고 가달을 치사이다."

천자가 허락하였다. 이에, 한림학사 왕공렬이 유심을 죽인다는 말을 듣고 땅에 엎드려 아뢰었다.

"주부 유심은 선황제(先皇帝) 개국공신 유기의 자손으로 사람됨이 정직하고 마음이 한결같이 충직하와, 남적을 치지 말자고 하는 말이 사리에 당연하옵니다. 그 말을 죄라 하와 충신을 죽이면 바른말 할 신하가 없을 것이오며, 태조황제 사당 안에 유 상공을 배향(配享)하였으니 유심을 죽이면 봄가을로 제사 지낼 때에 무슨 면목으로 보리까? 황상께서는 깊이 생각하시와 죄를 용서하옵소서."

천자가 이 말을 듣고 정한담을 돌아보니, 정한담이 여쭈었다.

"유심을 처벌하실진대 만 번 죽여도 아깝지 않으나, 공신의 후예이오니 죄목(罪目)대로 다 못하옵고 유배지를 정해 귀양을 보내사이다."

천자가 옳다 하고 말했다.

"황성 밖으로 멀리 귀양을 보내라."

정한담이 천자의 명을 듣고 승상부에 높이 앉아 유심을 잡아내어 죄목을 따지며 말했다.

"너의 죄를 따지자면 먼저 목을 벤 뒤에 황상께 보고하는 것이 당연하나, 황상의 은혜가 다함이 없으시어 네 목숨을 살려 주나니 이후로는 그런 말을 말라."

그리고는 연북(燕北)으로 유배지를 정하고서 말했다.

"어서 바삐 길을 떠나거라. 만일 쓸데없이 자질구레한 말을 늘어놓으면 능지처참하리라."

유 주부가 이 말을 듣고 분한 마음이 하늘을 찌를 듯해 한참 지나서야 말했다.

"내 무슨 죄가 있어서 연북으로 가야한단 말인가? 왕망(王莽)이 황제를 대신해 정사를 돌보니 한(漢)나라 황실이 미약해졌고, 동탁(董卓)이 난을 일으키니 충신이 다 죽었다. 그러니 나 죽은 후에 내 눈을 뽑아 동문에 높이 달아놓으면, 가달국 적장의 손에 네 머리가 떨어지는 것을 또렷이 보리라. 지하에 돌아가더라도 오자서(伍子胥)의 충혼(忠魂)에 부끄럽게 하지 말라."

정한담이 이 말을 듣고 분한 마음이 하늘로 치솟아서 말했다.

"황상의 명이 이러하거늘 무슨 변명을 하려느냐?"

그러더니 대궐문으로 들어가면서 금부도사(禁府都事)에게 '유심을 다그쳐 연북으로 가라.'고 재촉하는 소리가 성화같았다. 유 주부는 달리 어떻게 할 도리가 없어 적소(謫所: 유배지)로 가려고 집으로 돌아오니, 온 집안사람들이 지극히 슬퍼하며 우는 소리가 진동하더라.

유 주부가 충렬의 손을 잡고는 장 부인에게 말했다.

"우리의 나이 반백이 넘도록 자식 하나 없다가 황천(皇天)이 감동하시어 이 아들을 갖게 해주셨으니 봉황처럼 짝을 지어 영화를 보려했건만, 집안의 운수가 막히고 조물주가 시기하여 간신의 참소를 당해 만 리(萬里)나 되는 유배지로 떠나가니 생사를 가늠하지 못할진대 어느 날에나 다시 볼 수 있으리오? 나 같은 인생은 조금도 생각 말고 이 자식 길러내어 죽은 뒤의 일[後事]을 받들게 하면, 황천(黃泉)에 돌아가도 눈을 감고 갈 것이며 부인의 깊은 은덕은 후세에 반드시 갚으리다."

또 충렬을 붙들고 슬피 울며 말했다.

"네 아비가 무슨 죄 있어서 만 리나 되는 연경(燕京)에 가야한단 말이냐? 너를 두고 가는 설움은 단산(丹山)의 봉황이 알을 두고 가는 듯하고 북해(北海)의 흑룡이 여의주(如意珠)를 버리고 가는 듯하니, 너무도 절박하고 서러운 마음을 한 입으로 다 말하기가 어렵구나. 생각하니 너무 기가 막혀서 전혀 말할 길이 없고, 잠시나마 잊자 하니 가슴에 맺힌 한을 죽은들 잊을쏘냐. 너의 아비는 생각 말고 너의 모친을 모시고서 무사히 지내되, 봄풀이 푸르거든 아비와 자식이 서로 만날 줄 알고 있으라."

그리고는 목 놓아 몹시 섧게 울며 죽도(竹刀)를 끌러 충렬에게 채워주면서 일렀다.

"구천(九泉)에서 서로 만날 때면 부자간임을 알 수 있는 신표(信標)가 없어서야 될쏘냐. 이 칼을 잃지 말고 부디 잘 간수하여 두어라."

유 주부는 아내와 자식을 생이별하고 행장(行裝)을 바삐 차려 문밖에 나오니 정신이 아득하였다. 한 번 걷고 두 번 걸어 열 걸음 백 걸음에 구곡간장(九曲肝腸)의 애타는 마음이 다 녹고, 일편단심(一片丹心)의 변치 않는 참된 마음도 다 녹았다. 성안에서 보는 사람들 뉘라서 눈물 흘리지 않으며, 강산의 초목들도 다 슬퍼하더라.

동쪽 성문을 나서면서 연경(燕京)을 바라보며 영거사(領去使: 유배 가는 사람의 수레를 인솔하는 관리)를 따라가는데 3일 동안을 간 후에야 청송령(靑松嶺)을 지나 옥해관에 당도하니, 이때는 가을 팔월 보름일러라. 찬바람이 으스스하고 나뭇잎 지는 소리가 쓸쓸하여 뜰 앞에 핀 국화꽃은 벌써 초가을의 수심을 띠고, 푸른 하늘에 걸린 달은 한밤중의 회포를 돋우어 외로운 나그네가 깊은 밤에 등불 벗 삼아 베개 베고 누웠으니, 타향의 가을 소리가 나그네의 수심을 다 녹이더라. 쓸쓸한 산에서 두견새가 '촉으로 돌아갈까 돌아감만 못하다.[歸蜀道, 不如歸.]'는 소리를 계속해 우짖고, 푸른 하늘에 뜬 기러기가 객사 밖에서 슬피 우니, 유배길이 곤한들 잠 올 리가 전혀 없더라.

그 밤을 지새운 후에 이튿날 길을 떠나 소상강(瀟湘江)을 바삐 건너 멱라수(汨羅水)에 다다르니, 이 땅은 초(楚)나라 회황제(懷皇帝) 때 세상에 비길 데 없는 만고(萬古)의 충신 굴삼려(屈三閭)가 간신에게 참소를 받아 강기슭에 장사(葬死)지낸 곳이었다. 후대 사람들이 슬픈 감회에 젖어서 회사정(懷沙亭)을 높이 짓고 조문(弔文)을 지었으니, 그 내용은 이러하다.

「해와 달같이 빛나는 충혼(忠魂) 만고에 빛나고
쇠와 돌처럼 굳건한 절개(節槪) 천추에 밝으니
이 땅을 지나는 사람 뉘 아니 감심(感心)하리오.」

이렇듯이 슬픈 사연을 현판(懸板)에 써 붙였거늘, 유 주부가 이 글을 보고 충성스런 마음이 곧바로 일어나 행장에서 붓과 먹을 꺼내어 회사정의 동쪽 벽 위에 큰 글자로 썼으니, 그 내용은 이러하다.

「대명국(大明國) 유심은 간신 정한담과 최일귀의 참소(讒訴)를 만나 연경(燕京)으로 귀양살이 가다가, 일월(日月)같이 밝은 마음을 분명하게 밝힐 길도 전혀 없고 빙설(氷雪)같이 맑은 절개를 보일 곳도 아주 전혀 없어 멱라수를 지나다가 굴삼려의 충혼을 만나 물에 빠져 죽으니라.」

유 주부는 쓰기를 다한 후에 물가로 내려가서 두 손을 모아 하늘에 빌고 한바탕 소리 내어 슬피 울고는 옷자락으로 눈을 가리고서 만경창파(萬頃蒼波) 깊은 물에 훌쩍 뛰어들더라. 이때에 수레를 인솔하던 신하가 이를 보고서 허둥지둥 달려들어 유 주부의 손을 잡고 말리며 말했다.

"그대의 충성은 천신(天神)도 알 것이지만, 그대의 죄목(罪目)은 천자에게 매였으니 황명을 받아 유배지로 가다가 이곳에서 죽으면 나도 또한 죽을 것이오. 그대가 유배지를 버리고 죽으면 죄 없음은 천하가 알겠지만, 천행(天幸)으로 천자께서 마음을 움직이시어 쉬이 풀려날 줄 모르고 죽는다면 충혼(忠魂)이 될지라도 산 것만 같을쏘냐."

인솔 신하가 죽음을 무릅쓰고 만류하여 백사장(白沙場)으로 들어내었다. 유 주부가 달리 어떻게 할 도리가 없어 회사정을 지나 항주(杭州)에 다다르니, 서호(西湖)가 바로 그곳에 있었다. 송(宋)나라가 망할 때에 일품(一品) 벼슬에 있던 대신들이 국사를 돌보지 아니하고 풍악(風樂)만 일삼아 날마다 늘 술에 취해 있었던 까닭에 서호의 빼어난 경관을 서시(西施)의 미모에 비견하였으니, 어찌 망극하지 아니하랴.

그 땅을 지나 두세 달 만에 연경에 당도한지라, 유 주부가 연경자사에게 예의를 갖추어 인사하니, 자사가 인사를 받은 후에 주부를 객사로 인도케 하더라. 이때가 겨울철인데다 연경은 본디 매운 추운 곳일러라. 주부가 물러나와 객사로 들어가니, 흰 눈이 세 길이나 쌓여 있고 퇴락한 객사의 방에는 찬바람이 스산하게 불었다. 흰 눈은 어지러이 흩날리고 사람의 발자취가 끊어지리니, 불쌍하고 고달픈 유 주부의 형편은 이루 다 헤아리지 못할러라.

각설. 이때에 정한담과 최일귀가 유 주부를 참소(讒訴)하여 유배지로 보낸 후에 마음이 교만해져서 별당으로 들어가 옥관도사를 만나 천자를 도모할 묘책을 물으니, 옥관도사가 문밖에 나와 하늘의 기운을 자세히 살피고 들어와 말했다.

"요사이 밤마다 살피오니, 두려운 일이 황성(皇城)에 있나이다."

정한담이 물었다.

"두려운 일이라 하오니, 무슨 일이 있나이까?"

옥관도사가 말했다.

"천상의 삼태성(三台星)이 황성에 비추었으되 그중에서도 유심의 집에 비추었으니, 유심은 비록 연경에 갔으나 신기한 영웅이 황성 안에 살고 있음이외다. 그대가 꾀하려는 일이 어려울 듯하오."

정한담이 이 말을 듣고 사랑으로 나와 옥관도사가 했던 말을 최일귀에게 하니, 최일귀가 대답하여 말했다.

"옥관도사가 천기(天氣)를 살필 줄 아는 신기함은 천신보다 뛰어나거늘 '신기한 영웅이 황성 안에 있다.'고 하니, 진실로 마음이 황공하여이다."

정한담이 말했다.

"내 생각하니, 유심이 나이가 많이 들어 늙도록 자식이 없어서 수년 전 형산(衡山)에 제사를 지내고 자식을 얻었다 했소이다. 도사의 말씀 이 '황성 안에 신기한 영웅이 있다.'하니, 의심하건대 유심의 아들인가 하오."

최일귀가 말했다.

"틀림없이 확실하게 그러하다면 유심의 집을 결딴내어서 후환이 없게 함이 옳을까 하오이다."

정한담이 "옳다."하고 그날 한밤중에 가만히 승상부에서 나와 나졸 10여 명을 차출하여, 유심의 집을 둘러싸고 화약과 염초를 갖추어 그 집의 사방에 묻어놓고서 심지에 불붙여 일시에 불을 놓도록 미리 정하 여 두니라.

이때 장 부인은 유 주부를 생이별하고서 충렬을 데리고 한숨으로 세 월을 보내더라. 이날 한밤중에 곤하여 잠자리에서 졸고 있었더니, 갑 자기 어떤 한 노인이 붉은 부채 한 자루를 가지고 와서 장 부인에게 주며 말했다.

"이날 밤 삼경(三更)에 큰 변란이 있을 것이니, 이 부채를 가지고 있다 가 불길이 솟아오르거든 부채를 흔들면서 후원의 담장 밑에 몸을 숨겼다 가 사람의 왕래가 그치면 충렬만 데리고 남쪽 하늘을 바라보고 끝없이 도망하여라. 만일 그렇게 하지 않으면 옥황께서 주신 아들은 불길 속에 서 외로운 혼백이 되리라."

그리고는 문득 간데없거늘, 놀라 깨어 보니 남가일몽(南柯一夢)이었다. 충렬은 잠을 깊이 들어있었고, 과연 붉은 부채 한 자루가 이불 위에 놓여 있더라. 장 부인이 부채를 손에 들고 충렬을 깨워 앉히고서 근심에 젖어 잠을 이루지 못하던 차에, 삼경이 되자 한바탕 거센 바람이 불면서 난데없이 저절로 불이 사방에서 일어나니, 대단히 크고 웅장하던 누각들이 한 점의 눈송이가 벌겋게 달아오른 화로에 녹듯이 사라졌고, 앞뒤에 쌓인 세간살이가 가을바람에 떨어지는 나뭇잎처럼 산산이 흩어지더라.

장 부인이 놀라 어찌할 바를 모르는 중에 충렬의 손을 잡고 붉은 부채를 흔들면서 담장 밑에 몸을 숨기니, 불길이 하늘을 찌를 듯 맹렬하여 불에 타고 남은 재가 땅에 가득하더라. 산더미처럼 쌓여 있던 기물(器物)이 불길에 타 없어졌으니, 어찌 슬프지 아니하랴.

사경(四更)에 이르러 사람의 왕래가 끊겨 고요한데, 다만 중문 밖에 두 군사가 지키고 있더라. 장 부인이 문으로 나가지 못하고 담장 밑에서 배회하다가 밝은 달빛 속에서 두루 살펴보니, 겹겹이 쌓인 담장 안에서 빠져나갈 길은 없었고 다만 물 흘러가는 수채 구멍이 보이거늘, 충렬의 옷을 잡고서 그 구멍에다가 머리를 넣고 땅에 바싹 엎드려 기어 나왔다. 겹겹이 쌓인 담장 수채를 다 지나 중문 밖을 나서니, 충렬이며 장 부인의 몸은 모진 돌에 긁히어서 백옥 같은 몸에 유혈(流血)이 낭자하고 달빛 같은 고운 얼굴은 진흙 빛이 되었더라. 그 불쌍하고 가련함은 천지도 슬퍼하고 강산도 슬퍼하도다.

장 부인이 충렬을 앞에 안고 샛길로 나와 남쪽 하늘을 바라보며 끝없이 도망하다가 한 곳에 다다르니, 옆에 큰 산이 있으되 높기는 만 길이나 되었고 봉우리 위에는 오색구름이 사방에 어리어 있더라. 자세히 보니, 이 산은 하늘에 제사지내던 남악 형산일러라. 예전에 보던 얼굴이 장 부인을 보고 반기는 듯 뚜렷하게 천제당(天祭堂)이 분명히 보이거늘, 장 부인이 슬픈 감회를 억제치 못하여 충렬을 붙들고 목 놓아 몹시 섧게 울며 말했다.

"너는 이 산을 아느냐? 7년 전 이 산에 와서 제사를 지내고 너를 낳았거늘, 이 지경이 되고 말았구나. 너의 부친은 어디 가고 이런 변을 모른단 말인가. 이 산을 보니, 네 부친을 본 듯하다. 소리 높여 우는 슬픈 마음을 어찌 다 헤아리랴?"

충렬이 그 말을 듣고 장 부인의 손을 잡고서 울며 말했다.

"이 산에 제사를 지내고 저를 낳았다는 말이니이까? 틀림없이 확실하게 그러하다면 산신(山神)은 이러한 연유(緣由)를 알련마는 산신도 무정하나이다."

장 부인이 이 말을 듣고 목이 메어 말을 못하자, 충렬이 위로하더라. 얼마간 지나고 나서 장 부인이 마음을 가라앉히고서야 충렬을 앞세우고 번양수를 건너 회수 가에 다다르니, 날이 이미 저물어 해가 서산에 걸려 있는데 멀리 보이는 마을에서는 저녁 짓는 연기가 나고 있더라. 맑은 강물에서 놀던 물새는 버드나무 속으로 날아들고, 푸른 하늘을 날던 까마귀는 울면서 구름 사이로 숨어들도다. 바닷가를 바라보니, 멀리 포구로 가는 배의 돛대 위에는 저문 안개가 서려 있고, 강촌에서 부는 어부들의 피리소리가 가랑비에 흩날렸다. 장 부인이 슬픈 마음을 가라앉히고 충렬의 손을 잡고서 물가를 배회하였지만, 건너갈 배가 전혀 없어 하늘을 우러러 탄식해 마지아니하더라.

이때 정한담과 최일귀는 유심의 집에다가 불을 놓고 불길 사이로 엿보았는데, 한바탕 거센 바람이 불자 불길이 치솟아 대단히 크고 웅장하던 누각들이 불에 타서 한 조각의 물건도 남아있지 않으니, '그 안에 든 사람은 씨도 없이 다 죽었겠다.'하고 별당에 들어가 옥관도사에게 다시 물었다.

"이전에 우리들이 대사(大事)를 이루고자 했는데, 선생의 말씀이, '영웅이 있다.'면서 근심하더니 지금도 그런지 다시 하늘의 기운을 살펴주옵소서."

옥관도사가 밖으로 나와 하늘의 기운을 살펴보고 방으로 들어와 말했다.

"이제는 삼태성(三台星)이 황성을 떠나 번수(繁水) 북쪽 회수(淮水)에 비췄으니, 그 일이 수상하나 내 생각하건대 유심의 가족들이 유심의 유배지를 찾아가려고 회수 가에 갔는가 싶으오."

정한담이 이 말을 듣고 마음속으로 생각하였다.

'불길이 그렇게도 엄청나게 치솟아서 틀림없이 불에 타 죽었으리라 여겼더니, 분명 영웅이라면 벗어나는 것이야 조금도 괴이치 아니하도다.'

그리고는 사랑으로 나와 날랜 군사 5명을 급히 차출하여 분부하였다.

"너희들은 서둘러 이 밤에 번수 북쪽 회수 가로 달려가서 나의 전갈을 받들어 회수의 사공들에게 분부하되, 오늘 내일 사이에 어떤 여인이 어린아이를 데리고 물을 건너려 하거든 즉시 손발을 묶어서 물속에 처넣으라고 하여라. 만일 그렇게 하지 아니하면 회수의 사공과 너희들을 하나하나 빠짐없이 모두 죽이리라."

나졸이 크게 놀라서 회수로 나는 듯이 달려가니, 과연 물가에 사람이 지나간 흔적이 있었고 여인의 울음소리도 들리는지라, 사공을 불러내어 정한담의 말을 하나하나 빠짐없이 모두 이야기하더라. 사공이 크게 놀라 대답하여 말했다.

"죽을지언정 감히 대감의 영(令)을 꺼리리까?"

그리고는 조그마한 배 한 척을 물가에 대고 기다리더라.

장 부인이 충렬을 데리고 건널 배가 없어 물가에서 머뭇거리고 있을 즈음, 난데없이 조그마한 배 한 척이 강물 위를 떠오며 장 부인에게 오르라고 청하거늘, 장 부인이 그들의 간사한 계교를 모르고서 충렬을 이끌고 배에 올라 강물 한가운데로 나아가더라. 갑자기 한바탕 거센 바람이 일어나 두 개의 돛대가 선창에 자빠진데다, 난데없는 적선(賊船)이 달려들어 배를 잡아매고는 무수한 적도(賊徒)들이 사방에서 달려들어 장 부인의 손발을 묶어서 적선에 높이 매달고 충렬은 강물에 내던지더라.

가련하다! 유 주부의 천금같이 귀한 아들이 백사장 가랑비 속에서 거두어 줄 연고자 없이 떠돌아다니는 외로운 혼령이 되겠구나. 만경창파(萬頃蒼波) 깊은 물에 풍랑이 일어나니, 단 하나의 핏줄인 충렬의 백골인들 찾을 수 있을쏘냐. 육신인들 건질 수 있을 것이랴. 달빛은 멀어서 아득하고, 시름겨운 구름이 적막하기만 하여 어둑어둑한 먹구름 속의 강신(江神)이 우는 소리에 강산도 슬퍼하고 천신도 슬픔에 젖거늘, 하물며 사람이야 말해서 무엇 하랴.

이때 장 부인이 도적에게 손발이 묶인 채로 배 안에 거꾸러져 충렬을 찾았으나, 충렬이 강물 속에 빠졌으니 대답할 수 있을쏘냐. 한 번 불러 대답 않고 두 번 불러 소리 없으니 천만 번을 넘게 부른들 소리

잠잠해졌고, 사방에 있는 것은 흉악한 도적놈으로 또한 노를 바삐 저
으면서 장 부인에게 소리 내지 말고 가자고 재촉하더라. 장 부인이 지
극히 슬퍼서 물에 빠져죽고자 한들 큼직한 배의 닻줄로 연약하고 가냘
픈 몸을 사방으로 얽었으니 빠질 길이 전혀 없고, 목을 매어 죽고자
한들 곱고 가녀린 손발을 빈틈없이 묶었으니 목을 맬 길이 전혀 없어
서, 도적의 배에 실려 달리 어떻게 할 도리가 없이 잡혀가더라. 동방
이 밝아오자 또 한곳에 배를 매고 장 부인을 잡아내어 말 위에 앉히고
는 말을 채찍질하여 달려가니, 세상에 불쌍한들 이보다 더할쏘냐.

　이때 회수의 사공인 마용이라 하는 놈이 세 아들을 두었으되, 다 용
맹이 남보다 뛰어나고 검술이 신묘하더라. 큰 아들이 이름은 마철로
일찍 아내를 잃고 아직 새장가를 들지 못하였는데, 마침 이때 장 부인
의 얼굴을 보니 달같이 아름다운 자태는 옷에 가리었으나 꽃같이 고운
얼굴은 늙지 않았고, 근심스러워 하는 빛이 온 얼굴에 가득하였지만
골격이 수려하여 아직은 춘색(春色)이 그대로 있더라. 다른 말은 그만
두고 요점만 말하자면, 장 부인이 충렬을 낳을 때에 옥황이 선녀를 시
켜 천도(天桃) 한 개를 먹었으니, 나이야 반백일지라도 춘색은 변하지
않은 것일러라. 그런 까닭에 회수의 사공 놈이 충렬을 물에 던져 넣고
장 부인을 데려다가 아내를 삼고자 하여 이런 변을 일으킨 것이더라.

　이때 장 부인은 달리 어떻게 할 도리가 없어 도적의 말에 실려 한곳
에 다다르니, 태산준령(泰山峻嶺)의 암석에 의지해 지은 서너 채 집의
마을이 있더라. 날이 밝아서 돌길 아래에 있는 초가(草家) 속으로 들어
가니 큰 굴방이 있었는데, 사면은 주석으로 쌓았고 출입하는 문은 철
편으로 만들어 달았더라. 그 방에 장 부인을 가두니, 가련하였다. 장
부인이여! 팔자도 견줄만한 것이 없을 정도로 사납고 신세도 어그러져
차마 보기가 어렵구나. 몇 대에 걸쳐 벼슬한 장 상서의 집안에서 곱게

자란 여자로 유씨에게 시집와서 나이가 반백이 넘도록 자녀를 두지 못하다가 천행으로 자식 하나 두었더니, 만 리 연경으로 남편을 잃고 천리 바닷가에서 자식을 잃고도 모진 목숨 죽지 못하고 도적놈에게 잡혀와 이 지경이 되었구나. 아름답게 꾸민 방은 어디 두고 도적놈의 토굴 방에 앉아 있으며, 천금 같은 자식을 잃고 만금 같은 남편을 생이별한 채 혼자 살아나서 저승에 돌아간들 유 주부를 어찌 보며, 인간 세상에 살아 있은들 도적놈을 어찌 볼 것이랴. 무수히 통곡하다가 기운이 다 빠져 토굴 속에 누웠는데, 한 계집종년이 저녁밥을 차려 왔거늘 장 부인이 기운이 다 빠져 먹지 못하고 도로 보냈는데도 또한 미음을 가지고 와서 먹기를 권하니, 장 부인이 마음속으로 생각하였다.

'내 아들 충렬은 천신이 감동하고 신령이 도운 인물인지라, 뒷날에 응당 귀히 될 것이리로다. 내가 언제든 연경으로 가서 유 주부를 모시고 와 충렬을 볼진댄, 지금 죽으면 후회가 있으리라.'

그리고는 장 부인이 억지로라도 일어나 앉아 미음을 마시니, 계집종이 반가워서 적장에게 알렸다. 이에, 도적이 대단히 기뻐하여 그날 밤에 토굴 방에 들어가 절하고 앉으며 말했다.

"부인은 이러한 누추한 곳에 와서 나 같은 이를 섬기고자 하니 진실로 감격하오이다."

장 부인이 그 말을 듣고 분한 마음이 하늘을 찌를 듯했으나, 자신의 신세를 생각하니 가냘프고 연약한 몸이 함정에 빠진 범 같은 처지인지라 달리 어떻게 할 도리가 없어 거짓으로 대답하여 말했다.

"팔자가 복이 없어 강물 한가운데서 죽게 되었었는데, 그대가 거의 죽게 된 나의 목숨을 구하고 한평생 함께 살고자 하니, 감격스러운 마음 어찌 다 말하리오! 다만 미안한 일이 있으니, 이달 초삼일은 나의 부친 제삿날이라오. 아무리 여자일지라도 부친의 제삿날을 맞이해 어찌 경사 스러운 혼례를 지내오며, 또한 부부가 되어 백 년을 해로할진대 어찌 제 삿날을 따지지 아니 하리오?"

그 말을 듣고 즐거운 마음 헤아릴 수가 없었으니, 도적이 장 부인에 게 정답게 말했다.

"진실로 그러할진대 장인의 제삿날에 사위라 하더라도 어찌 정성을 다 하지 아니 하겠소? 제물을 극진히 장만할 것이니, 부디 염려 말고 안심 하소서."

장 부인이 고맙다고 인사하며 조금도 의심치 아니하여 반가워하니, 도적이 감사하여 전혀 다른 생각을 하지 못하고 안으로 들어가 계집종 을 보내 장 부인을 모시게 하니라. 계집종이 들어와 장 부인의 곁에 누워 깊이 잠들었고 사람의 왕래가 끊겨 사방이 고요하자, 장 부인이 그날 한밤중에 도망하여 나오더라. 이때 방에 자고 있던 계집종년이 문득 잠을 깨어 주위를 만지고 둘러보니, 장 부인은 간데없고 중문이 열려 있더라. 계집종이 장 부인을 부르며 쫓아오자, 장 부인이 크게 놀라 거짓으로 앉아 뒤보는 체하다가 계집종을 꾸짖어 말했다.

"여러 날을 계속 고생하여 목이 말라서 냉수를 많이 먹었더니 배가 편 치 않은지라 밖에 나와 뒤를 보거늘, 네 어찌 이렇듯 소란을 피워 집안을 놀라게 하느냐."

계집종은 창피해 장 부인을 볼 낯이 없어 방으로 들어갔고, 장 부인 도 달리 어찌할 도리가 없어 방으로 들어가 잠을 자니라. 그날 밤이 지나고 이튿날이 되자, 도적놈이 장 부인의 말에 속아 종들을 데리고 제물을 장만하더라. 장 부인이 목욕하고 방으로 들어와 사방을 살펴보는데, 동쪽 벽 위에 무엇이 놓여 있어서 뜯어보니 기묘한 것이었다. 나무도 아니고 돌도 아니었으며, 그렇다고 옥(玉)도 아니고 금(金)도 아니더라. 광채가 찬란하여 햇빛을 가리고 어질어질한 색이 휘황하여 눈이 부시었으며, 천지조화(天地造化)가 면마다 각각 어려 있고 강산정기(江山精氣)가 복판에 깃들어 있으니, 고금(古今)에 볼 수 없었던 옥함(玉函)일러라. 실로 용궁의 조화가 아니면 천신의 솜씨일러라. 앞면을 살펴보니 황금빛 큰 글자로 뚜렷이 새겼으되, '대명국 도원수(大明國都元首) 유충렬은 열어 보아라.' 하였다. 장 부인이 옥함을 보고 몹시 놀라 얼굴빛이 하얗게 질려서는 마음속으로 생각하였다.

'세상에 성과 이름이 똑같은 사람이 또 있단 말인가. 진실로 내 아들 충렬의 물건이라면 어찌 이곳에 있는고? 충렬아, 너의 옥함은 여기 있다마는 너는 어디 가고 너의 물건이 여기 있는 줄을 모르느냐.'

장 부인은 옥함을 다시 싸서 그곳에 놓고 밤이 깊어지기를 기다렸다. 밤이 되자, 도적놈이 제사 음식을 많이 장만하여 장 부인의 방에 들여왔다. 장 부인이 제사 음식을 받아 차례로 제사상에 차려놓고서 한밤중이 되어서야 제사를 다 지내고 제사 음식을 나누어 먹은 뒤에 각각 잠자리에 들었다. 도적놈이며 종들이 종일토록 제사 음식을 마련하느라 피곤했던 까닭에 온 식구들이 다 잠에 들더라. 그러자 장 부인은 옥함을 꺼내어 행장에 깊이 싸가지고 밖으로 나와 북두칠성을 바라보며 한없이 도망하여 한 곳에 다다르니, 날이 이미 밝고 큰길이 나오더라. 행인에게 물으니 영릉관 대로(大路)라 하더라. 장 부인은 주점에 들어가 아침밥을 구걸하여 먹고 종일토록 걸어갔으나 몇 리를 왔는지 알 수가 없을러라.

한곳에 당도하니 앞에 큰물이 있는데, 풍랑은 하늘에 닿을 듯 일렁거리고 푸른 물결은 한없이 넓게 넘실거리더라. 사방을 둘러보아도 사람의 왕래라곤 없는데, 청산은 푸르러 있고 십 리나 되는 긴 강의 텅 빈 물가에 궂은비만 내리니 무슨 일이런가. 무심한 저 백구(白鷗)는 사람을 보고 놀랐는지 이리저리 날아가고, 슬픈 마음 긴 한숨에 피 같은 저 눈물이 뚝뚝 백사장에 떨어지니, 모래 위에 붉은 점은 복사꽃이 흐드러지게 핀 듯하구나. 무정한 저 물새는 봄 나라[春國]인 줄 날아들고, 뜻이 있어 흐르는 맑은 강물 소리에는 단념할 수밖에 달리 어찌할 도리가 없어 목메니 어찌 한심하지 아니하랴.

장 부인이 종일토록 길을 걸어서 몹시 고단한지라 인가를 찾아가 밤을 지내고자 하였으나, 배가 한 척도 없어 물가에서 망설이고 있었더라. 이때는 이미 서산에 해가 지고 찬 강물에 어두움이 드리우니, 나아갈 수도 물러날 수도 없을러라. 달리 어떻게 할 도리가 없어 물가의 길을 따라 인가를 찾아가니, 그 길이 끊어지지 아니하고 산골짜기로 이어져 있더라. 길을 잃지 아니하고 점점 들어가니 사람이 없어 사방이 적막하기만 한데, 다만 들리는 것이라고는 두견새와 접동새의 울음소리와 원숭이의 구슬픈 울음소리뿐이로다. 푸르게 무성한 숲의 나뭇가지를 끌어 잡고 골짜기의 물줄기를 따라 밟아 가니, 아득한 달빛 속에 서너 채의 초가(草家)가 보이더라. 장 부인이 반가워서 급히 들어가는데 사립문에 있던 개가 짖어서 한 노파가 문밖으로 나오는지라 그 노파에게 인사를 하니, 노파도 답인사를 하며 방으로 들어가자고 하니라. 장 부인이 방안으로 들어가 앉으며 살펴보니, 사방에 여자 옷은 없고 남자 옷만 걸려 있더라. 또한 곁방에서 남정네들 소리가 나니, 장 부인은 심신이 불안하여 앉아있어도 편안한 자리가 되지 못하더라.

저녁밥을 먹은 후에 늙은 할미가 물었다.

"그대는 뉘 집 부인이관데, 어찌 혼자 이곳에 왔나이까?"

장 부인이 대답하였다.

"나는 본디 황성 사람으로 친정에 갔다가 해상에서 수적(水賊)을 만나 목숨을 걸고 도망하여 이곳에 왔나이다."

노파가 이 말을 듣고 곁방으로 들어가 자식들에게 일러 말했다.

"저 여인의 말을 들으니, 몹시 괴이하구나. 며칠 전에 들으니, 석장동 당질(堂姪) 놈이 회수 사공을 하다가 이달 초에 해상에서 한 부인을 얻어 백 년 동거코자 한다고 했었다. 저 여인의 말이 수적을 만나 도망하여 왔다 하니, 정녕코 당질 놈이 얻은 계집일러라. 바삐 이 밤 삼경에 석장동으로 득달같이 달려가서 마철에게 이 계집을 데려다가 잃지 말라고 하여라."

노파의 자식이 이 말을 듣고 급히 뒤뜰로 나와 말 한 필을 내어 타고 바삐 채찍질해 나서니, 본디 이 말은 천리마(千里馬)라 눈 깜짝할 동안 석장동에 당도하더라.

이때 장 부인이 도망하느라 곤하여 노파의 방에서 잠을 깊이 들었는데, 꿈인지 생시인지 어렴풋할 때에 한 노인이 버젓이 들어와 장 부인의 곁에 앉으며 말했다.

"오늘밤에 큰 변이 일어날 터, 부인은 무슨 잠을 그리 깊이 자시나이까? 급히 일어나서 동산에 올라가 몸을 숨겼다가 변이 일어나거든 바삐 물가로 내려가면 표주박 같은 작은 배 한 척이 물가에 있을 것이니, 그 배를 타고 급히 화를 면하시오. 만일 그렇지 아니하면 천금같이 귀한 몸을 안전하게 보전하기가 어려울 것이오."

그리고는 노인이 간데없거늘 놀라 깨달으니 남가일몽(南柯一夢)일러라. 장 부인은 급히 일어나 살펴보니 노파도 온데간데없는지라, 행장을 옆에 끼고서 동산에 올라가 몸을 숨기고 동정을 살펴보니라. 과연 남쪽에서 포 쏘는 소리가 한번 나면서 불길이 하늘을 찌르는 가운데 무수한 도적들이 사방을 에워싸더니, 한 도적이 소리를 질러 말했다.

"그 계집이 여기 있느냐?"

그 소리가 산골짜기를 진동하더라. 장 부인이 크게 놀라 지척을 분간하지 못하고 엎어지며 자빠지면서 동산을 넘어 물가에 다다랐다. 사방을 둘러보아도 사람이라곤 없이 적막하기만 한데, 난데없이 표주박 같은 작은 배 한 척이 물에 매어 있었고 그 배 안에서 한 선녀가 부두 밖으로 나오며 장 부인에게 배 안으로 들어오라고 재촉하더라. 장 부인이 놀라 어찌할 바를 모르는 중에 배에 올라 선녀를 보니, 머리 위에 옥으로 만든 연꽃을 꽂고 손에는 봉황의 털로 만든 부채를 들었으며, 푸른 저고리에 붉은 치마를 입고 백옥으로 만든 노리개를 찼는지라, 정말로 선녀이지 인간세상의 사람은 아닐러라. 장 부인이 황송하여 허리를 굽혀 큰 절을 하고 말했다.

"기구한 운명의 천한 저를 이렇게 구해주니, 선녀의 깊은 은덕을 어찌 다 갚으리까?"

선녀가 대답하여 말했다.

"소녀는 남해 용왕의 장녀이옵니다. 오늘 부왕(父王)께서 분부하시기를, '대명국(大明國) 유충렬의 어머니인 장 부인이 오늘밤에 도적의 변을 당할 것이니, 네 바삐 가서 구해드려라.' 하시기로 왔사옵니다. 부인의 운명은 상제께서도 아시는 바인지라, 소녀 같은 계집에게 무슨 은혜가 있다고 하리까."

장 부인이 상제에게 감사를 드리려는데 미처 마치지 못했을 때, 도적들이 벌써 물가에 이르러서 포를 한 번 쏘는 소리가 나더니 난데없는 불길이 강물을 끊일 듯이 솟아오르더라. 그리고 조그마한 배 한 척이 양 돛을 높이 달고 쏜살같이 달려들어 장 부인이 탄 배와 두어 발의 거리쯤 남자, 적선에 타고 있던 한 도적이 창검을 높이 들고 선창(船艙: 짐칸)을 두드리며 고함을 질러 말했다.

"네 이년, 어디로 가려 하느냐? 천신이 아니거든 물속으로 들어가겠느냐? 도망가지 말고 거기 있거라. 나의 호통치는 소리에 나는 새도 떨어지고 달아나는 짐승도 못 가거늘, 요망한 계집이 어디로 가려 하느냐?"

이렇듯이 소리를 지르니, 배 가운데에 있는 장 부인은 혼이 있을쏘냐. 장 부인이 놀라 어찌할 바를 모르는 중에 돌아보니 도적의 배가 부두로 달려들고 있는지라, 달리 어떻게 할 도리가 없어 통곡하며 말했다.

"무지한 도적놈아! 나는 남경 유 주부의 아내일러니, 간신의 참소를 만나 이 지경이 되었을지라도 너의 아내가 될 수 있겠느냐. 차라리 물에 빠져 죽어 맑고 깨끗한 외로운 넋이 되리라."

도적이 이 말을 듣고 분한 마음이 하늘을 치를 듯 솟구쳐서 장 부인이 탄 배를 거의 다 잡게 되었을 정도로 바싹 붙어 창검으로 냅다 치려

는데, 난데없는 거센 바람이 동남쪽에서 일어나더라. 백사장에 쌓인
돌이 휘몰아치는 거센 바람에 흩날려 비 오듯 떨어지고, 만경창파의
깊은 물에 바람과 파도가 세차게 굽이치며 벽력같이 내려치더라. 강산
도 두려워하리니, 도적놈의 조그마한 배가 제 어떻게 견딜쏘냐. 바람
과 파도 소리가 천지를 진동하자 적선의 양 돛대가 부러져 물속으로
떨어졌으니, 천하의 항우(項羽) 장사라 하더라도 해상에서 배를 타고
가려한들 돛대가 없는지라 어디로 가리오. 적선은 달리 어떻게 할 도
리가 없어 빈 배로 물위에 둥둥 떠 있지만, 장 부인이 탄 조그마한 배
는 용왕의 표주(瓢舟)이니 바람이 분들 부서질 리가 있을쏘냐. 강물 한
가운데서 두둥실 높이 떠 쏜살같이 달아나는데, 그 배의 앞은 바람이
고요하여 푸른 물결이 잔잔하고 달빛이 은은하더라. 옥황의 분부로 용
왕이 주신 배이었으니 염려할 바가 있으랴.

   눈 깜짝할 동안 배를 언덕에 대고 장 부인을 안내하여 바위 위에 내
려주자, 장 부인이 정신을 가다듬고 무수히 감사의 말씀을 드리고는
행장을 수습해 물가로 올라가려 했으나 기운이 다 빠져 몇 발짝도 내
딛기가 어렵더라. 터덜터덜 종일토록 가다가 한곳에 다다르니 산천이
수려하고 지형이 반듯하였는데, 이 땅은 천덕산 할림동일러라. 그곳
에 이르자마자 날이 또한 저무는지라, 장 부인이 번민과 고단함으로
물가에 앉아 쉬다가 잠깐 졸았는데, 전날 꿈에 나타났던 노인이 장 부
인을 깨우며 말했다.

   "부인은 이제 악운이 모두 다하여 없어졌는지라, 이 산골짜기로 들어
   가면 자연히 구해주는 사람이 있을 것이니 바삐 가시오."

   이에, 놀라 깨어보니 푸른 산은 울창하고 시냇물은 잔잔하더라. 장
부인이 물가에서 일어나 산골짜기를 찾아 들어가는데, 백옥 같은 고운

손발이었거늘 험한 산골짜기 길을 따라 발 벗고 들어가느라 모진 돌에 채이며 모진 나무에도 채여 열 발가락이 하나도 성한 데가 없더라. 유혈이 낭자하고 온몸이 흉측하니 세상이 귀찮기만 한지라 월태화용(月態花容)과 같은 고운 얼굴에 수심이 가득하였고, 살가죽과 뼈가 서로 맞붙을 정도이니 살고 싶은 마음이 전혀 없는지라 죽고만 싶은 마음이 간절하었나. 장 부인이 그 자리에 앉아 슬피 울며 말했다.

"연경으로 가자 하니 연경이 사만 오천육백 리일진대 여자의 몸으로 혼자서 많은 산과 많은 강을 어찌 가며, 몇 날이 되지도 않아서 이러한 변을 당했으니 연경으로 가다가는 내 절개도 잃고 내 목숨마저도 부지하기 어렵겠다. 차라리 이곳에서 죽으면 백골이나마 고향으로 흘러갈까나. 남은 혼백이라도 황성을 다시 보리라."

그리고는 행장을 끌러 옥함을 내어놓고 비단수건에 붉은 글자를 새겨 썼으니, 이러하다.

「모년 모월 모일에 대명국 동성문 안에 사는 유충렬의 어미 장씨는 옥함을 내 아들 충렬에게 전하노니, 죽은 혼백이라도 받아보아라.」

장 부인이 한 자 한 자 새긴 수건으로 옥함을 싸서 물속에 던지고 대성통곡하며 치마를 덮어쓰고 물에 빠져 죽으려 하더라. 이때 산골짜기 사이에서 어떤 여인이 물동이를 옆구리에 끼고 돌샘에서 물을 긷다가 장 부인을 보고 급히 내려와 만류하고는 바위 위에 앉히고서 물었다.

"부인은 무슨 일로 이러하시나이까? 내 집으로 가사이다."

장 부인은 문득 노인이 꿈에 나타나 했던 말을 생각하고 그 여인을 따라 가니라. 바위 위의 돌길 사이에 몇 칸의 초가(草家)가 있는데 깨끗하고 기묘하면서도 아름다운 빛을 띤 구름이 어리었으니, 군자가 사는 곳이요 신선이 있는 곳이로다. 방으로 들어가 보니, 갈포로 만든 옷이 벽에 걸려 있고 만 권이나 되는 수많은 책들이 책상 위에 놓여 있더라. 장 부인이 반가운데다 마음까지 편안해져 그동안 고생했던 이야기와 연경을 찾아 가다가 도중에서 봉변당했던 일을 하나하나 빠짐없이 다 말하자, 주인도 눈물을 흘리고 손님도 슬피 우니, 그 아니 가련한가.

원래 이 집은 대명국 성종 황제 때에 벼슬하던 이인학의 아들 이 처사(李處士)의 집이니라. 이인학의 모친은 유 주부의 종숙모였으나 서로 이별한 지 여러 해이더라. 이 처사는 마음이 재물에 욕심 없이 깨끗하고 행실이 곧아서 벼슬을 그만두고 산속에 들어와 농업에 힘쓰며 학업을 일삼으니, 심양강(尋陽江) 오류촌(五柳村)에 생활하던 도 처사(陶處士: 도연명)의 행실이었고, 부춘산(富春山) 칠리탄(七里灘)에서 낚시질하던 엄자릉(嚴子陵: 엄광)의 절개이었도다. 세상의 공명은 장자방(張子房: 장량)이 곡식을 먹지 않고 신선을 따라간 것처럼 여기고, 인간의 부귀는 소 태부(疏太傅: 소광)가 재물을 흩어버리듯 하니, 만고에 다시없는 사람이요, 한 시대에 둘도 없는 사람일러라. 이 처사가 뜻밖에 장 부인의 말을 듣고 크게 놀라 중당으로 맞이하여 인사를 마친 뒤에, 그간 일어났던 일을 다 듣지도 못하고 눈물을 흘리며 말했다.

"처숙(妻叔)인 유 주부를 이별한 지 겨우 몇 년이 되었는데, 사람의 일이 그토록 변하여 이 지경이 될 줄 어찌 알았겠나이까."

서로 울며 마음을 위로하더라. 그리고 음식과 거처를 편히 이바지하니 장 부인의 한 몸은 아무런 탈이 없었으나, 다만 가슴속에 맺힌

한이 끝내 떠나지 아니한 채로 세월을 보내더라.

회사정에서 다행히 대인을 만나고,
옥문관에 늙은 재상을 귀양 보내다.

각설。 이때 충렬은 모친을 잃고 물에 빠져 살길이 없었는데, 문득 두 발이 닿아 자세히 살펴보니 물속에 있는 큰 바위이더라. 그 위에 올라앉아 하늘을 우러러 어미를 찾았으나 간데없고, 사방을 돌아보니 푸른 산은 은은하고 물새소리만 들릴 뿐이로다. 강가의 여기저기에서 원숭이들이 한밤중에도 슬피 우니, 충렬이 통곡하며 바위 위에 서 있더라.

이때 남경(南京)의 장사꾼들이 재물을 많이 싣고 북경(北京)으로 가면서 회수 한가운데에 배를 띄워놓아 두둥실 내려가는데, 처량한 울음소리가 바람결에 들려오는지라. 뱃사람들이 괴이하게 여기고 배를 바삐 저어 우는 곳을 찾아가니, 과연 한 동자가 물에 서서 슬피 울고 있거늘 급히 건져 배안에 놓고 일의 앞뒤 사정과 까닭을 물었다.

"해상에서 수적(水賊)을 만나 어미를 잃고 우나이다."

뱃사람들이 슬픔에 젖어서 동자를 물가에 내려놓고 '가고 싶은 대로 가거라.'하고는 배를 띄워 북경으로 향하더라.

충렬은 뱃사람들을 이별하고 정처 없이 다녔는데, 이 마을 저 마을을 돌아다니며 구걸하여 먹고, 이르는 곳마다 잠자리를 빌어서 잤다.

아침에는 동쪽에 있고 저녁에는 서쪽에 있으니 가을바람에 떨어지는 나뭇잎이요, 오가는데도 사람의 자취가 없으니 푸른 하늘을 떠다니는 뜬구름일러라. 얼굴은 비쩍 말라 죽게 되었으며 행색은 그저 딱하고 불쌍하였다. 가슴속의 대장성(大將星)은 때 속에 묻혀 있고, 등에 있는 삼태성(三台星)은 헌 옷 속에 묻혔으니, 활달한 기남자(奇男子)가 도리어 걸인(乞人)이 되었어라. 담장만 쌓던 부열(傳說)도 무정(武丁: 은나라 고종)을 만났고, 밭만 갈던 이윤(伊尹)도 은(殷)나라의 왕 성탕(成湯)을 만났고, 위수(渭水)에 숨어 지내던 여상(呂尙: 강태공)도 주(周)나라의 문왕(文王)을 만났건만, 흐르는 물같이 세월은 빨리도 지나가서 충렬의 나이 어느덧 14세가 되었더라.

하늘과 땅으로 집을 삼아 온 세상에 밥을 동냥하느라 길거리에서 빌어먹다가 한곳에 다다르니, 이 땅은 초(楚)나라이니라. 영릉(零陵)을 지나다가 장사(長沙)를 바라보고 한 물가에 다다르니, 광활한 물가에는 인적이 끊겨 원숭이가 구슬피 울 뿐이고, 가랑비가 내리는 백사장에는 흰 갈매기가 날아 오갈 뿐이로다. 뒤쪽을 돌아보니 푸른 대나무와 소나무가 우거져 있고, 적막한 옛 정자가 풍랑 사이로 보이더라. 그곳에 올라가니 이 물은 멱라수(汨羅水)요, 이 정자는 회사정(懷沙亭)이라 하는 정자일러라. 바로 유 주부가 글을 쓰고 물에 빠져 죽고자 하던 곳이라.

마음이 절로 슬픔에 젖어 정자에 올라가 전후좌우를 살펴보니, 제일 위에는 굴삼려(屈三閭)의 행장(行狀)이 붙어 있고, 그 밑의 사면에는 만고의 문장과 한시(漢詩)들이며 지나가는 나그네들의 노정기(路程記)들이 붙어 있더라. 동쪽 벽 위에 새로이 두 줄의 글이 씌어 있거늘, 그 글을 보니 이러하다.

「모년 모월 모일에 남경 유 주부는 간신의 참소(讒訴)를 받아 연경으로 귀양 가다가 멱라수에 빠져 죽노라.」

충렬이 그 글을 보고 정자 위에 거꾸러져 목 놓아 몹시 섧게 울며 말했다.

"우리 부친께서 연경으로 가신 줄만 알았더니, 이 물에 빠지셨도다. 나 혼자 살아나서 세상에 무엇을 하리오. 회수에 모친을 잃고 멱라수에 부친을 잃었으니, 무슨 면목으로 세상에 살아남겠는가. 나도 함께 빠지리라."

그리고서 물가로 내려갔는데, 충렬의 울음소리가 용궁(龍宮)에 사무쳤으리니 천신이 어찌 무심할 것이랴.

이때 영릉 땅에 사는 강희주라 하는 재상이 있었으니, 소년시절에 벌써 과거에 합격하여 승상 벼슬을 하다가 간신의 참소(讒訴)를 만나 벼슬에서 물러나 고향으로 돌아와 있었느니라. 그러나 아쉬운 대로 충신이 국가를 잊지 못하여 천자가 그릇되게 결정하는 일이 있을 때마다 상소하여 바루니, 조정의 신하들이 그의 직간(直諫)을 꺼려하였는데 그중에서도 정한담과 최일귀가 가장 마음에 들어 하지 않더라. 강 승상이 마침 본부(本府)에 갔다가 돌아오는 길에 오른편 주점(酒店)에서 잤더니, 꿈인지 생시인지 어렴풋이 잠들었을 때 오색구름이 멱라수에 어렸는데 청룡(靑龍)이 물속에 빠지려 하면서 하늘을 향해 무수히 통곡하고 백사장에 배회하더라. 마음속으로 괴이하게 생각하여 날 새기를 기다리다가 새벽닭 우는 소리가 나며 날이 밝으려 하자 멱라수로 바삐 달려갔느니라. 과연 어떤 동자가 물가에 앉아 울고 있었으니, 급히 달려들어 그 아이의 손을 잡고 회사정에 올라와 자세히 물었다.

"너는 뉘 집 자식이관데 어디로 가며, 무슨 사정과 까닭으로 이곳에 와 우느냐?"

충렬이 울음을 그치고 대답하였다.

"소자는 남경 동성문 안에 사는 정언 주부(正言主簿) 유공의 아들이옵는데, 부친께옵서 간신의 참소를 만나 연경으로 귀양 가시다가 이 물에 빠져 죽으신 흔적이 회사정에 있는 까닭에 소자도 이 물에 빠져 죽고자 하옵니다."

강 승상이 이 말을 듣고 크게 놀라 얼굴빛이 변하면서 말했다.

"이것이 웬 말이냐? 최근 몇 년 동안에 노환(老患)으로 황성을 못 갔더니 그토록 세상의 일이 변하여 이런 변이 있었단 말인가. 유 주부는 한 나라의 충신이었으니, 같은 조정에서 벼슬하다가 나는 나이가 많이 들어 고향으로 돌아왔지만 유 주부가 이렇게 될 줄을 꿈속에서나 생각하였으랴. 전혀 생각하지 못했구나. 이미 지나간 일일랑 따지지 말고 나를 따라 가자구나."

충렬이 말했다.

"대인은 소자를 생각하와 가자고 하시나, 소자는 이 세상에 다시없는 불효자이니 살아서 무엇 하겠사옵니까? 또한 모친이 번양 회수 중에서 돌아가시고 부친은 이 물가에 돌아가셨사오니, 소자는 혼자 살아남을 마음이 없나이다."

강 승상이 달래어 말했다.

"부모가 모두 돌아가셨는데 너조차 죽는단 말이냐. 세상 사람들이 자식을 낳아 좋다고 하는 것은 후사(後嗣)가 끊기지 아니함일러라. 너조차 죽게 되면 유 주부 사당에 자식의 제사가 있을쏘냐. 잔말 말고 따라가자."

충렬이 달리 어떻게 할 도리가 없어 강 승상을 따라가니, 그곳은 바로 영릉 땅 월계촌일러라. 인가가 즐비하고 지위 높은 사람들이 오가면서 행인들의 통행을 통제하는 소리가 요란하였다. 창과 문을 아름답게 무늬 놓아 꾸민 높은 누각과 큰 집들이 하늘 높이 솟아 있고, 붉은 바퀴와 푸른 덮개를 갖춘 화려한 수레가 준수한 인물들을 태워 오가고 있더라.

강 승상이 충렬을 사랑에 두고 안으로 들어가 부인 소씨에게 충렬의 사정을 하나하나 빠짐없이 다 말하니, 소씨가 이 말을 듣고서 충렬을 오라 하여 그의 손을 잡고 눈물을 흘리며 말했다.

"네가 동성문 안에 사는 장 부인의 아들이냐? 장 부인이 나이가 많이 들도록 자식이 없어 나와 함께 매일 한탄하였단다. 장 부인은 어찌하여 저러한 아들을 두고도 영화를 다 보지 못한 채로 황천객(黃泉客)이 되었단 말인가. 세상의 일이란 참으로 허망하도다. 간신의 참소를 입어 충신이 다 죽으니 나라인들 무사하랴. 다른 데 가지 말고 내 집에 있거라."

충렬이 감사의 절을 하고 사랑으로 나오더라.

이때 강 승상은 아들이 없고 다만 딸 하나만을 두었더라. 부인 소씨가 딸아이를 낳을 적, 한 선녀가 오색구름을 타고 내려와 소씨에게 말했다.

"소녀는 옥황의 선녀이옵는데, 자미원 대장성과 연분을 맺고 있다가 옥황께서 소녀를 강씨의 집안으로 보내어 왔사오니, 부인은 불쌍히 여기어 은혜를 베풀어주옵소서."

소 부인은 정신이 혼미한 가운데 딸아이를 낳으니, 용모가 비범하고 행동거지가 단정하였다. 시 짓기와 글쓰기를 잘하는데다 모르는 음률(音律)이 없었으니 여중군자(女中君子: 淑德이 높은 여자)요, 총명하고 지혜로움이 짝할만한 자가 없더라. 부모가 딸아이를 사랑하여 사윗감을 쉽게 고르지 못하고 염려하더니 천행으로 충렬을 데려다가 사랑에 거처하게 하고 자식같이 길러냈는데, 충렬의 상(相)을 보니 귀하기가 이루 다 말할 수 없었도다. 부귀(富貴)와 작록(爵祿)은 인간세상에서 짝할만한 자가 없었고, 재주와 슬기가 뛰어나고 용맹함이 세상에 비길 데가 없는 만고의 제일이었다. 강 승상이 크게 기뻐하여 안채로 들어가 소 부인에게 혼사를 의논하니, 소 부인도 매우 기뻐하며 말했다.

"저도 마음속으로 충렬을 사랑하였더니 승상의 말씀이 또한 그러할진대, 모름지기 여러 말씀을 할 필요가 없삽고 혼사를 치르옵소서."

강 승상이 밖에 나와 충렬의 손을 잡고 말했다.

"네게 대사(大事)인 혼인과 관련해 진실로 부탁할 말이 있다. 이 늙은이가 만년에 오로지 딸 하나만을 두었더니, 지금 볼진대 너와 하늘이 정해준 배필임이 틀림없는지라, 이제 평생의 고락(苦樂)을 네게 맡기려 하노라."

충렬이 무릎을 꿇어앉고 눈물을 흘리며 여쭈었다.

"거의 죽게 된 소자의 목숨을 구하여 슬하에 두고자 하오시니 감사하기가 이를 데 없사옵니다. 다만 가슴속에 몹시 절박한 일이 사무쳐 있사옵니다. 소자가 복이 없어 양친의 생사조차 모르는데, 결혼하여 아내를 얻으면 자식으로서 죄짓는 일이옵니다. 이것이 한스러울 뿐이로소이다."

강 승상이 그 말을 듣고 슬픔에 젖어서 충렬의 손을 잡고 말했다.

"이것도 그때그때의 형편에 따라 임기응변으로 일을 적절하게 처리하는 방법일러라. 네 집안의 시조공(始祖公)도 일찍 부모를 여의고 장씨 집안에 장가갔다가 어진 임금을 만나 개국공신이 되었으니, 조금도 서러워 말아라."

그리고는 즉시 좋은 날을 택하여 경사스러운 혼례를 치르니, 아름다운 신랑과 신부는 하늘에서 죄를 짓고 인간세상에 내려온 선인(仙人)이 틀림없었다. 혼례를 다 끝내고 방으로 들어가 사방을 살펴보니, 빛나고 빛난 것이 한 입으로는 다 말하기 어려웠고 붓 하나로는 다 기록하기 어려웠도다. 촛불을 밝힌 신방(新房)에서 깊은 밤에 신랑과 신부가 평생의 연분을 맺었으니, 서로 사랑하며 주고받은 그 말을 어찌 다 헤아릴 수 있으며, 어찌 다 기록하랴. 밤을 지낸 후에 이튿날 강 승상 부부께 인사드리니, 강 승상 부부 즐거운 마음을 이기지 못하더라.

이러구러 세월의 빠름이 흐르는 물과 같아서 유생의 나이 15세가 되었다. 이때 강 승상이 어진 사위를 얻고 만년에 근심이 없었으나, 다만 유 주부가 간신의 참소를 받아 멱라수에 빠져 죽은 것을 생각하면 분한 마음이 곧바로 일어나는지라, 나라에 글을 올려 유 주부의 원통함을 씻고자 하여 즉시 황성으로 가려 하였다. 유생이 이를 만류하며 말했다.

"대인의 말씀은 감격스러우나, 간신이 조정에 가득하여 국권을 장악하고 있으니 천자께서 상소를 듣지 아니할까 하나이다."

강 승상이 듣지 아니하고 급히 행장을 차려 황성으로 올라가 퇴임 재상 권공달의 집에 거처를 정하고, 상소를 지어 승지(承旨)를 불러서

'천자께 올리라.' 하더라. 그 상소는 이러하다.

「전 승상(前丞相) 강희주는 삼가 머리를 조아려 수백 번 절하옵고 상소를 폐하께 올리나이다. 황공하오나 충신은 나라의 정기(正氣)이옵니다. 간신을 물리치고 충신을 내세워 어진 정치를 행하시고 덕을 베푸시어 온 백성들을 보살피시면, 소신(小臣) 같은 병골(病骨)이라도 오랜 옛날 순(舜)임금과 같은 태평성대를 다시 만나 백골(白骨)이나마 푸른 산의 좋은 땅에 묻힐까 하였사옵니다. 그랬더니만 간신의 말을 들으시고 주부 유심을 멀리 연경으로 귀양 보내시니, 선인(先人: 맹자)의 하신 말씀처럼 임금이 신하 보기를 초개(草芥)같이 하여 밖으로 충신의 입을 막고 간신의 악정(惡政)을 받아들여 국권(國權)이 앗아졌는지라 어찌 한심하지 않으리까. 왕망(王莽)이 황제를 대신해 정사를 돌보자 왕실(王室)이 미약해졌고, 회왕(懷王)이 위태할 정도로 미약하자 항적(項籍)이 죽었으니, 삼가 바라건대 황상께서는 깊이 생각하옵소서. 신(臣)이 비록 죽는 날이라도 은혜에 감사히 여기는 마음은 바다와 같사오니, 엎드려 바라건대 황상께서는 충신 유심을 즉시 풀어주시어 폐하를 돕게 하옵소서. 아뢰올 말씀은 무궁하오나 황공하여 그치나이다.」

천자가 상소를 보고 매우 노하여 조정에 상소를 내리어 보라 하였다. 이때 정한담과 최일귀가 강희주의 상소를 보고 대단히 분하게 여겨 즉시 대궐 안으로 들어가 여쭈었다.

"퇴임 신하 강희주의 상소를 보오니, 그 죄악이 신하의 도리에 크게 어긋나나이다. 충신을 왕망에게 비유하여 폐하를 죽인다 하오니, 이놈을 역적을 처벌하는 법률로 다스리어 능지처참하옵고, 한편으로는 저의 삼족(三族)을 멸해야 하리이다."

천자가 허락하니, 정한담이 즉시 승상부에 나와 나졸을 재촉하여 강희주를 잡아들이라 하니라. 나졸들이 정한담의 명령을 듣고 권공달의 집으로 가 강희주를 철망으로 결박하여 잡아가더라. 이때 강희주는 삼족을 멸하라 하는 말을 듣고 자신의 죄목에 유생이 또한 말려들까 염려하여 급히 편지를 써서 집으로 보낸 뒤 철망에 싸이어 금부(禁府)로 들어가는데, 흰 머리카락이 희뜩희뜩하고 피눈물이 얼룩진 채로 부르짖었다.

"충신을 구하다가 장안의 저자거리에서 거두어 줄 연고자 없이 떠돌아다니는 외로운 혼령이 된단 말인가. 죽은 혼백이라도 용방(龍龐)과 비간(比干)을 벗한다면 역사에 길이 영화로울 것이오. 그러나 간신 정한담은 왕위를 찬탈하려고 충신을 함정에 빠뜨려 원통한 혼백이 되게 하였으니, 살아도 부끄럽지 아니하랴."

강 승상이 무수히 원통함을 부르짖으며 금부로 들어가니, 이때 정한담이 승상부에 높이 앉아 강 승상을 잡아들여서 계단 아래에 꿇리고 죄를 따지며 말했다.

"네가 지난날에 스스로 충신이라 일컫더니, 충신도 역적이 된단 말이냐?"

강 승상이 눈을 부릅뜨고 정한담을 보며 말했다.

"관숙(管叔)과 채숙(蔡叔)이 주공(周公)을 역적이라 하지 않았더냐? 그런데다 양화(陽貨)가 공자(孔子)로부터 소인(小人)에 대해 어제 들은 듯하구나."

정한담이 매우 노하여 좌우에 있는 나졸을 재촉하니, 나졸들이 강 승상을 수레 위에 높이 싣고 장안의 저자거리로 나가더라.

이때 천자의 황태후(皇太后)는 강 승상의 고모(姑母)일러라. 황태후가 강 승상을 죽인다는 말을 듣고 급히 천자에게 들어가 눈물을 흘리며 말했다.

"들으니 강희주를 죽인다고 하는데, 무슨 죄로 죽이려 하느냐? 친정의 피붙이라고는 다만 늙은 강희주 뿐이라. 설사 죽일 죄가 있다 하여도 나를 보아 죽이지 말고 먼 지방으로 귀양 보내기를 바라노라."

천자가 슬픈 기분이 들자 즉시 정한담을 불러 말했다.

"죽이지 말고 유심과 마찬가지로 멀리 옥문관으로 귀양 보내라."

정한담이 천자의 명을 듣고 마지못하여 멀리 옥문관으로 귀양 보내고, '강희주의 모든 가족들을 다 잡아다가 함께 관노비(官奴碑)로 들여라.'고 하면서, 한편으로는 나졸을 불러 모아 영릉으로 가더라.

이때 유생이 승상 강희주가 황성으로 간 뒤에 밤낮으로 염려하고 있었는데, 뜻밖에 강 승상의 편지가 왔는지라 급히 뜯어서 보니, 내용은 이러하다.

「오호라! 이 늙은이는 전생(前生)에 죄가 커서 슬하에 아들 없이 오직 딸 하나만 두었더니만, 천행으로 그대를 만나 부귀영화를 보려고 딸아이의 평생을 그대에게 맡겼더니라. 집안의 운이 그러한 것인지 조물주가 시기한 것인지, 충신을 구하다가 만 리 변방으로 귀양 가서 생사를 모르게 되었나니, 이러한 변이 또 있겠느냐. 이 늙은이는 나이가 많아 풀끝에 맺힌 이슬 같아서 앞으로 살날이 얼마 남지 않아 이제 죽어도 섧지 아니하나, 딸아이의 일생을 생각하니 가련하고 불쌍한지라. 하늘이 맺어준 연분으로 그대를 만나 새로 사귄 정이 흡족하지 못한 채 이 지경이 되었으니, 앞으로 그 딸아이의 형편이 어찌 될지 가슴이 답답하도다. 그러하나 이 늙은이는 역적을 처벌하는 법률로 잡히어 철망을 씌워서 멀리 옥문관으로 귀양 보내지고, 나의 모든 가족들은 잡아다가 관청의 노비로 귀속시키고자 나졸들이 내려갔으니, 그대는 급히 집을 떠나 환난을 면하여라. 만일 새로 사귄 정을 못 잊어 도망치지 않으면 우리 두 집의 유일한 핏줄이 젊은 나이에 외로운 혼백이 될 것이니, 부디 도망하였다가 뒷날에 귀하게 되거든 내 자식을 찾아서 버리지 말고 백년해로하여라. 그리하여 내가 죽은 날에 변변찮은 술 한 잔이라도 따르고 향불을 피운 뒤, '승상은 평생 기르던 충렬의 손으로 드리는 제수를 많이 받아서 드시고 가라.'하면 구천에 남은 혼백이라도 한 잔의 술을 상에 가득한 술안주와 함께 마시고, 청산에 썩은 뼈라 할지라도 봄바람을 다시 만나 그 은혜를 갚으리라.」

충렬이 다 읽어본 후에 강 낭자 방에 들어가 강 승상의 편지를 보이면서, 전생에 운수가 사납고 복이 없어 일찍 부모를 잃고서 하늘과 땅으로 집을 삼아 온 세상에 밥을 동냥하느라 뜬구름처럼 다녔더니만, 천행으로 대인을 만나 낭자와 백년언약을 맺었다가 일 년도 되지 않아서 이런 변이 생겼으니 어찌 망극하지 않으랴 하고는, 입고 있던 홑바지와 속적삼을 벗어 글 두 구를 써 주며 말했다.

　"뒷날에 보사이다."

강 낭자가 이 말을 듣고 몹시 놀라서 얼굴빛이 하얗게 질려 유생의 옷을 잡고 목 놓아 몹시 섧게 울며 말했다.

　"연로하신 아버님께서는 무슨 죄가 있어서 만 리나 되는 오랑캐 땅에 가신다고 하며, 젊디젊은 소첩은 무슨 죄가 있어서 이토록 복이 없고 팔자가 사납단 말입니까? 나 같은 여자는 생각지 말고 급히 환난을 면하소서."

그리고는 강 낭자가 붉은 치마 한 폭을 떼어 글 두 구를 지어 주며 말했다.

"급히 나가소서."

유생이 글을 받아 비단주머니 속에 넌지시 넣고 소리를 놓아 울면서 하루를 보내더라. 강 낭자가 울며 말했다.

"낭군이 이제 떠나가면 어느 날 다시 보며, 어명(御命)이 지극히 엄중하여 관청의 노비로 귀속되면 저승에나 가서 다시 볼까 하나이다."

충렬이 슬피 울며 강 낭자를 하직하고 떠나가는 마음은 해하성(垓下城)에서 가을날의 달 밝은 밤에 항우(項羽)가 우미인(虞美人)을 이별하듯 하더라.

유생이 급히 행장을 차려 서쪽 하늘을 바라보고 정처 없이 가다가 자신의 신세를 생각하니 속절없는 눈물이 비오는 듯 흘러내리는지라, 장장 천 리나 되는 길고 긴 길에 눈물이 눈앞을 가려 앞으로 가지 못할 지경이었다. 그러다가 서쪽 하늘의 구름을 바라보고 한없이 가더라.

소 부인은 청수에 몸을 던져 죽고, 강 낭자는 창가에서 절개를 지키다.

각설。 이때 소 부인과 강 낭자가 유생을 이별한 후, 온 집안이 망극하여 울음소리 떠나지 아니하더라. 사오일이 채 되지 않아서 금부도사(禁府都事)가 내려와 월계촌에 들이닥쳐 소 부인과 강 낭자를 잡아내어 수레 위에 싣고 군사를 재촉하여 황성으로 올라가는 한편, 집을 헐어 연못을 파고 가니라. 가련하다, 강 승상의 집안이 대대로 살던 집을 하루아침에 연못을 파니 집오리만 둥둥 떠 있더라.

소씨와 강 낭자는 단념할 수밖에 달리 어찌할 도리가 없어 잡혀 올라가다가 청수에 다다르니, 해가 서산에 져서 주점의 객실에 들어가 하룻밤을 잤다. 이때 금부나졸 중에 장한이라 하는 군사가 있었는데, 지난날 강 승상이 벼슬할 때에 장한의 부친이 승상부 서리(胥吏)였다가 죄를 지어 거의 죽게 되었더니만 강 승상이 구하여 살린 적이 있었다. 까닭에 장한의 부자는 그 은혜를 밤낮으로 생각하였었는데, 이때를 당해 모녀의 불쌍함을 이기지 못하여 다른 군사 모르게 슬피 울더라. 그날 한밤중에 다른 군사들이 다 잠을 깊이 들자, 장한은 가만히 소 부인이 자는 방문 앞으로 나아갔다. 이때 소 부인과 강 낭자가 서로 붙들고 울며 잠을 이루지 못하고 있었는데, 문밖에서 기침 소리가 나고 소 부인을 부르는 소리가 났다. 소 부인이 놀라 문을 열어보니, 장한이 땅에 엎드려 가만히 여쭈었다.

"소인은 금부나장(禁府羅將)이옵니다. 지난날 대감께서 벼슬하실 때에 소인의 아비가 나라에 죄를 짓고 죽게 되었더니만 대감께서 살려주셨기로 그 은혜가 뼛골에 사무치어 갚기를 바랐었는데, 이때를 당하여 소인이 어찌 무심할 수 있으리까. 바라옵건대 부인은 너무 염려 마옵소서. 오늘 밤에 목숨을 걸고 도망하오시면 그 뒤는 소인이 감당할 것이니, 조금도 염려 마옵시고 도망하여 살길을 찾으소서."

소 부인이 이 말을 듣고 마음이 조금 풀리어 강 낭자를 데리고 장한을 따라 주점 밖으로 나오니, 한밤중이어서 사람의 왕래가 끊겼다. 동산을 넘어 십 리를 가서 청수에 다다르자, 장한이 작별을 고하며 말했다.

"부인과 낭자는 이 물가에 빠져 죽은 표시를 하고 가시면 후환이 없을 것이옵니다. 부디 살아나시어 뒷일을 도모하소서."

이때 소 부인이 강 낭자의 신세를 생각하니 정신이 아득하여 마음속으로 결심했다.

'이제 비록 도망하였으나 젊은 여자를 데리고 어디로 가 살 것이며, 혹 살아난다 한들 강 승상과 어진 사위를 이별하고 살아서 무엇 하리오. 차라리 이 물에 빠져 죽으리라!'

그리고 강 낭자를 속여 뒤보는 척하고 급히 청수로 가서 신을 벗어 물가에 놓고는 맑고 푸른 깊은 강물에 뛰어 드니라. 가련하구나, 강 승상의 부인이 백옥 같은 고운 몸을 물고기의 뱃속에 장사지냈으니 어찌 가엾고 불쌍하지 아니하랴.

이때 강 낭자가 모친을 기다렸으나 끝내 오시지 아니하는지라, 급히 나가서 살펴보니 사방에 사람의 자취라고는 찾아볼 수가 없더라. 마음이 답답하여 모친을 부르며 청수 가에 나가 보니, 모친이 신을 벗어 물가에 놓고 온데간데없어서 발을 구르다가, 자기도 또한 신을 벗어 물가에 놓고 빠져 죽으려 하더라. 이때는 밤 오경이 되어서 동방이 차차 밝아오며 날이 새고 있었다. 때마침 영릉골 관비(官婢) 한 년이 외촌(外村)에 갔다가 돌아오는 길에 청수 가에 다다르니, 어떤 여자가 물가에서 통곡하며 물에 빠져 죽으려 하고 있었다. 급히 쫓아와 강 낭자를 붙들어 물가에 앉히고 사정과 까닭을 물은 뒤에 제 집으로 가자고 하였으나, 강 낭자는 한사코 죽으려 하였다. 관비가 온갖 방법으로 잘 타일러 데리고 와서 수양딸을 삼은 후에 자색(姿色)과 태도를 살펴보니 하늘의 선녀 같더라. 이 고을의 수령마다 수청(守廳)을 들게 하면, 천금의 재산도 비할 바가 아니며 만 냥의 녹봉을 받는 태수라 해서 원할쏘냐. 그리하여 갖은 방법으로 달래어 다른 데로 가지 못하게 하더라.

각설。 이때 유생이 강 승상의 집을 떠나서 서쪽 하늘을 바라보고 정처 없이 가며 자신의 신세를 생각하니라.

'단념할 수밖에 달리 어쩔 수가 없구나. 이제는 어떻게 할 도리가 없으니, 산속에 들어가 머리를 깎고 중이 되어서 앞으로 살아갈 나날이나 닦으리라.'

그래서 유생은 푸른 산을 바라보고 종일토록 가다가 한곳에 다다르니, 앞에 큰 산이 있었다. 수많은 봉우리와 골짜기가 하늘을 찌를 듯이 치솟은 가운데 오색구름이 구의봉에 떠 있고 갖가지 화초(花草)들이 활짝 피어 있더라. 신령한 산일 것으로 생각하고 찾아 들어가니, 경치가 대단히 뛰어났으며 상쾌하고 깨끗하였다. 산길을 6, 7리 가는 동안 들리는 것이라곤 잔잔한 물소리요, 보이는 것이라곤 울창한 푸른 산뿐이었다. 해질 무렵에 나뭇가지를 더위잡고 울창한 숲속을 기어오르니, 수양버들의 수많은 가지들이 봄바람을 못 이기어 산문(山門: 절) 어귀에 늘어져서 흔들렸고, 푸르디푸른 대나무와 소나무의 우거진 가지에는 뭇 새들이 봄의 정취에 젖어 지저귀고 있었다. 층층이 꽃핀 시내 가에 앵무새와 공작새가 오르락내리락 날고 있는데, 푸른 하늘에 걸린 폭포수가 겹겹으로 쌓인 낭떠러지를 치는 소리는 한산사(寒山寺)의 쇠북 소리가 객선(客船: 나그네 배)에 이르는 듯했고, 공중으로 솟은 바윗돌이 푸른 소나무 속에 있는 모습은 산수화를 그린 여덟 칸의 병풍을 둘러놓은 듯했으니, 산속에 있는 경치를 어찌 다 기록할 수 있으랴.

봄바람이 잠깐 스치자 경쇠소리가 들려서 조금씩 들어가니, 오색구름 속에 휘황하게 단청(丹靑)한 높은 누각과 큰 집들이 즐비하였다. 일주문(一柱門)을 바라보니, 황금빛 큰 글자로 '서해 광덕산 백룡사'라 뚜렷이 붙어 있었다. 절 안으로 들어가자 한 고승(高僧)이 나왔는데, 그 승려의 거동을 보니, 희디 흰 두 눈썹은 두 눈을 덮었고, 뚜렷한 귀는 백변(白邊: 재목에서 나뭇결이 무르고 흰 바깥부분)같이 두 어깨에 늘어졌는데, 맑고 빼어난 골격과 그윽한 정신이 평범한 승려는 아닐러라. 백팔염주(百八念珠)를 목에 걸고 육환장(六環杖)을 짚고서 검은 베로 만든 장삼(長衫: 소매를 넓게 만든 승려복)에 해어진 송라립(松蘿笠: 모자)를 쓰고 나오다가 유생을 보고 말했다.

"소승이 연로하여 유 상공이 오시는 것을 절 어귀 밖까지 나가 맞지 못하였으니, 소승의 무례함을 용서하옵소서."

유생이 크게 놀라며 말했다.

"타고난 팔자가 복이 없어 일찍 부모를 잃고 정처 없이 다니다가 우연히 이곳에 와 대사를 만난 것이온데 어찌 그토록 관대하시며, 소생의 성은 어떻게 아나이까?"

노승이 대답하였다.

"어제 남악 형산의 화선관이 소승의 절에 오시었다가 소승에게 부탁하기를, '내일 오시(午時)에 남경 동성문 안에 사는 유심의 아들 충렬이가 올 것이니 푸대접해 내쫓지 말고 대접하라.'고 하시었습니다. 그래서 소승이 찾아 나왔는데, 상공의 옷차림새를 보니 남경 사람이기에 알았나이다."

유생이 그 말을 듣고 한편으로는 기쁘고 한편으로는 슬퍼하면서 노승을 따라 절 안으로 들어가니, 여러 승들이 합장배례(合掌拜禮)하며 반기더라. 노승의 방에 들어가 저녁밥을 먹은 후에 그 밤을 편히 쉬니 이곳은 선경(仙境)이더라. 세상의 일을 모두 잊고 일신(一身)이 아무런 탈 없이 편안하였다.

이후로는 노승과 함께 병서(兵書)도 깊이 탐구하고 불경(佛經)도 응당 토론하니라. 이때에 유생은 '밝은 하늘 아래에 집 없는 나그네가, 광덕산 속에 머리털 기른 중이 되었네.(大明天地無家客, 廣德山中有髮僧.)'라는 격이었는데, 본래의 신분이 천상의 사람으로 덕행이 높은 승려를 만났으니 기이한 술법을 배우고, 천상의 일월성신(日月星辰)이며 천하의 명산신령(名山神靈)들이 모두 다 힘을 합치니 그 재주와 영민(英敏)함을 뉘라서 감당하랴. 밤낮으로 공부하더라.

천자는 쌍궐 아래서 군사를 일으키고,
간신은 창을 버리고 적에게 항복하다.

각설。이때 남경의 조정 신하 중에 도총대장(都總大將) 정한담과 병부상서(兵部尙書) 최일귀가 늘 꺼리던 유심과 강희주를 멀리 만 리 밖으로 귀양 보내고 조정의 모든 관료들을 처결하여 천자를 도모하고자 하였다. 정한담은 신기한 병법, 둔갑하여 몸을 숨기는 술법, 하늘로 오르고 땅으로 들어가 자취를 감추는 술책, 변화하여 신이 되는 술법, 불을 잡고 물을 막는 술법 등을 능란하게 배웠다. 이놈도 본래의 신분이 천상의 익성(翼星)이었으니, 인간세상의 사람으로는 당할 자가 없더라. 한 나라의 최고 지위를 차지하고 나라 안에서 반란을 일으키니, 나라가 어찌 무사하랴.

이때는 영종(英宗) 황제가 즉위한 지 3년이 되는 봄 정월이더라. 국운이 불행하여 남흉노(南匈奴)의 선우(單于)가 북적(北狄)과 마음을 합쳐 천자를 도모고자, 서천의 삼십육도(三十六道) 군장(君長), 남만(南蠻)의 가달, 토번(吐藩)의 다섯 나라 등을 합세시켜 8천여 명의 장수와 5백만의 정병(精兵)을 이끌고 밤낮으로 행군하여 진남관에 이르러서는 격서(檄書)를 남경에 보내고 그곳에 웅거한지라. 이때 백성들이 난리를 보지 못하였다가 뜻밖에 난을 만나서 산을 둘러싸고 들판을 뒤덮도록 사방으로 흩어져서 피란하니, 쌓아놓은 땔감도 헛되이 죄다 써버리고 창고에 쌓아둔 곡식도 죄다 털려 버리더라. 하늘이 정한 운수가 그렇지 않고서야 어찌 그렇게 될 수 있었으랴.

이때 천자가 정월 대보름날에 호산대에 올라가서 보름달을 즐기고 궁궐로 돌아와 성대한 잔치를 베풀어 천자와 신하들이 함께 즐겼는데, 뜻밖에 진남관 수문장(守門將)이 장계(狀啓)를 올리는지라 급히 뜯어서 읽어보니, 그 내용은 이러하다.

「강성한 남적이 다섯 나라와 힘을 합쳐 진남관의 평사 벌판 100리 안에 가득하옵고 백성들을 해치며 황성(皇城)을 치려하오니, 하루빨리 군대를 보내어 도적을 막으소서.」

천자가 크게 놀라서 여러 신하들을 모아놓고 의논하는데, 정한담과 최일귀가 이 말을 듣고 몹시 기뻐하며 급히 별당으로 들어가 옥관도사에게 밖에 도적이 일어났다는 말을 하고 대사(大事)를 물으니, 옥관도사가 문밖으로 나와서 하늘의 기운을 살피고는 말했다.

"때가 되었구나, 때가 되었도다. 신기한 영웅이 황성에 있는가 했더니만 이제는 죽은데다 때맞추어 도적까지 난을 일으켰으니, 이는 그대가 천자 될 운수인지라. 급히 공격하여 기회를 잃지 말라."

정한담이 매우 기뻐하여 최일귀와 함께 갑옷과 투구를 갖추고 대궐 문 안으로 들어가더라.

이때 천자가 여러 신하들과 적을 막을 방법을 의논하는데, 도성 안에 바람을 일으키며 한 대장이 달려와 계단 아래에 엎드려 아뢰었다.

"소장(小將) 등이 비록 재주는 없사오나 한번 나가 남적을 결딴내어서 황상(皇上)의 근심을 덜고 소장들의 공을 세우게 해주소서."

모두 보니, 키가 10여 척에다가 얼굴이 웅장하고 황금투구에 녹운포(綠雲袍)를 입은 것은 도총대장 정한담이요, 얼굴빛이 숯먹 같은데다 눈빛이 황홀하고 백금 투구에 홍운포(紅雲袍)를 입은 것은 병부상서 최일귀일러라. 천자가 크게 기뻐하며 두 장수의 손을 잡고 말했다.

"경(卿)들의 충성과 지략은 짐(朕)이 이미 아나니, 남적을 결딴내어서 짐의 근심을 덜도록 하라."

두 장수가 천자의 명령을 듣고는 각각 조정에서 물러나와 정병(精兵) 5,000명씩 거느려 행군하여 진남관에 진(陣)을 쳤다. 그날 밤에 군사 한 명만 깨워 아무 말 없이 항복의 글과 편지를 써서 적진(敵陣)에게 보내고 회답을 기다리더라. 그 군사가 적진에 들어가 적장에게 항복의 글을 올린 후에 또 편지를 드리자, 적장이 크게 기뻐하며 즉시 뜯어서 읽어보니 그 내용은 이러하다.

「남경의 장수 정한담과 최일귀는 한 장의 편지를 남진(南陳)의 대장소

(大將所)에 올리나이다. 우리 두 사람이 마음을 다해 충성을 바쳐 천자를 도와 국가에 공을 세우고 백성들에게 덕을 베푸는 등 지극정성으로 받들어 모시었으나 우리를 알아주는 어진 임금을 만나지 못해 항상 마음이 야속하였는지라, 대장부가 세상에 태어나서 어찌 오래도록 남의 신하로만 있으리오. 남자가 꽃다운 이름을 후세에까지 길이 전할진대 또한 마땅히 더러운 이름도 오래도록 남겨야 한다고 했으니, 이때를 맞이하여 어찌 기묘한 계책이 없으리오. 우리 두 사람을 선봉으로 삼으시면 천자가 항복할 것이니, 그대의 뜻은 어떠하오? 회답을 보내주오.」

적장이 그 글을 보고 매우 기뻐서 말했다.

"우리들이 남경으로 떠나 나올 때에 진진 도사가 애태우며 정한담과 최일귀를 염려했건만, 지금 저희가 먼저 항복하고자 하니 이는 하늘이 돕고 귀신이 도우는 것일러라."

그리고 적장은 즉시 회답을 써 주었다. 군사가 급히 본진(本陣)으로 돌아와 답서를 올리자, 정한담이 답서를 뜯어 읽어보니 그 내용은 이러하다.

「그대의 마음이 우리 마음과 같은지라. 바라는 대로 선봉을 맡길 것이니 오늘 밤에 반가이 보사이다.」

그리하여 정한담과 최일귀 두 장수가 갑옷과 투구를 갖추고 적진으로 들어가더라.

이때에 중군장(中軍將)이 급히 황성(皇城)에 올라가 그간 일어났던 일을 천자에게 아뢰니, 천자가 이 말을 듣고 용상(龍床) 밑으로 떨어져 발을 구르며 말했다.

"정한담과 최일귀가 적장에게 항복하였으니, 적진은 범이 날개를 얻은 듯하고 짐은 용이 물을 잃은 듯하구나. 이제는 달리 어떻게 할 도리가 없도다."

성안에 남아 있던 군사를 한 명 한 명 빠짐없이 모두 단속하고 각 도와 각 읍에 공문을 보내어 군사와 군량미를 준비하게 하고는, 우승상 조정만에게 도성을 지키게 하고, 태자에게 중군(中軍)을 맡게 하여, 천자가 친히 후군(後軍)이 되어서 행군을 재촉하니, 군사가 10여 만이요 장수가 100여 명이더라.

행군의 북소리를 재촉할 때, 지난날 길주자사였던 이행이 군영(軍營)의 문밖에서 엎드려 아뢰었다.

"소신(小臣)이 재주는 없사오나 이때를 당하여 신하된 자의 도리로 어찌 사직(社稷)을 돕지 아니하오리까? 소신으로 선봉을 삼으소서."

천자가 크게 기뻐하며 즉시 이행으로 선봉을 삼아 도적을 막았다. 이때 정한담과 최일귀가 적진에 항복해 있다가 정한담은 선봉이 되고 최일귀는 중군대장이 되어 급히 황성으로 짓치며 들어오니, 의기가 양양하고 호령이 엄숙하더라. 깃발과 창검은 팔공산 나무같이 벌여 있고 투구와 갑옷은 눈에 어리는 빛이 찬 하늘의 햇빛같이 쏘는 듯했으며, 쇠북소리와 함성은 하늘과 땅을 흔들고 목탁과 나팔 소리는 강산을 뒤덮는 듯했다. 눈 깜짝 할 사이에 들어와 금산성의 벌판 100리에 빈틈없이 벌여 서서 안팎으로 음양진(陰陽陳)을 치고, 도사가 진중에서 하늘의 기운을 살피며 싸움을 재촉하니라. 적진 안에서 포(砲)를 쏘는 소리가 한번 나자, 한 장수가 내달려 나와 큰 소리를 지르며 말했다.

"명나라의 진중에 천극한의 적수가 있거든 빨리 나와 대적하라."

이에, 명나라 진중에서 대응하여 포(砲)를 쏜 뒤, 좌익장 주선우가 천극한의 소리에 응하고 달려들어 싸웠다. 양 진영의 군사들이 첫 싸움이라 싸우기 위해 전열을 가다듬지 못하고 두 장수의 승부만 구경하였다. 두어 합(合)도 못 되어서 천극한의 칼이 번뜻거리자 주선우의 머리가 말 아래로 떨어지더라. 명나라 진중에서 좌익장의 죽음을 보고 또 한 장수가 내달려 군영(軍營)의 문밖으로 나와 고함을 지르며 말했다.

"천극한은 가지 말고 최상정의 칼을 받아라."

천극한이 달려들어 함성을 그치게 하고 그의 칼이 번뜻거리자, 최상정의 머리가 말 아래로 떨어지더라. 명나라 진중에서 선봉 우익장의 죽음을 보고 왕공열이 응수하기 위해 달려들어 천극한과 싸웠으나 일합(合)도 못 되어서 거의 죽게 되니, 명나라 진중에서 팔대장군(八大將軍)이 한꺼번에 달려들어 왕공열을 구하였다. 적진 중에서 명나라 군대의 여덟 장수가 나오는 것을 보고 한진이 천극한과 힘을 합쳐 명나라의 여덟 장수 맞붙어 싸웠는데, 한진은 서쪽을 치고 천극한은 동쪽을 치니 닿는 곳마다 죽는 군사가 그 수를 알지 못할러라. 삼 합도 못 되어서 천극한의 창검 끝에 여덟 장수가 다 죽으니라.

이때 태자가 중군(中軍)에 있다가 여덟 장수의 죽음을 보고 분한 마음을 억누르지 못하여 말을 타고 진영(陣營)의 문밖을 나서며 소리쳐 말했다.

"무도한 남적 놈아! 천자의 명을 거역하니, 그 죄는 죽어도 아깝지 않을 것이로다. 너희의 진중에서 정한담과 최일귀의 머리를 베어 명나라 진중에 보내는 자가 있으면 옥새(玉璽)를 전하리라."

그리고 태자는 천극한을 맞아 싸우려 하였다. 선봉장 이황이 이 말을 듣고 달려 나오며 말했다.

"태자께서는 아직 분을 참으소서. 소장(小將)이 잡으리다."

이황이 나는 듯이 나아가 왼손에 든 칼로 천극한의 머리를 베고, 오른손에 쥐고 있던 긴 창으로 한진의 머리를 벤 뒤, 두 손에 갈라 들고서 이리저리 마구 부딪치며 본진으로 돌아오니라. 적진 중에서 이를 본 정한담이 장막 밖으로 나서면서 9척이나 되는 긴 칼을 높이 들고 청사마를 채찍질하여 곧바로 명나라 진영으로 달려가 단칼에 결판내고자 하더라. 이때에 먼저 남적의 선봉장으로 왔던 정문걸이 내달려와서 정한담을 불러 말했다.

"대장은 분을 참으소서. 소장이 이황을 잡으리다."

정문걸이 창을 휘두르며 말을 타고 힘차게 달려 나가 싸우는데, 일합(合)도 못 되어서 정문걸의 칼이 진중에 빛나더니 이황의 머리가 말 아래로 떨어지더라. 정문걸이 칼끝에 이황의 머리를 꿰어 들고 본진으로 향하다가, 도로 명나라 진영의 선봉을 짓치고 들어오며 말했다.

"명나라는 불쌍한 인생들을 죽이지 말고 빨리 항복하라."

그리고서 눈 깜짝할 사이에 선봉을 다 베고 달려들어 중군(中軍)으로 들어왔다. 태자가 중군을 지키다가 대적하지 못할 줄 알고 후군(後軍)과 천자를 모시고 금산성으로 도망하더라.

이때 정문걸이 명나라 진영의 장수와 군사들을 씨도 없이 다 죽이고 명나라 황제를 찾았지만 도망하고 없는지라. 그래서 그는 명군의 장비

및 군졸의 군복을 모두 다 탈취하여 본진으로 돌아왔다. 그러자 정한담이 곧바로 도성으로 달려 들어가더라.

천자가 망극하여 옥새를 땅에 놓고 하늘을 우러러 목 놓아 슬피 울며 말했다.

"짐(朕)이 사리에 어두워 선대의 황제들께서 세우신 사백 년의 왕업(王業)을 하루아침에 정한담에게 잃게 되었으니, 이는 호랑이 새끼를 길러 후환을 남겼다는 양호유환(養虎遺患)격인지라, 뉘를 원망하리오. 모두 다 짐의 불찰이로다. 저승에 돌아간들 선대의 황제들을 어찌 뵐 것이며, 인간세상에 살아있은들 되놈에게 무릎을 어찌 꿇으랴."

천자가 계속해서 통곡하니, 금산성이 떠나갈 듯 진동하더라. 이때 수문장이 보고하였다.

"해남절도사가 군병을 거느리고 왔나이다."

천자가 매우 기뻐하여 말했다.

"빨리 성안으로 들여서 알현케 하라."

이에, 절도사가 군사 10만 명을 거느리고 성안으로 들어가 천자를 뵈었다. 천자가 즉시 절도사를 선봉으로 삼아 도적을 막으라고 하니, 절도사가 천자의 명을 듣고 금산성 아래에 진을 치고 머물러 있더라.

이때 정한담이 도성(都城)으로 들어가 용상(龍床)에 높이 앉아서 호령하니, 조정의 모든 벼슬아치들이 하루아침에 항복하였는지라. 성안에 가득한 백성들은 도적의 밥이 되어 물 끓듯 술렁거리더라.

이날 정한담이 금산성을 공격하여 깨트리고 옥새를 빼앗고자 삼군(三軍)을 재촉하여 금산성 아래에 다다르니라. 명나라 진영의 군사들이 길을 막자, 정문걸이 한 필의 말을 타고 한 자루의 창을 들고서 명나라 진영을 짓치며 이리저리 마구 부딪치더라. 정문걸은 온몸이 칼날이 된지라, 그의 몸에 닿은 명나라 장졸의 머리는 가을바람에 떨어지는 나뭇잎 같고, 호랑이 앞에서 달아나는 토끼와 같더라. 눈 깜짝할 사이에 명나라 군사를 다 죽이고 금산성 문밖에 달려들어 성문을 두드리며 말했다.

"명나라 황제야, 옥새를 내놓아라!"

이 소리에 금산성이 무너지고 강산이 뒤엎어지는 듯하니라. 성안에 있는 군사들이 얼이 빠졌으니, 그 아니 가련한가.

천자와 조정만은 허둥지둥 다급하게 북문을 열고 도망하여 바위틈에 몸을 숨겼다. 이때 태자가 황후(皇后: 천자의 정실)와 태후(太后: 천자의 어머니)를 모시고 도망하려 했으나, 정문걸이 금산성 안으로 들어와 천자를 찾다가 도망하고 없자 황후와 태자를 붙잡아 본진으로 돌아오니라. 정한담이 황후를 결박하여 군진(軍陣) 앞에 꿇리고 '천자가 간 곳을 말하라.' 채근하였다. 황후가 한없이 슬퍼하며 대답하지 아니하자, 좌우에 있던 군사들이 창검을 갈라 들고 황후의 고운 몸을 겨누면서 '바른대로 말하라.'하니, 황후가 허둥지둥 당황하다가 대답했다.

"이 몸은 계집이라 성안에만 살고 있다가 미처 생각지도 않은 난을 당하였고, 천자께서는 성 밖에 계셨기 때문에 살아 계신지 죽어 돌아가셨는지 알지 못하노라."

정한담이 분노하여 황후와 태자를 진중에 두어서 굶주려 죽게 하고, 용상(龍床)에 높이 앉아 천자의 일을 처리하면서 군사들에게 호령하였다.

"명나라 황제를 사로잡는 자가 있으면 천금(千金)을 포상하고 만호후(萬戶侯)를 봉하리라."

군사들이 정한담의 명령을 듣고 각기 진으로 돌아오더라.

이때 천자는 금산성에서 도망하여 조정만과 함께 산골짜기 사이에 몸을 숨기고 있었는데, 황태후(皇太后)가 적진에 잡혀가 죽게 되었다는 말을 듣고 몹시 슬피 울다가 바위 아래로 떨어져 죽으려 하였다. 조정만이 천자를 붙들어 구하고 천자를 업고서 명성원으로 도망가며 천자께 여쭈었다.

"남경은 적군이 휩쓸었으니 도적 정한담을 잡기는커녕 새로이 정문걸을 잡을 장수도 없사옵니다. 이제 산동(山東)의 육국(六國)에 구원병을 청하여 싸우다가 일이 뜻대로 되지 않으면 옥새를 가지고 소신(小臣)과 함께 용동수에 빠져 죽사이다."

천자가 옳다고 여겨 조서(詔書)를 써주고는 산동의 육국에 밤낮을 가리지 않고 달려가서 구원병을 청하게 하니라. 이에, 육국의 왕들이 이 조서를 보고 각각 군사 10만 명과 장수 1,000여 명을 징발하여 급히 남경의 명성원으로 보내더라.

이때 육국이 합세하여 호산대의 너른 들판에 빈틈없이 행군하여 들어오니, 천자가 매우 기뻐하여 군인들 속으로 들어가 위로하고 적진의 동향과 여러 차례 패한 사실을 하나하나 빠짐없이 다 말하더라. 그런 뒤에 적응을 선봉으로 삼고 조정만을 중군으로 삼아 황성으로 들어오는데, 그 웅장하게 군사들을 거느리고 오는 것이 가을의 찬 서리처럼 위엄 있더라. 백사장 100리에 군사들이 늘어서서 들어오니, 남경이 비록 적군에게 휩쓸려 결딴났으나 무서운 것이 천자께서 떨쳐 몸을 일으키는 것일러라. 구원병이 금산성 아래에 진을 치고 머물러 있으면서 싸움을 돋우더라.

이때 정문걸이 선봉에 있다가 산동 육국의 구원병이 오는 것을 보더니 한 필의 말을 타고 한 자루의 창을 들고서 진영의 문을 열어 나가려 하자, 정한담이 정문걸을 불러 말했다.

"적병이 저렇듯이 엄숙하고 웅장한데 장군은 어찌 경솔히 가려 하오."

정문걸이 대답했다.

"폐하, 어찌 소장(小將)의 재주를 가볍게 여기시나이까? 군졸(軍卒) 40만과 기병(騎兵) 100명을 한 칼에 다 죽였으니, 남경이 비록 육국에 구원병을 청하여 억만(億萬) 군사가 왔을지라도 소장의 칼끝에 죽는 구경이나 앉아서 보옵소서."

정한담이 크게 기뻐하여 지휘대에 높이 앉아 싸움을 구경하는데, 정문걸이 창과 칼을 좌우의 손에 갈라 잡고 말 위에 높이 앉아서 나는 듯이 들어가며 크게 한 마디 소리쳤다.

"명나라 황제야, 옥새를 가져 왔느냐? 너를 잡으려 하였더니만 이제 네가 왔으니, 이를 두고 진실로 이른바 봄철의 꿩이 스스로 운다고 하는 것일러라. 빨리 항복하여 거의 죽게 된 너의 목숨이나 보존하라."

그리고는 억만 군사들 사이를 사람이라고는 전혀 없는 곳인 듯이 제멋대로 다니면서 동쪽에 있는 장수를 치는 듯 남쪽의 장수를 베고, 북쪽에 있는 장수를 베는 듯 서쪽의 장수를 쓰러뜨리니, 죽는 군사가 산처럼 쌓이고, 흐르는 피가 내를 이루었도다. 서초패왕(西楚覇王: 항우)이 강동(江東) 건너 함곡관(函谷關)을 부수는 듯, 상산(常山) 조자룡(趙子龍)이 산양수(山陽水) 건너 삼국의 구원병을 짓치는 듯해, 정문걸이 닿는 곳마다 싸울 군사가 없었으니, 그 아니 망극할까. 이때 천자가 조정만과 옥새를 갖고 용동수에 빠져 죽으려 하였으나, 또한 도망할 길이 없어 하늘을 우러러 탄식하기를 마지아니하더라.

백룡사에서 갑옷투구와 창칼을 얻고, 송림촌에서 천사마를 얻다.

각설。 이때 유충렬은 서해 광덕산 백룡사에서 노승과 함께 서로의 마음을 알아주는 절친한 지음(知音) 사이가 되어 세월을 보내고 있었다. 이때는 부흥 13년 가을 7월 보름이라. 찬바람이 쓸쓸히 불어 나뭇잎이 떨어져 어지러이 날리자, 충렬이 고향을 생각하고 자신의 신세를 생각하면서 달 밝은 깊은 밤에 홀로 앉아 슬픔에 젖어 있더라. 노승이 일어나 밖에 갔다가 들어오며 충렬을 불러 말했다.

"상공은 오늘 하늘의 별자리를 보았나이까?"

충렬이 놀라서 급히 나와 보니, 천자의 자미성(紫微星)이 떨어져 명성원에 잠겨있고 남경에 무시무시한 살기(殺氣)가 가득한지라, 방으로 들어와 한숨짓고 눈물을 흘리자, 노승이 말했다.

"남경에 병난(兵亂)은 났지만, 산속에 피난한 사람이 무슨 근심이 있으리까?"

충렬이 울며 말했다.

"소생(小生)은 남경에서 대대로 녹(祿)을 받던 신하인지라, 나라에 변란이 일어났으니 어찌 근심이 없으리까. 다만 맨손인 채 홀몸으로 만 리밖에 있사오니, 한탄한들 뭘 어찌하리까."

노승이 웃고 벽장을 열어 옥으로 만든 함을 내어놓으며 말했다.

"옥함(玉函)은 용궁(龍宮)의 조화(造化)이지만, 옥함을 싸맨 수건은 어떤 사람의 수건인지 자세히 보사이다."

유생이 확실히 알 수 없어서 옥함을 살펴보니 '남경 도원수 유충렬은 열어보아라.'고 황금빛 글자로 새겨 있었고, 싸맨 수건을 끌러 보니 '모년 모월 모일에 남경 동성문 안에 사는 충렬의 모친 장 부인은 내 아들 충렬에게 부치노라.'고 쓰여 있었다. 이에, 충렬이 수건과 옥함을 붙들고 목 놓아 몹시 섧게 우니, 노승이 위로하여 말했다.

"소승(小僧)이 수년 전에 절을 새롭게 고치기 위해 시주를 얻으러 다니는 승려로서 번양 회수에 갔던 적이 있었는데, 기이한 오색구름이 수건을 덮고 있어 서둘러 가서 보니, 옥함이 물가에 놓여 있었나이다. 임자를 찾아주려고 가져다가 간수하였더니만, 오늘로 볼진대 상공이 전쟁터에서 필요한 도구들이 옥함 속에 있는가 하나이다."

요점만 말하자면, 이 옥함은 회수 가에 사는 마철이가 물속에 잠수질하다가 큰 거북이 이 옥함을 지고 나오자, 마철이 그 거북을 죽이고 옥함을 가져다가 제 집에 두었던 것이다. 지난날 장 부인이 도적에게 잡히어 석장동 마철의 집에 갔다가 옥함을 가져다 수건에 글을 쓰고 회수에 던져 넣었는데, 백룡사의 부처승이 가져다가 이날 충렬에게 주었더라.

이때 충렬이 옥함을 안고 말했다.

"이것이 분명 충렬의 물건일진대 옥함이 열릴 것이라."

윗 뚜껑을 열자 상자에 빈틈없이 가득 들어 있었는데, 자세히 보니 갑옷과 투구 한 벌과 장검 하나, 책 한 권이 들었더라. 투구를 보니 금도 아니고 옥도 아니거늘 광채가 찬란하여 눈이 부셨는데도 속을 살펴보니, 황금빛 글자로 '일광주'라 새겨 있었다. 갑옷을 보니 용궁의 조화가 틀림없이 확실하였다. 무엇으로 만들었는지 알지 못하지만, 옷깃 밑에 황금빛 글자로 새겨 있었다. 장검(長劍)이 놓여 있는데 칼의 머리와 꼬리가 없더라. 신화경을 펴 놓고 칼 쓰는 법을 보니, 그것은 이러하다.

「갑옷을 입고 투구를 쓴 후에 신화경의 전체를 보고 하늘 위의 대장성 (大將星)을 세 번 보게 되면 사린 칼이 절로 펴져 변화가 무궁하리라.」

이에, 즉시 시험하니 10자의 장검이 번뜻하여 사람을 놀라게 하였다. 장검의 한가운데에 대장성이 샛별같이 박혀 있고 황금빛 글자로 '장성검(將星劍)'이라 새겨 있더라. 충렬이 모두 다 행장에 보관하고 노승에게 말했다.

"천행으로 대사를 만나 갑주와 창검은 얻었지만, 용마(龍馬)가 없으니 장군에게 쓸모없는 기물이나이다."

노승이 대답했다.

"옥황께옵서 장군을 대명국에 보낼 때 사해(四海) 용왕(龍王)이 모를 쏜가. 수년 전에 소승이 서역(西域)에 갈 때 백룡암에 다다르니, 어미 잃은 망아지가 누워 있었더이다. 그 말을 데려왔으나, 산승(山僧)에게는 사리에 맞지 아니한지라 송림촌의 동장(洞長)에게 맡기고 왔나이다. 그

곳을 찾아가 그 말을 얻은 후 중도에서 지체 말고 서둘러 황성에 득달하와, 지금 천자의 목숨이 경각에 달려 있사오니 급히 가서 구원하오이다.”

유생이 이 말을 듣고 송림촌을 서둘러 찾아가 동장을 만난 후에 '말을 구경하자.'고 청하니라. 이때 천사마가 제 임자를 만나자, 벽력같은 소리를 지르며 백여 장(百餘丈)이나 되는 토굴을 뛰어넘어 나와서 충렬에게 달려들어 옷도 물며 몸도 내어보이는데, 옹장하게 움직이는 것을 붓 하나로 다 기록하기가 어려웠도다. 깊은 산의 사나운 호랑이가 냅다 선 듯, 북해의 흑룡이 푸른 하늘에 오르는 듯, 강산의 정기는 눈빛에 어려 있고 비룡(飛龍)의 조화는 네 말굽에 번듯한데, 턱 밑에 있는 한 점의 용 비늘에 새겼으되 '사송 천사마(賜送天賜馬)'라 하였더라. 유생이 매우 기뻐하여 동장에게 말을 팔라 하니, 동장이 웃으며 말했다.

“수년 전에 백룡사 부처승이 이 말을 맡기며 이르기를, '이 말을 길러내어 임자를 찾아주라.' 하였기 때문에 맡아 지금까지 길렀더니이다. 이 말이 건장해지면서 잡을 길이 없어 토굴에 가두었는데, 수많은 사람들이 구경하였으나 지금껏 한 사람도 가까이 가지 못했나이다. 오늘 그대를 보고는 제 스스로 찾아오니, 부처승이 이르던 임자가 그대임이 틀림없이 확실하나이다. 하늘이 주신 보배이니, 내가 어찌 판다고 하겠나이까. 물건마다 제각기 정해진 임자가 있다고 하오니 가져가옵소서.”

유생이 매우 기뻐하여 안장을 갖추고 난 뒤 동장(洞長)을 하직하고 송림촌을 지나 광덕산으로 가서 노승에게 감사드렸다. 몇 년을 지내면서 정을 쌓아왔는데 하직하려 하니, 절 안의 여러 중들이 충렬과 이별하는 회포가 담긴 이야기를 어떻게 다 말하고 기록하랴. 유생은 여러 중들에게 하직하고 그 말 위에 높이 앉아 남경을 바라보며 구름을 가리켜 말에게 경계해 일렀다.

"하늘이 나를 내시고 용왕이 너를 내었을 때는 그 뜻이 모두 다 남경을 돕게 함일러라. 지금 남적이 강성한 힘을 믿고 황성에 침입하여 천자의 목숨이 경각에 달려있다 하니, 대장부의 급한 마음은 짧은 시간도 3년 같이 길게 생각되는 일각여삼추(一刻如三秋)이로다. 너는 힘을 다하여 남경을 눈 깜짝 할 사이에 도달하게 하라."

그 말이 유생의 말을 듣고 푸른 하늘을 바라보며 벽력같은 소리를 내고 흰 구름을 헤쳐 나는 듯이 남경으로 달려 가니라. 사람은 하늘의 신이요, 용은 나는 용인지라, 바람같이 남경으로 들어가니 금산성 아래의 너른 들판에는 무시무시한 살기가 하늘을 찌르고, 황성의 문안에는 슬피 우는 소리가 진동하더라.

이때 천자가 중군(中軍) 조정만과 함께 옥새를 가지고 도망하여 용동수에 빠져 죽고자 하였으나, 적진을 벗어날 길이 없어 허둥지둥 어쩔 줄 모르고 있었다. 문득 북쪽에서 수많은 군사와 말들이 달려 들어오며 천자를 부르더라. 천자는 대명군사(大明軍士)가 오는 줄로 알고 반가워 바라보니, 남적과 마음을 합한 마룡이 '진공'이라 하는 도사를 데리고 천자를 치기 위하여 억만 군병을 통솔하여 일시에 들어 오니라. 이때 정한담은 천자가 되어 온갖 관리들을 거느렸고 최일귀는 대장이 되어 삼군을 단속하고 있는데다 또한 북적(北狄)까지 합세하니, 그 형세는 웅장함이 세상에 비길 데 없는 만고의 으뜸이더라.

선봉장 정문걸이 의기양양하여 명나라 군대와 육국 구원병을 한 칼에 다 무찌르고 선봉을 헤쳐 진영 안에 들어와 말했다.

"명나라 황제야, 항복하라! 내 한 칼에 육국의 구원병이 다 죽었고 또

한 북적이 합세하였으니, 네가 어떻게 당할쏘냐. 빨리 나와 항복하여 너의 모자(母子)를 찾아가라."

그리고는 짓쳐들어왔다. 이제 천자가 달리 어떻게 할 도리가 없는지라 옥새를 목에 걸고서 항서(降書)를 손에 들고 항복하러 나오니, 중군 조정만과 명나라 진영에 남은 군사들은 어찌 한심하고 슬프지 않으리오. 천자가 명성원이 띠나가도록 목 놓아 섧게 울며 항복하러 나오더라.

　각설。 이때 충렬이 금산성 아래에서 하늘의 기운을 살피다가 형세
가 위급한 것을 알고는, 일광주(日光胄)에 용린갑(龍鱗甲)을 입고서 장
성검(將星劍)을 높이 들고 천사마(天賜馬)를 채찍질하여 바삐 중군소
(中軍所)에 들어가 조정만에게 성명을 알린 뒤 싸우기를 청하니, 중군
이 바삐 나와 충렬의 손을 잡고 울며 말했다.

　“그대의 충성은 지극하나 지금 황상(皇上)께서 항복하려 하시고 또한
　적군의 형세가 저러하니, 그대의 청춘이 전쟁터의 백골이 될 것이라 원
　통하고 슬프기 그지없도다.”

　충렬이 분한 기운을 이기지 못하여 진문(陣門) 밖을 나서면서 먼저
벽력같은 소리로 적장(敵將)을 불러 말했다.

　“이봐, 역적 정한담아! 남경 동성문 안에 사는 유충렬을 아느냐 모르
　느냐. 빨리 나와 목을 내놓아라.”

　충렬의 소리에 양 진영이 뒤흔들리고 천지와 강산이 진동하더라.
정문걸이 크게 놀라서 돌아보니, 일광투구[日光胄]는 눈부셨고 용린갑
은 온몸을 가리었으며, 천사마는 비룡(飛龍)되어 구름과 안개 속에 싸
여 있었다. 공중에서 소리만 나고 제 눈에는 보이지 아니하니, 정문걸

이 창검만 높이 들고 주저주저하였다. 그 순간에 벽력같은 소리가 나더니 장성검이 번뜻하며 정문걸의 머리가 공중에서 떨어졌다. 충렬이 정문걸의 머리를 베어 들고 중군으로 달려오니, 조정만이 엎어지며 문밖에 급히 나와 충렬의 손을 잡고 들어가더라.

이때 천자는 옥새를 목에 걸고서 항서를 손에 들고 진문 밖으로 나오는데 뜻밖에 호통소리가 나며 한 대장이 정문걸의 머리를 베어 들고 중군으로 들어가자, 매우 놀라고 크게 기뻐서 중군을 급히 불러 말했다.

"적장을 벤 장수의 성명이 무엇이냐? 얼른 들여서 그를 보게 하라."

충렬이 말에서 내려 천자 앞에서 땅에 엎드리니, 천자가 급히 물었다.

"그대는 뉘신대, 죽을 사람을 살리는가?"

충렬이 저의 부친과 강희주의 죽음을 몹시 원통하고 분하게 여겨 섧게 울며 여쭈었다.

"소장(小將)은 동성문 안에 살던 정언 주부(正言注簿) 유심의 아들 충렬이옵니다. 사방을 떠돌아다니며 빌어먹으면서 만 리 밖에 있다가 아비의 원수를 갚으려고 여기 잠깐 왔나이다. 폐하께서 정한담에게 핍박을 겪으시리라고는 꿈에도 생각지 못했나이다. 지난날에 정한담을 충신이라 하시더니, 충신도 역적이 되나이까? 그놈의 말을 듣고서 충신을 멀리 귀양 보내어 다 죽이고 이런 변란을 만나시니, 천지가 아득하고 해와 달이 빛을 잃은 듯하옵니다."

그리고는 슬피 통곡하며 머리를 땅에 두드리니, 산천초목도 슬퍼하고 진중(陣中)에 가득한 군사들도 눈물을 흘리지 않는 이가 없더라. 천자가 이 말을 듣고 후회가 매우 심했지만 할 말이 없어 우두커니 앉았더라. 태자가 적진에 잡혀 있다가 명나라 본진에서 정문걸의 머리가 베이는 것을 보고 적진으로부터 몸을 빼쳐 급히 도주해 와서 황상 곁에 앉았다가 충렬의 말을 듣고 버선발로 내려와서 충렬의 손을 붙들고 말했다.

"경(卿)이 이게 웬 말인가? 옛날 주(周)나라 성왕(成王)도 관숙(管叔)과 채숙(蔡叔)의 말을 듣고 주공(周公)을 의심하다가 잘못을 뉘우치고 스스로를 꾸짖어 어진 임금이 되었으니, 충신이 죽는 것은 모두 다 하늘이 정한 운명 아닌 것이 없음이라. 그런 말을 하지 말고 온 힘을 쏟아 충성을 다하여 황상을 도우면, 그대의 태산 같은 공로는 천하를 반분(半分)하고, 그대의 하해 같은 은혜는 죽은 뒤에라도 풀을 묶어서 갚으리라."

충렬이 울음을 그치고 태자의 얼굴 모양새를 보니 천자의 기상(氣像)이 뚜렷하고 한 시대의 어진 임금이 될 듯해, 투구를 벗어 땅에 놓고 천자께 자신의 잘못에 대해 용서를 빌며 말했다.

"소장(小將)이 아비의 죽음을 슬퍼하고 분한 마음이 있었던 까닭에 지나치게 과격한 말씀을 폐하께 아뢰었으니, 그 죄 죽어도 아까울 것이 없나이다. 소장이 죽는다고 할지라도 폐하를 돕지 아니 하오리까?"

천자가 충렬의 말을 듣고 친히 계단 아래로 내려가 투구를 씌우면서 충렬의 손을 잡고 말했다.

"과인(寡人)은 보지 말고 그대의 선조가 개국공신이었던 것을 생각하여 나라를 도와주면, 태자가 말한 대로 그대의 공을 갚으리라."

충렬이 천자의 명령을 듣고 물러나와 지휘대에 높이 앉아 군사를 통솔하자니, 병들고 피로에 지친 장수와 군졸들이 불과 1, 2백 명이 남아 있었다. 천자가 삼층단에 높이 앉아 하늘께 제사하고 인검(印劍)을 끌러 충렬에게 준 뒤로 대장이 휘하의 군대를 지휘하는 깃발[司命旗]에 친필로 쓰시기를 '대명국(大明國) 대사마(大司馬) 도원수(都元帥) 유충렬'이라 뚜렷이 써서 내주니라. 유 원수가 천자에게 감사의 절을 한 뒤 물러나와 진법(陣法)을 시험하는데, 긴 뱀과 같이 한일(一)자 모양으로 좌우로 길게 늘어진 진[長蛇一字陣]을 쳐서 머리와 꼬리가 서로 합쳐지게 하고 군중(軍衆)을 호령하였다.

"남북의 적병이 비록 셀 수 없을 만큼의 수많은 군사라 할지라도 나 혼자서 감당하겠거니와, 너희들은 대오(隊伍)를 잃지 말고 유지하여라."

원수가 이렇듯 약속하는데, 이때 적의 진영(陣營)에서 정문걸이 죽는 것을 보고 온 군대가 떨쳐 일어나 서로 나와 싸우려 하더라. 삼군대장(三軍大將) 최일귀가 분한 마음을 이기지 못하여 푸른 도포를 구름처럼 드리운 갑옷에 백금으로 된 투구를 쓰고 긴 창과 큰 칼을 좌우 양손에 갈라 들고 적제마(赤帝馬)를 채찍질하여 나는 듯이 달려들며 소리쳐 말했다.

"적장 유충렬아, 네 아직 철이 들지 않아서 사리에 어두워 남북의 수많은 강군(强軍)을 업신여기니 바삐 나와 죽어보라."

원수가 지휘대에 있다가 최일귀란 말을 듣고 재빨리 나와 그 소리에 맞대응해 질렀다.

"정한담은 어디 가고 너만 어찌 나왔느냐. 너희 두 놈의 간을 내어 우리 부모의 영위(靈位) 앞에 두 번 절하고 드리리라."

그리고는 원수가 함성을 지르며 달려들어 장성검이 번뜻하자, 최일귀가 가진 긴 창과 큰 칼이 조각조각 깨어져 부숴지니라. 최일귀가 크게 놀라서 철퇴(鐵槌)로 치려고 하나 원수의 온몸이 보이지 아니하니, 치려한들 어이하랴. 적의 진영에서 옥관도사가 싸움을 구경하다가 크게 놀라서 급히 징을 쳐 군사를 거두니라. 최일귀가 겨우 본진에 돌아와 정신을 잃어버리더라.

이때 북적(北狄)의 선봉 마룡은 천하의 명장인지라, 최일귀가 충렬을 잡지 못하고 돌아온 것을 분하게 여겨 진문(陣門)을 열어젖히며 말했다.

"대장은 어찌 조그마한 아이를 살려두고 오시나이까? 소장(小將)이 잡아 오리이다."

그리고서 나는 듯이 달려 나가려 할 때, 북적의 진중에서 또 다른 도사인 진진이 나와 마룡의 말머리를 잡고 말했다.

"대장은 가지 마옵소서. 적장의 갑옷투구와 창검을 보니 용궁의 조화이나이다. 수년 전에 대장성이 남경에 떨어지더니만, 지금 적장의 검술을 보니 북두성 대장성이 칼날 빛에 응하였고, 일광주(日光胄)와 용린갑(龍鱗甲)은 온몸을 가리었으니 사람은 천신(天神)이오 말은 비룡(飛龍)이나이다. 뉘라서 능히 감당하리까."

마룡이 몹시 성을 내며 진진 도사를 꾸짖어 말했다.

"대장부 앞에 요망한 도사 놈이 무슨 잔말을 하느냐? 빨리 물러서라."

　진진이 생각하니 오래지 않아 큰 환란이 있을진대, 진중에 들어가지 않고 조그만 길로 도망하여 싸움을 구경하더라.

　이때 마룡이 왼손에는 3천 근의 철퇴를 들고 오른손에는 창검을 들고서 호통을 치며 달려 나와 원수를 맞아 싸웠다. 그러나 일광주에 쏘이어 두 눈이 캄캄하여 정신을 차릴 수가 없었고, 구름 속에서 소리가 나며 칼날 빛이 빛나는지라 원수를 치려는 순간에 장성검이 번뜻하여 마룡의 손을 치니 철퇴를 든 왼팔이 맞아 땅에 떨어지더라. 마룡이 크게 놀라서 공중으로 치솟아 오른손에 잡은 칼로 번개처럼 냅다 쳤으나 9척이나 되는 장검의 길고 긴 칼이 낱낱이 부서져 빈 자루만 남았으니, 제 아무리 명장인들 맨손으로 당할쏘냐. 마룡이 본진으로 도망치려고 할 즈음에 벽력같은 소리가 천지를 뒤흔들며 장성검이 번뜻하더니, 마룡의 머리가 안개 속에 떨어지니라. 원수가 마룡의 목을 찔러 본진에 던지고 몸은 적진에 던지며 말했다.

　“이봐, 정한담아! 빨리 나와 죽기를 재촉하라. 네 놈도 이같이 죽이리라.”

　이 말을 하면서 좌우로 아무 거리낌없이 제멋대로 행동했으나 공중에서 소리만 나고 온몸은 보이지 않으니, 적진이 크게 놀라 넋이 몸에 붙어 있지 않아 얼이 빠진 듯하더라.

　정한담이 몹시 노하여 용상(龍床)을 치며 말했다.

　“셀 수 없이 많은 억만(億萬) 군중(軍衆)에서 충렬이 잡을 자가 없느냐?”

　최일귀가 정한담의 말에 응하여 형사마를 비껴 타고 10척이나 되는 장검을 빼어들며 진문 밖으로 썩 나서면서 말했다.

"대장은 아직 참으소서. 소장(小將)이 대적하리다."

그리고는 나는 듯이 달려가며 소리쳐 말했다.

"적장 유충렬은 승부를 결정짓지 못했던 싸움을 지금 결판내자."

원수가 최일귀의 말에 응하여 천사마(天賜馬) 위에 번뜻 오르는데, 왼손의 신화경은 신장(神將)을 호령하고 오른손의 장성검은 해와 달을 희롱하니, 적진을 바라보고 나는 듯이 들어가나 온몸이 햇빛 되어 가는 줄을 알지 못하더라. 원수가 최일귀를 맞아 싸우는데 반합(半合)도 되지 않아 장성검이 번뜻하며 최일귀의 머리를 베고는 칼끝에 꿰어 들고 본진으로 돌아와서 천자에게 바치며 말했다.

"이것이 최일귀의 머리가 틀림없나이까?"

천자가 최일귀의 목을 보고 몹시 화가 나서 도마 위에 올려놓고 살점 하나하나 저미면서 원수를 치하하였다.

"짐(朕)이 사리에 어두워 이놈의 말을 듣고 경(卿)의 부친을 성문 밖으로 내쫓았더니만, 이놈이 나를 속여 만 리 연경으로 보냈느니라. 이제는 치욕을 씻었으니, 경의 은혜를 갚을진대 살을 베어내어서 지극히 돌볼지라도 부족할 것이고, 죽어서 백골이 한 줌의 먼지가 되더라도 그 은혜를 다 갚으랴. 황태후는 어디 가시고, 이놈의 고기 맛볼 줄을 모르시는가."

천자가 원수의 손을 잡고 백 번이나 치하하니, 원수가 더욱 감격하여 머리를 조아리며 감사하고 물러나 군중(軍中)으로 오니라. 중군 조정만이 즐거워해 마지아니하여 지휘대에서 내려와 수없이 거듭 절하고 감사해하며 즐기더라.

이때 정한담이 최일귀의 죽음을 보고 분한 마음이 가득차서 벽력같은 소리를 천둥같이 지르며 긴 창과 큰 칼을 다잡아 쥐고서 전방으로 뛰어 500보를 높이 솟아오르고는, 육정육갑(六丁六甲)을 베풀어 좌우에 신장들이 둘러싸게 하고 둔갑술(遁甲術)로 몸을 숨기어 변화를 일으키더니 크게 호통을 치며 원수를 불러 말했다.

"충렬아, 가지 말고 네 목을 빨리 진상(進上)하여라."

원수가 정한담이 나오는 것을 보고 크게 기뻐하여 정한담의 말에 응하니, 천자가 원수에게 당부하였다.

"정한담은 최일귀나 마룡의 부류가 아니니라. 천신(天神)의 법을 배워 수많은 장정으로도 못 당하는 힘이 있고 그의 변화를 헤아릴 수가 없으니 각별히 조심하라."

원수가 크게 웃고 진영 앞으로 나와 멀리서 정한담을 바라보니, 신장이 10여 척인데다 면모가 웅장하였다. 푸른 도포를 구름처럼 드리운 갑옷에 황금투구를 쓰고 조화를 부리는데 천상 익성(翼星)의 정신을 흉중에 품었으니, 한 시대의 명장(名將)이나 역적이 될 만하더라. 원수가 기운을 가다듬은 뒤 신화경을 잠깐 펴서 익성의 정신별을 점점 쇠하게 하고, 장성검을 다시 닦아 칼날의 빛이 찬란하게 하면서 변화를 부려 몸을 숨기고는 크게 호통을 치며 정한담을 불러 말했다.

"네 놈은 명나라 정종옥의 자식 정한담이 아니냐. 대대로 명나라의 녹을 먹고 그 어진 임금을 섬기다가 무엇이 부족하여 충신을 다 죽이고 부모의 나라를 치려 하느냐. 비단 천하의 사람뿐만 아니라 지하의 귀신들도 너를 잡아 황제께 드리고자 할 것이니, 너 같은 세상에 비길 데 없는 만고의 역적이 살기를 바랄쏘냐. 네 놈을 사로잡아 그간의 죄목(罪目)을

물은 후에 너의 살을 도려 포육(脯肉)을 떠서 종묘(宗廟)에 제사하고, 그
남은 고기는 받아다가 우리 부친의 충혼당(忠魂堂)에 석전제(夕奠祭)를
지내리라. 빨리 나와 나를 보라."

정한담이 분개하여 원수의 말에 응해서 말을 타고 나오자, 원수가
정한담을 맞아 싸우니라. 칼로 칠 것이면 반합(半合)만에 죽일 것이었
으나 사로잡고자 하여 장성검을 높이 들어 정한담을 치려했더니만, 정
한담은 온데간데없고 채색구름이 뭉게뭉게 일어나며 원수의 장성검의
칼날 빛이 사그라지면서 펴있던 칼이 도로 접히더라. 원수가 크게 놀
라서 급히 물러나와 신화경을 재빨리 펴고 전편을 외다시피 읽은 후에
장성검을 세 번 치며 바람의 신인 풍백(風伯)을 급히 불러 채색구름을
쓸어버리더라. 천 리 앞을 내다보는 눈인 천리안(千里眼)과 천 리 밖의
소리도 들을 수 있는 귀인 순풍이(順風耳)의 조화를 부려 적진을 살펴
보니, 정한담이 변신하여 채색구름에 싸여 10여 척이나 되는 장검을
번뜩이며 원수를 뒤좇더라. 원수가 그제야 깨닫고 말했다.

"정한담은 천신(天神)이니 산 채로 잡으려 하다가는 도리어 화를 당하
리라."

원수가 다시 싸우러 나가는데 군진 앞에 안개가 자욱하고 장성검이
번개가 되어 공중에 빛나면서 정한담을 치려하였으나, 정한담의 몸에
는 끝내 칼이 가까이 닿지 못하자 적진을 향해 뒤로 돌아들어가 진중
을 헤칠 듯이 하니라. 정한담이 원수를 따라 잡으려고 급히 말머리를
돌리는 찰라, 번개가 번쩍하니 정한담의 탄 말이 땅에 거꾸러지더라.
원수가 급히 칼을 들어 정한담의 목을 치니 목은 맞지 아니하고 투구
만 깨어지니라. 적진에서 정한담의 투구가 깨어지는 것을 보고 크게

놀라 급히 징을 쳐 군사를 거두었다. 정한담은 기운이 쇠진하여 거의
죽게 되었다가 징을 쳐 군사를 거두는 바람에 본진으로 돌아왔으나 정
신이 나가서 기운을 차리지 못하더라. 이에, 좌우의 사람들이 구하니,
정한담이 겨우 정신을 차려 자리에 앉으며 말했다.

"선생이 어찌 알고 소장을 불렀나이까?"

옥관도사가 말했다.

"적장의 칼끝에 장군의 투구가 깨어졌기 때문에 대단히 위태해 불렀나
이다."

정한담이 매우 놀라서 머리를 만져보니 과연 투구가 없는지라 더욱
놀라 말했다.

"적장은 분명히 천신(天神)이요 사람은 아니로다. 10년을 공부한 사람
이면 모르거니와 귀신도 헤아리지 못하는 술법이 많은데, 마룡과 최일귀
가 죽는 것을 보고 조심하여 10년 배운 술법을 오늘 모두 다 부려 적장을
잡으려 하였더니만, 잡기는 고사하고 기운이 쇠진하여 거의 죽게 되었더
니 천행으로 선생의 힘을 입어 목숨을 건졌나이다. 아무리 생각해 보아
도 힘으로는 잡을 수 없으니, 선생은 그 방법을 깊이 생각하소서."

옥관도사가 이 말을 듣고 간담이 서늘하여 이슥하도록 생각하다가
군중에 명령을 내려 진문(陣門)을 굳게 닫도록 한 뒤, 정한담을 불러
말했다.

"적장을 잡으려 할진대 사람의 힘으로는 잡지 못할 것이니, 군대의 장
비와 병기들을 모아 여차여차(如此如此)하였다가 적장을 유인하여 진중
에 들어오게만 하면, 제 비록 천신이라도 피할 길이 없으리라."

정한담이 매우 기뻐서 도사의 말대로 약속을 정하고, 며칠이 지난 뒤에 갑옷과 투구를 갖추고 진문을 나서면서 원수를 불러 말했다.

"네 한갓 혈기만 믿고 우리를 대적하니, 후생(後生)을 두려워하라고 하나 빨리 나와 승부를 결판내자."

이때 원수가 의기양양하게 진영 앞을 거리낌 없이 오가다가 정한담이 부르는 소리를 듣고 그 소리에 응하여 말을 타고 나아갔는데, 일합(一合)이 못 되어 정한담을 거의 잡게 되었더니, 적진이 또한 징을 쳐 군사를 거두더라. 원수가 이긴 김에 계속 뒤쫓아서 곧바로 적진의 선봉을 헤치고 달려드니, 지휘대에서 북소리가 나며 난데없는 안개가 사방에 가득하더니만, 적장은 간데없고 음산한 바람이 스산하게 불어오며 차가운 눈발이 어지러이 흩날려 지척을 분간하지 못할러라.

가련하다, 유충렬이 적장의 꾀에 빠져 함정에 들었으니 목숨이 경각에 달려서 거의 죽게 될 지경일러라. 원수가 크게 놀라 신화경을 펴 놓고 둔갑장신술(遁甲藏身術)로 온몸을 감추며 천 리 앞을 내다보는 눈과 천 리 밖의 소리도 들을 수 있는 귀로 술법을 부려 진중(陣中)을 살펴보니, 토굴을 깊이 파고서 그 가운데 긴 창과 칼날을 삼대같이 벌여 놓았고, 사해 신장(四海神將)이 나열하여 독한 안개와 모진 모래를 사방으로 뿌려대는데, 사방에서 항복하라고 지르는 함성이 천지를 뒤흔들더라. 원수가 그제야 간사한 계략에 빠진 줄 알고서 신화경을 다시 펴 육정육갑(六丁六甲)을 베풀어 신장(神將)을 호령하고 바람의 신인 풍백(風伯)을 바삐 불러 구름과 안개를 쓸어버린 데다 맑게 갠 하늘에서 밝게 비치는 해가 일광주(日光冑)를 감추고 장성검은 번개가 되니, 적진이 어수선하고 야단스럽더라. 적진을 살펴보니 무수한 군졸과 진중의 모든 복병들이 백만 겹으로 에웠는데, 정한담이 지휘대에서 북을 치며 군사를 독촉하고 있더라. 원수가 분노하여 일광주(日光胄)를 다시 매만지고 용린갑(龍鱗甲)을 가다듬고는 천사마를 채찍질해 좌우의 진중을 오가면서 호통하며 이리저리 닥치는 대로 마구 찌르고 부딪쳤다. 원수의 호통소리가 나는 곳에 번갯불이 일어났으며, 번갯불이 일어나는 곳에 우레 소리와 벼락이 요란하니라. 군사들은 넋을 잃고 모든 장수들은 귀가 먹고 눈이 어두워 제 군사를 제가 모르더라. 적군이 서로 밟혀 분주할 때, 변화 좋은 장성검이 동쪽 하늘에서 번뜻하여 오랑캐의 목이 떨어지니 가을바람에 떨어지는 나뭇잎 같아 볼 만하였으며, 서쪽 하늘에서 번뜻하여 앞뒤의 군사들이 다 죽으니 핏물이 무릉도원(武陵桃源)의 붉게 흐르는 물처럼 흐르더라. 원수가 선봉과 중군을 다 헤치고 적진의 지휘대에 달려드니, 정한담이 칼을 들고 지휘대 위에 섰거늘 호통 소리를 크게 치고 장성검을 높이 들어 단칼에 정한담의 목을 베어 들고 후군으로 달려들었다.

이때 황후와 태후가 적진에 잡혀 토굴 속에 갇혀 있다가 소리를 지르며 말했다.

"저기 가는 저 장수여, 행여 명나라 장수이거든 우리 고부(姑婦)를 살려 주소."

원수가 분한 마음이 몹시 치밀어 올라 적진을 제멋대로 날뛰는데, 토굴 속에서 슬픈 소리가 나자 천사마가 그곳으로 빨리 달려가더라. 원수가 급히 가보고 말에서 내려 말했다.

"소장(小將)은 동성문 안에 살던 유 주부의 아들 충렬이옵니다. 아비의 원수를 갚으려고 천 리를 멀다 하지 않고 달려와서 정문걸을 한 칼에 베고 난 뒤로 최일귀와 마룡을 잡아 죽이고 정한담의 목을 베러 이곳에 왔사오니, 소장과 함께 본진으로 가사이다."

황후와 태후가 이 말을 듣고 토굴 밖으로 나와 원수의 손을 잡고 고마워하며 말했다.

"그대가 분명 유 주부의 아들인가? 어디에 갔다가 장성하여 저런 훌륭한 장군이 되었는가? 그대의 부친은 어디 있느뇨? 장군의 힘을 입어 우리 고부(姑婦)가 살아난다면 성성한 백발의 이내 몸이 천자 아들 다시 보고, 곱디고운 젊은 얼굴의 며느리가 황제 낭군 다시 보게 되리니, 그 공로 그 은혜는 태산이 무너져 평지가 되어도 잊을 수 없고, 천지가 변하여 푸른 바다가 될지라도 잊을 수 전혀 없도다. 머리털을 베어 신발을 삼고 혀를 빼어 신창을 대어서 백 년 삼만 육천 일에 날마다 장군을 이고 다닐지라도 그 공로를 어찌 다 갚을런가. 본진에 돌아가서 내 아들을 어서 보세."

원수가 공경히 받들어 감사드리고 나서 황태후(皇太后)를 서둘러 모시고 본진에 돌아온 뒤, 정한담의 목을 내어 천자에게 바치려고 칼끝에서 빼어 보니, 진짜 놈은 간데없고 허수아비의 목만 베어 왔더라. 원수가 분노하여 다시 싸움을 돋우더라.

이때 천자가 양 진영의 싸움을 구경하고 있는데, 원수가 적진으로 달려들자 사방에 안개가 자욱하고 적진의 복병이 삼대같이 벌여 놓은 듯해 빈틈없이 둘러싸고 있더라. 사방에서 북을 치고 나팔을 불며 아우성치는 소리가 하늘과 땅을 뒤흔드는데 원수의 칼날 빛이 보이지 않으니, 천자가 몹시 놀라 얼굴빛이 하얗게 변해 발을 구르며 땅에 엎어져 통곡하면서 말했다.

"이제는 죽었구나. 천행으로 충렬을 얻었으나 이제는 죽었으니, 미리 헤아릴 수 없는 이내 팔자 살아 무엇 하랴. 신령하신 황천(皇天)과 지신(地神)이신 후토(后土)는 이런 좋지 못한 형편을 살피시어 유충렬을 살려

주소서."

천자가 이렇듯 슬피 울고 있는데, 뜻밖에 적진 안에서 안개가 없어지며 벽력같은 소리가 나고 장성검이 번개가 되어 적진의 이루다 셀 수 없는 수많은 군사들을 순식간에 쓰러뜨려 사람이라고는 전혀 없는 지경이 되더니, 한 대장이 황후와 태후를 모시고 적의 진영 문밖으로 나와 본진으로 돌아오더라. 이에, 천자와 태자가 버선발로 달려 나갔는데, 천자는 원수의 손을 잡고 태자는 태후의 손을 잡고 한데 어우러지니, 즐거운 마음을 헤아릴 길이 없더라. 울음 절반 웃음 절반 두 가지가 섞인 목소리로, 천자는 옥새를 목에 걸고 항서를 손에 들고 항복하러 나오다가 뜻밖에 충렬을 만나 살아난 말을 하고, 황태후는 적진에 잡혀가 토굴 속에 갇히었다가 뜻밖에 원수 만나 살아온 말을 하니, 군사들도 즐거워 너도나도 고마워하더라.

이때 정한담은 옥관도사의 꾀를 듣고 적장을 유인하여 함정에 넣었지만, 적장이 죽기는 고사하고 삼군의 이루다 셀 수 없는 수많은 군사들을 한 칼에 무찌르고는 지휘대에 달려들어 자신의 혼백을 붙인 허수아비를 베고 후군을 짓치다가 황태후를 데려가는 모양을 보고 넋을 잃어 옥관도사에게 들어가 여쭈었다.

"충렬은 분명 천신이라서 이제는 온갖 계책을 다 써 보아도 소용없사오니, 선생은 어찌하리까?"

옥관도사가 몹시 놀라고 한없이 슬퍼하며 어찌할 줄 모르다가 한 꾀를 생각해 내어 정한담을 불러 말했다.

"적장 유충렬은 지지난 해에 연경으로 귀양 간 유심의 아들이라 하니, 이제 급히 군사를 재촉해 보내서 유심을 잡아다가 진중(陣中)에 가두고 죽이려 하면, 제 아무리 충신일지라도 임금만 생각하고 제 아비를 생각지 않으리이까."

정한담이 이 말을 듣고 매우 기뻐서 군중(軍衆)에 명령을 내리되, '날랜 군사 10여 명을 징발하여 유 주부를 빨리 잡아들이라.'고 분부하니라.

각설. 이때 유 주부가 북방의 매우 추운 곳에서 여러 해 고생하여 사람 꼴이 보잘것없었으나, 남경에 난리가 났다는 말을 듣고 밤낮으로 근심하면서 혹시나 천자가 죽을까 염려하여 동짓달 긴긴밤에 촛불만 돋워 켜고 두 손 모아 빌었다.

"제 정성을 밝은 하늘은 감동하시어 우리 천자를 살릴진대, 내 아들 충렬이 살았거든 남경을 구하고 제 아비 원수를 갚게 하소서."

이렇듯 유 주부가 정성을 드리고 있는데, 뜻밖에 한 떼의 군사들이 달려 들어와 유 주부를 잡아내어 수레 위에 높이 싣고서 천 리 머나먼 길을 개의치 않고 재촉하더라. 유 주부가 얼이 빠져 정신을 잃었다가 겨우 의식을 차려 생각하였다.

'이제는 달리 어떻게 할 도리가 없이 죽는구나. 우리 천자가 전쟁에서 이겼으면 나를 잡아오라 할 리가 절대로 없을 것이다. 분명 정한담이 역적이 되어서 천자를 죽이고 나도 또한 죽이려고 이 지경이 되었구나. 푸른 하늘의 해와 달도 무심하고 형산(衡山)의 신령도 못 믿겠구나. 내 아들 충렬이도 정녕 죽었구나. 살았으면 어디 가서 아비 원수 못 갚는단 말인가.'

유 주부가 이렇듯이 슬퍼 우니, 군사들도 눈물을 흘리더라.

여러 날 만에 적진에 도달하니, 이때 정한담이 곤룡포(袞龍袍)를 깨끗이 입고 용상(龍床)에 높이 앉았는데 모든 벼슬아치들이 모시며 지키고 있었다. 군사들이 유심을 잡아다가 계단 아래에 엎드리게 하니, 정한담이 달래어 말했다.

"그대의 마음이 하도 고집스러워서 만 리 연경에 귀양 보냈지만 수년 동안 고생하였을 것이니, 내 마음이 편치 아니하니라. 이제는 짐이 천자가 되어 백관(百官)을 서느렸거늘, 그대의 아들이 아직 철이 없고 사리에 어두워 천자의 위엄을 모르고 죽은 명나라 황제를 살리려 우리 군사를 해치고 있도다. 그 죄상을 따지건대 진작 죽였었어야 했으나 그대를 생각하여 아직 살려 두었더니, 끝내 항복하지 않아서 그대를 데려 오니라. 그대가 자식에게 편지나 하여 부자가 만나 함께 나를 도우면, 바라는 대로 높은 벼슬과 직위를 줄 것이니 부디 사양치 말라."

유 주부가 이 말을 듣고 분한 마음이 가득차서 눈을 부릅뜨고 쪼그려 앉으며 말했다.

"네 이놈, 정한담아! 천지도 무섭지 않고 일월도 두렵지 아니하냐? 나는 자식도 없거니와, 설혹 자식이 있은들 우리 천자를 모시고 너 같은 역적 놈을 죽이려 하는데 그 아비가 무슨 이유로 어진 임금을 저버리고 역적을 도우라 하랴. 내 자식은 고사하고 광대한 이 세상에 삼척동자(三尺童子)도 네 살코기를 먹고자 하느니라. 하물며 내 아들은 옥황께서 점지하사 남경을 도우라 하셨으니, 만고역적(萬古逆賊)인 너 같은 놈을 섬기려 하랴."

이렇듯 유 주부가 성난 기색이 얼굴에 가득하여 겁을 주고 꾸짖으니, 정한담이 크게 노하여 유심을 잡아내어 군중에서 목을 베라 하자, 곁에 있던 군사들이 벌떼같이 달려들어 칼과 창을 번득이며 유 주부를 잡아내더라. 옥관도사가 정한담을 말리며 말했다.

"그대는 어찌 유심을 가벼이 아나이까? 유심의 관상을 보니 당대의 왕후(王侯)가 될 기상으로 타고난 운명이 뚜렷하거늘, 그리될 가망이 있는가 하나이다. 만일 죽였다가는 커다란 재앙이 눈앞에 바로 닥칠 것이니 분한 마음을 참으소서."

정한담이 분한 마음을 이기지 못하여 유심을 살아서는 돌아오지 못할 곳으로 다시 귀양 보내고는 거짓 유심의 편지를 만들어 활을 쏘는 무사로 하여금 명나라 진영으로 쏘아서 원수가 보도록 하더라.

이때 원수가 지휘대에 앉았다가 난데없는 화살 하나가 진중에 떨어지거늘, 급히 화살을 주워다가 본즉 화살 끝에 편지 한 장이 달렸는지라 끌러 보니, 그 편지는 이러하다.

「연경에서 귀양살이를 하는 유 주부는 불효자 충렬에게 한 장의 편지를 부치나니, 급히 받아 떼어보라. 오호라! 너의 부모 나이가 반백이 넘도록 자식을 단 한 명도 두지 못하다가 남악산에 산신제(山神祭)를 지내고 너를 늦게야 낳아 영화를 보려했더니, 나의 팔자가 사납고 복이 없어 천자께 득죄하고 만 리 연경에 귀양 가서 죽느냐 사느냐의 위태한 고비에 처했는데도 아비를 찾지 아니하는구나. 자식이 부모를 찾는 것은 천륜(天倫)에 당연하거늘, 너는 몸만 장성하여 망한 나라를 섬기려고 새 나라를 침입하느냐. 새 천자가 네 아비를 잡아다가 너 같은 몹쓸 자식 두었다 하시고 도마 위에 올려놓고 죽이려 하니, 이 아니 망극하랴. 세상 사람이 자식을 낳으면 좋다고 하는 말은 자식의 힘을 입어 영화를 보는지라 아들을 낳으면 좋다고 하는 것인데, 나는 무슨 죄로 영화를 보기는커녕 성성한 백발에다 파리하게 병약한 목에 창검이 웬 일이며, 살가죽과 뼈가 서로 맞붙은 늙은이의 손과 발이 사지(四肢)를 찢는 수레소를 어이 견디랴. 네가 분명 나의 자식이거든 급히 항복하여 우리 부자가 서로 만나 매우 많은 녹봉인 만종록(萬鍾祿)을 먹게 하라. 만일 내 말을 듣지 아니하면, 죽은 혼이라도 자식이라 아니하고 모진 귀신이 되어 네 몸을 해

하리라. 할 말이 끝없이 많으나 목숨이 경각에 달려서 거의 죽게 될 지경 이라 어쩔 줄 몰라 갈팡질팡 다급하여 이만 그치노라.」

원수가 이 편지를 보고 정신이 아득해진데다 가슴이 막혀 해야 할 일을 분별하지 못하다가 겨우 마음을 가라앉히고 천자에게 들어가 그 편지를 드리며 아뢰었다.

"이 글을 보옵소서, 폐하께서는 지난날 소신 아비의 필적을 보셨을 것 이오니, 이것이 정녕 아비의 필적이오니까?"

천자와 태자가 그 편지를 다 본 후에 손뼉을 치고 크게 웃으며 원수 를 위로하여 말했다.

"그대의 부친이 죽은 지 오래되었도다. 혼백이 살아있다 해도 글씨를 보니, 그간 한 번도 본 적이 없는 필적일러라. 설령 살았을지라도 이런 말을 어떻게 하랴. 장군은 염려 말고 정한담을 사로잡아 그 곡절을 물어 보면, 내 말이 옳다 하리로다."

원수가 물러나와 생각하였다.

'지난날 강 승상을 만났을 때 멱라수 회사정에 부친이 빠져 돌아가신 표적을 남겨놓으셨으니 부친이 돌아가신 것은 분명하거늘, 지금 어떻게 적진에 들어가서 편지를 부칠 수 있으랴. 그러나 나의 마음이 뒤숭숭하 다. 적진을 쳐 깨뜨리고 정한담을 사로잡아서 이 일이 어찌 된 것인지 알아보리라.'

원수는 누런 용(龍)과 같은 수염을 치세우고 봉(鳳)의 눈을 부릅뜨 더니, 일광주(日光胄)를 다시 쓰고 용린갑(龍鱗甲)을 단단히 죄어 입고 장성검(將星劍)을 한 손으로 높이 들고 신화경을 다른 손에 들고서 천사마(天賜馬)를 빨리 몰아 적진 앞에 나서며, 정한담을 크게 불러 말했다.

"네 이놈, 간사한 꾀를 내어 나의 항복을 받고자 했으나, 내 어찌 모를 쏘냐. 빨리 나와 죽어봐라."

정한담이 겁에 질려 두려워서 선봉만 남겨둔 채 도성으로 들어가고 군문(軍門)을 굳게 닫고 나오지 아니하니라. 원수가 이긴 김에 계속 뒤쫓아서 적진으로 달려 들어가 장성검이 번뜻하며 적진의 선봉을 씨도 없이 다 죽이고 도성 문에 다다르자, 사대문이 닫혔거늘 호통소리 한마디에 장성검을 번쩍이며 철편(鐵鞭)으로 문을 치니, 문이 산산조각으로 부서져 추운 겨울의 찬바람에 흰 눈이 흩날리듯 하더라. 눈 깜짝할 사이에 달려들어 궐문 밖에 진을 친 군사들을 단칼에 무찌르고 정한담을 찾아 재빨리 궐문 안으로 들어가더라. 이때 정한담이 원수가 도성에 들어왔다는 말을 듣고는 옥관도사를 데리고 어쩔 줄 몰라 갈팡질팡 급하게 북문으로 도망하여 호산대에 높이 올라 피난하더라.

원수가 도성에 들어 정한담에게 딸린 식구들을 잡고 또 저의 삼족(三族)까지 다 붙잡아 본진으로 보낸 뒤, 조정의 모든 벼슬아치들을 호령해 천자의 수레를 갖추어 본진에 돌아가 천자를 모시고 궁궐로 돌아왔다. 정한담의 가솔들이 지은 죄를 하나하나 빠짐없이 다 캐물어 꾸짖으며 씨도 없이 다 베고, 조정만에게 단단히 일러 본진을 지키게 하고, 원수는 지난날 살던 집터를 가보니 대단히 크고 웅장하던 누각들이 없고 빈 터만 남았더라. 원수가 슬픈 마음을 가라앉히고 궐문을 향해 돌아서려니, 부모님 생각이 한없이 오히려 나가는 길이 캄캄할 정도로 눈물 나는 것을 참을 길이 없더라. 원수는 갑옷과 투구를 벗어 땅에 놓고 가슴을 두드리며 큰 소리로 몹시 슬프게 울면서 말했다.

"옛날 은(殷)나라의 기자(箕子)도 나라가 망한 후에 옛터를 지나다가 궁실이 무너져서 쑥대밭이 된 것을 보고 슬퍼 맥수가(麥秀歌)를 지어 옛 정을 생각했다고 하더니, 이제 유충렬은 물속에 부모를 잃고 길거리에서 구걸하다가 이내 몸이 장성하여 지난날 살았던 터를 다시 보니, 장부 한숨 절로 난다. 우리 부모님은 어디 가시고 이렇게 된 줄을 모르시는가. 뽕나무 밭이 변하여 푸른 바다가 된다는 말을 곧이듣지 않았더니, 이내 일을 생각건대 백 년도 못 사는 인생살이 풀잎에 맺힌 이슬 같고, 만년의 세월도 빠르기가 흐르는 물과 같으리로다. 부귀영화를 누린다고 부니 다른 사람을 업신여기지 말고, 제 복이 있어 잘 산다고 일가친척을 괄시마소. 괴로움이 다하면 즐거운 일이 생기고, 흥겨움이 다하면 슬픈 일이 오는 것은 예나 지금이나 흔히 있는 일이로세. 양지가 음지 되고, 음지가 양지 되는 줄을 그 뉘라서 알아보리오. 권세가 좋고 귀하다고 천만 년을 믿지 마소."

이렇듯 눈물을 흘리고 도성에 돌아오니, 조정의 모든 벼슬아치들이 천자를 모시고 지키고 있는데 충신은 다 죽고 남아 있는 자는 정한담과 같은 부류일러라. 하나하나 빠짐없이 다 잡아내어 죄질이 가볍고 무거움을 따져서 장안의 저자거리에서 목을 베어 죽이고, 군대에 명령을 내려 정한담을 찾도록 하더라.

이때 정한담이 호산대에서 옥관도사와 의논하자, 옥관도사가 한 꾀를 생각해내어 말했다.

"이제는 온갖 계책을 다 써 보아도 소용없사오니, 패문(牌文: 통지문)을 지어 약간 남은 군사에게 주어서 남만과 서번과 호국에게 패전한 사실을 알리고 구원병을 청하여 다시 한 번 싸운 후에도, 일이 뜻대로 되지 않으면 목숨 걸고 도망하였다가 후일을 봄이 어떠하나이까."

정한담이 매우 기뻐하며 패문을 지어 급히 오국에 보내더라.

이때 오국 군왕들이 각각 장수를 보내고 승전하기를 밤낮으로 기다렸는데, 뜻밖에 패전 소식이 왔는지라. 모두 분노하여 서천 삼십육도 군장(君長)이며 가달 토번왕과 호국대왕이 정병(精兵) 80만과 용장(勇將) 1,000여 명을 징발하였다. 천하의 명장을 가리어 뽑아서 선봉장으로 삼은 후에 각각의 군왕들은 중군이 되고 신기한 도사를 좌우에 앉혀 진을 친 형세를 살피도록 하며 행군을 재촉하여 달려드니, 그 행군의 웅장함을 한 입으로는 다 말하기 어렵더라.

이때 정한담은 오국의 구원병이 오는 것을 보고 기운이 펄쩍 나서 얼른 성명을 적은 명함을 오국의 군중(軍衆)에 보내어 옥관도사와 함께 호왕을 만나 그간 일어났던 일을 말했다. 호왕 등이 이 말을 듣다가 정문걸과 마룡이 죽었다는 말을 듣고 간담이 서늘해 맞붙어 싸울 마음이 없었으나, 한갓 분한 마음을 못 이기어 정한담과 마음을 같이하여 호산대에 진을 치고 격서(檄書)를 남경으로 보내더라.

이때 원수는 도성 안에 있고 조정만은 금산성 아래에 진을 치고 머물렀더니만, 뜻밖에 조정만이 장계(狀啓)를 올려서 급히 뜯어보니 그 내용은 이러하다.

「오국 군왕들이 전쟁에서 졌다는 말을 듣고 각각 중군(中軍)이 되어 오는 중에 정한담과 옥관도사도 힘을 합치고서 격서를 보내어 왔으니, 원수는 급히 와 적들을 막으소서.」

원수가 장계를 읽고 나서 크게 웃으며 말했다.

"정문걸과 마룡은 천하 명장이라도 내 칼끝에 죽었거든, 하물며 오국의 오랑캐 군대이랴. 제 비록 하늘로 오르고 땅으로 들어가는 술책을 지닌 놈이 선봉이 되었다고 하나, 한갓 장성검에 피만 묻힐 따름일러라. 황상께서는 염려 마옵시고, 소장의 칼끝에 적장의 머리가 떨어지는 구경이

나 하옵소서."

원수는 즉시 갑옷과 투구를 갖추고 본진에 돌아와서 군사를 단단히 일러 군대의 대오를 각별히 단속한 뒤 적진에 글을 보내 싸움을 돋우었다.

이때 정한담이 한 꾀를 내어 오국 군왕들에게 말했다.

"소장이 육관도사에게 10년을 공부하여 변화하는 재주가 무궁하와 9척 장검의 칼머리에 강산도 무너지고 바다도 뒤엎어졌더이다. 그러나 명나라 진영의 도원수 유충렬은 천신이요 사람이 아니나이다. 이제 대왕이 이루다 셀 수 없는 수많은 군사들을 거느려 왔으나 유충렬을 잡기는 고사하고 그와 맞붙어 싸울 장수가 없사오니, 만일 싸우다가는 우리 군사가 씨도 없이 다 죽고 대왕의 중한 목숨도 보존하기 어려울 것이나이다. 그러니 오늘 한밤중에 군사를 나누어 금산성을 치게 되면 제 응당 구하러 올 것이리니, 그때를 틈타 소장이 도성에 들어가 천자에게 항복을 받고 옥새를 빼앗으면 제 비록 천신인들 제 임금이 죽었는데 무슨 면목으로 싸우리까?"

"그 꾀 마땅하오니 대왕께서 처분을 내리시는 것이 어떠하나이까?"

호왕이 크게 기뻐하여 정한담을 대장으로 삼고 천극한을 선봉으로 삼아 약속을 정하더라. 적군이 깃발을 두르고 도성으로 갈 듯이 하니, 원수가 산 아래에 있다가 적군의 세력을 탐지하고 도성에 들어오더라.

이날 한밤중에 정한담이 선봉장 천극한을 불러 군사 10만 명을 주며 금산성을 치라 하니, 천극한이 명령을 듣고 금산성으로 달려갔다. 호통소리 한마디에 10만 명이 도열하자, 천극한이 명나라 군문(軍門)을 재빨리 헤치고 군중(軍衆)으로 들어가는데 이리저리 마구 찌르고 부딪치며 군사를 짓치고 들어가니, 명나라 군대가 미처 생각지도 못한 화를 만나 갈팡질팡 몹시 어수선하고 급박하더라.

원수는 도성에서 적의 형세를 탐지하고 있었더니만, 한 군사가 달려와 보고하였다.

"지금 도적이 금산성에 쳐들어와 군사를 다 죽이고 중군장(中軍將)을 찾아 제멋대로 날뛰고 있으니, 원수는 급히 오시어 구하소서."

원수가 크게 놀라 나는 듯이 금산성 10리 뜰에 달려가 벽력같이 소리를 지르며 적진을 헤치고 명나라 중군에 들어가 조정만을 구하여 지휘대에 앉히고, 한 필의 말을 타고 한 자루의 창을 들고서 성화같이 적군에 달려드니, 장성검이 스친 곳에는 천극한의 머리가 베여 있고 천사마가 닿는 곳에는 10만 적병이 눈 깜짝할 사이에 팔공산의 초목이 구시월 만난 듯이 떨어지더라. 원수가 본진에 돌아와 칼끝을 보니, 정한담은 어디 가고 그간 한 번도 본 적이 없는 되놈들일러라.

이때 정한담이 원수와의 싸움을 그만두고 정병(精兵)만 차출해 급히 도성으로 쳐들어가니, 성안에는 군사가 없더라. 천자는 원수의 힘만 믿고 잠을 깊이 들었는데, 뜻밖에 수많은 군사와 말들이 성문을 깨뜨리고 궁궐 안으로 들어와 함성을 질렀다.

"이봐, 명나라 황제야! 어디로 가겠느냐? 바람개비라 하늘로 날아오르며, 두더지라 땅속으로 들어가겠느냐? 네 놈의 옥새를 앗으려고 하는데, 이제는 어디로 달아나겠느냐? 빨리 나와 항복하라."

이 소리에 궁궐이 무너지며 혼백이 하늘로 날아오르는 듯하니, 천자가 넋을 잃고 용상에서 떨어졌으나 옥새를 품에 품고 말 한 필을 잡아타고 엎어지며 자빠지며 북문으로 도망하여 번수 가에 다다랐다. 정한담이 궁궐 안으로 달려들어 천자를 찾았지만 온데간데없고, 마침 황후·태후와 태자가 도망하러 나오자 그들을 잡아서 궁궐 문을 나와 호왕에게 맡기고 난 뒤 북문으로 나왔다.

이때 천자가 번수 가로 도망하고 있었는데, 정한담이 크게 기뻐서 천둥 같은 소리를 지르고 눈 깜짝할 사이에 달려들어 9척이나 되는 긴 칼을 번뜻하여 내리치자 천자가 탄 말이 백사장에 거꾸러지니, 천자를 잡아내어 말 아래에 엎어지게 하고 찬 서리 같이 흰 빛이 번뜩이는 날카로운 칼로 통천관(通天冠)을 깨어 던지며 호통을 쳤다.

"이봐, 들어라! 하늘이 나 같은 영웅을 내실 때는 남경의 천자를 시키기 위함이거늘, 네 어찌 천자를 바랄쏘냐. 네 한 놈을 잡으려고 10년을 공부하여 변화가 무궁하거늘, 네 어찌 나를 순종치 아니하고 조그마한 유충렬을 얻어 내 군사를 해치느냐. 그러니 너의 죄를 따지건대 지금 곧장 죽일 것이로되, 옥새를 바치고 항복하는 글을 써 올리면 죽이지 아니하려니와 그렇게 하지 않으면 네 놈의 늙은 어미와 처자식들을 한 칼에 죽이리라."

천자가 달리 어떻게 할 도리가 없어 말했다.

"항복하는 글을 쓰려고 해도 종이와 붓이 없다."

정한담이 분개하여 몹시 성을 내고 창검을 번득이며 말했다.

"용포(龍袍)를 떼고 손가락을 깨물어서 항복하는 글을 쓰지 못할까?"

천자가 용포를 떼고 손가락을 깨물려 하나 차마 하지 못하고 있을 즈음에 황천(皇天)인들 무심하랴.

이때 원수가 금성산에서 적군 10만 명을 한 칼에 무찌르고 곧장 호산대로 달려가 적군의 구원병을 씨도 없이 결딴내고자 하려는데, 뜻밖에 달빛이 희미하면서 난데없이 빗방울이 원수의 얼굴 위에 떨어졌다. 원수가 이를 괴이하게 여겨 말을 잠깐 멈추고 하늘의 기운을 살펴보니, 도성 안에 남을 해치려는 무시무시한 살기(殺氣)가 가득하고 천자의 자미성이 떨어져 번수 가에 비쳤는지라 크게 놀라 발을 구르며 말했다.

"이게 웬 번이냐?"

그리고는 갑옷과 투구, 창과 칼을 갖추고 천사마 위로 나는 듯이 올라 산호채를 높이 들어 말의 뒷부분을 채찍질하며 말에게 단단히 부탁하여 말했다.

"천사마야, 너의 용맹을 누었다가 이런 때에 쓰지 않고 어디에 쓰리오. 지금 천자께서 도적에게 잡히어 목숨이 경각에 달려서 거의 죽게 되었으니 눈 깜짝할 사이에 달려가서 천자를 구하라."

천사마는 본래 천상에서 타고 온 비룡(飛龍)인지라, 비룡의 조화를 지니고 있어 채찍질을 하지 않고 단단히 이르기만 하면 제 가는 대로 두어도 눈 깜짝할 사이에 몇천 리를 갈 줄 모르는데, 하물며 제 임자가 급한 말로 단단히 이르고 산호채로 채찍질하니 어찌 급히 가지 않으랴. 눈 한 번 깜짝이자 황성 밖을 얼른 지나 번수 가에 다다랐더라.

이때 천자는 백사장에 엎어져있고 정한담은 칼을 들어 천자를 치려 하는데, 원수가 이때를 맞아 평소에 지녔던 기력을 다하고 일생 동안 지를 호통을 있는 힘을 다해 지르더라. 그러니 천사마도 평생의 용맹을 이때에 다 부리고, 변화 좋은 장성검도 삼십삼천(三十三天)에 어린 조화를 이때에 다 부리더라. 원수가 닿는 앞에는 강산도 무너지고 하해도 뒤엎어지는 듯하니, 귀신인들 울지 않을 것이며 혼백인들 울지 않을 것이랴. 원수가 온몸이 불빛이 되어 벽력같이 소리를 지르며 말했다.

"이놈, 정한담아! 우리 천자를 해치지 말고 내 칼을 받아라."

이 호통소리에 나는 짐승도 떨어지고 강의 신 하백(河伯)도 넋을 잃게 만들었으니, 정한담의 혼백인들 아니 잃고 간담인들 성할쏘냐. 원수의 호통소리에 정한담의 두 눈이 캄캄하고 두 귀가 먹먹하자, 정한담이 탔던 말을 돌려 타고 도망하려다가 형산마가 거꾸러져 백사장에 떨어졌는데도 창과 칼을 두 손에 나누어 들고 원수를 겨누더라. 그러나 구만 리 푸른 하늘의 구름 속에서 번개 칼이 번쩍이니 정한담의 두 팔목이 말 아래로 떨어지고, 장성검이 번쩍이니 정한담의 긴 창과 큰 칼이 산산조각으로 부서지더라. 원수가 달려들어 정한담의 목을 산 채로 잡아들고 말에서 내려 천자 앞에 엎드렸다.

이때 백사장에 엎어져있던 천자는 거의 죽게 되어 죽을지 살지 모를 지경에 이르러 기절해 누웠더라. 원수가 천자를 붙잡아 앉히고 정신을 차리게 한 후에 엎드려 아뢰었다.

"소장이 도적들을 결딴내고 정한담을 사로잡아 말에 달고 왔나이다."

천자가 허둥지둥 정신이 없는 가운데도 원수라는 말을 듣고 벌떡 일어나 앉아보니, 원수가 땅에 엎드려 있거늘 달려들어 원수의 목을 안고 말했다.

"네가 분명 충렬이냐? 정한담은 어디 가고 네가 어찌 여기에 와 있느냐? 내가 죽게 되었더니만, 네가 와서 살리도다."

원수가 그간 일어났던 일을 아뢴 후에 정한담의 머리를 풀어 손에 감아 들고 도성에 들어오더라.

이때 오국의 군왕들이 도성 안에 들어왔다가 정한담이 사로잡혔다는 말을 듣고 겁에 질려서 도성에 있던 온갖 보화(寶貨)와 제일 어여쁜 계집들을 탈취하고 난 뒤 황후·태후와 태자를 사로잡아 수레 위에 높이 싣고 본국으로 돌아가고 없더라. 이에, 천자가 원수를 붙들고 큰 소리로 몹시 슬프게 울며 말했다.

"이 몸이 하늘에 죄를 지어 나라를 망하게 하였다가 충신 그대를 얻어 회복하게 되었으나, 부모처자를 되놈에게 보내놓고 나 혼자 살아서 무엇하랴. 천하를 그대에게 전하나니 그리 알라! 과인(寡人)은 이제 죽어 혼백이나마 호국에 들어가 모친을 만나보게 되면, 저승에 들어가도 풀지 못하고 남은 한이 없으리라."

이렇게 말하고는 천자가 궁궐 안의 백화담에 빠져 죽고자 하니, 원수가 천자를 붙들어 용상에 앉히고 여쭈었다.

"소신(小臣)이 충성이 부족하여 이 지경이 되었으나, 이때를 당하여 신하된 자의 도리에 호국을 그냥 두오리까. 소신이 재주가 없사오나 호국에 들어가 오랑캐를 결딴내어 씨를 말리고 난 뒤 황태후를 편히 모시고 돌아오리다."

천자가 원수의 손을 잡고 눈물을 흘리며 부탁하였다.

"경(卿)이 충성을 다해 호국을 쳐서 깨뜨리고 과인(寡人)의 늙은 어머니와 처자식을 다시 보게 하면, 살을 베어 봉양하여도 아깝지 아니하리라."

원수가 절하여 감사하고 나와 정한담을 끌러서 계단 아래에 엎어져 있게 하고 좌우의 나졸에게 호령하여 온갖 형벌을 갖춘 뒤 그간에 저지른 죄목을 하나하나 빠짐없이 다 물으며 말했다.

"이놈, 들어라! 네가 스스로 신황제(新皇帝)라 일컫고 나에게 하늘의 뜻을 모른다고 하더니, 어떻게 두 팔을 잃고 내게 잡혀 왔느냐?"

정한담이 부끄러워 아무런 말을 하지 못하더라.

"네가 스스로 10년 공부하여 천자를 노린다고 일컫더니, 어떤 놈에게 배워서 역적이 되었느냐?"

정한담이 여쭈었다.

"소인이 불행하여 옥관도사 놈의 말을 듣고 이 지경이 되었으니, 아뢸 말씀이 없나이다."
"옥관도사 놈은 어디 갔는가?"
"소인이 번수 가에 갔을 때에 호국으로 들어간 것 같나이다."

원수가 말했다.

"네 놈은 나와 한 하늘 아래서 같이 살 수 없는 원수이니 좀 더 일찍이 죽였을 것이로되, 내 부친께서 사셨는지 죽으셨는지를 알고자 하나니 바른대로 아뢰라."

정한담이 다시 여쭈었다.

"소인이 죄가 무거워 옥관도사의 말을 듣고 정언 주부를 모함하여 연경으로 귀양 보냈다가, 며칠 전에 다시 잡아와 항복을 받고자 하였으나 끝내 말을 듣지 아니한 까닭에 다시 호국 포판이라 하는 곳으로 귀양 보냈사오니, 그 사이에 죽었는지 살았는지 모르나이다."

원수가 이 말을 듣고 슬피 울며 말했다.

"강희주 승상은 죽었느냐 살았느냐?"

정한담이 여쭈었다.

"강 승상도 모함하여 옥문관으로 귀양 보내고, 그 집의 식솔들은 다 잡혀 오던 도중에 한밤중 도주하다가 영릉 땅 청수에 빠져 죽었다고 하더이다."

원수가 모친이 회수에서 봉변당한 일이 정한담의 짓인 줄은 알지 못하고, 강 낭자가 죽은 일민 몹시 원통하고 분하여 정한담을 단칼에 베고자 하였으나 '부친을 만난 후에 죽이리라.' 생각하고 삼목(三木: 형틀)을 갖추어 묶어서 감옥에 가두었다. 그리고서 원수는 갑옷과 투구, 킨 칼을 갖추어 천자께 하직하고 나오려 하니, 천자가 계단 아래로 내려와 원수의 손을 잡고 눈물을 흘리며 말했다.

"짐의 수족(手足)을 만 리 타국(萬里他國)에 보내놓고서 마음이 어떠하겠는가. 부디 충성을 다하고 모친과 자식을 구해 쉬이 돌아오라. 만일 그 사이에 환란이 일어나면 뉘 덕으로 살아나랴."

천자가 10리 밖까지 나와 전송하며 수없이 당부하니, 원수가 천자의 명을 듣고 한 필의 말을 타고 한 자루의 창을 들고서 만 리 타국으로 들어가더라. 이때 호왕이 자기 나라로 돌아가면서 후환이 있을까 염려하여 각 도와 각 관문마다 공문을 보내어 호국으로 들어오는 길에 인가를 없애고 강마다 배를 없애어 사람의 왕래를 금하게 하였더라.

원수가 전쟁터에서 고생하며 음식을 전혀 먹지 못한 날이 많은 가운데 부친의 소식까지 알고자 하여 제대로 잠을 자지도 음식을 먹지도 못하였다. 그러면서 호국의 수만 리를 주점도 없이 지나니 기운이 반감하였는지라, 호국을 찾아가는 길이 고단하여 유주(幽州)에 도달한 후에 자사(刺史)를 잡아내어 죄를 물으며 말했다.

"네 이놈, 대대로 나라에서 주는 녹봉을 받는 신하로 나라가 뒤숭숭한데도 네 몸만 생각하고 나랏일을 돌보지 아니하였으며, 또한 정한담의 말을 듣고 유 주부를 네 고을에 귀양살이를 시켰다 하더니 어디 계시느냐?"

자사가 겁에 질려 두려워서 자신이 지은 죄에 대해 용서를 빌며 말했다.

"소인(小人)도 나라에서 주는 녹봉을 받는 신하로서 어찌 나랏일을 걱정하지 않으리까? 다만 호국의 군대가 남경으로 가는 길에 소인의 고을에 달려들어 군사와 양식을 빼앗고 소인을 죽이려 하였기에 소인이 도망하여 목숨만 살아났나이다. 그러나 소인은 본래 재주가 없는데다 맨손인 채 홀몸이라 어찌할 바를 몰랐고, 나라도 어떻게 된 줄 몰랐나이다. 며칠 전에 소식을 들어보니, 호국의 군대가 전쟁에서 이겨 황후·태후와 태자를 사로잡아 간다고 하는지라 갈팡질팡 당황하기 그지없나이다. 그러던 차에 장군이 와 계시니, 황송하오나 성명은 무엇이며 무슨 일로 유 주부를 찾나이까?"

원수가 슬픔에 젖어서 말했다.

"나는 이 고을에서 귀양살이를 하신 유 주부의 아들일러라. 부모의 원수를 갚으려 적진에 들어가서 천자를 구하고 정한담과 최일귀를 한칼에 벤 후에 오국의 정병(精兵)마저 일시에 무찌르고 천자를 모셔 궁궐로 돌

아왔더니, 뜻밖에 오국의 군왕들이 나를 속이고서 도성을 습격하여 많은
사람들을 죽인 뒤에 황후를 사로잡아 간 까닭에 북적을 결딴내고 황후를
모셔 오려고 가는 길에 들렀노라."

자사가 이 말을 듣고 계단 아래로 내려가 거듭거듭 절하며 감사의
뜻을 표하고 술과 고기를 많이 내어 대접하고 10리 밖까지 나와 전송
하더라. 원수가 유주를 떠나 호국에 다다르니, 눈발이 어지러이 흩날
리고 도로는 험악하여 사람의 왕래가 없더라.

각설。이때 호왕이 10만의 군사를 거느리고 남경에 갔다가 정한담
이 사로잡혔다는 말을 듣고서 도성으로 들어가 황후·태후와 태자를
사로잡고 난 뒤 도성 안에 있던 온갖 보화와 제일 어여쁜 계집들을 탈
취해 본국으로 돌아와 승전고를 울리며 잔치를 벌이고 며칠을 즐겼다.
그렇게 즐긴 후에 황후·태후와 태자를 잡아내어 계단 아래에 엎어지
게 하고, 좌우에는 칼과 창을 쥔 나졸들을 늘어세웠다. 그리고는 호왕
이 인검(印劍)으로 난간을 치면서 태자를 큰 소리로 꾸짖으며 말했다.

"네 이놈, 지난날 네 아비의 힘을 믿고 제 분수에 넘치게 동궁(東宮)이
라 하였거니와, 이제는 과인(寡人)이 하늘로부터 명을 받아 천자의 항복
을 받고 네 조모(祖母)까지 사로잡아 왔으니, 만승천자(萬乘天子)가 나
이외에 또 있겠느냐? 네가 곧바로 항복하여 나를 도우면 죽이지 아니하
려니와, 그렇지 아니하면 너의 모자(母子)를 북해(北海)에 던지리라."

이렇듯이 큰 소리로 꾸짖으니, 군사들의 엄숙하고 장중함은 염라왕
이 다스리는 저승이 가까운 듯하였고, 호왕의 엄한 위풍은 남산(南山)
의 사나운 호랑이를 몽둥이로 치는 듯하더라. 황후·태후가 정신이 아
득하여 세 사람이 서로 목을 끌어안고 계단 아래에 엎어져서 어떻게
해야 할지 모르더라.

이때 태자는 나이가 13세이었지만, 호왕을 큰 소리로 꾸짖으며 말했다.

"네 이놈! 역적 놈이 한갓 강포함만 믿고 분수에 지나치게 남경을 침략하여 이 지경이 되었으나, 어찌 감히 황제를 꾸짖어 욕하고 나를 굴복시켜 네 신하로 삼을 마음을 품을쏘냐. 임금과 신하 사이의 분수와 의리를 논하건대 황제는 모든 백성의 아버지요, 황후는 모든 백성의 어머니이니, 너는 세상에 비길 데 없는 만고의 역적 놈이라."

이에, 호왕이 분노하여 나졸들에게 처형하라고 재촉하더라. 나졸들이 일시에 달려들어 황후·태후와 태자를 잡아내고는 온갖 형벌을 다 갖추고 수레 위에 높이 실어 동문 큰길가로 나올 때에 깃발과 창칼이 삼대같이 늘어서 있더라. 총융대장이 높이 앉고서 망나니에게 상을 주어 칼춤을 추게 하니, 황후·태후와 태자가 수레에서 내려졌다. 황후는 태후의 목을 끌어안고 태자는 황후의 목을 끌어안은 채, 세 사람이 한 몸이 되어 백사장의 넓은 들에 엎어져 땅을 허비며 목 놓아 몹시 섧게 울면서 말했다.

"전생에 무슨 죄로 백발의 늙은이가 고운 젊은 며느리와 어린 손자를 앞세우고 되놈에게 잡혀와 한 칼끝에 다 죽으니, 북방 천 리의 멀고 먼 길에 거두어 줄 연고자 없이 떠돌아다니는 외로운 혼령이 된단 말인가. 살가죽과 뼈가 서로 맞붙은 이내 몸은 되놈에게 자식 잃고, 청춘의 젊은 아낙네인 내 며느리는 되놈에게 낭군 잃고, 의지할 곳이 없는 외로운 홀몸인 내 손자는 되놈에게 아비 잃었거늘, 만 리 호국 험한 땅에 뉘 보려고 여기 왔다가 세 몸이 한 몸 되어 망나니의 손에 죽게 되었으니, 천년만년이 지난들 이런 변을 다시 볼까. 넓고 넓은 이 세상에서 흉악하고 헤아릴 수 없는 것이 우리 세 사람의 팔자로세. 우리 아들은 도적에게 황성(皇城)을 잃고 정한담을 피하여 북문으로 도망하더니, 죽었는가 살

앉는가. 죽었으면 혼백이나마 동동 떠서 늙은 어미 죽는 줄을 알련마는, 아득한 구름 속에 사람 소리뿐이로다. 유충렬은 어디 가고 나를 살릴 줄 모르니 한심하다. 형산(衡山)의 신령이여, 어질고 착한 내 아들을 남경에 점지하여 용상(龍床) 위에 앉히고서 그 어미는 무슨 죄로 이 지경이 되게 하며, 만고의 영웅 유충렬을 대명국(大明國)에 점지하고서 어떤 임금 섬기도록 하였기에 나의 손자가 죽는 줄을 모르는가. 비나이다, 비나이다. 형산의 신령은 대명국의 황성에 급히 가 우리 유 원수를 찾아서 내 말을 전하되, 깃발과 창칼이 삼대같이 늘어섰고 백포장(白布帳) 장막 안에 망나니가 칼춤을 추는데 대명국의 황태후가 불쌍한 며느리와 어린 손자의 목을 끌어안은 세 몸이 한데에 놓였고 금일 오시(午時)만 지나면 죄 없는 세 목숨이 창검 끝에 죽게 될 것이라고 속히 전해주오."

이렇듯이 슬피 우니, 피 같은 저 눈물은 소상강(瀟湘江) 저문 비가 반죽(斑竹)에 뿌리는 듯해 가련하였다. 천자의 황후는 이때 28세였는데, 옥빈홍안(玉鬢紅顔)의 고운 얼굴과 월태화용(月態花容)의 귀한 몸이 여러 날 잠자지 못하고 굶었으니 모습이 초췌하더라. 그러한 가운데 호왕이 잡아내라고 하자 흉악한 군사 놈들이 억지로 끌어냈는지라 피가 얼굴에 가득히 흐르고 옷이 남루하게 되었으니, 푸른 하늘의 밝은 달이 먹구름 속에 잠긴 듯하고, 푸른 물의 붉은 연꽃이 흙비를 머금은 듯해, 가련하고 슬픈 모습을 차마 눈뜨고 보지 못할러라.

이때에 총융대장이 군사를 재촉하여 죄인들을 잡아다가 깃대 밑에 엎드려 꿇게 한 뒤 망나니에게 큰 소리로 명하였다.

"몰아서 한꺼번에 처참하라!"

망나니들이 총융대장의 명을 듣고는 붉은 도포에 남빛 허리띠 두르고 비수(匕首)를 번뜩이며 좌우의 손에 나누어 들고서 '명을 시행한다!'고 지르는 고함소리에 푸른 하늘이 진동하니, 하늘과 땅이 어찌 무심하랴.

이때 유 원수가 호국의 국경에 이르러 상남의 들판으로 곧장 달려가니, 호국의 선우대(單于臺)가 구름 속으로 보이더라. 흰 눈이 내리는 푸른 강가의 갈대 밑에서 천사마(天賜馬)에게 차디찬 물을 먹이고, 강물을 한 움큼 떠서 낯을 씻으며 사방을 둘러봐도 사람의 자취라고는 찾아볼 수 없을 정도로 고요하였다. 난데없이 표주박 같은 작은 배 한 척이 강물에 떠오더니, 한 선녀가 부두 밖으로 나와 원수에게 인사하고 비단 주머니를 끌러 과일 두 개를 주며 말했다.

"호국 찾아가는 길이 고생스럽고 딱하오니, 이 과일 한 개를 드시고 나머지 한 개는 두었다가 후일에 드사이다. 황후·태후와 태자가 호국에 잡혀 갔는데 지금 동문 큰길가에 온갖 형벌 갖추고 망나니를 재촉하여 칼춤을 추게 하니, 황후의 귀한 목숨이 경각에 달려서 거의 죽게 되었거늘, 장군은 어찌 위급함을 모르고 빨리 가지 아니하나이까?"

선녀가 두어 말을 이르더니, 표주박 같은 작은 배가 강물 한가운데 두둥실 떠가는지라. 원수가 크게 놀라 그 과일 한 개를 먹고 하늘의 기운을 살펴보니, 태자의 장성(將星)이 떨어질 듯하고 자미성(紫微星)이 칼끝에 달려 있더라. 몹시 놀라 누런 용(龍)과 같은 수염을 치세우고 봉(鳳)의 눈을 부릅뜨면서 일광주(日光冑)를 쓰고 용린갑(龍鱗甲)을 단단히 졸라매며 장성검(將星劍)을 펴 들고 천사마(天賜馬)를 채찍질하여 나는 듯이 들어가니, 동문 밖의 10리 백사장에 군사가 가득하더라. 말안장의 양쪽에 늘어뜨려 놓은 말다래를 급히 젖히고 화승총(火繩銃)을 잠깐 꺼내어 눈보다 약간 높은 곳으로 한 번 쏘니, 군사들이 놀라서 질러댄 소리가 우레 같아 푸른 하늘의 밝은 해를 뒤흔드는 듯해라. 원수가 호왕을 부르며 큰 소리로 외쳤다.

 "여봐라, 호왕 놈아! 황후와 태후를 해치지 말라."

 이때 망나니가 비수를 번뜩이며 태자의 목을 치려하는데, 난데없이 벽력같은 소리가 맑은 하늘에서 들리며 어떤 대장이 제비같이 달려들어 오더라. 온 군진(軍陣)이 겁에 질려 두려워서 주저주저하던 순간, 천사마가 눈 한 번 깜짝이고 장성검이 불빛처럼 빛나면서 동문 밖의 큰길가 10리나 되는 넓은 백사장에 다섯 줄로 늘어섰던 기마대(騎馬隊)가 씨도 없이 다 베여 죽더라. 그리고 원수가 성안으로 달려들어 대궐문을 쳐부순 뒤, 대궐 안의 모든 벼슬아치들을 한칼에 무찌르고 용상을 깨뜨리며 호왕의 머리를 풀어 손에 감아쥐고 동문 큰길가로 급히 오더라. 이때 황후·태후와 태자는 망나니의 번뜩이는 칼끝에 혼이 달아나서 기절해 엎어져 있더라. 원수가 급히 달려가서 태자를 붙들어 앉히고 황후와 태후를 흔들어 앉히니, 얼마간 지난 후에야 겨우 정신을 차렸다. 원수가 땅에 엎드려 여쭈었다.

 "정신을 차리옵소서. 대명국 도원수 유충렬이 호왕을 사로잡고 망나니와 군사들을 한칼에 다 죽이고 이곳에 왔나이다."

 태자가 이 말을 듣고 급히 일어나 황후의 목을 안고서 말했다.

 "남경의 유충렬이 왔소. 정신을 차리고 유충렬을 다시 보소."

 태자가 이렇듯이 부르짖으니, 황후와 태후가 기절하였다가 유충렬이 왔다는 말을 듣고 가슴을 두드리며 벌떡 일어나 앉으면서 사방을 바라보거늘, 군사는 하나도 없고 한 대장만이 앞에 엎드려 있더라. 원수가 다시 여쭈었다.

"소장(小將)은 남경의 유충렬이옵는데, 호왕을 사로잡아 이곳에 왔나이다."

황후가 이 말을 듣고 왈칵 달려들어 원수의 손을 잡으며 말했다.

"그대가 분명 유 원수냐? 하늘에서 내려온 것이런가, 땅속에서 솟아나온 것이런가? 북방의 오랑캐 땅은 수만 리나 되거늘, 어떻게 알고 왔는가? 그대의 은덕을 갚을진대 죽어서 백골이 된 뒤에도 잊을 수 없으니, 어찌 다 갚으리오."

태자도 무수히 감사하다는 뜻을 표하고 급히 천자의 안부를 물으니, 원수가 여쭈었다.

"소장(小將)이 도적에게 속아 금산성에 들어가니, 적장 천극한이 10만 명을 거느려 왔지만 한칼에 다 베어 죽였나이다. 서둘러 돌아오다가 하늘의 기운을 살펴보니, 황상(皇上)이 번수 가에서 죽게 되었더이다. 급히 달려가니, 황상께서는 백사장에 엎어져 있고 정한담은 칼을 들어 황상의 목을 치려하거늘, 소장이 달려들어 정한담을 사로잡아 감옥에 가두고 황상을 편히 모시고서 궁궐로 돌아갔나이다. 그런 다음에 소장은 대비(大妃)와 대군(大君)을 구하고 아비도 찾으러 이곳에 왔나이다."

세 사람이 거듭거듭 고맙다는 뜻을 표하고 말했다.

"북망산(北邙山)에 죽어계신 부모가 되살아나서 다시 본들 이보다 더 반가울 것이며, 강동으로 떠난 형제가 한밤중에 만나본들 이보다 더 기쁠 것이랴. 이제 돌아가 우리 천자가 원수와 더불어 의형제를 맺어 아주 오랜 세월 동안 떠나지 아니하고 살며, 천하를 반으로 나누어 태평한 시절을 함께 즐길까 하노라."

태자가 호왕이 잡혀온 것을 보고 원수의 칼을 빼앗아 호왕을 땅에 엎어뜨리며 말했다.

"네 이놈아, 황후를 꾸짖어 욕보이고 나를 굴복시켜 네 신하를 삼고자 하더니, 맑은 하늘에 해와 달이 밝았거늘 어찌 감히 그런 생각을 품어 하늘을 욕되게 하였느냐."

원수가 분한 마음을 참지 못해 장성검을 높이 들어 호왕의 머리를 베어서 칼끝에 꿰어 들고 호왕의 간을 꺼내어 낱낱이 씹은 후, 도로장(道路將)을 불러 포판에 묻게 하더라. 그리고 성안으로 들어가 약간 남은 군사들을 다 죽이는 중에 군사 5명을 잡아내어 준마(駿馬) 세 필을 구하고 교자를 갖춘 후, 황후·태후와 태자를 모시고서 호국의 옥새와 지도서(地圖書)를 가지고 길을 재촉하며 행군하더라. 행군 중에 원수가 부친을 생각하고 눈물을 비 오듯이 흘리며 슬픈 마음을 이기지 못하여 목 놓아 몹시 섧게 울면서 말했다.

"천자께서는 나 같은 신하를 두었다가 만 리 호국에서 죽게 된 부모와 처자를 다시 만나 보거니와, 나는 포판에 있는 부친이 죽으셨는지 사셨는지 알지도 못하네. 회사정에서 모친을 잃고 만 리 북방에서 부친을 잃고 영릉 청수에서 아내를 잃었으니, 살아서 무엇 하랴. 죽어도 아깝지 않으니 도리어 악귀나 되리로다. 어서 포판으로 가면, 우리 부친의 생사라도 알아볼 수 있으려나."

이렇듯 슬피 우니, 태후와 태자가 원수의 손을 잡고 여러 가지로 위로하며 길을 재촉하더라. 여러 날 만에 포판에 다다르니, 이 땅은 북해에 있어 사람이 살지 않는 곳으로 사방에 사람의 왕래라고는 없었다. 단지 들리는 것이 바닷가의 바람과 파도 소리뿐이라 사람의 애간장을 격동시키고, 으스스하고 쓸쓸한 찬바람에 원숭이까지 슬피 울어 나그네의 수심을 돕는 곳이더라. 귀신까지도 난잡하니, 유 주부는 의지할 곳이 없는 외로운 홀몸으로 살아 있을 가망이 전혀 없어 보이더라.

이때 유 주부는 도적에게 잡혀갔다가 항복하지 않는다고 하여, 살가죽과 뼈가 서로 맞붙은 연약한 몸에 곤장을 많이 맞은 데다 사람이 살지 않는 북해에 보내놓고 음식물까지 주지 않았으니, 굶주림을 어이 견딜 수 있었을 것이며 오래지 않아 목숨이 끊어지게 되었더라. 원수가 눈 깜짝할 사이에 달려가서 보니, 토굴을 깊이 파고 사방에 가시 돋친 나무를 둘러놓은 채 토굴 바닥에 짚자리 한 장을 깔아 지내도록 하면서 문밖에는 지키는 군사 한 명만 두고서 한 달에 아홉 끼니만 구멍으로 넣어주고 있더라. 원수가 유 주부의 이러한 처지를 보고는 엎어지며 투구를 벗어 땅에 놓고 사방에 둘러친 가시 돋친 나무를 헤친 뒤 토굴문 밖에 엎드려 여쭈었다.

"대명국 남경 동성문 안에 사는 충렬은 도적을 잡아 난리를 평정한 뒤 황후·태후와 태자를 모시고 이곳으로 왔나이다."

이때 유 주부는 기운이 다 빠져서 정신을 잃고 잠을 깊이 들었다가 꿈결에 얼핏 들었는데, 충렬이라는 말을 들은 것이 천 리 밖에서 나는 듯해 잠에서 깨어나 앉으며 말했다.

"네가 귀신이냐? 이 땅은 사람이 살지 않는 곳이어서 물귀신이 많은 곳일러라. 어떻게 알고 여기에 왔느냐?"

이렇듯 말하고는 슬피 울며 가슴을 두드리다가 기가 막혀 다시 말했다.

"네가 귀신이냐? 사람이냐?"

"충렬이 살아서 왔나이다."

유 주부는 충렬이 찾아오리라고는 천만 뜻밖이라 귀신인가 의심하여 진언(眞言: 呪文)을 외우며 말했다.

"내 아들 충렬은 회수에 죽었으니, 네가 분명 혼령인 게로구나. 혼백이라도 반갑고 반갑다."

충렬이 울며 말했다.

"소자가 회수에서 죽게 되었다가 천행으로 살아나 도적을 결딴내고 천자를 궁궐로 모시어 놓은 뒤, 지금 호국에 가 황후·태후와 태자를 모시고 문밖에 왔나이다."

유 주부가 이 말을 듣고 말했다.

"이것이 웬 말이냐?"

그리고 토굴을 두드리며 말했다.

"네가 분명 충렬이냐? 충렬이 틀림없거든 10년 전에 연경으로 귀양 오면서 주었던 죽장도(竹粧刀) 어디 보자구나."

원수가 옷을 급히 벗고 속적삼에 찬 죽도(竹刀)를 끌러내어 두 손으로 들고서 말했다.

"여기 올리나이다."

유 주부가 이 말을 듣고 엎드려서 토굴 문으로 손을 내밀어 죽도를 받아보니, 소상강(瀟湘江)의 반죽(斑竹) 다섯 마디에 '황강죽루(黃岡竹樓)'라는 글자가 달군 쇠침으로 새겨졌더라. 저승에 간다고 한들, 부자 간의 신표(信標)를 모를쏘냐. 유 주부가 벌떡 일어나 앉으며 말했다.

"이게 웬 일이냐? 충렬이가 왔구나! 죽도는 보았으나, 내 아들 충렬의 가슴에는 대장성이 박혀있고 등에는 삼태성이 있느니라."

원수가 옷을 벗어 땅에 놓고 주부 곁에 앉더라. 유 주부가 가슴과 등을 살펴보니, 샛별 같은 삼태성과 대장성이 뚜렷이 박혀있고 황금빛 글자로 '대명국 도원수'라 버젓이 새겨져있는지라, 왈칵 달려들어 충렬의 목을 안고 말했다.

"어디 갔다가 이제 왔느냐? 하늘에서 떨어졌느냐, 땅속에서 솟아났느냐? 우리 천자께서는 살아 계시며, 너의 모친은 어찌 되었느냐? 세상에 비길 데 없는 만고의 역적 정한담이 우리집에 불을 놓아 너의 모자를 죽이려 했다더니, 어떻게 살아나서 이토록 장성하였느냐? 네가 분명 충렬이냐? 네가 분명 성학이냐? 죽도도 보고 표적도 보니 충렬인 것이 틀림없으되, 정한담의 화(禍)를 만나 회수에 빠져 죽었다던 네가 7살의 어린 아이로 만경창파(萬頃蒼波)와 같은 넓은 물에서 어떻게 살아나 오늘 우리 부자가 서로 만날 수 있단 말인가?"

이렇듯이 슬피 울며 상심하다가 기절하니, 원수가 크게 놀라 행장을 급히 끌러 선녀가 준 과일을 꺼내어 유 주부를 먹인 후에 손발을 주물러 다시 정신이 들도록 하더라. 얼마간 지나서 유 주부가 일어나 앉으며 정신을 차리니, 난데없이 맑은 기운이 맑은 하늘에 있는 일월의 기운과 같은지라, 충렬의 손을 잡고 말했다.

"네가 무슨 약을 얻어 와서 이렇듯이 나를 구하느냐?"

이때 황후와 태후께서 유 주부가 다시 살아난 것을 보고 급히 들어 가 유 주부의 손을 잡고 말했다.

"어찌 저리도 귀한 아들을 두어 만 리 타국에서 그대와 우리를 살려내 어 이곳에서 서로 만나보게 하는고?"

유 주부가 땅에 엎드려 아뢰었다.

"이것이 다 황상의 덕택이로소이다."

이때 원수가 황후·태후와 태자를 모시고 호국을 떠나 양자강(揚子 江)을 건너가니, 여기서 남경까지는 사만 오천육백 리일러라. 황주에 들어가서 시장기를 겨우 면하고 나오면서 멱라수 회사정에 부친 글을 떼버리고 황성으로 오더라.

이때 천자는 원수를 만 리 타국에 보내놓고 밤낮으로 걱정하며 천 행으로 황후·태후와 태자를 찾아올까 하여 두 손 모아 빌었는데, 뜻 밖에도 유 원수가 장계를 올렸는지라 급히 뜯어서 보니, 그 내용은 이러하다.

「도원수 유충렬은 호국에 들어가 호적을 결딴내고 황후·태후와 태자 를 모시고 오는 길에 포판으로 가서 부친을 살려내어 함께 본국으로 들 어가나이다.」

이에, 천자가 매우 기뻐서 10리 밖까지 나와 맞아들이더라. 황후와 태후가 달려들어 한편으로는 반기며 다른 한편으로는 슬피 우니, 그 딱한 모습은 차마 보지 못할러라.

태자가 땅에 엎드려 여쭈는데, 호국에 들어가 호왕에게 패배를 당 하고 동문 큰길가에 거의 죽게 되었다가 천행으로 원수를 만나 살아난 일을 아뢰며, 포판에 들어가 주부를 살려온 일을 하나하나 빠짐없이 다 주달하니, 천자가 이 말을 듣고 충렬의 등을 어루만지며 말했다.

"옛날 삼국시대에 유비(劉備)·관우(關羽)·장비(張飛) 세 사람이 도원(桃園)에서 의형제를 맺었으니, 과인(寡人)도 경(卿)과 더불어 의형제를 맺으리라."

이렇듯 천자가 거듭거듭 감사하다는 뜻을 표하시니, 이때 유 주부가 땅에 엎드려 아뢰었다.

"소신(小臣)은 연경으로 귀양 갔던 유심이옵니다. 자식의 힘을 입어 거의 죽게 된 목숨이 살아나서 폐하를 다시 뵈오니 참으로 다행이오나, 폐하께서 이렇듯 나랏일로 고생하시는데도 소신의 충성이 부족하여 호국에 갇혀 폐하를 돕지 못하였사오니, 죄는 죽어도 아깝지 않을 것으로 소이다."

천자가 유 주부라는 말을 듣고 버선발로 뛰어내려 유 주부의 손을 잡고 말했다.

"이게 웬 말인가! 회사정에서 죽은 줄만 알았더니 어떻게 살아왔는가? 과인(寡人)이 사리에 어두워 역적 놈의 말을 듣고 죄 없는 우리 주부를 만 리 연경에 보내었으니, 뉘를 원망하랴. 모두 다 과인이 사리에 어두웠던 탓이로세. 그대의 얼굴을 보니, 죄 많은 이내 몸이 무슨 면목으로 잘못에 대해 용서를 구하랴. 그대에게 공덕을 갚을진대, 살을 베어 지극히 돌보고 천하를 반으로 나누어 준들 어찌 다 갚으랴."

이렇듯이 감사의 뜻을 표하고 도성에 들어오더라. 이때 장안의 온 백성을 비롯하여 중군 조정만과 군사들이 한꺼번에 들어와 원수 앞에 하나하나 빠짐없이 다 절하여 감사하니라. 남녀노소 없이 원수의 말을 잡고 뉘라서 원수의 덕을 기리지 않으며, 뉘라서 두 손 모아 빌지 않으랴.

또한 백발의 노인이 대나무 지팡이를 짚고 헤어진 감투를 쓰고서 어린아이를 앞세우고 동편 골목으로 나오는데, 술 한 잔을 받아들고 안주는 낙엽에 싸서 손자에게 들리고는 기엄기엄 기어 나와 원수에게 거듭거듭 감사하고 만만세를 부르며 말했다.

"소인은 동성문 안에 살고 있나이다. 삼대독자였던 소인에게 이르러 아들 셋과 딸 하나를 낳았더니 귀하게 잘 자라 모두 장성하였나이다. 그런데 세상에 비길 데 없는 만고역적 정한담이 도성을 공격해 깨뜨리고서 용상에 높이 앉아 스스로 천자라 일컫고 온 백성을 도탄에 빠뜨릴 때, 소인의 아들 두 명이 군대에 뽑혀 나가 전쟁터에서 싸우다 그중 하나가 죽었나이다. 옥황이 남경을 도우시어 장군님을 남경에 점지하시니, 장군님이 도적을 치려고 적진으로 달려들어 적장 정문걸을 반합(半合)에 베어들고 천자를 구하시는데, 소인의 남은 자식을 성안에 두었다가는 정한담에게 죽을 듯해 중군 조정만에게 밤중에 가게 하여 장군님의 진중에 보내놓고는 북두칠성께 일 년 삼백육십 일을 밤마다 '우리나라 장수님이 싸움에서 이기게 하옵소서.'라고 두 손 모아 빌었나이다. 이렇듯이 두 손 모아 빌었던 대로 장군님의 힘을 입어 명나라 군사들이 한 명도 다치지 않고 왔기에 소인의 남은 자식이 살아나서 이 손자를 두었으니, 이놈은 장군님의 자식과 다름이 없나이다. 이제는 소인이 죽어도 백골(白骨)을 묻어줄 자식이 있고 조상의 제사를 받들 손자가 있사오니, 이는 모두 다 장군님의 덕이나이다. 소인이 죽을 날이 머지않은지라, 다만 술 한 잔을 장군님께 올리나니 만세토록 건강하옵소서. 이제 죽어도 여한(餘恨)이 없을 듯해 손자를 이끌고 왔나이다."

이때 원수와 유 주부, 황후·태후·태자를 비롯하여 여러 장수들이 이 말을 듣고 온 마음이 슬픔에 젖었는데, 원수가 눈물을 흘리며 말했다.

"이는 모두 다 노인이 두 손 모아 빌었던 공이요 천자의 은덕이니, 나 같은 사람이야 무슨 공이 있다 하리오. 돌아가 편히 사오."

원수가 노인이 드리는 술을 받아 천자께 올리고 행군을 재촉하니, 천자가 노인의 말을 듣고 조정만을 급히 불러 말했다.

"그 노인의 아들 이름을 알아서 궁궐에 들이라."

이때 한 군사가 헤어진 벙거지를 쓰고 군도(軍刀) 하나를 손에 들고 원수 앞으로 나와 땅에 엎드렸다. 원수가 그 군사의 성명을 물은 후에 칭찬하고, 친국문 호위장을 삼아 백종(百鍾: 600斛 400斗)의 녹(祿)을 지급하도록 해 늙은 아비를 섬기라 하였다. 원수가 말을 재촉하여 도 성의 궐내로 들어가니, 절개를 지켰던 몇몇 충신들이 머리를 조아려 거듭거듭 감사의 뜻을 표하고 물러나자, 삼군도 원수의 덕을 칭송하더 라. 이때 천자와 원수, 황후와 태후 등이 한 자리에 모여앉아 밤새도 록 그간 고생했던 일을 이야기하더라.

이튿날 전옥관(典獄官)을 불러 정한담을 잡아다가 궁궐의 넓은 뜰에 엎드리게 한 뒤, 유 주부가 천자 곁에 앉아서 나졸에게 명을 내려 온갖 형장(刑杖)들을 갖추고 정한담의 죄목을 따져 물었다.

"네 이놈, 정한담아! 천자가 앉아계시는 전상(殿上)을 쳐다보아라. 나 를 아느냐 모르느냐? 네 스스로 천자라 일컫더니, 만승천자(萬乘天子)도 두 팔이 없더냐. 보잘것없는 유심의 아래서 땅에 엎드리기는 무슨 일이 더냐? 네 죄를 네가 아느냐?"

정한담이 땅에 엎드려 아뢰었다.

"소신(小臣)의 죄를 따지건대 머리털을 뽑아 헤아린다 해도 머리털이 모자라오니 죽여주옵소서."

유 주부가 크게 화를 내며 정한담에게 말했다.

"네가 저지른 죄목이 열 가지이니 자세히 들어라. 네 놈이 하늘나라의 익성(翼星)으로 하늘에 죄를 짓고 명나라에 내려와 용맹이 남보다 뛰어나자 옥관도사를 데려다 놓고 항상 천자의 자리를 노렸으니 세상에 비길데 없는 만고의 큰 죄 하나요, 조정의 강직한 신하를 꺼려서 죄 없는 신하를 모함하여 나를 연경에 귀양 보냈으니 죄 둘이요, 신기한 영웅이 황성에 있다는 옥관도사 놈의 말을 듣고 내 자식을 죽이려고 내 집에 불을놓았지만 내 자식이 죽지 않고 살아 회수에 이르자 군사를 보내어 내 자식을 꽁꽁 묶어 물속에 던져 죽이려 하였으니 죄 셋이요, 퇴임 재상 강희주를 역적으로 몰아 옥문관으로 귀양 보내었으니 죄 넷이요, 강 승상의가족들을 잡아다가 도중에서 죽였으니 죄 다섯이요, 황후·태후와 태자를 사로잡아 진중에 가두어 굶주려 죽이려고 하였으니 죄 여섯이요, 충신을 다 죽이고 천자를 속여 거짓으로 도적을 막는 척하다가 도적에게항복하였으니 죄 일곱이요, 스스로 천자라 일컫고서 백성들을 도탄에 빠지게 하고 충신을 잡아 굴복시키고자 하였으니 죄 여덟이요, 호국에 구원병을 청하여 황후·태후와 태자를 호왕에게 붙잡히도록 하고 장안의어여쁜 계집과 보화를 모두 다 탈취하여 남적에게 보냈으니 죄 아홉이요, 천자를 번수 가에서 죽이려 하였으니 죄 열 가지라. 세상에 남의 신하가 되어서 만고에 없는 열 가지 죄목을 가졌으니, 이러고도 살기를 바랄쏘냐. 우리 황상께옵서 이렇듯 고생하신 일, 대비와 대군께옵서 여러번 죽을 뻔한 일, 도성 안의 모든 백성을 비롯하여 육국의 군사를 죽인일, 강 승상과 나를 타국에서 죽이려 한 일, 천하를 어지럽혀 종묘사직이위태롭게 되고 백성들이 겁에 질려 두려워서 사방으로 흩어져 도망하게한 일, 이것들은 모두 네 놈 한 짓이 아니더냐?"

정한담이 아무 말도 못하고 잠자코 앉아 있기만 하더라. 유 주부가 나졸들에게 명하여 정한담의 목을 장안의 저자거리에서 베라고 하니, 나졸들이 달려들어 정한담의 목을 매어 수레 위에 높이 싣고 장안의 큰길가로 급히 나오면서 외쳤다.

"이봐, 백성들아! 세상에 비길 데 없는 만고의 역적 정한담의 목을 오늘 베려 가니 백성들도 나와서 구경하라."

이렇게 소리 지르고 큰길가로 나오는데, 성 안팎의 백성들이 정한담을 죽이러 간단 말을 듣고 남녀노소 상하 없이 그놈의 간을 내어먹고자 하니, 동편 사람은 서편 사람을 부르고 남촌 사람은 북촌 사람을 부르며 서로 찾아 골목골목 빈틈없이 나오면서 말했다.

"이봐, 벗님네야! 가세 가세 어서 가세. 만고역적 정한담을 우리 원수 장군님이 사로잡아 두 팔 끊고 그간에 저지른 죄목을 물은 뒤에 백성들에게 그놈의 살코기 맛을 보이려고 장안의 저자거리에서 그놈의 목을 벤다고 하니, 바삐 바삐 어서 가서 그놈의 살을 베어 부모 잃은 사람은 부모 원수 갚아 주고, 자식 잃은 사람은 자식 원수 갚아 주세."

백발(白髮)의 늙은 할미는 손자를 업고 홍안(紅顔)의 젊은 아낙네는 자식을 품고 전후좌우 사방으로 늘어섰는데, 어떤 사람은 달려들어 정한담을 큰소리로 꾸짖었으며, 어떠한 여인들은 정한담의 상투를 잡고 자신의 신짝 벗어 정한담의 양 귀밑을 찰싹찰싹 치며 말했다.

"네 이놈, 정한담아! 너 아니면 내 남편이 죽었을 것이며, 내 자식이 죽었을쏘냐. 베풀어준 은혜와 도움이 하해(河海)와 같은 우리 원수가 네놈의 목을 싸움터에서 베어버렸더라면 네 놈의 고기를 맛보지 못했을 터이나, 백성들에게 네 놈의 살코기 맛을 보이려고 산 채로 잡아내어 오늘 베는 까닭에 네 놈의 고기를 나누어다가 우리 남편의 혼백에게 바쳐 여한(餘恨) 없이 원한을 갚으리라."

나졸들이 수레소(능지처참하는데 쓰는 소)를 몰아 정한담의 사지(四肢)를 찢어놓으니, 장안의 온 백성들이 벌떼같이 달려들어 정한담의 살점 하나하나 올려놓고는 간도 내어 씹어보고 살도 베어 먹어보는데, 유 원수의 높은 덕을 뉘 아니 칭송하랴.

각 도(各道)와 각 관(各關)을 돌아다니며 정한담의 시체를 보이고 난 뒤, 최일귀와 정한담의 삼족(三族)을 다 멸하더라. 천자가 삼층단(三層壇)에 올라 하늘에 제사를 지내고는 주부 유심에게 벼슬을 돋우어 금자광록태부(金紫光祿太夫) 대승상(大丞相) 연국공(燕國公)에 연왕(燕王)을 봉(封)하시어 만종록(萬鍾祿)을 주시고 옥새와 용포(龍袍)에 통천관(通天冠)을 내리시더라. 원수에게는 대사마(大司馬) 대장군(大將軍) 겸 승상(丞相) 위국공(魏國公)을 봉하여 만종록을 주시고 의형제를 맺어서 충무후(忠武侯)를 봉하시더라. 그 남은 장수와 군사들에게 차례로 벼슬을 주고 상을 내리시니, 모두 즐기는 소리가 태평스런 세상이라 요지일월(堯之日月)과 순지건곤(舜之乾坤) 곧 요순(堯舜)의 태평세월을 노래한 강구동요(康衢童謠)를 즐기는 듯하며, 천자의 장수를 빌고 원수의 덕을 기리는 소리가 천지를 뒤흔들더라.

연왕(燕王) 부자가 천자의 은덕에 감사하니, 천자가 위로하여 말했다.

"그대의 숙소를 우선 정하여 약간의 공을 들였을 뿐이거니와, 그대의 은혜를 갚을진대 살을 베어 천만번 봉양한들 다 갚을 길이 없도다."

원수가 땅에 엎드려 아뢰었다.

"천자의 은혜가 한없어 아비와 아들은 만났거니와, 모친은 어디 가서 이런 줄을 정녕 모르나이까. 옥문관에 귀양을 간 강 승상은 죽었는지 살았는지 가련하나이다. 강 낭자는 청수에 빠져죽었으니 어디 가서 만나보리까. 낭자가 부탁한 대로 옥문관을 찾아가서 강 승상의 뼈나 거두어다가 묻어주고, 회수에 가서 모친 제사하고, 청수를 지나오면서 강 낭자의 혼백이나 위로한 뒤, 다른 데로 장가가서 부친께 영화를 보일까 하나이다.”

천자가 이 말을 듣고 슬픔에 젖어서 태후에게 그 말을 고하더라. 태후는 강 승상의 고모인지라 이 말을 듣고 슬피 눈물을 흘리면서 원수를 불러들여 손을 잡고 울며 말했다.

“강 승상은 나의 조카라 지금까지 살아 있는지, 원! 그대의 힘을 입어 내 몸은 살았으나, 친정 일가는 그 하나뿐이니라. 살았거든 데려오고 죽었거든 백골이라도 주워오너라.”

원수가 아뢰었다.

“저는 그 사위가 되나이다.”

태후가 이 말을 듣고 매우 기뻐하여 말했다.

“이게 웬 말인가. 세상에 비길 데 없는 만고의 영웅 유충렬이 나의 충신인 줄만 알았더니, 나의 손녀사위로구나. 어서 가서 강 승상의 생사를 알아보고, 그대의 모친과 나의 손녀에게 제사하여 위로하고 급히 돌아오너라.”

원수가 천자와 아버지 연왕(燕王)에게 하직하고 대군을 거느려 바로 서번국을 향하더라. 양관을 넘어 서편관에 이르러 격서를 급히 써서 서번국에 보내고 행군을 재촉해 들어가더라. 서천 삼십육도(三十六道)

군장(君長)들이 충렬의 재주를 들어 알고 겁에 질려 두려웠는지라, 금은보화를 많이 싣고 옥새와 지도서(地圖書)를 손에 들고서 항복의 글을 써 원수에게 바친 뒤 인끈을 목에 걸고 한 명도 빠짐없이 모두 항복하더라. 원수가 지휘대에 높이 앉아서 군장(君長)들을 잡아내어 일일이 죄를 따져 벌을 준 뒤에 항복의 글 36장을 서로 이어서 장계(狀啓)를 급히 써 남경으로 보내더라. 그런 후에 번왕을 불러 옥문관의 소식을 묻고 즉시 행군하여 옥문관을 찾아가는데, 슬픈 마음을 가라앉히고 성안으로 달려 들어가 수문장(守門將)을 불러 천자의 공문을 보이며 물었다.

"귀양을 온 강 승상은 어디 있느냐?"

이에, 수문장이 여쭈었다.

"강 승상이 성안에 있었사오나, 10여 일 전에 남적이 쳐들어와서 강 승상을 붙잡아 호국으로 데려갔나이다."

원수가 이 말을 듣고 분한 마음이 다시 일어 얼굴에 성난 기운이 가득하여 군사를 옥문관에 두고는 수문장에게 단단히 일렀다.

"군사들에게 음식을 주며 착실히 위로를 하면서 내가 돌아오기를 기다려라."

그리고는 한 필의 말을 타고 한 자루의 칼을 들고서 남쪽 하늘을 바라보며 구름을 헤쳐 나는 듯이 달려가더라. 원수는 호국의 경계에 다다르자, 분한 마음이 더욱 하늘을 찌를 듯해 호국왕에게 격서를 보내더라.

이때 가달왕은 남경에서 붙잡아간 제일 어여쁜 계집들을 좌우에 앉히고 온갖 풍악으로 날마다 즐기더라. 가달왕을 따라온 옥관도사가 마음이 산란하여 하늘의 기운을 살펴보니 남경의 도원수가 호국 경계를 넘어오고 있는지라, 크게 놀라서 가달왕에게 알렸다.

"남경 도원수가 우리 지경에 들어왔으니 어찌 하겠나이까?"

기달왕이 모든 문관과 무관들을 모아놓고 도원수 막을 방법을 의논하더라. 휘하의 세 대장이 백금 투구를 쓰고 흑운포를 입고서 3,000근이나 되는 철퇴와 9척이나 되는 긴 칼을 좌우의 손에 나누어들고 계단 아래에 엎드려 아뢰었다.

"소장(小將)은 번양 석장동 사는 마철이옵니다. 소장의 삼형제가 남경의 유충렬이 쳐들어온다는 말을 듣고는 천 리를 멀다 하지 않고 왔사오니, 소장을 선봉을 삼아주시면 충렬의 목을 베어 오리이다."

모두가 보니, 신장이 10척이요 기골이 장대하더라. 가달왕이 매우 기뻐서 마철을 선봉으로 삼고 마웅을 중군으로 삼고 마학을 후군을 삼아 정병 80만을 징발해 석대산 아래에 진(陣)을 친 뒤, 옥관도사와 모든 문관과 무관들을 거느리고 산에 올라 구경하더라.

이때 강 승상은 되놈에게 잡혀갔지만 가혹한 고문이 극심해도 끝내 항복하지 않고 도리어 무수히 꾸짖으며 욕하니, 호왕이 크게 화가 나서 오래지않아 강 승상을 죽이려고 하더라. 그런데 뜻밖에 유 원수가 쳐들어오자, 가달왕은 강 승상을 죽이지 못하고 감옥에 가두어 놓아 굶주려서 죽게 하더라.

호왕이 남경에서 붙잡아간 계집 하나가 되놈에게 끝내 절개를 굽히지 않았으니 조 낭자라 하는데, 살아 있는 동안만이라도 강 승상 곁에 붙어 떠나지 아니하며 비바람을 무릅쓰고 밤마다 두 손을 모으고서 빌었다.

　"우리나라 유 원수께서 어서 오시어 남적을 결딴내고 우리들을 살려내어 부모님 얼굴을 다시 보게 하옵소서."

　이렇듯이 그 계집은 두 손 모아 빌고 있었는데, 뜻밖에 가달왕이 강 승상을 옥중에 가두니 함께 옥중으로 따라가서 밤낮으로 한탄하더라.

　이때 원수가 한 필의 말을 타고 한 자루의 창을 들고서 호국에 달려가보니, 석대산 아래에 수많은 군사들이 진을 치고 칼날을 휘두르며 의기가 양양하더라. 원수가 눈 깜짝할 사이에 달려들면서 적진을 향해 벽력같은 소리를 천둥같이 질렀다.

　"네 이놈, 가달왕아! 강 승상을 해치지 마라."

　그리고는 원수가 적진의 선봉을 헤치고 나아가니, 적진의 대장 마철이 소리를 맞대응해 지르며 말을 타고 나와 대적하더라. 그는 원수를 맞아 싸웠지만 반합(半合)이 못 되어 철퇴가 부서지고 창검마저 땅에 떨어지더라. 이에, 마웅과 마학이 제 형이 당해내지 못할 줄 알고 한꺼번에 좌우에서 쫓아 나오며 달려들더라. 그러나 일광주와 용린갑은 천신이 손수 만들고 용궁의 조화가 깃들어 있으니, 화살 한 개라도 꿰뚫을 것이며 철환(鐵丸) 하나라도 맞힐쏜가. 원수는 장성검이 번개가 되어 동쪽 하늘에서 번쩍이며 마철의 머리를 베고, 남쪽 하늘에서 번쩍이며 마웅의 머리를 베고, 중앙에서 번쩍이며 마학의 머리를 벤 뒤에, 적진의 백만 대병을 눈 깜짝할 사이에 결딴내고 천사마를 재촉하여 석대산 아래에 다다르니, 호왕과 옥관도사가 크게 놀라서 도망하더라. 천사마가 닿는 곳에는 나는 제비도 더 날지 못하거든, 하물며 사람이야 어찌 달아나랴. 눈 깜짝할 사이에 달려들어 장성검으로 호왕을 내리치니, 통천관이 깨어지고 상투마저 없어지더라. 호왕이 겁에 질려 두려워서 여쭈었다.

"이는 내 잘못이 아니라, 모두 다 옥관도사의 잘못이로소이다."

원수가 분개하는 중에 옥관도사라는 말을 듣고 말했다.

"도사는 어디 있느냐?"

이에, 호왕이 일어나 앉아 옥관도사가 있는 곳을 가리키니, 원수가 옥관도사를 잡아내어 그간 저지른 죄목을 물은 후에 말했다.

"너를 이곳에서 당장 죽여 분을 풀 것이나, 남경으로 사로잡아가서 천자와 우리 부친께 바친 뒤에 죽이리라."

원수가 옥관도사의 두 손목을 끊고 두 발을 끊고서 수레에 싣고 성안으로 들어가 호왕의 죄목을 따진 뒤에, 강 승상이 어디 있는지 물으니 호왕이 '옥중에 가두었다.'고 하더라. 그래서 옥문을 깨치고 강 승상을 부르니, 강 승상과 조 낭자는 호왕이 죽이려고 찾는 줄로 알고서 크게 놀라 기절하더라. 원수가 급히 들어가 강 승상에게 여쭈었다.

"정신을 차리옵소서. 소자(小子)는 회사정에서 만났던 유충렬이온데, 대명국 도원수가 되어 남적을 모두 결판내고서 호왕을 잡고 옥관도사도 사로잡아 이곳에 왔나이다."

강 승상은 정신이 가물가물 흐릿한 중에도 충렬이라는 말을 듣고 벌떡 일어나 앉아보니 과연 충렬이 분명한지라, 왈칵 달려들어 충렬의 손을 잡고 슬피 울며 하는 말이야 어찌 다 헤아리랴. 조 낭자가 곁에 앉았다가 원수라는 말을 듣고서 앞으로 나와 말했다.

"장군님이 어찌 알고 와서 죽은 사람을 살려내어 고국산천을 다시 보게 하고 부모 동생도 다시 보게 하니, 이런 일이 또 있사오리까. 천자님도 살아 계시나이까?"

원수가 이에 대답하고 강 승상에게 여쭙는데 집을 떠나 백룡사 부처를 만나서 병장기(兵仗器)를 얻은 후에 남적을 결딴내고 온 일을 하나도 빠짐없이 모두 고하니, 강 승상이 매우 기뻐서 칭찬해 마지않더라.

원수는 조 낭자에게 그간 지내왔던 일을 물은 후에 감사의 뜻을 표하고 조 낭자와 함께 궐문 안으로 들어가더라. 그런 후에 원수가 격서(檄書)를 써서 토번국에 보내니, 토번왕이 원수가 온다는 말을 듣고 겁에 질려 두려워하며 항복의 글을 쓰고 채색 비단을 갖추어 사신을 가달로 보내더라. 사신에게 죄를 따지고 난 뒤에 가달왕의 항서와 토번왕의 항서 그리고 옥관도사를 사로잡아 보내는 연유를 천자에게 장계(狀啓)로 보고하더라.

지난날 가달왕에게 남경에서 붙잡혀간 어여쁜 계집들이 고국을 생각하고 부모를 생각하며 밤낮으로 한탄하다가 원수가 온다는 것을 알고 허둥지둥 엎어지며 자빠지며 나왔는데, 원수가 어여쁜 계집들을 빠짐없이 모두 찾아내어 고국으로 가자고 하니, 전후좌우로 늘어서서 원수께 거듭거듭 감사하며 강 승상을 모시고 원수를 따라오더라. 준마 300필에 이들을 빠짐없이 다 태우고, 조 낭자는 옥교(玉轎)에 태워 강 승상 곁에서 모시게 하고는 서둘러 행군하여 돌아오더라.

여러 날 만에 회수 가에 다다르니, 원수는 기막히고 쓸쓸한 마음에서 한숨이 절로 나더라. 이전에 듣던 바람과 물결 소리가 사람의 간장을 다 녹이고, 이전에 보던 좌우의 푸른 산들이 장부의 한숨을 돋우더라. 원수가 모친을 생각하고는 백사장으로 내려가 가슴을 두드리며 그간의 원통한 마음을 하나하나 기록하고 제사 음식물을 장만하여 제사를 지내기 위해 번양 회수로 들어가더라. 남만 오국에서 받은 금은과 채단을 실어 앞세우고, 옥문관에 두었던 군사를 비롯해 호왕과 가달왕에게서 되찾아오는 어여쁜 계집들이며, 멀리 강 승상을 모시고서 옥교를 타고 오는 조 낭자와 함께 5열 종대의 기마병이 행군하여 번양 성안으로 들어오더라. 그 영화로운 행렬은 옛날 소진(蘇秦)이 육국(六國)의 정승인(政丞印)을 허리에 차고 군수품을 전마(戰馬)와 기마(騎馬)에 싣고 늘어서서 낙양 성안으로 들어가는 듯하고, 당(唐)나라 곽분양(郭分陽)이 양경(兩京: 장안과 낙양)을 회복하고 분양(汾陽) 땅의 왕이 되어 고향에 돌아온 듯해라. 각 도의 백성들이 앞뒤로 둘러싸고 여러 고을의 수령들이 좌우로 늘어섰는데, 가마를 메고 가며 높은 소리로 길게 부르는 권마성(勸馬聲)이 하늘 높이 퍼졌으며, 말을 타고 망보는 초병들의 소리가 원근에 진동하였다.

원수가 객사(客舍)에 앉고는 급히 번양 태수를 불러 천금(千金)을 내어 주며 제사지낼 음식물을 장만케 하니, 태수가 온갖 어육(魚肉)을 갖추고 온갖 채소를 갖추어 기다리더라. 각 고을의 수령들이 시위한 뒤 온갖 제물(祭物)을 받들어 올리는데, 회수 가의 백사장(白沙場) 10리 뜰에 희고 푸른 장막이 둘러쳐지자 원수가 흰옷에 흰 두건을 쓰고 흰 띠를 두르고서 축문(祝文) 한 장을 슬피 지어 회수 가로 나오더라. 이때 조 낭자가 목욕을 하여 몸을 깨끗이 하고 마음을 가다듬고서 흰옷으로 단정히 차려입고는 향로(香爐)를 받들고 원수를 따라 물가로 나오니, 예나 지금이 다를쏘냐. 남경 도원수가 회수에 빠져 죽은 모친을 위하여 제사 올린다는 말을 듣고 남녀노소 없이 원수의 공덕을 칭송하며, 그 얼굴을 보려고 쌍쌍이 짝을 이루어 회수 가 10리 뜰에 빈틈없이 둘러서서 구경하더라. 원수는 제사 지내는 곳으로 들어가 3층단 높이로 만들어놓은 제단 위에 제물을 차려놓고, 조 낭자는 향로를 받들어

제단 위에 올려놓더라. 조 낭자가 집사(執事)되어 향을 피우고 나오니, 원수가 몹시 슬피 울고는 무릎을 꿇고 축문을 읽는데 그 축문은 이러하다.

「올해의 차례는[維歲次] 부경 17년 갑자년 2월 갑인삭(甲寅朔) 28일 신사(辛巳)인 날에 남경 동성문 안에 사는 불효자 유충렬은 모친 장씨 전에 예를 갖추고 종이돈[紙錢]을 태워 바다의 외로운 혼백을 위로하오니, 혼백은 위로받으소서. 오호(嗚呼)라! 우리 부모는 나이가 반백이 넘도록 자식을 단 한 명도 두지 못하여 뱃속까지 사무치는 서러운 마음으로 남악산(南嶽山)에 기자치성(祈子致誠)을 드려 천행으로 충렬을 낳아서 애지중지(愛之重之) 키워 부귀영화를 보려 했지만, 간신의 모함을 입어 아버님이 만 리 연경으로 귀양을 가게 되었어라. 그 후에 충렬은 어머님만 모시고 있다가 화(禍)를 피하기 위하여 달아나다가 이 물가에 다다랐더니, 난데없는 해상수적(海上水賊)이 사방에서 달려들어 우리 어머님을 꽁꽁 묶고는 거센 물결 속으로 내던지더라. 하여 어머님을 간데없이 잃었지만 천행으로 충렬이만 모진 목숨을 건져서 어머님이 남겨주신 옥함을 얻어서는 전장기계(戰場器械)를 갖추어 도적을 결단내고, 정한담과 최일귀를 죽인 후에 천자를 구하고, 만 리 연경으로 귀양 가신 아버님을 모셔다가 천자의 은혜로 연왕(燕王)이 되어서 만종록(萬鍾祿)을 받게 하고, 남적을 소멸한 후에 강 승상을 살려내어 이 길로 왔나이다. 어머님이 생각나 이곳에 왔사오나 어머님은 어디가고 충렬이가 온 줄을 모르나이까. 호국에 붙잡혀갔던 아버님도 살아오고, 옥문관에 귀양 갔던 강 승상도 살아오고, 호국에 잡혀갔던 고국 사람들도 살아오고, 황후와 태후의 귀중한 옥체(玉體)도 번국에 잡혔다가 충렬이가 살려왔거늘, 어머님은 어디 가고 살아오실 줄 모르나이까. 이번에 아버님이 소자를 보내시면서 부탁하기를, '번양 땅에 가 네 어머님을 찾아오라.' 하셨지만, 만경창파 깊은 물에 백골인들 찾으리까. 어머님이 옥함(玉函)을 남겨놓으실 때 손수 글씨 쓴 수건을 가져왔으니, 혼백이라도 와서 만져보시고 충렬도 보사이다. 충렬은 명나라 대사마 도원수 겸 승상 위국공이 되었고, 아버님은 금자광록대부 겸 대승상 연국공 연왕이 되었는데, 이 같은 만고영화를 어디 가고 모르시나이까. 우리집에 불을 놓은 정한담을 사로잡아 감옥에 가두어놓았다가 아버님을 모시고 온 후 아버님 앞에 엎드리게 해 그간에 저지른 죄목을 따지고서 그놈의 간을 내어 어머님께 올려 제사하였거늘, 그런 줄을 알았나이까. 충렬이 귀히 된 줄을 어머님의 혼령은 알련마는, 언제 다시 만나 보리까. 세상의 귀한 영화는 나 같은 이 없건마는, 피 같은 이내 눈물 어찌하여 솟아나리까. 어머님을 편히 모셔 늙어서 돌아가셨다면 이다지 애통하고 뼈에 사무치리까. 만 리 연경에서 남편을 잃고, 넓디넓은 가없는 바다에서 자식을 잃고, 도적에게 꽁꽁 묶여 물속에 내던져서 외로운 혼백이 되었으니, 천년만년이 지나간들 어머님같이 애통하고 절실할 이가 있으리까. 혼령이 와 계시거든 이렇듯이 제사상에 가득히 차린 귀하고 맛있는 음식들을 흠향하고 돌아가셨다가, 다음 세상에서나 다시 만나면 대대로 서로 만나 모자(母子)가 되어 이 세상에서 다하지 못한 부모와 자식의 정을 다시 풀기 바라나이다. 하올 말씀 무궁하오나 눈물이 흘러 옷이 젖고, 흉중이 답답하여 그만 그치나이다. 상향(尙饗).」

이렇듯 축문을 읽으며 우는 소리가 용궁(龍宮)에까지 사무쳐 용신(龍神)이 눈물을 흘리고, 산천이 눈물을 머금으니 산신령도 슬픔에 젖더라. 이때 흰 장막의 안팎에서 구경하는 사람들이 원수가 축문을 읽으며 우는 소리를 들었으니, 쇠처럼 강하고 돌처럼 단단한 마음이 아니거든 뉘라서 눈물을 흘리지 않을 것이며, 풀과 나무 및 새와 짐승 등의 미물이 아니거든 뉘라서 울지 않을 것랴. 좌우로 늘어섰던 방백(方伯)과 수령(守令)들은 뿌리는 것이 눈물이요, 각 고을의 군수와 현령들은 서로 보며 슬피 우더라. 그중에도 홀아비, 과부, 고아, 자식 없는 늙은이 등 서러운 사람들이 목 놓아 몹시 섧게 우는 소리에 아득한 강천(江天) 사이의 해와 달이 빛을 잃고, 자욱한 안개 사이의 천지가 나직하더라.

원수가 제사를 끝낸 후에 온갖 음식을 많이 싸서 바다에 흩뿌리고 성안으로 들어와 군사들을 잘 먹이고 나서 길을 떠나더라. 원수는 떠나면서 각 고을에 통문(通文: 통지문)을 보내놓더니, 금릉성 안에 이르러 숙소를 정하고 군사들을 쉬게 하더라.

각설。 이때 장 부인이 활인동의 이 처사 집에 있으면서 세월을 보내더라. 어느 날, 장 부인이 남경에 난리가 났다는 말을 듣고 탄식하며 말했다.

"달리 어떻게 할 도리가 없다. 이제는 주부가 단념할 수밖에 없어 죽겠구나. 우리 충렬이 살았으면 난을 평정하고 부모를 찾으련만, 죽은 것이 분명하렷다."

장 부인이 이렇게 말하면서 목 놓아 몹시 섧게 울었다. 마침 이 처사가 번양에 갔다가 대명국 도원수 유충렬이 회수에서 제사지낸다는 말을 듣고 백성들 틈에 끼어서 함께 구경하다가 원수가 축문을 읽는 소리를 듣고는 매우 놀랍기도 하고 매우 기쁘기도 하여 급히 집에 돌아와 장 부인에게 말했다.

"세상에 기이하고도 의심스러운 일이 있더이다. 마침 제가 오늘 번양에 갔다가 오는데, 남쪽 큰길가에서 수많은 군사와 말들이 들어오며 회수 가에 모여 있는지라, 그 까닭을 물으니 '남경 도원수 유충렬이 모친을 위하여 회수에서 제사지낸다.'고 하더이다. 백성들과 함께 구경하는데, 원수가 흰옷에 흰 관을 쓰고 제사 음식을 차리고서 축문을 읽으며 몹시 섧게 우는 소리를 들으니, 틀림없는 부인의 아들이더이다. 부인이 평소하시던 말씀을 하나하나 빠짐없이 모두 그대로 하더이다."

장 부인이 이 말을 듣고 가슴이 후비듯 땅을 두드리며 말했다.

"이게 웬 말인가. 원수가 했던 말을 다시 한 번 해보게."

이 처사가 대답하여 말했다.

"그간에 있었던 일의 이야기가 이러이러하더이다."

장 부인이 이 말을 듣고 벌떡 일어서며 말했다.

"어서 가세나. 내 아들 충렬이 살아왔네. 옥함을 받았단 말이 웬 말인가."

장 부인이 몹시 섧게 울며 회수 가로 가고자 하니, 이 처사가 만류하며 말했다.

"틀림없이 그러할진대, 제가 먼저 가서 그 말들이 진짜인지 가짜인지를 알아보고 오리이다."

그리고는 이 처사가 나서자, 장 부인이 물었다.

"원수의 나이는 얼마나 되어 보이며, 제 외가는 뉘 집이라 하던가?"

이 처사가 대답하여 말했다.

"나이는 이십이요, 외가는 이부상서 장윤이라 하더이다."

장 부인이 말했다.

"틀림없이 내 아들이로구나. 내 아들이 아니면 어떻게 내 부친의 이름자를 알랴. 급히 가서 알아오게."

이 처사가 허둥지둥 엎어지고 자빠지며 급히 금릉성 안으로 달려가서 군사를 불러 이름자를 알려주면서 말했다.

"만수산 활인동에 사는 이 처사가 원수를 뵈려 하나이다."

원수가 '들게 하라.' 하더라. 이 처사가 들어가 절하고 앉은 후에 원수의 공덕을 칭송하니, 원수가 겸손해하며 말했다.

"천자의 덕이 아닌 것이 없으니 무슨 공이 있겠사오며, 제가 무슨 잘못을 저지른 것이 있어서 누추한 이곳에 손수 찾아오시나이까?"

이 처사가 말했다.

"분명히 알고자 하는 일이 있어 왔사온데, 어제 회수 가에서 상공께서 축문을 읽으며 하신 말씀이 조금도 틀림없이 확실하나이까?"

원수가 이 말을 듣게 되니 마음이 자연히 슬픔에 젖는지라 눈물을 흘리며 말했다.

"귀인(貴人)은 그것을 어찌 묻나이까? 분명히 그러하오이다."
"틀림없이 그러할진대 만고의 드문 일일러라. 유 주부를 모셔왔다 하거늘, 유 주부는 나의 처숙(妻叔)이나이다. 지난날에 그런 말씀을 하더이까?"

원수가 크게 놀라며 말했다.

"돌아가신 분의 존엄한 이름을 부르기가 미안하나, 지난날 한림학사 이인학과 어떻게 되나이까?"

이 처사가 말했다.

"나의 부친이로소이다."

원수가 이 말을 듣고 이 처사의 손을 잡으며 말했다.

"존형(尊兄)을 이곳에 와서 만나볼 줄 꿈속에서나 생각했사오리까?"

이 처사도 그제야 감격하여 조금도 다른 생각이 없는지라, 원수를 붙들고 슬픔에 젖어 말했다.

"모친이 아주 가까운 거리에 계시는데도 어찌 찾을 줄을 모르는가?"

원수가 이 말을 듣고 정신이 아득했으나 겨우 마음을 가라앉히고서 이 처사를 붙들며 말했다.

"이게 웬 말이나이까? 나의 모친이 이 근처에 계신단 말이 어찌된 말이나이까?"

이 처사가 원수를 위로하여 정신을 차리게 한 뒤에 말했다.

"이런 일이 아주 오랜 옛적 이래로 또 있을까? 나를 따라 가면 모친을 만나리라."

원수는 마음이 허공에 뜬 채 처사를 따라가며 엎어지고 자빠지면서 눈 깜짝할 사이에 이 처사의 집에 당도하니, 이 처사가 급히 들어가며 장 부인을 불러 말했다.

"처숙모는 어디 계시나이까? 충렬을 데려왔나이다."

이때 장 부인이 이 처사를 보내고 충렬의 소식을 알아올까 온 마음으로 고대하던 차, 뜻밖에 충렬을 데려왔다는 말을 듣고 몹시 놀라 얼굴빛이 하얗게 변하더니 기절하더라. 충렬이 달려가서 문 앞에 엎드리니, 이 처사의 간호로 정신을 겨우 차린 장 부인이 너무 기뻐서 미친 듯 취한 듯이 말했다.

"네가 귀신이냐, 내 아들 충렬이냐? 내 아들 충렬은 회수에서 틀림없이 죽었거든, 어떻게 살아나서 육신(肉身)이 왔단 말인가. 내 아들 충렬은 등에 삼태성(三台星)이 표적으로 박혀 있느니라."

원수가 급히 옷을 벗고 곁에 앉으니, 과연 등에 삼태성이 뚜렷이 박혀 있고 황금빛 글자로 새긴 것이 어제 본 듯 뚜렷한지라. 원수와 장 부인이 서로 붙들고 목 놓아 몹시 섧게 우는 정이 만 리 호국에서 부친을 만날 때보다 두 배나 더하더라. 전혀 생각지도 못하여 모자가 서로 만났으니, 사람이면 누구나 가질 수 있는 마음이 예나 지금이나 다를쏘냐. 죽었다고 생각한 부모를 다시 만나 부귀영화를 보게 되었으니, 반갑고 슬픈 정은 한 입으로 다 말하기가 어려우리라. 장 부인이 말하면 충렬이 울고, 충렬이 말하면 장 부인이 우니, 맑은 하늘의 해와 달이 빛을 잃고 산천의 초목도 다 슬퍼하는 듯해라.

이때, 발 없는 말이 천 리를 간다고 했던가, 회수에서 제사를 지내던 유충렬이 활인동에 사는 이 처사 집에서 모친을 만났다는 말을 들은 강 승상과 조 낭자가 옥교(玉轎)를 갖추어 활인동으로 가는데, 각 고을의 수령들과 구경하는 사람들이 금릉성 안으로 들어가며 서로 보고 칭찬하여 말했다.

"이런 일은 아주 오랜 세월 동안에 처음일러라. 어떤 부인은 팔자가 좋아 저런 아들을 두었는가."

이렇듯이 말하며 구경하더라. 강 승상이 옥교를 가지고 활인동에 들어가서는 장 부인께 인사를 드린 뒤에 장 부인을 모시고 성안으로 들어오더라. 구경하는 여인들이 옥교를 잡고 장 부인께 수없이 칭찬하고 장 부인의 덕을 칭송하는 소리에 산신령도 춤을 추고 강산도 또한 즐기니, 하물며 사람이야 아무런 말이라도 없을 수 있으랴. 장 부인이 하나하나 빠짐없이 모두 위로하고 성안에 들어와 며칠을 즐기다가, 길을 떠나게 되자 이 처사의 식구들을 모두 다 거느리고 황성으로 향하는데, 활인동 입구에 3장(丈) 높이의 돌비석을 세우고 그간 일어났던 일을 기록하더라. 서천 삼십육도의 사신과 남만의 오국에서 바친 금은(金銀)과 채단(綵緞) 10,000여 필(疋)을 앞세우며, 남경의 인물들과 군사들이 좌우에 늘어서고 각 도와 각 관의 방백과 수령들이 앞뒤로 호위하며 가는데 구경하는 사람조차 100리에 이었으니, 이처럼 떠들썩한 행차는 아주 오랜 세월 동안 처음이라.

원수가 모친과 강 승상을 모시고 길을 떠나 영릉을 바라보고 행군하여 올라가는데, 한편으로는 기쁘고 한편으로는 슬픈 마음에 쓸쓸한 한숨이 절로 났다. 물속에 빠져 죽은 줄로만 알았던 모친을 다시 만나보나, 강 낭자는 어디 가서 만나 보랴. 모친을 보고 강 승상을 보니, 남쪽 궁에서는 노래하고 북쪽 궁에서는 슬퍼하는 격일러라. 모친은 옥교 안에서 얼굴에 기쁜 빛이 가득하여 온갖 근심의 때를 벗었지만, 강 승상은 수레 위에서 한편으로 기뻐하면서도 한편으로 처자를 생각하고서 슬픔에 젖어 얼굴에 수심이 가득하더라.

영릉으로 들어가는데, 때는 춘삼월(春三月)일러라. 하늘과 땅의 기운이 서로 합쳐져서 산에 가득하게 핀 울긋불긋한 꽃들이 온갖 풀들과 한 해에 한 번씩 다시 만나 봄 경치를 다툴 때, 제비는 남남 지저귀면서 사람이 사는 집으로 찾아들고 나비는 훨훨 날아 꽃 사이로 찾아드는데 나무마다 숲을 이루어 가지가지 봄빛이더라. 태평성대를 만난 백성, 청춘의 젊은이들, 어여쁜 처녀들이 쌍쌍이 짝을 짓고, 삼삼오오(三三五五) 떼를 지어 들에 나는 풀을 밟으며 즐기는 답청(踏靑)하는 사람들이 오얏꽃과 복사꽃을 꺾어들고 행산곡 돌아들어 꽃으로 전을 부쳐 먹으며 즐거워할 때, 춘심(春心)을 못 이기어 쌍쌍이 서로 마주보고 춤을 추며 노래하면서 유 원수의 덕을 칭송하니, 그 노래 소리가 즐겁더라.

「천도의 운행이 순환하여 대명(大明)이 밝았으니
세상에 비길 데 없는 어진 영웅 뉘 집에 났단 말인가.
동성문 다리 안에 있는 유 상공의 집이로다.
역적이 때를 모르고 뽕나무 활을 매니
원수가 지닌 칼이 온 세상에 밝았도다.
승전곡 한 소리에 모든 도적들을 결딴내어 천하가 태평하네.
호국에서 죽을 뻔한 임금과 부친이 살아서 고향으로 돌아오고
여염집에 있는 처녀들이 부모와 함께 즐거워하니라.
우리 인군 덕이 높아
봄빛이 물든 좋은 시절에 다다라 온갖 꽃들이 활짝 피었으니
꽃으로 전을 부치는 백성들이 뉘라서 송덕하지 않으랴.
우리 유 원수 부모를 만났으니 아들딸 많이 낳으옵소서.」

이렇듯이 즐거워하더라. 원수가 강 낭자를 생각하며 영릉 성안으로 들어오니, 이 땅은 강 승상의 고향땅일러라. 슬픈 마음을 어찌 다 헤아리랴. 원수가 객사에 숙소를 정하고는 월계촌 소식을 알고자 하여 4, 5일을 계속 머물더라.

각설。 이때 강 낭자가 모친과 함께 목숨을 걸고 도망하여 청수 가에 오다가 모친은 청수에 빠져 죽고, 낭자는 영릉고을 관비(官婢)에게 잡혀와 머무나, 천한 노비가 하는 일이 예나 지금이나 다를쏘냐. 관비

가 낭자를 수양딸로 삼은 후에 온갖 수단과 방법으로 설득하여 태수에
게 수청을 들도록 무수히 절개를 굽히게 하려한들, 빙설 같은 낭자의
맑은 절개가 한순간에 변할 것이며, 해와 달같이 밝은 마음이 곤궁한
처지라서 변할쏘냐. 이 꾀로 피하고 저 꾀로 피하다가 고을수령에게
욕도 보고 관비에게 매도 많이 맞으니, 가련한 그 딱한 모습은 차마
보지 못할러라.

관비에게 딸이 하나 있었는데, 제 몸은 미천하나 마음은 어질더라.
매일 강 낭자를 불쌍히 여기고 그 절개를 칭찬하였으며, 강 낭자를 닦
달하는 제 어미를 만류하였으며, 강 낭자를 대신해 매번 저가 수청하
고 강 낭자를 구하여 살리더라.

이때, 유 원수가 동헌(東軒)에 숙소를 정하고 4, 5일을 계속 머물게
되자, 관비가 생각하였다.

'원수는 호걸이요 강 낭자는 미색일진대, 이런 때를 당하여 수청을 들
이면 원수가 혹한 마음에 천만 냥(千萬兩)을 아낄쏘냐.'

관비가 급히 들어가 행수(行首)를 찾아뵙고 이날 밤에 강 낭자를 동
헌에 들여보내고자 하더라. 때마침 저의 딸 연심이 또 이 기미를 알고
서 강 낭자에게 말했다.

"오늘밤에 변을 만날 것이니, 그대는 나를 생각하여 사양치 말고 동헌
으로 가라. 그러면 내가 중간 지점에 있다가 대신해 들어갈 것이니, 그리
알고 있으라."

과연 그날 밤에 관비가 강 낭자를 데리고 구경 가자며 동헌으로 가
거늘, 강 낭자가 웃으며 말했다.

"이제는 염려 말고 나가셔요. 원수의 수청이야 어찌 사양하리오."

관비가 매우 기뻐하며 말했다.

"네 몸값이 과연 높구나. 이 고을의 수령이 무수히 거쳐 갔지만 끝내 수청을 허락지 않더니, 남경 대사마 도원수 겸 위국공의 수청만은 사양 치 아니하니 인물이 잘나고도 볼 것이로다. 마음도 고결하고 소원도 고 결하구나. 나도 젊은 시절에는 좋은 때가 있었으니, 월계촌 강 승상이 하 남절도사로 와 계실 때 제일 어여쁜 계집 300여 명 중에 나 혼자만 수청 을 들어 금은보화를 많이 받았거늘 세월이 원수로다."

관비가 이렇듯이 비아냥거리고는 나가더라. 이때 연심이 제 어미가 나가는 것을 보고 강 낭자를 내보낸 뒤에 제가 대신 들어가더라.

이때 원수가 등촉을 밝히고 강 낭자를 생각하며 비단주머니를 끌러 낭자의 글을 꺼내어 보는데, 슬픈 한숨이 절로 나더니 한 글자 한 글자 마다 눈물을 흘리더라.

'한밤중 밝은 달이야 꽃가지라도 비추는 듯, 아무도 없는 산에 두견새 야 울지 마라. 너는 뉘를 생각하여 장부의 간장을 다 녹이느냐, 낭자는 어디 가고 속절없는 두 글귀만 비단주머니 속에 들었느냐.「여관의 쓸쓸 한 등불 아래 홀로 잠 못 이루고, 나그네의 마음 무슨 일로 더욱더 처연 한가.(旅館寒燈獨不眠, 客心何事轉凄然.)」는 나를 두고 말한 것이며, 「해는 장사에서 지고 가을빛 아득해지는데, 어느 곳에서 상군을 애도할 수 있을지 모르겠네.(日落長沙秋色遠, 不知何處弔湘君.)」는 낭자를 만 나볼 길이 없음을 말한 게로구나. 옛날 사마장경(司馬長卿: 사마상여)은 초년(初年)에 곤궁타가 문장(文章)과 부귀(富貴)를 아울러 갖추어 고향 에 돌아오니, 그의 아내 탁문군(卓文君)이 문밖까지 바삐 나와서 사마장 경의 손을 잡고 들어갔다더라. 또 낙양 땅의 소진(蘇秦)은 노닥노닥 기운

옷을 입은 몸이 되어 고생고생하며 지내다가 육국(六國)의 정승인(政丞印)을 차고 고향에 돌아오니, 그의 아내가 허둥지둥 엎어지고 자빠지며 뛰어나와 소진을 인도하여 들어갔다더라. 그런데 대명국 유충렬은 어려서 부모를 잃고 여러 차례 죽을 고비에서 겨우 살아나 도원수(都元帥) 대승상(大丞相)이 되어 머나 먼 타국에서 승전도 하고 죽을 뻔한 부모도 살려내어 고향에 돌아온들, 청수에서 죽은 낭자가 어떻게 와서 맞이할 것이며 성성한 백발의 강 승상을 무엇이라 위로할 것인가.'

원수는 이렇듯이 한탄하고 그 밤을 지내더라.

이때, 강 낭자가 연심을 대신 보내고 침실에 돌아와 원수를 생각하며 잠 못 이룬 채 홀로 탄식하였다.

'세상에 이상한 일도 있구나. 원수의 성명을 들으니, 나의 낭군과 같은 성에 이름도 같다. 낭군이 틀림없으면 응당 월계촌에 들어가 우리집의 소식을 물으련마는, 월계촌에는 가지 않으니 답답하고 원통하다. 연심이 어서 나오면 진짜인지 가짜인지를 알아보리라.'

강 낭자는 근심에 젖어서 잠을 이루지 못하고 비단주머니를 끌러 낭군이 주던 글을 보면서 한 글자 한 글자마다 눈물을 흘리며 탄식하였다.

'저승에서 만나자고 말씀하시더니, 모진 내 목숨은 살아나고 낭군은 죽었도다. 살기만 살았으면, 대명국 도원수는 나의 낭군밖에 할 사람이 없건마는, 몰라보니 답답하다.'

이튿날 연심이 나오다가 제 어미를 마주치니, 관비가 그 기미를 알고 몹시 화가 나서 원수에게 아뢰어 강 낭자와 연심을 죽이려고 급히 동헌에 들어가 안부를 여쭌 뒤에 사실대로 말했다.

"소인의 딸이 얼굴이 비할 데 없이 뛰어나게 아름답고 태도도 고운 까닭에 상공께 수청을 들게 하였더니, 제 몸은 피하고 다른 년이 대신 들어갔사오니, 두 년의 죄를 다스려 주소서."

원수가 크게 화를 내며 말했다.

"대신 온 년을 잡아 들여라!"

연심이 잡혀 들어가 계단 아래에 엎드리니, 원수가 물었다.

"너는 무슨 욕심으로 남을 대신해 수청을 드는 곳에 잘 다니느냐? 죽을 곳도 남을 대신해 갈 것이냐?"

연심이 여쭈었다.

"소녀는 비록 천한 노비이오나 살아오는 동안에 절개를 지키는 사람을 불쌍하게 여겼사옵니다. 몇 년 전에 어미가 고을 밖에 있는 마을에 갔다가 어떤 여자를 데려다가 수양딸로 삼아 새로 부임한 고을수령마다 수청을 들이고자 하였사옵니다. 그 여자의 굳은 절개는 맑은 하늘에 떠 있는 해와 달 같고, 추운 겨울철에 촛불같이 변할 길이 없는 까닭에 소녀가 매번 대신 수청을 들어 구하였사옵니다. 마침 대상공(大相公)이 당도하셨는지라 그 여자를 구하려 대신 왔사오니 죄를 주옵소서."

원수가 이 말을 듣고 마음이 절로 슬픔에 젖어서 의심이 나는지라, 다시 말했다.

"그 여자의 성명이 무엇이며, 절개가 있다 하니 뉘 집 여자이냐?"

연심이 대답하여 말했다.

"그 여자와 소녀가 4, 5년을 함께 살았으나, 끝내 성명을 모른다며 뉘 집이란 말을 하지 않더이다."

원수가 연심의 말을 듣고 이상하게 여겨 말했다.

"틀림없이 그러할진대 빨리 불러들여라."

이때 강 낭자는 연심이 잡혀갔다는 말을 듣고 자신의 신세를 한단하고 있는데, 뜻밖에 관비 10여 명이 나와서 강 낭자를 잡아다가 계단 아래에 무릎을 꿇리더라. 원수가 창문을 열고 강 낭자의 얼굴을 보니, 낯이 익어 잘 아는 사람인 듯하더라. 마음이 절로 슬픔에 젖어서 자세히 보니, 의상은 낡았으나 기생이라는 것은 전혀 생각할 수 없었으며, 천한 사람의 자식이라는 것이 아깝더라. 원수가 나직한 소리로 강 낭자에게 말했다.

"행동거지를 보니 천한 사람의 자식이 아니오만, 여자의 말을 들었더니 절개를 지킨다 하거늘, 뉘 집 자손이오? 낭자는 누구건대 젊은 나이에 절개를 지키는 것이며, 무슨 일로 관비의 수양딸이 되어 이리된 것이오? 참된 사정을 조금도 숨기지 말고 나에게 이르면, 내가 알아볼 일이 있으리라. 말을 상세히 하라."

이때, 강 낭자가 계단 아래에 엎드려 원수의 말을 들으니, 낭군과 이별할 때 하직하고 가던 말이 두 귀에 쟁쟁하여 그 말소리와 조금도 다름이 없는지라. 강 낭자는 지난날에야 도망쳐 다니기로 성명과 사는 곳을 속였지만, 이때에 이르러 마음이 절로 슬픔에 젖어서 진정으로 여쭈었다.

"소녀는 다른 사람이 아니라 이 고을의 월계촌에 사는 강 승상의 외동

딸이나이다. 부친이 만 리 연경으로 귀양살이 간 유 주부를 위하여 상소 하였더니, 세상에 비길 데가 없는 만고의 역적 정한담이 충신을 모함하여 강 승상을 옥문관에 귀양을 보내놓고는, 소녀의 모녀를 잡아 관비로 삼아서 관아에 귀속시키려고 금부도사(禁府都事)가 와 잡아가려 하더이다. 이때, 한밤중에 청수로 도주하여 모친은 물에 빠져 죽고, 소녀도 죽으려 했나이다. 때마침 영릉의 관비가 도성 밖의 마을에 갔다 오는 길에 소녀를 제 집으로 데려와 험악하게 굴기가 이를 데 없었으나, 연심의 도움을 받아 지금까지 살아왔나이다. 오늘 이 말을 원수께 고하였으니, 소녀는 달리 어떻게 할 도리가 없어 자결코자 하나이다.”

원수가 이 말을 듣고 마당으로 얼른 내려서며 말했다.

“이게 웬 말인가. 영릉 태수를 빨리 불러 강 승상을 모시고 오라.”

이때 강 승상이 소 부인과 딸아이를 생각하여 잠을 이루지 못하다가 몸이 피곤하여 깜빡 졸고 있는데 뜻밖에 원수가 오시라는 말에 놀라 들어오니, 원수가 말했다.

“이게 강 낭자 아니나이까? 강 낭자가 살아왔나이다.”

강 승상이 이 말을 듣더니 정신이 아득하여 온 세상이 캄캄하더라. 원수가 이별할 때 주고받았던 신표를 내어 놓고 서로 비교하며 살펴보니 터럭만큼도 의심할 것이 없는지라. 강 승상이 강 낭자의 목을 끌어 안고 구르며 말했다.

“내 딸 경화야! 청수에 죽었다더니 혼백이 살아왔느냐. 꿈이냐 생시냐. 너의 낭군 유충렬이 왔으니, 그 소식 듣고 찾아왔느냐. 우리집이 연못이 되어 푸른 수양버들 가지만 늘어진 채 빈 터만 남았으니, 슬픈 마음 어찌 다 가라앉히랴.”

원수가 강 낭자에게 한 말을 비롯해 그간 겪었던 것에 대해 정답게 주고받은 이야기 하나하나를 어찌 다 기록할 수 있으랴.

이때 장 부인이 동헌(東軒)의 안채에 있다가 이 기별을 듣고 급히 나와 보니, 강 낭자가 시어머니에게 지켜야 할 예의범절로서 문안을 드리고 살아난 이야기를 상세히 하더라. 장 부인이 강 낭자의 손을 잡고 말했다.

"세상 사람이 고생이 많다 하나, 우리 시어미와 며느리 같을쏘냐."

이때 강 낭자를 자신의 집으로 데려갔던 관비는 혼백이 하늘로 올라가고 간장이 녹는 듯하더라. 원수가 동헌에 높이 앉아 관비를 잡아들여 죄를 따져 말했다.

"너 같은 천한 기생년이 사람을 알아볼쏘냐. 너를 죽일 것이로되, 청수에 가서 강 낭자를 구한 일 때문에 풀어주나니 강 낭자의 덕인 줄 알라."

그리고서 원수가 연심을 불러 수없이 감사의 뜻을 표하고 보내려 하니, 강 낭자가 원수 곁에 앉아 있다가 말했다.

"연심은 나에게 평생의 은인인지라, 일시적으로 감사만 할 것이 아니라 평생을 함께 지내고자 하나니 황성으로 데려가사이다."

원수가 그 말을 옳게 여겨 연심을 불러 말했다.

"부인을 착실히 모시도록 해라."

이에, 연심이 황공해 하더라.

원수가 그간에 있었던 사연을 하나하나 빠짐없이 모두 기록하여 천자에게 먼저 보고하고 길을 떠나 황성으로 가더라. 그때 강 낭자와 조 낭자는 옥교(玉轎: 지붕이 없는 가마)를 타고서 황금으로 호화롭게 장식한 가마에 탄 장 부인을 좌우에서 모시고, 오국의 사신들이 수레에 탄 강 승상을 곁에서 모셨는데, 원수는 일광주(日光冑)에 용린갑(龍鱗甲)을 입고서 장성검(將星劍)을 높이 들고 대완마(大宛馬: 천리마) 위에 높이 앉아 5열 종대의 기마대(騎馬隊)를 갖추어 천천히 행군해 나오니, 그 행차와 그 영화는 천고(千古)의 아주 오랜 세월 동안 처음이라.

게양역을 지나 청수 가에 다다르니, 이곳은 소 부인이 죽은 곳일러라. 원수가 강 승상을 위하여 급히 영릉 태수를 불러 소 부인의 제사를 지낼 음식을 장만하게 하니라. 강 승상은 제주(祭主)가 되고, 조 낭자는 집사(執事)가 되었으며, 원수는 축관(祝官)되어 축문을 읽으며 몹시 슬피 울며하는 말이 회수에서 모친에게 제사 지낼 때와 다름없더라.

제사를 마친 후에 원수는 행군하여 황성으로 가더라. 이때 천자와 황태후를 비롯해 연왕과 조정 신하들이 충렬을 가달국에 보내놓고 장 부인 찾아오기를 밤낮 가리지 않고 생각하면서 한숨 쉬며 탄식하고 있던 차, 뜻밖에 원수의 장계(狀啓: 보고문)를 보고 즐거워하는 마음을 생각하여 헤아릴 수가 없었으며, 장안의 백성들이 이 말을 듣고 각각 자식을 만나보려고 다투어 나오더라.

천자와 태후와 연왕이 100리 밖에까지 나와 맞이하면서 원수의 위엄을 보니라. 오국의 사신들이 선봉이 되어, 서천 삼십육도와 남만 오국에서 바친 금은과 비단을 싣고 제일 어여쁜 계집들을 차례로 태운 말들이 떠들썩하게 들어오더라. 그 가운데 금덩(황금으로 호화롭게 장식한 가마)과 옥교가 떠오는데, 강 낭자는 왼쪽에 있고 조 낭자는 오른

쪽에 있더라. 좌우에 푸른 깃발들이 고여 있는데, 수놓은 비단으로 만
든 양산대(陽繖臺)가 허공으로 솟았더라.

강 승상이 수레 위에 높이 앉아 오는데, 군사들이 앞뒤로 나열하고
그 뒤를 따르나니 10길이나 되는 붉은 깃털이 달린 사명기(司命旗)가
한가운데 세워져 오더라. 용과 봉황이 그려진 대장기(大將旗)를 비롯
하여 갖은 깃발과 창검을 든 3,000의 병마(兵馬)가 앞뒤로 대열을 이
루고 승전고(勝戰鼓)와 행군고(行軍鼓)를 울리면서 오니, 멀고 가까움
에 관계없이 산천이 진동하더라.

도원수는 일광주(日光胄)에 용린갑(龍鱗甲)을 입고 장성검(將星劍)
을 높이 들고서 천사마(天賜馬)를 비껴 타고는 누런 용과 같은 수염을
치세우고 봉의 눈을 반쯤만 뜨고 군사를 재촉하니, 웅장한 행군은 굉
장히 장대하고 훌륭한 광경이요 역사에 길이 귀감이 될러라.

이때 온 장안의 백성들이 남적에게 잡혀갔던 며느리며 딸이며 동생
들이 본국에 돌아온다는 말을 듣고는 호산대의 10리 뜰에 빈틈없이 마
중을 나와서 서로 만나니, 옥 같은 손과 적삼을 부여잡고 그리던 그
간곡한 마음에 무척이나 즐거워하더라. 이때의 울음소리와 웃음소리
가 공중에 뒤섞여 호산대가 떠나갈 듯하였으며, 원수를 칭송하고 장
부인을 칭송하는 소리가 와자지껄하여 요란하더라. 금산성 아래에 다
다르니, 천자와 황태후가 옥연(玉輦)에서 바삐 내려 장막 밖에까지 나
오더라. 원수가 갑옷과 투구를 갖추고 군대의 예절로 뵈오니, 천자와
태후가 원수의 손을 잡고 무척이나 감사해 하며 말했다.

"과인의 손발과 같은 사람을 만 리나 되는 머나먼 타국에 보내놓고 밤
낮으로 염려하였거늘, 이렇듯이 무사히 돌아오니 즐거운 마음을 어찌 다
말하랴. 회수에서 죽을 뻔했던 모친을 데려온다 하니 만고의 아주 오랜

세월 동안에 없는 일이며, 옥문관의 강 승상과 청수에서 죽을 뻔했던 강 낭자를 살려오니 역사에 길이 드문 일일러라. 그대의 은혜는 죽어서 백골이 된 뒤에도 잊을 수 없으니, 그 말이야 어떻게 다 하리오."

황태후가 원수를 칭찬한 후에 강 승상을 부르시니, 강 승상이 바삐 들어와 땅에 엎드리는지라. 천자가 내려와 강 승상의 손을 잡고 위로하며 말했다.

"과인(寡人)이 사리에 어두워 역적의 말을 듣고 충신을 머나먼 변방으로 귀양을 보냈으니, 무슨 면목으로 경(卿)을 마주 보고 대하리오. 그러하나 이미 지나간 일이니 잘잘못을 따지지 말기 바라오."

이때 황태후가 강 승상을 보고 하시는 말씀이야 어떻게 다 말로 표현하랴.

한편, 연왕이 다른 처소에 있다가 장 부인이 황금으로 호화롭게 장식한 수레를 타고 오는 것을 보고 마음이 허공에 떠서 충렬이 나오기를 고대하더라. 원수가 천자께 인사드리고 물러나와 부왕(父王) 앞에 엎드려 아뢰었다.

"불효자 충렬이 남적을 소멸하고 오는 길에 회수에 이르러 제사를 지내다가 천행으로 모친을 만나서 모시고 왔나이다."

연왕이 반가움을 이기지 못하여 말했다.

"너의 모친이 어디 오느냐?"

이때 장 부인이 이미 휘장 밖에 있다가 유 주부의 말소리를 듣고서 반가운 마음을 어찌하지 못하고 너무 기뻐 미친 듯 취한 듯 들어가니,

연왕이 장 부인을 붙들고 말했다.

"그대가 틀림없이 장 상서의 따님인가. 멀고 먼 황천길에 죽은 사람도 살아오는 법이 있는가. 회수의 끝이 보이지 않을 정도로 너른 물속에 빠져 백골이 되었을 때 어떤 사람이 살려왔나. 뉘 집 자손이 모셔왔나. 충렬아, 네가 분명 살려 왔느냐."

북방으로 천리만리 매우 멀리 떨어진 호국에 잡혀 죽게 된 유 주부와 10년 전에 끝이 보이지 않을 정도로 너른 만경창파의 회수에서 잃은 장씨가 서로 다시 만나 즐길 줄이야, 7살짜리 자식을 환란 중에 잃었다가 다시 만나 영화를 볼 줄이야 꿈속에서나 생각할 수 있었으랴.

장 부인이 석장동 마철의 집에 잡혀갔던 일을 비롯하여 옥함을 가지고 밤중에 도망하여 노파의 집에서 화를 만났던 일, 옥함을 물에 던지고 죽으려 하다가 활인동 이 처사의 집에 살아났던 일 등을 하나하나 빠짐없이 모두 이야기하며 즐기니, 그 곡진한 사정은 이루 다 헤아리지 못할러라.

원수가 장 부인의 곁에 앉았다가 말했다.

"소자가 가달국에 갔을 때 적진 선봉이 마철의 3형제였던지라, 한칼에 베어 원수를 갚았나이다."

연왕과 장 부인이 무척이나 즐거워하더라.

원수가 천자를 모시고 성안으로 들어오는데, 조정의 모든 신하들이 자식을 만나게 된 것을 칭송하며 인사차 하는 말을 어떻게 다 기록하랴.

이때 황후와 태후가 장 부인과 강 낭자를 불러 들여 그간에 겪었던 일들 하나하나 빠짐없이 모두 물을 때, 장 부인과 강 낭자가 고생했던 일을 낱낱이 고하고 서로 울며 칭찬하고 칭송하기를 마지않더라.

이때 천자와 부왕이 황극전(皇極殿)에 나와 앉으시자, 원수가 오국 사신들의 예를 받고 죄목을 따져서 신문한 뒤, 옥관도사를 잡아들여 계단 아래에 무릎을 꿇리고 죄를 따지며 말했다.

"간사한 옥관도사 놈아! 네가 천지조화지술(天地造化之術)을 배워 정한담을 가르치더니, 신기한 영웅이 황성 안에 있는 줄은 알고 광덕산에서 살아나 너 죽일 줄은 몰랐더냐. 네가 지난날 정한담에게 말하기를, '천년에 한 번 올 수 있는 기회이니, 급히 공격하여 때를 잃지 말라.(千載一時, 急擊勿失)'고 하더니, 어찌 조그마한 유충렬을 못 잡아서 너희 놈들이 먼저 다 죽게 되었느냐?"

옥관도사가 여쭈었다.

"싸움에서 패한 장수는 용기를 말하지 않는다고 했으니 무슨 말씀을 하오리까마는, 이렇게 된 것은 하늘이 정한 운명 아닌 것이 없나이다. 소인(小人)이 신기한 술법을 배워 싸움터에 나올 때에 사해의 신장(神將)을 비롯하여 대명국(大明國) 강산의 신령(神靈)과 뭇 귀신들 및 온갖 도깨비들, 물고기 머리에 귀신 낯짝을 한 귀졸(鬼卒) 등, 천지가 개벽한 후에 신장과 귀졸들을 모두 다 불러내어 가까운 거리에 넣어 두고는, 변화가 무궁하여 하늘로 오르고 땅속으로 들어가니 산을 이루고 바다를 이루었나이다. 그중에 유독 서해 광덕산 백룡사에 있는 노승과 남해 형산의 화선관만 소인의 영(令)을 좇지 아니하기로 괴이하게 여겼나이다. 지난날 원수가 전투하시는 병법을 보오니, 갑주와 창검도 천신(天神)의 조화거니와 백룡사의 노승은 원수의 오른쪽에서 옹위하고 남악 형산의 화선관은 왼쪽에서 시위하고 있는 것을 소인인들 어떻게 하오리까. 가파른 산비탈을 내리닫는 형세인 주판지세(走坂之勢)로 사람의 힘으로는 어찌할 도리가 없어 되어 가는 대로 맡겨둘 수밖에 없는 형세인지라 싸우면 이리될 줄 알았으니, 죽은들 무슨 한이 있사오리까."

원수가 마음속으로 그놈의 재주에 탄복하였으나 군사를 재촉하여 장안의 저자거리에서 참수한 후에 오국의 사신들을 각각 돌려 보내니라.

천자가 황성의 동문 밖 인가(人家)를 다 헐어 별궁을 지은 후에 각각에게 직첩(職牒)을 내려 벼슬을 돋우니라. 연왕에게는 산동의 육국에서 들어오는 결총(結總: 田結의 총수)을 모두 다 농사짓도록 하고, 원수에게는 남평과 여원 두 나라의 옥새를 주어 남만의 오국을 차지하도록 녹봉을 주고도 또 대사마 대장군 겸 승상의 인수(印綬)를 주어 나라의 모든 일을 다 맡기고 슬하를 떠나지 못하게 하더라. 장 부인에게는 정열부인(貞烈夫人) 겸 동궁야후 연국왕후(燕國王后)를 봉하여 경양궁에 거처하게 하고, 강 승상에게는 달왕의 직첩을 주어 빈객(賓客)의 대우를 받는 학자의 지위인 빈사지위(賓師之位)에 있게 하고, 강 부인(강 낭자를 일컬음)에게는 정숙부인(貞淑夫人) 겸 동궁후(東宮后) 언성왕후를 봉하여 시녀 300명을 강 승상의 위장(衛將)으로 삼아 봉황궁에 거처하게 하고, 활인동의 이 처사에게는 간의태부(諫議太夫) 도훈관(都訓官)에 이부상서(吏部尚書)를 겸하여 육조(六曹)를 다스리게 하고, 영릉 관비의 연심에게는 남평왕의 후궁에 봉해 인성왕후 직첩을 주어 봉황궁에서 강 부인을 모시게 하고, 나머지 여러 장수들에게는 차례로 벼슬을 돋우니라.

이때 남국에 잡혀가 강 승상을 부모같이 섬기던 여자는 다른 사람이 아니라, 술 한 잔을 받아 들고 스스로 원수께 예를 갖추던 노인의 딸이더라. 그 노인을 불러 서로 만나보게 한 후에 조 낭자에게는 남평왕의 우부인에 봉하고, 그 오라비는 총융대장(總戎大將)으로 삼아 그 아비

를 봉양하게 하니, 상하(上下)의 인민들이 천자의 덕을 칭송하는 소리
가 온 세상을 진동하는지라, 바로 태평성대가 아닌가 하노라.

[김동욱 소장본]

원문과 주석

〈유충열전〉 권지상

각설이라. 딕명국 영종황졔¹⁾ 직위[卽位] 초의 황실리 미약ᄒ고 법영[法令]이 불힝(不行)ᄒ 중의, 남만²⁾ 북젹³⁾과 셔역⁴⁾이 강셩ᄒ야 모역(謀逆)할 쯧슬 두믹, 이런고로 쳔자 남경(南京)의 잇슬 쯧이 업셔 다른 딕로 도읍을 옴기고져 ᄒ시더니, 잇쩍 마참 창ᄒᆡ국⁵⁾ 사신이 왓스믹 셩은 임이요 명은 경쳔이라 ᄒ난 사름이 왓거늘, 쳔자 반겨 인견⁶⁾ᄒ시고 졉딕ᄒᆫ 후의 도읍 옴기믈 의논ᄒ시니, 임경쳔이 쥬왈,

"소신(小臣)이 옥누⁷⁾의셔 육디 산쳔을 망긔⁸⁾ᄒ오니 금황지지⁹⁾가 맛당ᄒ옵고, 쳔ᄒ 명산 오악지중¹⁰⁾의 남악형산¹¹⁾이 가장 신령ᄒᆫ 산이요

---

1) 영종황제(英宗皇帝): 명나라 6대(1436~1449)와 8대(1457~1464) 재위한 왕.
2) 남만(南蠻): 남쪽 오랑캐. 옛날 중국 사람이 자기 나라 남쪽에 사는 이민족을 얕잡아 일컫던 말이다.
3) 북적(北狄): 북쪽 오랑캐. 옛날 중국 사람이 자기 나라 북쪽에 사는 이민족을 얕잡아 일컫던 말이다.
4) 셔역(西域): 중국 서쪽에 있던 나라들을 통틀어 일컫던 말.
5) 창ᄒᆡ국(蒼海國): 신선이 산다고 하는 가상의 나라.
6) 인견(引見): (아랫사람을) 불러들여 만나 봄.
7) 옥누(玉樓): 천상에 옥황상제가 거처하는 누대.
8) 망긔(望氣): 기운을 바라보고 인간사의 길흉을 점침.
9) 금황지지(今皇之地): 지금 황실이 있는 곳.

일국(一國) 주룡12)이 되얏고, 창오산13) 구리봉[九疑峰]은 변화ᄒᆞ야 외청용14) 되얏고, 소상강15) 동정호16)는 수세(水勢)가 광활ᄒᆞ야 ᄂᆡ청용이 되야 잇셔 ᄂᆡ수구17)를 막어스니, 졔왕주가18) 장구할 거시요. ᄯᅩᄒᆞ 소신이 슈년 젼의 본국의셔 망기ᄒᆞ온직, 북두칠셩 졍기가 남경의 ᄒᆞ강ᄒᆞ고, 삼틱셩19) 치ᄉᆡᆨ(彩色)이 황셩(皇城)의 빗쳐스며, 자미원20) 딕장셩(大將星)이 남방의 써러져스니, 미구(未久)의 신기ᄒᆞᆫ 영웅이 날 거스니, 황상(皇上)은 엇지 조고만ᄒᆞᆫ 일노 이리ᄒᆞᆫ 금셩지지21)를 노으시며, 션황졔(先皇帝) 만만(萬萬) 구방지지22)를 엇지 일조(一朝)의 노으시릿가?"

천자 이 말을 드르시고 마암이 쇄락23)ᄒᆞ야 도읍 옴기시믈 파ᄒᆞ시고 국사를 다사리니, 시졀이 틱평ᄒᆞ고 인심이 조완24)ᄒᆞ더라.

---

10) 오악지중(五嶽之中): 오악 가운데. 오악은 중국의 다섯 靈山으로, 동악 泰山·서악 華山·남악 衡山·북악 恒山·중악 嵩山을 일컫는다.

11) 남악형산(南嶽衡山): 湖南省 洞庭湖 남쪽에 있는 산.

12) 주룡(主龍): 묏자리나 집터 또는 도읍지 뒤쪽에 있는 산의 줄기.

13) 창오산(蒼梧山): 중국의 湖南省 동남에 있는, 舜임금이 죽은 산. 일명 九疑山이라 한다.

14) 외청용(外靑龍): 主山에서 갈리어 나간 왼쪽의 산맥이 여럿인 경우 가장 바깥쪽에 있는 산맥.

15) 소상강(瀟湘江): 중국 湖南省에 있는 洞庭湖에 합류하여 들어가는 瀟水와 湘水를 함께 일컬으며, 경치가 매우 아름다운 곳임.

16) 동정호(洞庭湖): 중국 湖南省 북부에 있는 중국 제일의 호수. 경치가 아름다운 곳이다.

17) ᄂᆡ수구(內水口): 풍수지리에 있어서 得이 흘러가는, 안쪽에 있는 곳. 물이 빠져나가는 곳을 일컫는다.

18) 졔왕주가(帝王住家): 제왕의 궁궐.

19) 삼틱셩(三台星): 큰곰자리 중에 딸려 있으면서, 紫微星을 지킨다고 하는 上台星·中台星·下台星 세 별.

20) 자미원(紫微垣): 고대 중국의 천문학에서 하늘을 三垣二十八宿로 나누었는데 太微垣, 天市垣과 더불어 삼원의 하나인 별자리. 흔히 天帝가 거처하는 곳이라 일컬어진다.

21) 금셩지지(金城之地): 굳게 방비된 성과 같은 지세를 갖춘, 적을 막기 좋은 땅.

22) 구방지지(舊邦之地): 오래된 나라의 터.

23) 쇄락(灑落): (기분이나 몸이) 상쾌하고 깨끗함.

잇씨의 조정의 흔 신흐 이스되, 셩은 유요 명은 심이니, 젼일 션조황
졔 기국(開國) 공신(功臣) 유기25)의 십삼디손이요, 젼병부상셔(前兵部
尚書) 유현의 손자라. 셰디명가26) 후예로 공후작녹27)이 쩌나지 안이
흐더니, 유심의 벼살리 졍은주부[正言主簿]의 잇난지라. 위인이 졍직
흐고 셩졍이 민쳡흐며, 일심(一心)이 충셩흐야 국녹(國祿)이 중중28) 흐
니 가산(家産)은 요부29)흐고, 작법30)이 화평(化平)흐니 셰상 공명은
일디의 졔일이요. 인간 부귀난 만민이 층송흐되, 다만 실흐[膝下]의 일
졈 혈육이 업시미, 일노[이를] 흔탄흐야 일년 일도(一年一度)의 션영
(先塋) 졔사 당흐면 홀노 안져 우난 말리,

"실푸다! 니의 몸이 무삼 죄 잇셔 국녹을 먹거니와 자식이 업셔스니,
셰상의 좃타 흔들 조흔 줄 엇지 알며, 부귀가 영화로되 영화된 줄 엇지
알이? 나 죽어 쳥산의 무친 빅골 뉘라셔 기두오며[거두오며], 션영힝
화31)를 뉘라셔 주장32)흐리?"

히음업난 눈물리 옷짓슬 젹시난지라. 이러타시 시러흐니, 부인 장씨

난 이부상서(吏部尚書) 장늰의 장녀라. 주부 졋티 안져싸가 일심이 비
감ᄒ야 왈,

"상공(相公)의 무후33) ᄒ문 소첩의 박복(薄福) ᄒ미라, 첩의 죄를 논지
컨디, 발셔 발일{버릴} 거스로디 상공의 음덕(陰德)으로 지금ᄭᅵ지 부지
ᄒ오니, 붓그러온 말슴을 엇지 다 ᄒ오릿가? 듯사오니, '쳔ᄒ의 졀승34)
ᄒ 산이 남악 형산이라' ᄒ오니, 수고를 싱가지 말고 산신게 발워35) ᄒ야
졍셩이나 들러 보스니다."

주부 이 말을 듯고 디왈,

"ᄒ날리 졈지36) ᄒ사 팔자의 업셔스니, 비러 자식을 나을진디 셰상의
무자(無子) ᄒ 사름이 잇스리요."

장부인이 엿자오디,

"디쳬37)를 싱각ᄒ면 그 말삼도 당연ᄒ되, 만고(萬古) 셩현(聖賢) 공부
자38)도 이구산39)의 비러 낫코, 졍(鄭)나라 졍자산40)도 우셩산41)의 비

---

33) 무후(無後): 후사를 이을 자식이 없음.
34) 절승(絶勝): (경치가) 비할 바 없이 훌륭함.
35) 발원(發願): 바라고 원하는 바를 빎.
36) 점지(점지): 神佛이 사람에게 자식을 갖게 하여 줌.
37) 디쳬(大體): 耳目을 小體라고 하는 데 대한 말로서 '마음'을 일컫는 것으로, 여기서는 '전체를 형성하는 중요한 줄거리'를 의미.
38) 공부자(孔夫子): '공자'를 높이어 일컫는 말. 魯나라 사람으로 여러 나라를 周遊하면서 仁을 정치와 윤리의 이상으로 하는 도덕주의를 설파하여 덕치 정치를 강조하였다.
39) 이구산(尼丘山): 중국 山東省 曲阜縣 동남에 있는 산. 중국의 성인 공자를 낳을 때 그의 어머니 安徵在가 빌었다고 하는 산이다. ≪史記≫ 〈孔子世家〉의 "숙량흘은 안씨 딸과 야합하여 공자를 낳으니, 이구에서 기도하여 공자를 얻은 것이다. 노나라 양공 22년에 공자가 태어났다.(紇與顏氏女野合而生孔子, 禱於尼丘得孔子. 魯襄公二十二

러스니, 우리도 비러 보스니다."

주부 이 말을 듯고 삼칠일 진계42)를 정(淨)이 ᄒ고, 소복(素服)을 경제43)ᄒ며, 졔물을 갓초고, 축문을 별노이 지어 가지고 부인과 홈기(함께} 남악산을 차져 가니, 산셰 웅장ᄒ여 봉봉이 놉흔 곳의 청송은 울울44)ᄒ여 틔고시(太古時)를 씌여 잇고, 강수는 잔잔ᄒ여 탄금셩45)을 도도왓다46). 칠천십이봉47)(七千十二峰)은 구름 밧기 소사 잇고, 층암졀벽 상의 각식빅화48) 다 푸럿고, 소상강 아침 안기 동정호로 도라가고, 창오산 져문 구름 호산듸로 도라들며, 강수셩49)을 바라보며 수양(垂楊)가지 부여잡고 육칠 이(里)를 드러가니, 연화봉50)이 중계51)로

年而孔子生.)"에서 나온다.
40) 정자산(鄭子産): 중국 춘추시대 鄭나라의 어진 대부였던 公孫僑의 字. 그는 晉나라와 楚나라 사이에서 뛰어난 학식과 언변으로 시의적절한 외교를 펴 정나라의 안위와 번영을 지켰으며, 중국 최초의 성문법을 만들어 국내를 통치하였다.
41) 우셩산: 鄭子産의 출생연도가 미상인 바, 출생지를 알 수 없는 듯. 다만 〈열녀춘향수절가〉와 〈전우치전〉에는 이 대목에 있어서 '우헝산'으로 되어 있기도 하다.
42) 진계(齋戒): (신성한 일 따위를 할 때) 몸과 마음을 깨끗이 하고 不淨한 일을 멀리 함.
43) 경제(整齊): 정돈하여 가지런히 함.
44) 울울(鬱鬱): (나무가) 무성함.(鬱蒼)
45) 탄금셩(彈琴聲): 거문고나 가야금을 타는 소리.
46) 강수는 잔잔ᄒ여 탄금셩을 도도왓다: 伯牙와 鍾子期 사이에서 연유된 '高山流水'를 염두에 둔 표현인 듯.
47) 칠천십이봉: 칩십이봉의 오기. 중국의 五嶽 중 남악인 衡山은 준엄한 산세와 기이한 72봉으로 인해 가장 빼어난 산이기 때문이다. 남악 형산의 수려함은 푸르지 않은 산이 없고 나무 없는 산이 없다는 말로 형용할 수 있다.
48) 각식빅화(各色百花): 갖가지 색을 띤 온갖 꽃들.
49) 강수성: 江西省의 오기.
50) 연화봉(蓮花峰): 중국 江西省 九江市 남쪽에 위치한 廬山의 봉우리 이름. 이곳은 周敦頤가 만년 그 아래에 濂溪書堂을 짓고 학생들을 지도한 곳이다.
51) 중계[中階]: 중앙의 계단.

다. 상뒤의 올나셔셔 사방을 살펴보니, 옛날 하우씨52)가 구년지수(九
年之水) 다사리시고 층암절벽 파든 터가53) 어졔 흔 듯 완연54)ᄒ고, 산
천이 심이{매우} 엄숙흔 곳의 쳔졔당(天祭堂)을 노피 뭇고{만들고} 빅
마를 잡든 곳시 완연ᄒ엿고, 추연을 도라보니55) 옛날 위부인56)이 셔
동[仙童] 오륙 인을 거나리고 도학ᄒ던 일층단이 문어졋다.

　일층단 별노 모와 노구밥57)을 졍결이 담아 놋코, 부인은 단ᄒ(壇下)
의 긔좌58)ᄒ고 주부는 단상의 궤좌ᄒ야 분힝[焚香] 후 축문을 닉여 옥
셩59)으로 축수할졔, 그 축문의 ᄒ여스되,

　「유셰차(維歲次) 갑자년 갑자월 갑자일의 뒤명국 동셩문(東城門) 닉
의 거ᄒ난 유심은 형산[衡山] 신령 젼의 비난니다. 오호라! 뒤명(大明)
틱조(太祖) 창국 공신지손60)이라. 션뒤의 공덕으로 부귀를 겸젼61)ᄒ고

----

52) 하우씨(夏禹氏): 중국 최초 왕조인 夏나라의 禹임금. 鯤의 아들. 舜임금에게 천거되어
　　황하의 범람을 막아 물을 다스리고, 九州를 열어 잘 다스렸다. 일설에 의하면 그는
　　순임금으로부터 물을 다스리도록 명을 받은 후 10년 동안 임무를 수행하면서 집 주변
　　을 세 번 지나갔으나 한 번도 집에 발을 들여놓지 않았다고 한다.
53) 층암절벽 파든 터가: 禹임금은 아버지 鯤이 물을 차단하고자 해 치수에 실패한 것을
　　거울삼아 물길을 터서 물의 흐름을 개선하는 방법을 택하여 험준한 산을 넘고 강을
　　건너는 작업을 13년 동안 한 것을 일컫는 듯.
54) 완연(宛然): 눈에 보이는 것처럼 아주 뚜렷함.
55) 추연을 도라보니: 추연은 못 이름으로 생각하여 湫淵으로 이해하고 있지만, 그 湫淵은
　　중국 甘肅省 고원현 서남쪽에 있는 연못을 가리킨다. 魏夫人은 衡山에 있던 인물이라
　　서 서로 부합하지 않는다. 아마도 스쳐가는 새끼제비(雛燕)를 시선이 따라간 것을 일
　　컫는 듯.
56) 위부인(魏夫人): 晉나라 때 여자 道士. 이름은 華存, 자는 賢安. 어려서부터 도를 좋아
　　하고 신선을 사모하는 뜻이 있어 일찍이 衡山에 거처하였다고 한다.
57) 노구밥: 산천의 신령에게 제사하기 위하여 노구솥에 지은 메밥.(노구메)
58) 긔좌[跪坐]: 무릎을 꿇고 앉음.
59) 옥셩(玉聲): 구슬같이 아름다운 목소리.
60) 창국공신지손(創國功臣之孫): 나라를 세울 때 공을 세운 신하의 후손.

일신이 무량62)호나 년광63)이 반이 넘도록 일섬[一點] 혈륙이 업셔스니,
사후 빅골인들 뉘라셔 엄토64)호며 션영힝화(先塋香火)를 뉘라셔 봉사
(奉祀)호리요? 인간의 죄인이요, 지호의 악귀로다. 이러호 일을 싱각호
니 원혼이 만심(滿心)이라. 이러호고로 더러온 정셩을 신령 전의 발원호
오니, 황쳔65)은 감동호와 자식 호나 점지호옵소셔.」

빌기를 다호믹, 지셩(至誠)이면 감쳔(感天)이라 황쳔인들 무심할가.
단상의 오싴 구름이 스면의 옹위(擁圍)호고, 산중의 빅발 신령이 일졀
이{일제히} 호강호여 정결케 지은 제물 모도 다 흠향66)호다. 길조(吉
兆)가 여차호니 귀자(貴子)가 업슬손야.
빌기를 다호 후의 만심고딕67)호던 차의, 일일은 호 쑴을 어드니, 쳔
상으로셔 오운(五雲)이 영농호고 일원(一員) 션관(仙官)이 쳥용(靑龍)
을 타고 닉려와 말호되,

"나는 쳥용을 차지호 션관이더니, 익셩68)이 무도호 고로 상계게 알외
되 익셩을 취죄[治罪]호야 다른 방(方)으로 귀양을 보닉써니, 익셩이 글
노{그것을} 흠심69)호야 빅옥누70) 잔치시의 익셩과 딕젼(對戰)호 후로,
상계 전의 두죄[得罪]호야 인간의 닉치시믹 갈 바를 모로더니, 남악산 신

---

61) 겸젼(兼全): 아울러 갖춤. (여러 가지 재주를) 동시에 갖춤.
62) 무량[無恙]: 아무 병고가 없이 평안함.
63) 년광(年光): 사람의 나이.
64) 엄토(掩土): 겨우 흙이나 덮어서 간신히 장사지냄.
65) 황쳔(皇天): 하늘의 신.
66) 흠향(歆饗): 神明이 제물을 받아먹음.
67) 만심고딕(滿心苦待): 마음을 다하여 기다림.
68) 익셩(翼星): 스물여덟 별 중 스물일곱째로, 남쪽에 있는 별.
69) 흠심(含心): (원한 등을) 마음속에 넣어 둠.
70) 빅옥누(白玉樓): 문인이나 墨客이 죽은 뒤에 간다는 천상의 누각.

령이 부인틱으로 지시ᄒ기로 왓사오니, 부인은 익휼[71] ᄒ옵소셔."

ᄒ고, 타고 온 쳥용을 오운간의 방송[72] ᄒ며 왈,

"일후(日後) 풍진[73] 중의 너를 다시 차질리라."

ᄒ고 부인품의 달여들거늘, 놀닉 ᄭᅢ다르니 일장춘몽[74] 황홀ᄒ다. 졍
신을 진졍ᄒ야 쥬부를 쳥입(請入)ᄒ야 몽사를 셜화[75] ᄒᄃᆡ, 쥬부 질거
ᄒ 마음 비홀 ᄃᆡ 업셔 부인을 위로ᄒ야 춘졍(春情)을 붓쳐두고 싱남ᄒ
기를 만심고ᄃᆡ ᄒ더니,

과연 그달부텀 틱기 잇셔 십 삭이 치인 후의 옥동자를 탄싱홀졔, 방
안의 힝취[香臭] 잇고 문 밧기 셔기(瑞氣)가 빗질너{뻗쳐} 싱광[76] 은 만
지[77] ᄒ고 셔치(瑞彩)는 충쳔(衝天)ᄒ 중의, 일원 션녀 오운 중의 닉려
와 부인 압피 궤좌ᄒ야 빅옥상(白玉床)의 뇌인{놓인} 과실을 부인게 쥬
며 ᄒ난 마리,

"소녀난 쳔상 션녀옵더니, 금일 상졔 분부ᄒ시되 '자미원 장셩이 남경
유심의 집의 환싱ᄒ여스니, 네 밧비 나려가 산모(產母)를 구완[78] ᄒ고 유
아를 잘 거두라' ᄒ시기로, 빅옥병의 힝탕수[香湯水]를 부어 동자를 시치

---

71) 익휼[愛恤]: 불쌍하게 여기어 은혜를 베풂.
72) 방송(放送): 놓아 줌.
73) 풍진(風塵): 세상에 일어나는 어지러운 분위기.
74) 일장춘몽(一場春夢): 한바탕의 봄 꿈이라는 뜻으로, '헛된 榮華나 덧없는 일'을 비유하
     여 일컫는 말.
75) 셜화(說話): 사정 형편이나 겪은 사연을 이야기함.
76) 싱광(生光): 싱그러운 빛.
77) 만지(滿地): 땅에 가득함.
78) 구완: 아픈 사람이나 아기를 낳은 사람을 돌보고 시중듦.

시면{씻기시면} 빅병[79]이 소멸ᄒ고, 유리딕(琉璃袋)의 잇난 과실 산모가
잡수시면 명이 장싱불사(長生不死)ᄒ오리다."

부인이 그 말를 듯고 유리딕의 잇난 과실 세 기를 모도{모두} 쥐니,
션녀 엿자오딕,

"이 과실 셰 기 중의 ᄒ 기는 부인이 잡수시고, ᄯᅩ ᄒ나는 공자를 먹일
거시요, ᄯᅩ ᄒ 기는 일후의 주부가 잡수실 거스니, 다 각기 임자를 옥황
게읍셔 졈지ᄒ신 과실을 다 엇지 잡수시릿가?"

힝탕수를 부어 ᄒ 기를 잡순 후의 옥동자를 치금[80] 속의 뉘여 노코,
부인게 ᄒ칙ᄒ고 오운 속의 싸이여 가니, 반공[81]의 어렷던 셔긔(瑞氣)
써나지 안이ᄒ더라.

부인이 션녀를 보닌 후의 이러 안지니, 정신이 상쾌ᄒ고 청수[82]ᄒ
기운이 젼일보단 빈나 더ᄒ더라. 주부를 청입ᄒ야 아기를 보이며 션녀
의 ᄒ던 말을 낫낫치 고ᄒ니, 주부 공중을 힝ᄒ야 옥황게 사례ᄒ고
  아기를 살펴보니, 웅장ᄒ고 기이ᄒ다. 쳔졍[83]이 광활[84]ᄒ고 지
각[85]이 방원[86]ᄒ야, 초상{초생달} 갓튼 두 눈섭은 강산 졍기 씌엿고,
명월 갓탄 압가심은 쳔지조화[87] 품어스며, 단산[88]의 봉의 눈은 두 귀

---

79) 빅병(百病): 온갖 병.
80) 치금(綵衾): 비단 이불.
81) 반공(半空): 그다지 높지 않은 공중.(=半空中)
82) 청수(淸秀): 깨끗하고 수려함.
83) 쳔졍(天庭): 이마의 한가운데.
84) 광활(廣闊): 훤하게 넓음.
85) 지각(地角): 관상술에서 '사람의 아래턱'을 일컬음.
86) 방원(方圓): 둥글넓적함.
87) 쳔지조화(天地造化): 천지자연의 이치.

밋슬{귀밑을} 도라보고, 칠셩(七星)의 사인{싸인} 종학[宗嶽] 융준용
안89) 번듯ᄒ다. 북두칠셩 말근 별은 두 팔둑의 박커 잇고, 두렷ᄒ 듸
장셩이 압가심의 박켜스며, 삼틱셩90) 정신별리 비상91)의 셔 잇난듸,
주홍으로 삭여스되 「듸명국 듸사마 듸원수라」 은은이 박켜스니, 웅장
ᄒ고 기이ᄒ문 만고의 졔일이요 쳔추의 ᄒ나로다. 주부 기운이 쇄락
(灑落)ᄒ야 부인을 도라보와 왈,

  "이 아히 상(相)을 보니, 쳔인젹강92) 젹실93)ᄒ고 만고영웅 분명ᄒ며,
젼일 황상게옵셔 도읍을 옴기고져 ᄒ야 창ᄒ국(蒼海國) 사신 임경쳔다러
무르시니, 임경쳔이 알외기를, '북두 졍기난 남경의 ᄒ강ᄒ고 자미원 듸
장셩이 황셩의 셔려져스니 미구의 신기ᄒ 영웅이 나리라' ᄒ더니, 이 아
히가 젹실ᄒ니 엇지 안이 질겨오릿가? 오릭지 안이ᄒ야 듸장 졀월94)을
요ᄒ(腰下)의 횡듸95)ᄒ고, 상장군(上將軍) 인수96)를 금낭97)의 넌짓 너

---

88) 단산(丹山): 봉황이 산다는 丹穴의 산. "丹穴之山, 其上多金玉, 丹水出焉, 而南流注于
    渤海, 有鳥焉, 其狀如雞, 五采而文, 名曰鳳凰(단혈산은 그 위에 금과 옥이 많고, 단수
    가 이 산에서 나와 남으로 흘러 발해로 들어가는데, 새가 있으니 모양이 학과 같고
    다섯 가지 채색의 무늬가 있어서 이름하기를 봉황이라 한다)." 『山海經』〈南山經〉.
89) 융준용안(隆準龍顔): 높은 콧마루와 용의 얼굴. ≪史記≫〈高祖本紀〉에 "한고조는 그
    모습이 콧마루가 높아서 용의 얼굴을 지니고 있다.(高祖爲人, 隆準而龍顔.)"라고 되어
    있다.
90) 삼틱셩(三台星): 인간의 영혼과 마음이 뿌리를 두고 있는 별로서 천상의 중심별임.
91) 비상(背上): 등 위.
92) 쳔인젹강(天人謫降): 천상의 사람이 죄를 짓고 인간 세상에 내려오거나 사람으로 태
    어남.
93) 젹실(的實): 틀림없이 확실함.
94) 졀월(節鉞): '節斧鉞'의 준말. 옛날 중국에서, 천자가 출전하는 장수에게 통솔권의 상
    징으로 주던 절과 부월. '절'은 手旗와 같고, '부월'은 도끼같이 만든 것으로 軍令을
    어기는 자에 대한 生殺權을 상징한다.
95) 횡듸(橫帶): 옆으로 비스듬히 참.
96) 인수(印綬): (병조판서나 군문의 대장 등) 병권을 가진 관원이 병부 주머니를 차던,

코, 부귀영화난 션영의 빗닉고 밍긔영풍[98]은 사히의 진동홀졔, 뉘 안이
충찬ᄒ리요. 산신의 집푼 은덕 사후의도 난망(難忘)이요 빅골인들 이질
손야."

일홈을 충열이라 ᄒ고 자는 셩학이라 ᄒ다.

셰월리 여류[99]ᄒ야 칠 셰의 당ᄒ민, 골격은 쳥수ᄒ고 총명은 발
쳬[100]ᄒ야, 필법은 왕히지[101]요, 문장은 이틱빅[102]이며, 문예장약[武
藝將略]은 손오[103]의게 지닉더라. 쳔문지리는 흉중(胸中)의 갈마두고
국가흥망은 장중[104]의 민여스니, 말 달이기와 용검지술(用劍之術)은
쳔신(天神)도 당치 못할네라.

오회라! 시운이 불힝ᄒ고 조물이 시기흔지 유주부 셰딕부귀(世代富
貴) 지극ᄒ더니, ᄉ룸의 흥진비릭[105]가 밋쳐스니 엇지 피할 가망이 잇
슬손야.

　　사슴 가죽으로 된 끈.(인끈)
97) 금낭(錦囊): 비단 주머니.
98) 밍긔영풍(猛氣英風): 사나운 기운과 영걸스러운 풍채.
99) 여류(如流): 빠름이 흐르는 물과 같음.
100) 발쳬[拔萃]: 여럿 속에서 특별히 뛰어남.
101) 왕히지[王義之]: 東晉의 문인이며 書家. 書에 능하여 못에 가서 서예를 배우는데 못
　　의 물이 모두 먹물같이 검어졌다고 전한다. 그의 楷書·行書·草書 등 三體의 필법은
　　힘차고 전아하여 일찍부터 書聖으로 추앙되었다.
102) 틱빅(太白): 唐나라 시인 李白의 字. 호는 靑蓮居士. 吳筠의 천거에 의해 翰林學士가
　　되기도 했고, 賀知章으로부터 謫仙人이라는 칭찬을 받아 李謫仙이라 했다. 천성이
　　호방하고 술을 좋아한 천재 시인으로, 沈香亭 牡丹宴에서 술에 취한 채 환관 高力士
　　를 머슴처럼 다룬 일화, 採石江 물속에 비친 달을 잡으려다 빠져 죽었다는 일화 및
　　술 한 말을 마시고 시 100편을 지었다는 일화 등 술에 관한 일화가 많이 전한다.
103) 손오(孫吳): 兵法의 시조로 불리는, 전국시대의 孫武와 吳起.
104) 장중(掌中): 손바닥 안.
105) 흥진비릭(興盡悲來): 즐거운 일이 지나가면 곧 슬픈 일이 닥쳐옴. '세상이 돌고 돌아
　　순환됨'을 일컫는 말이다.

유주부난 조참적소106)ᄒ고 장부인은 피화봉수적107)ᄒ다.

각셜。 이ᄯᅢ의 조졍의 두 신ᄒ 잇스되, ᄒ나는 도총디장 졍ᄒᆫ담이요, 쏘 ᄒ나는 병부상셔 최일귀라. 본디 쳔상 익셩으로 자미원 디장셩과 빅옥누(白玉樓) 잔치의 디젼(對戰)ᄒᆫ 죄로 상졔게 득죄ᄒ야 인간의 젹강ᄒ여 디명국 황졔의 신ᄒ 되야난 지라[者라]. 본시 쳔상지인(天上之人)으로 지략이 유여ᄒ고 술법이 신묘ᄒᆫ 즁의, 금산사 옥관도사를 다러다가 별당의 거쳐ᄒ고 술법을 비와스니 만부부당지용108)이 잇고, 빅만군즁(百萬軍衆) 디장지자109)라. 벼살리 일품(一品)이요 포악이 무쌍이라, 만민의 싱사난 장즁의 미여 잇고 일국의 권셰난 손 ᄭᅳᆺ티 달여스니, 초회왕110)의 항젹111)이요, 당명황112)의 알녹산113)이라.

---

106) 조참적소(遭讒謫所): 참소를 만나 귀양 감.
107) 피화봉수적(避禍逢水賊): 화를 피하다 수적을 만남.
108) 만부부당지용(萬夫不當之勇): 수많은 장정으로도 당해 낼 수 없는 용맹.
109) 디장지자(大將之者): 대장이 될 만한 사람.
110) 초회왕(楚懷王): 楚나라 왕. 그의 탐욕과 어리석음 때문에 여러 차례 秦나라의 승상 張儀의 계책에 넘어가 齊나라와의 결맹을 버리고 진나라와 결탁했다. 이로 말미암아 초나라의 국력은 소진되고 그는 타국에서 죽음을 맞게 된다. 項羽가 義帝의 칭호를 바쳤으나 뒤에 呂布에게 살해된 것이다.
111) 항적(項籍): 項羽. 秦末에 陳勝과 吳廣이 거병하자 숙부 梁과 吳中에서 병사를 일으켜 秦軍을 쳐서 함양을 불사른 후 진왕 子嬰을 죽이고 스스로 西楚霸王이라 일컬었으며, 漢 高祖와 천하를 다투다가 垓下에서 패하자 烏江에서 자살하였다.
112) 당명황(唐明皇): 당나라 玄宗. 무용과 지략이 뛰어난 당 中興의 왕이었으나, 말기에 양귀비를 사랑하여 향락적인 생활을 일삼고 政事를 돌보지 않아 安祿山의 난을 만나 西蜀으로 피난하면서 호위군들의 시위로 馬嵬驛에서 양귀비를 죽였고, 난을 평정한 뒤 아들 肅宗에게 양위하였다.
113) 알녹산[安祿山]: 당나라 玄宗 때의 武將. 平盧 節度로서 入朝하여 현종의 총애를 받았는데, 벼슬이 河東 절도사에 이르자 군의 증강과 사유화를 도모하여 거병하여 낙양을 공략한 후 雄武皇帝라 칭하고 국호를 燕이라 하였으나, 그 아들 慶緒와 李豬兒 등에게 살해당했다.

일상(日常) 마음이 천자를 도모코자 ㅎ되, 다만 정언 주부의 직간(直諫)을 쓰려ㅎ고 쏘ㅎ 퇴직상(退宰相) 강희주의 상소를 쓰려 중지ㅎ연지 오릭더니, 영종 황제 직위 초의 열국(列國) 제왕더리 각각 사신을 보닉여 조공114)을 바치되, 오직 토번과 가달이 강포115)만 밋고 천자를 능멸리 ㅎ야 조공을 바치지 안이ㅎ거늘, 한담과 일귀 두 사름이 이씨를 타셔 천자게 엿자오되,

"폐ㅎ 직위ㅎ신 후의 덕피만민116)ㅎ고 위진사히117)ㅎ며 열국 제신이 다 조공을 바치되, 오직 토번과 가달이 강포만 밋고 천명을 거살리니, 신 등이 비록 직조 업사오나 남적을 항복바다 충신으로 도라오며, 폐ㅎ의 위엄이 남방의 가득ㅎ고 소신의 공명은 후세의 전ㅎ미니, 복원(伏願) 황상은 집피 싱각ㅎ옵소셔."

천자 믹일 남적이 강성ㅎ믈 근심ㅎ더니, 이 말을 듯고 딕히 왈,

"경의 마음딕로 기병(起兵)ㅎ라!"

ㅎ시니라.

잇씨 유주부 조회(朝會)ㅎ고 나오다가 이 말을 듯고 탑전118)의 드러가 복지주왈(伏地奏曰),

"듯사오니, 폐ㅎ게옵서 '남적을 치라' ㅎ시기로 기병ㅎ신단 말삼이 올으닛가?"

---

114) 조공(朝貢): 속국이 종주국에게 때마다 바치던 예물.
115) 강포(强暴): 우악스럽고 사나움.
116) 덕피만민(德被萬民): 은덕이 온 백성에게 베풀어짐.
117) 위진사히(威振四海): 위엄이 온 세상에 떨침.
118) 탑전(榻前): 임금의 자리 앞.

천자 왈,

"흔담의 말리 여차여차 ᄒ기로 그런 일이 잇노라."

주부 엿자오되,

"폐ᄒ 엇지 망영되게 허락ᄒ여스닛가? 왕실은 미약ᄒ고 외젹은 강셩
ᄒ니, 이난 자는 범을 지름(찌름) 갓고 드난(들어오는) 퇴끼를 노치이라
(놓침이라). 흔낫 ᄉ일알리 천근지중(千斤之重)을 젼듸릿가(견디리까)? ᄀ
런흔 빅셩 목심(목숨) 빅니사장(百里沙場) 고혼(孤魂)이 되면 근들 안이
젹악[119]이요? 복원 황상은 기병치 마옵소서."

천자 그 말를 드르시고 호의만단[120] ᄒ든 차의, 흔담과 일귀 일시의
흡주(合奏)ᄒ되,

"유심의 말을 듯사오니 살지무석[121]이요, 오국간신(誤國奸臣) 동유(同
類)로소이다. 듸국(大國)을 저바리고 도적놈만 충찬ᄒ야, 기아미(개미)
무리를 듸국의 비ᄒ고 흔낫 ᄉ일을 폐ᄒ의 비ᄒ니, 일듸의 간신이요 만
고의 역적이라. 신등은 져어[122] ᄒ건듸, 유심의 말리 가달을 못 치게 ᄒ
니 가달과 동심ᄒ여 늬응[123]이 된 듯ᄒ니, 유심을 션참[124] ᄒ고 가달을
치사이다."

119) 젹악(積惡): 악을 쌓음.
120) 호의만단(狐疑萬端): 여우는 의심이 많다는 뜻에서, '여러 가지 의심이 생겨 결정하
    지 못함'을 일컬음.
121) 살지무석(殺之無惜): 죽여도 아깝지 않다는 뜻으로, '죄가 매우 중함'을 일컫는 말.
122) 져어(저어): 염려하거나 두려워함.
123) 늬응(內應): 사람의 눈을 피하여 몰래 적과 통함.
124) 션참(先斬): 먼저 목을 벰.

천자 허락ᄒ다. 할임학사(翰林學士) 왕공열이 유심 죽인단 말을 듯
고 복지쥬왈,

"주부 유심은 선황제 기국공신 유기의 손이라, 위인이 정직ᄒ고 일심
이 충전[125]ᄒ오니 남적을 치지 마잔 말리 사리(事理) 당연ᄒ옵거늘, 그
말을 죄라 ᄒ와 충신을 죽이시면 틱조황제 사당 안의 유상공 비힝[126]ᄒ
여스니 춘추로 힝사[127]할 씨에 무삼 면목으로 뵈오며, 유심을 죽이면 직
간할 신ᄒ 업사올 거스니 황상은 싱각ᄒ와 죄를 용셔ᄒ옵소셔."

천자 이 말 듯고 흔담을 도라보니, 흔담이 엿자오ᄃᆡ,

"유심을 죄ᄒ실진ᄃᆡ 만사무석[128]이오나, 공신의 후예오니 죄목(罪目)
ᄃᆡ로 다 못ᄒ오나 정비[129]나 ᄒ사이다."

천자 '올타' ᄒ시고,

"황성 밧기 원찬[130]ᄒ라."

ᄒ시니, 흔담이 청영(聽令)ᄒ고 승상부 놉피 안자 유심을 자바ᄂᆡ여 수
죄[131]ᄒ는 말리,

---

125) 충전(忠全): 충성스럽고 온전함.
126) 비힝[配享]: 종묘에 功臣을 合葬함.
127) 힝사(行祀): 제사를 지냄.
128) 만사무석(萬死無惜): 지은 죄가 심한 사람을 만 번 죽여도 아깝지 아니함.
129) 정비(定配): 죄인에게 내리던 형벌의 하나로, 지방이나 섬으로 보내 일정한 기간 동
    안 정해진 지역 내에서만 감시를 받으며 생활하게 함.
130) 원찬(遠竄): 먼 고장으로 귀양살이를 보냄.
131) 수죄(數罪): 죄상을 낱낱이 들추어 밝힘.

"네의 죄를 논지컨딕 션참후게132) 당연ᄒ나, 국은이 망극ᄒ사 네 목숨을 살여주니, 일후(日後)는 그런 말을 말나."

ᄒ고, 연북133)으로 졍빅ᄒ야,

"어셔 밧비 발힝134)ᄒ라. 만일 잔말ᄒ다가는 능지처참135)ᄒ리라."

주부 이 말을 드르믹 분심(忿心)이 창천136)ᄒ야 양구137)의 ᄒ는 말리,

"닉 무삼 죄 잇관딕 연북으로 간단 말가? 왕망138)이 셥졍139)ᄒ믹 한 실(漢室)리 미약ᄒ고, 동탁140)이 작난141)ᄒ니 충신이 다 죽것다. 나 죽은 후의 닉 눈을 쎅여(뽑아) 동문의 놉피 달아 가달국 젹쟝 손의 너의 머리 써러지난 줄 완연이 보리라. 지ᄒ의 도라가되 오자셔142)의 충혼이 붓

---

132) 션참후게[先斬後啓]: 군율 등을 어긴 사람을 우선 처형하고 난 뒤에 임금에게 아뢰는 일.
133) 연북(燕北): 河北省 이북 북중국 일대. 춘추시대 제후의 하나인 연나라의 북쪽 곧 만주와 몽골지방을 뜻하는 듯하다.
134) 발힝(發行): 길을 떠남.
135) 능지처참(陵遲處斬): 옛날에 대역죄를 범한 사람에게 내리던 극형. 죄인을 죽인 후에 머리·몸·팔·다리를 토막 내어 여러 지역을 돌며 여러 사람들에게 보인 형벌이다.
136) 창천(漲天): 하늘을 찌를 듯함.
137) 양구(良久): 한참 뒤.
138) 왕망(王莽): 前漢 말기의 僭主. 자는 巨君. 策謀로 平帝를 죽이고 漢朝를 빼앗아 新 왕조를 세웠으나 內治外交에 실패, 재위 15년 만에 後漢의 光武帝에게 멸망당하였다.
139) 셥졍(攝政): 임금을 대신하여 政事를 맡아봄.
140) 동탁(董卓): 後漢의 정치가. 자는 仲穎. 황건적을 크게 무찔렀으나, 靈帝가 죽은 뒤 少帝를 몰아내고 獻帝를 옹립했다. 何太后를 죽이고 권력을 독차지하였으나, 그의 전횡으로 낙양이 혼란에 빠졌고, 뒤에 部將 王允과 呂布에게 피살되었다.
141) 작난(作亂): 난리를 일으킴.
142) 오자셔(伍子胥): 春秋時代 楚나라 사람. 아버지 伍奢와 형 伍尙이 초나라 平王에게

그럽게 말나."

흔담이 이 말 듯고 분심이 창천ᄒ야 왈,

"어명(御命)이 이러ᄒ니 무삼 발명143)ᄒ다?"

ᄒ고, 궐문의 드러가며 금부도사(禁府都事) 지촉ᄒ여 '유심을 치질{채찍질}ᄒ야 연북으로 가라' ᄒ는 소릭 셩화(星火)갓치 지촉ᄒ니, 유주부 ᄒ릴업셔 적소(謫所)로 가랴 ᄒ고 집으로 도라오니, 일가(一家)이 망극ᄒ야 곡셩(哭聲)이 진동ᄒ더라.

주부 충열의 손을 잡고 부인다러 ᄒ난 말리,

"우리 년광(年光)이 반이 넘도록 일기 자녀 업셔더니 황쳔(皇天)이 감동ᄒ사 이 아들을 졈지ᄒ야 봉황의 싹를 어더 영화를 보랴써니, 가운(家運)이 소체144)ᄒ고 조물리 시기ᄒ여 간신의 참소를 보와 말 니(萬里) 적소로 써나가니 싱사를 아지 못홀지라, 언의 날의 다시 볼고? 날 갓탄 인싱은 조금도 싱각 말고 이 자식을 질너닉여 후사(後事)를 밧들게 ᄒ며, 황쳔(黃泉)의 도라가도 눈을 감고 갈 거시요. 부인의 집푼{깊은} 은덕 후셰의 갑푸리다."

ᄒ고, 충열을 붓들고 실피 울며 ᄒ난 말리,

"너 아비 무삼 죄로 말 니(萬里) 연경(燕京)의 가단 말가? 너를 두고

가는 서름 단산145)의 나는 봉황 알을 두고 가난 듯, 북히(北海) 흑용(黑
龍)이 여의주(如意珠)를 바리고 가난 듯, 통박146)ᄒ고 셔룬 원정147)을
일구로 난설148)이라. 싱각ᄒ니 기가 막켜 말할 지리 젼이 업고, 일시나
잇자 ᄒ니 가삼의 미친 흔이 죽온들 이질손야? 너의 아비 싱각 말고 너
의 모친을 모셔 무사이 지닉며, 봄풀리 푸리거든 부자 상면한 줄 알고
잇스라."

ᄒ며, 방성통곡(放聲痛哭)ᄒ며 죽도(竹刀)를 슬너 충열을 치우면셔,

"구천(九泉)의 상봉흔들 부자 신표149) 업실손야? 이 칼을 일치{잃지}
말고 부딕 간수ᄒ여 두라."

쳐자를 이별ᄒ고 힝장150)을 밧비 찰러 문 박기 나오니, 정신이 아득
ᄒ고 흔 번 걸쏘 두 번 걸러 열 거름 빅 거름의 구곡간장151) 다 녹으며
일편단심152) 다 녹것다. 셩중의 보는 사름 뉘 안이 낙누153)ᄒ며, 강산
초목(江山草木)이 다 실허ᄒ다.

동셩문 나셔면셔 연경을 바라보며 영거사154)를 ᄯ라갈졔, 삼일을

---

145) 단산(丹山): 봉황이 사는 곳.(丹穴山)
146) 통박(痛迫): 애통하고 안타까움.
147) 원정(冤情): 억울한 죄로 겪은 고통스러운 생각.
148) 일구로 난설[一口難說]: 한 입으로 말하기 어려움.
149) 신표(信標): 뒷날에 다시 만날 때 표적을 삼기 위해 서로 주고받는 물건.
150) 힝장(行裝): 어느 곳으로 떠날 때에 쓰이는 모든 기구.(行李)
151) 구곡간장(九曲肝腸): 꼬불꼬불한 창자와 간이란 뜻으로, '사람의 애타는 마음'을 일
    컬음.
152) 일편단심(一片丹心): 한 조각 붉은 마음이라는 뜻으로, '변치 않는 참된 마음'을 일컫
    는 말.
153) 낙누(落淚): 눈물을 흘림.
154) 영거사(領去使): 유배 가는 사람의 수레를 인솔하여 가는 관리.

힝흔 후의 청송영을 지닉여 옥히관을 당도흐니, 잇쩌는 추팔월(秋八
月) 망간155)이라. 흔풍(寒風)은 소실156) 흐고 낙목(落木)은 소소(蕭蕭)
흔듸 정전(庭前)의 국화꽂슨 추구수심157) 쯰여 잇고, 벽공(碧空)의 걸
인 달은 삼경야회158)를 도도난듸 긱창흔등159) 집푼 밤의 촉(燭)불노
벗슬 삼아 긱침 베고 누어스니, 타힝[他鄉]의 가을 소릭 손의 수심 다
녹인다. 공산160)의 우난 두견성161)은 귀촉도 불어귀162)를 일삼고, 청
천(靑天)의 쓴 기럭이는 흔창163) 박기 실피울제, 힝역164)의 곤흔들 잠
잘 가망이 전이 업셔,

　그 밤을 지닌 후의, 잇튼날 질을 써나 소상강을 밧비 건너여 명나
수165) 다다르니, 이 짜흔 초(楚) 회황제(懷皇帝) 만고충신166) 굴삼여167)

---

155) 망간(望間): 음력 보름께.
156) 소실(蕭瑟): (가을 바람이) 으스스하고 쓸쓸함.
157) 추구수심(秋九愁心): 가을 구월의 근심.
158) 삼경야회(三更夜懷): 한밤중에 느끼는 회포.
159) 긱창흔등(客窓寒燈): 나그네 방의 쓸쓸한 등잔불. 외로운 나그네 신세를 말한다.
160) 공산(空山): 사람이 없는 쓸쓸한 산.
161) 두견성(杜鵑聲): 두견새가 우는 소리. 두견은 蜀나라 望帝 杜宇가 그 신하에게 왕위
　　를 빼앗기고 죽어서 된 새로, 이 새는 나라를 잃은 원한으로 피눈물을 흘리며 우는
　　데서 '蜀魄'이라고도 한다.
162) 귀촉도 불어귀[歸蜀道不如歸]: 두견의 울음소리. 동시에 각각 두견새의 異稱이기도
　　하다.
163) 흔창(寒窓): 客地. 자기 집을 멀리 떠나 임시로 있는 곳.
164) 힝역(行役): 길 떠난 고생. 여기서는 유배길을 가리킨다.
165) 명나수[汨羅水]: 중국 湖南省 湘陰縣 북쪽에 있는, 楚나라 屈三閭가 빠져 죽은 강.
　　이에 연유하여 '屈潭'이라고도 한다.
166) 만고충신(萬古忠臣): 오랜 세월 동안 기억에 남을. 나라와 임금을 위하여 충성을 다
　　한 신하.
167) 굴삼여(屈三閭): 戰國時代의 楚나라 문학가이자 三閭大夫였던 屈原. 懷王의 신임이
　　두터웠는데, 간신의 참소를 당하여 疏遠되매 離騷를 지어 忠諫하였으나 용납되지 아
　　니하자 끝내 汨羅水에 빠져 죽었다.

간신의 픽(敗)를 보고 탁반168)의 장사(葬死)ㅎ니, 후인 비감(悲感)ㅎ여 회스정169)을 놉피 짓고 조문 지어스되,

「일월갓치 빗난 충(忠)은 만고의 빗나 잇고 금셕갓치 구든 졀기 천추의 발가스니, 이 쩌[땅]의 지니난 스름 뉘 안이 감심170)ㅎ리,」

이러타시 실푼 일을 션판[懸板]의 붓쳐거늘, 유주부 글을 보니 충심이 직발[卽發]ㅎ야 힝장의 필묵을 니여 들고 회사정 동벽상의 디자(大字)로 스기를,

「디명국 유심은 간신 정흔담과 최일귀 참소(讒訴)를 만나 연경으로 젹거171)ㅎ더니, 일월갓치 발근 마음 변박172)할 질 젼이 업고, 빙설갓치 말근 졀기 뵈일 곳시 바이173) 업셔 명나수[汨羅水]의 지니다가 굴삼여의 충혼 만나 물의 쌘져 죽으니라.」

스기를[쓰기를] 다흔 후의 물가의 니러가셔 흐날게 축수174)ㅎ고, 일성통곡의 옷자락으로 눈을 가리고 만경창파(萬頃蒼波) 집푼 물의 훨적{훌쩍} 쒸여드니, 이쩌의 영거(令車)ㅎ던 사신이 이를 보고 젼지도지175) 달여도러 손을 잡고 말여 왈,

---

168) 탁반[澤畔]: 못 가에 있는 약간 판판하게 된 땅.
169) 회스정(懷沙亭): 屈原의 〈懷沙〉를 염두에 둔 표현인 듯.
170) 감심(感心): 감동되어 마음이 움직임.
171) 젹거(謫居): 귀양살이를 함.
172) 변박[辨白]: 사리를 따져 똑똑히 밝힘.
173) 바이: (부정하는 말과 함께 쓰여) 아주 전혀.
174) 축수(祝手): 두 손을 모아 빎.
175) 젼지도지(顚之倒之): 엎어지고 자빠지며 아주 급히 오는 모양.

"충성은 천신(天神)도 알 거시라, 그되의 죄안176)은 천자의게 미여스니 명을 바다 적소로 가옵다가 이고되 죽사오면 나도 쪼훈 죽을 거시요. 그되 적소를 바리고 죽사오면 무죄홈은 천훈의 아난 비라, 천힝(天幸)으로 천자 감심ㅎ사 수히 방송(放送)할 줄 모로고 죽어서 충혼(忠魂)이 될지라도 삿만(산 것만) 갓탈손야."

훈사177)ㅎ고 말유ㅎ야 빅사장(白沙場)의 드러뉘니, 유주부 ㅎ릴업셔 회사정을 지뉘여 황주178)를 다다르니 셔회179)가 여기로다. 송나라 망국시의 일품되신(一品大臣)더리 국사를 보지 안이ㅎ고 풍악만 일삼아 일일장취180)ㅎ난 고로, 셔회의 고혼 틴도 셔시181)의게 비ㅎ여스니, 엇지 안이 망극ㅎ랴.

그 쌍을 지뉘여 니삼 쉭[朔] 만의 연경의 당훈지라, 유주부 자사의게 예사182)훈되, 자스 본 후의 주부를 인도ㅎ야 긱실노 전송ㅎ니 주부 물너나와 적소로 드러가니, 이쎡는 동절(冬節)이라, 연경은 본되 극훈지지(極寒之地)라. 삼장(三丈) 빅설 씌여 잇고 퇴락훈 긱실방의 닝풍은 소실ㅎ고, 빅설은 분분183)ㅎ야 인적이 쓴어지니, 불상ㅎ고 고상(苦狀)ㅎ문 츙양[測量]치 못할네라.

---

176) 죄안(罪案): 범죄 사실을 적은 기록.
177) 훈사(限死): 죽기를 각오함.
178) 황주[杭州]: 浙江省의 省都.
179) 셔회[西湖]: 오래전 錢塘江이 동해로 흘러들기 전에 옅은 해안이 변화 발전하여 형성된 호수. 浙江省 杭州 서쪽에 위치한다.
180) 일일장취(日日長醉): 날마다 늘 술에 취해 있음.
181) 셔시(西施): 춘추시대 越나라 미녀로, 越王 勾踐에 의해 吳나라로 가서 吳王 夫差를 매혹시켜 오나라를 망하게 했던 인물.
182) 예사(禮謝): 예를 갖추어 인사함.
183) 분분(紛紛): 어지러이 흩날림.

각셜이라。 잇씌의 졍흔담·최일귀가 유주부를 참소흐야 적소로 보
닌 후의 마음이 교만흐야 별당으로 드러가 옥관도스를 뵈고 천자를 도
모할 묘칙을 무른딕, 도사 문 밧기 나와 천기(天氣)를 자셔이 보고 드
러와 흐는 말리,

"이싀[요사이]의 밤마닥 살펴온직 두려온 일리 황성(皇城)의 잇난이다."

흔딕, 흔담이 문왈,

"두려온 일리라 흐오니 무삼 일리 잇난잇가?"

도사 왈,

"천상의 삼틱셩이 황성의 빗쳐스되 그중의 유심의 집의 빗쳐스니, 유
심은 비록 연경의 가스나 신기흔 영웅이 황성 닉의 살아스니, 그듸 도모
홀 일리 어려올 쯧흐노라."

흔담이 이 말를 듯고 외당(外堂)의 나와 도사 흐든 말을 일귀다러 흐
니, 일귀 딕왈,

"도스의 신기흠은 천신의게 지닉나니 '신기흔 영웅이 황성 닉의 잇다'
흐니, 진실노 마음이 황공흐여이다."

흔담이 왈,

"닉 싱각흐니, 유심이 년만(年晩)흐되 자식이 업난고로 수년 전의 형
산의 산졔[184]흐여 자식을 어덧짜 흐더니, 도사의 말삼이 '황성의 잇다'흐

---

184) 산졔(山祭): 산신에게 지내는 제사.(山神祭)

니, 의심ᄒᆞ건듸 유심의 아달인가 ᄒᆞ노라."

일귀 왈,

"젹실(的實)리 그러ᄒᆞ면 유심의 집을 흡몰[陷沒]ᄒᆞ여 후환이 업게 ᄒᆞ미 올을가 ᄒᆞ노라."

흔담이 '올타' ᄒᆞ고, 그 달[날] 삼경(三更)의 가만이 승상부의 나와 나졸 십여 명을 최출[185]ᄒᆞ여 '유심의 집을 둘너ᄊᆞ고 화약·염초를 갓초와 그 집 사방의 무더 노코 화살[186] 불븟쳐 일시의 불을 노흐라'고 약속을 졍ᄒᆞ니라.

이ᄶᆡ의 장부인이 유주부를 이별ᄒᆞ고 충열을 다리고 흔숨으로 셰월을 보ᄂᆡ더니, 이날 밤 삼경의 호련[忽然]이 곤ᄒᆞ야 침셕(枕席)의 조으더니, 엇더흔 일 노인(一老人)이 홍션(紅扇) 일병[187]을 가지고 와셔 부인을 주며 왈,

"이날 밤 삼경의 듸빈[大變]이 잇슬 거스니, 이 부치를 가졋다가 화광(火光)이 이러나거든 부치를 흔들면셔 후원 단장[담장] 밋틔 은신ᄒᆞ엿다가, 충열만 다리고 인젹이 ᄭᅳ친 후의 남쳔(南天)을 바릭보고 갓업시[끝없이] 도망ᄒᆞ라. 만일 그렷치 안이ᄒᆞ면 옥황게셔 주신 아달 화광 중의 고혼(孤魂)이 되리다."

ᄒᆞ고 문득 간듸업거늘, 놀닉 ᄭᅢ다르니 남가일몽[188]이라. 충열이 잠을

---

185) 최출[抄出]: 골라 뽑음.
186) 화살[火心]: 화포나 폭탄 따위에 장치하는 심지.
187) 일병(一柄): 한 자루.
188) 남가일몽(南柯一夢): 唐나라 때 淳于棼이 자기 집 남쪽에 있는 늙은 회화나무 밑에서 술에 취하여 자고 있었는데, 꿈에 大槐安國 南柯郡을 다스리어 이십 년 동안이나 부

집피 드러 잇고 과연 홍션 흔 자루 금침(衾枕) 우의 뇌얏거날, 부치를
손의 들고 충열을 찌여 안치고 경경불미[189] 흐던 차의, 삼경이 당흐미
일진광풍[190]이 이러나며 난듸업난 천불[191]이 스면으로 이리나니{일어
나니}, 웅장흔 고루거각(高樓巨閣)이 홍노졈셜[192]이 되야 잇고, 전후
의 싸인 셰간{세간살이} 추풍낙엽(秋風落葉) 되야쓰다.

부인이 창황[193] 중의 충열의 손을 잡고 홍션을 흔들면셔 단장 밋틔
은신흐니, 화광이 충쳔(衝天)흐고 회신만지[194]흐니, 구산[195]갓치 싸
인 기물(器物) 화광의 소멸(燒滅)흐니, 엇지 안이 망극흐랴.

사경(四更)이 당흐미 인젹이 고요흐고 다만 중문 밧기 두 군스 직키
거늘, 문으로 못가고 단장[담장] 밋틔 비회흐더니 창난[燦爛]흔 달빗
속으로 두로 살피보니, 중중(重重)흔 단장[담장] 안의 나갈 기리 업셔
스니, 다만 물 가는{흘러가는} 수치 궁기{구명} 보이거늘 충열의 옷슬
잡고 그 궁기여 머리를 넛코 복지흐여 나올제, 졉졉이 싸인 단장[담장]
수치여로 다 지늬여 중문 붓기 느셔니, 충열이며 부인의 몸이 모진 돌
의 글키여셔 빅옥 갓탄 몸이 유혈(流血)리 낭자[196]흐고, 월식(月色)갓
치 고흔 얼골 진흑빗치 되야스니, 불샹흐고 가련흐문 쳔지(天地)도 실

귀를 누리다가 깨었다는 고사. 이는 李公佐의 〈南柯記〉에서 유래한 말로, '한때의
헛된 부귀와 영화'의 비유로 쓰인다.
189) 경경불미(耿耿不寐): 근심에 젖어 잠을 이루지 못함.
190) 일진광풍(一陣狂風): 한바탕 부는 거센 바람.
191) 천(天)불: 저절로 일어나는 불.
192) 홍노졈셜(紅爐點雪): 벌겋게 달아오른 화로 위에 놓인 한 점의 눈이란 뜻으로, '큰
힘 앞에서 작은 세력은 아무런 힘도 쓰지 못함'을 일컬음.
193) 창황(悄怳): 놀라거나 다급하여 어찌할 바를 모름.
194) 회신만지(灰燼滿地): 불에 타고 남은 재가 땅에 가득함.
195) 구산(丘山): 산더미. 물건이 아주 많이 쌓여 있음을 비유적으로 이르는 말이다.
196) 낭자(狼藉): 어지럽게 여기저기 흩어져 있음.

허ᄒ고 강산(江山)도 비감ᄒ다.

충열을 압픠 안고 ᄉᆡ이질노 나오며 남쳔을 바리고 갓업시 도망할ᄉᆡ, ᄒᆫ 고듸 다다른니 엽푸{옆에} 큰 뫼이 잇스되, 놉기는 만장이나 ᄒ고 봉 우의 오ᄉᆡᆨ구름 사면의 어리엿거늘, 자셰이 보니 이 뫼난 쳔졔(天祭)ᄒ든 남악(南嶽) 형산(衡山)이라. 젼일 보던 얼골리 부인을 보고 반기난 듯 두렷ᄒᆫ 쳔졔당이 완연이 뵈이거늘, 부인이 비회를 금치 못ᄒ야 충열을 붓들고 방셩통곡 ᄒ난 말리,

"네 이 뫼를 아난다? 칠년 젼의 이 산의 와셔 산졔ᄒ고 너를 나아써니 이 지경이 되야스니, 네의 부친은 어듸 가고 이런 변을 모로난고. 이 산을 보니 네 부친 본 듯ᄒ다. 통곡ᄒ고 실푼 마음 엇지 다 층양ᄒ리?"

충열이 그 말 듯고 부인의 손을 잡고 울며 왈,

"이 산의 산졔ᄒ고 나를 나어다[낳았단] 말가? 젹시리(的實이) 그러ᄒ면 산신은 이러ᄒᆫ 연유(緣由)를 알연마는 산신도 무졍ᄒ네."

부인이 이 말 듯고 목이 메여 말를 못ᄒ거늘, 충열이 위로ᄒ되 이윽키{이슥히}197) 진졍ᄒ야 충얼을 압셰우고 번양수198)를 건너 회수(淮水) 가의 다다르니, 날리 임우{이미} 셔산의 걸여 잇고, 원촌(遠村)의 젼역{저녁} 늬{연기} 나고, 쳥강(淸江)의 노던 물ᄉᆡ는 양유199) 속의 ᄂᆞ러들고, 쳥쳔의 쓴 가마구{까마귀}난 운간(雲間)의 울어 들고, 희상(海上)을 바라보니 원포(遠浦)의 가는 돗듸 져문 안기 씌어 잇고, 강촌(江

---

197) 이윽키(이슥히): 지난 시간이 얼마간 오래됨.
198) 번양수: '변양수'와 혼용되어 있는바, 이본들을 참고해 '번양수'로 통일함. 繁陽水는 번수의 북쪽이란 의미로 쓰인 듯하다. 河南省 新蔡縣에 있다.
199) 양유(楊柳): 버드나무.

村)의 이젹200) 소릭 세우201) 중의 흣날엿다. 살푼(슬픈) 마음 진졍ᄒ고 충열의 손을 잡고 물가의 비회ᄒ되, 건네갈 빅 젼이 업셔 ᄒ날을 우러러 탄식을 마지안이ᄒ더라.

이쩌의 졍흔담·최일귀 유심의 집의다가 불을 노코 시이로 엿보더니, 일진풍광[一陣狂風]의 화광이 일어나며 웅장흔 고루거각의 일편(·片) 직물 업셔스니, '그 안의 든 사름 씨도 업시 다 죽겻다' ᄒ고 별등의 드러가 도사를 보고 다시 무러 가로딕,

"젼일의 우리 등(等)이 딕ᄉ를 일우고자 ᄒ더니 션싱의 말삼이 '영웅이 잇다' ᄒ고 근심ᄒ더니, 이졔도 그러흔 지 다시 망기(望氣)ᄒ옵소셔."

도사 밧기 나와 천기를 살펴보고 방으로 드러와 ᄒ난 말리,

"이졔난 삼틱졍[三台星]이 황셩을 쩌나 변양 회수의 빗쳐스니, 그 일이 수상흔지라 닉 싱각ᄒ니, 유심의 가권202)이 젹소를 차지랴 ᄒ고 회수가의 갓난가 십푸노라."

흔담이 이 말 듯고 안마음(마음속)의 싱각ᄒ되,

'화광이 그럿케 엄장203)ᄒ니 일졍(一定) 소멸(燒滅)ᄒ여 죽엇다 ᄒ엿더니, 일졍(一定) 영웅이면 버셔나미 괴이치 안이ᄒ다.'

ᄒ고, 외당의 나와 날닌 군사 다셧 명을 속출204)ᄒ야 분부ᄒ되,

---

200) 이젹[漁笛]: 어부가 부는 피리.
201) 세우(細雨): 가랑비.
202) 가권(家眷): 한 집안에 딸린 식구.
203) 엄장(嚴壯): 어떤 모양이 장대함.
204) 속출(速出): 급히 뽑아냄.

"너의 등이 밧비 이 밤의 번양 회수 가의 다달나 늬의 젼갈노 분부ᄒ
되, 금명일간205)의 엇더ᄒ 녀인이 어린 아ᄒᆡ를 다리고 물을 건여랴 ᄒ거
든 직시 결박ᄒ야 물의 너ᄒ라. 만일 그러치 안이ᄒ면 회수의 사공과 너
의 등을 낫낫치 죽이리라."

ᄒᆞᆫ되, 나졸리 되경(大驚)ᄒ야 회수의 나난 다시 달여오니, 과연 물가의
인젹이 잇셔 녀인의 우름소ᄅᆡ 들이거늘, 사공을 불너늬여 흔담의 ᄒ던
말을 낫낫치 고ᄒ니, 사공이 되경ᄒ야 되왈,

"감이 되감의 영(令)을 죽사온들 피ᄒ오릿가?"

ᄒ고, 소션(小船) 일 쳑을 되이고 고되(苦待)ᄒ더라.

부인이 충열을 다리고 건널 빅 업셔 물가의 주져ᄒ던 차의, 난되업
난 일쳑 소션이 써오며 부인을 쳥ᄒ거늘, 그 간계(奸計)를 모르고 충열
을 잇글고 빅의 올나 즁유(中流)의 당ᄒᆡ, 일진광풍이 일어나며 양
(兩)돗되 션창의 잡바지고 난되업난 젹션(賊船)이 달여드러 부인을[배
를] 잡아 미고, 무수ᄒ 젹군더러 사면으로 달여드러 부인을 결박ᄒ야
젹션의 츅겨[추켜] 달고 충열을 물 가온되 늬더지니,

가련ᄒ다! 유주부 쳔금귀자206) 빅사장(白沙場) 셰우 즁의 무주고
혼207) 되거구나. 만경창파208) 집푼 물은 풍낭이 이러나니, 일졈혈륙
(一點血肉) 충열의 빅골(白骨)인들 차질손야, 육신(肉身)인들 건질손
야! 월ᄉᆡᆨ은 창망209)ᄒ고 수운(愁雲)은 젹막ᄒ야, 명명210)ᄒ 구름 속의

---

205) 금명일간(今明日間): 오늘 내일 사이.
206) 쳔금귀자(千金貴子): 천금 값에 달하는 귀한 아들.
207) 무주고혼(無主孤魂): 주인을 잃은, 떠돌아다니는 외로운 혼령.
208) 만경창파(萬頃蒼波): 한없이 넓은 바다나 호수의 푸른 물결.

강신(江神)이 우난 소릭 강산도 실허ᄒ고 천신도 비감커든, ᄒ물며 사
룸이야 일너 무삼ᄒ랴!

이ᄶᅵ 장부인이 도젹의게 결박ᄒ야 빅 안의 ᄶᅥ구러져 츙열을 차진들
수즁의 ᄲᅢ졋거든 디답할 수 잇슬손야! ᄒᆫ 번 불너 디답 안코 두 번 불
너 소릭 업스니 쳔만 번을 남{넘게} 부른들 소릭 졈졈 업셔지고, 사면
의 잇난 거시 흉악[凶惡]ᄒᆫ 도젹놈이 ᄯᅩᄒᆫ 노를 밧비 져어 부인을 지촉
ᄒ야 '소릭 말고 가자' ᄒᆫ들, 부인이 망극ᄒ야 물의 ᄲᅡ져 죽고자 ᄒᆫ들
큰악ᄒᆫ{크나큰} 빅 닷줄노 연약ᄒᆫ 간은{가냘픈} 몸을 시면으로 얼거스
니 ᄲᅢᆯ 길 기리 젼이{젼혀} 업고, 결항²¹¹⁾ᄒ여 죽자 ᄒᆫ들 셤셤²¹²⁾ᄒᆫ 수
죡(手足)을 변틈업시 결박ᄒ여스니 결항(結項)할 길 젼이 업셔, 도젹의
빅에 실여 ᄒ릴업시 지펴{잡혀} 가니, 동방이 발가오며 ᄯᅩ ᄒᆫ고디 빅를
미고 부인을 잡아니여 마상(馬上)의 안치고 마를 치질ᄒ여 달여가니,
셰상의 불상ᄒᆫ들 이여셔 더ᄒᆯ손야.

이ᄶᅵ의 회수 사공 마용이라 ᄒ난 놈이 삼자(三子)를 두어스되, 다 용
밍이 과인²¹³⁾ᄒ고 검술리 신묘ᄒᆫ지라. 장자의 일홈은 마쳘이요. 일직
상쳐(喪妻)ᄒ고 아직 취쳐²¹⁴⁾치 못ᄒ야스니, 마참 이ᄶᅵ를 당ᄒ야 장부
인의 얼골을 보고 월틱²¹⁵⁾은 감초와스나 화용²¹⁶⁾은 늑지{늙지} 안코,
수식²¹⁷⁾이 만면ᄒ야 골격이 수려ᄒ나 이직은[아직은] 츈식(春色)이 그

209) 창망(蒼茫): 멀어서 아득함.
210) 명명(冥冥): 어둑어둑하여 보이지 않는 모양.
211) 결항(結項): 목을 맴.
212) 셤셤(纖纖): 연약하고 가냘픔.
213) 과인(過人): 남보다 뛰어남.
214) 취쳐(娶妻): 아내를 맞아들임.(娶室)
215) 월틱(月態): 달같이 아름다운 모습.
216) 화용(花容): 꽃같이 아름다운 얼굴.

져 잇난지라. 디졔[218), 장부인이 충열을 나을 찌의 옥황(玉皇)이 션녀
로 흐여금 쳔도[219) 흔 긔 먹여스니, 년광(年光)은 반이ᄂ 춘싴은 불변
이라. 그런고로 회수 사공놈이 충열을 물의 너코 부인은 다려다가 안
히를 삼고자 흐야 이런 변을 짓더라.

이찌의 장부인이 흐릴업셔 도젹의 말게 실여 흔 고디 다다르니, 틱
산쥴역[泰山峻嶺] 암셕을 의지흐야 수삼가(數三家) 마을리 잇난지라.
셕경[220) 아릭 발근 날의 초옥(草屋) 속의 드러가니 큰 굴방이 잇스되,
ᄉ면의 주셕으로 싸코 출입흐난 문은 쳘편으로 지여 달고, 그 방의 부
인을 가두오니, 가련흐다. 장부인이여! 팔자도 무쌍(無雙)흐고 신셰도
망칙[221)흐다. 수디(數代) 장 상셔 규즁녀자[222)로 유씨의 출가[223) 흐야
년광이 반이 넘도록 무자녀흐다가 쳔힝으로 자식 흔나 두엇더니, 말니
[萬里] 연경의 가군[224) 일코 쳔리 희상의 자식을 이러스되 모진 목숨
죽지 못흐고 도젹놈의게 잡피여 와 이 지경이 되야쏘다. 분벽사창[225)
어디 두고 도젹놈의 토굴방의 안져스며, 쳔금 갓튼 자식 일코 만금 갓
튼 가군 이별흐고 나 혼자 살어나셔, 구쳔(九泉)의 도라간들 유주브를
엇지 보며, 인간의 살아슨들 도젹놈을 엇지 볼고? 무수이 통곡흐니 기

---

217) 수싴(愁色): 근심스러운 빛.
218) 디졔[大體]: 다른 말은 그만두고 요점만 말하자면.
219) 쳔도(天桃): 仙家에서 하늘 위에 있다고 하는 복숭아.
220) 셕경(石徑): 돌길.
221) 망칙(罔測): 이치에 맞지 않아 어이없거나 차마 보기가 어려움.
222) 규즁녀자(閨中女子): 집안에서 곱게 자란 여자.
223) 출가(出嫁): 처녀를 시집보냄. 처녀가 시집감.
224) 가군(家君): 남에 대하여 '자기 남편'을 가리키는 말.
225) 분벽사창(粉壁紗窓): 하얗게 꾸민 벽과 깁으로 바른 창이라는 뜻으로, 여자가 거처하
    는 아름답게 꾸민 방을 이르는 말.

운이 진(盡)ᄒ야 토굴 속의 누어더니, 비자[226] ᄒ 년이 셕반[227]을 가져 왓거늘 기진ᄒ야 먹지 못ᄒ고 도로 보ᄂᆡ니, ᄯᅩᄒ 마음을 가지고 와셔 먹기를 권ᄒ니, 부인 안마음(마음속)의 싱각ᄒ되,

'ᄂᆡ 아들 충열은 쳔신이 감동ᄒ고 신령[神靈]이 도운 빅라. 일후의 응당 귀이 될 거스니, ᄂᆡ 이졔 언경[연경]으로 가셔 쥬부를 다리고 충열을 볼진디, 인졔 죽으면 후회가 잇스리라.'

ᄒ고, 강작[228]ᄒ야 이러 안져 마음을 마사니, 비자 반겨 젹장의게 고ᄒ디, 도젹이 디히(大喜)ᄒ야 그날 밤의 토굴방의 드러가 예(禮)ᄒ고 안지며 왈,

"부인은 이러ᄒ 누지[229]의 와 날 갓튼 이를 셤기고져 ᄒ니 진실노 감격ᄒ오니다."

부인이 그 말를 드르ᄆᆡ 분심(忿心)이 팅쳔[230]ᄒ나, 신셰를 싱각ᄒ니 연연약질[231]리 흉경의 든 범 갓탄고로 ᄒ릴업셔 거짓 답왈,

"팔자 기박[232]ᄒ야 수즁의 죽게 되야더니 그디 날 갓탄 잔명[233]을 구완ᄒ야 빅년동거[234]ᄒ고자 ᄒ니 감격ᄒ온 말삼 엇지 다 층양ᄒ리요마

---

226) 비자(婢子): 계집종.
227) 셕반(夕飯): 저녁밥.
228) 강작(强作): 억지로 함.
229) 누지(陋地): '자기가 사는 곳'을 낮추어서 일컫는 말.
230) 팅쳔(撑天): 하늘까지 치솟음.
231) 연연약질(軟娟弱質): 아주 가냘프고 연약한 체질.
232) 기박(奇薄): 순탄치 못하고 가탈이 많음.
233) 잔명(殘命): 죽음이 얼마 남지 않은 쇠잔한 목숨.
234) 빅년동거(百年同居): 부부가 되어 한평생을 같이 지냄.

는, 다만 미안흔 일리 잇스니 금월(今月) 초삼일은 늬의 부친 기일(忌日)
이라. 아무리 녀자라도 부친의 졔사날 당ᄒ야 엇지 길예235)를 지늬오며,
ᄯᅩ흔 빅년을 희로(偕老)할진딕 엇지 기일를 가리지 안이ᄒ리요."

도젹이 그 말를 듯고 질거온 마음 층양치 못ᄒ야 정답게 ᄒ난 말리,

"진실노 그러ᄒᆯ진딕 장인의 졔사날의 사휘들 엇지 안이 경셩을 ᄒ
리요."

ᄒ고,

"졔물을 극진이 작만ᄒᆯ 거스니 부딕 염예 말고 안심ᄒᆞᆸ소셔."

부인 치사236)ᄒ고 조금도 의심치 안이ᄒ고 반겨ᄒ니, 도젹이 감사
ᄒ야 탄무타의237)ᄒ고 안으로 드러가며 비자를 보늬여 '부인을 모시
라'ᄒ니, 비자 드러와 졋틱 누워 잠을 집픠 드러 인젹이 고요ᄒ거늘,
부인이 그날 밤 삼경의 도망ᄒ야 나오더니, 방의 자난 비자년이 문득
잠을 ᄭᅨ여 만져 보니 부인이 간딕업고 중문(中門)이 열여거늘 부인을
부르며 ᄶᅩ차 오거늘, 부인이 딕경ᄒ야 것짓(거짓) 안자 뒤 보난 쳬ᄒ고
비자를 ᄭᅮ지져 왈,

"연일 고상ᄒ야 목이 마르기로 닝수를 만이 먹어더니 비[腹]가 불안ᄒ
야 나와 뒤를 보거늘, 네 이런 잔말을 ᄒ야 집안을 놀늬난야?"

비(婢)가 무류ᄒ야 방으로 드러가고 부인도 속졀업시 방으로 드러가

235) 길예(吉禮): 관례나 혼사 따위의 경사스러운 일.
236) 치사(致謝): 고맙다는 뜻을 나타냄.
237) 탄무타의(歎無他意): 놀라거나 감탄하여 다른 생각을 하지 못함.

자더니, 그 밤을 지닉미 잇튼날 젹흔238)이 부인의 말의 속히여 노속239)을 다리고 졔물을 작만ᄒ거날, 부인이 목욕ᄒ고 방으로 드러와 사면을 살펴보니 동벽상 우의 무어시 노얏거늘, 써여보니 기묘흔 거시로다. 비목비셕(非木非石)이요, 비옥비금(非玉非金)이라. 광치 찬란ᄒ야 일광을 가리오고 운식240)이 휘황(輝煌)ᄒ야 안치(眼彩)이 쏘이는 중의, 천지조화를 모모이241) 갈마 잇고 강산졍기(江山精氣)난 복판의 식여쓰니, 고금의 못보던 옥흠(玉函)이라. 용궁 조화(龍宮造化) 안이면 천신(天神)의 수품242)이라. 젼면(前面)을 살펴보니 황금딕자(黃金大字)로 두러시 사겨쓰되, 「딕명국 도원수 유충열은 긔탁243)이라」 ᄒ엿거늘, 부인이 옥흠 보고 딕경실싁(大驚失色)ᄒ야 마음의 싱각ᄒ되,

　‘셰상의 동셩동명(同姓同名)이 또 잇단 말가? 진실노 닉 아달 충열의 기물(器物)릴진딕 엇지 이곳딕 잇난고?’

ᄒ며,

　‘츙열아! 네의 옥함은 여그 잇다마는 너난 어딕 가고 네의 기물을 모로난야?’

　옥함을 곳체{고쳐} 쓰셔 그곳딕 노코 밤들기를 지다리더니, 밤이 당ᄒ민 젹흔이 졔물을 만이 작만ᄒ야 부인의 방의 드러왓거늘, 부인이

---

238) 젹흔(賊漢): 도젹놈.
239) 노속(奴屬): 종의 무리.
240) 운식(暈色): 어질어질한 기운.
241) 모모이: 이모저모 다. 여러모로 모두.
242) 수품(手品): 솜씨.
243) 긔탁(開坼): 봉해 놓은 것을 열어 봄.

바다 차차로 진셜244)ᄒ엿다가 자야반245)을 지니ᄆᆡ 제사를 파ᄒ고 음
복246)ᄒ 후의 각각 잠을 잘ᄉᆡ, 적흔이며 노속 등이며 종일토록 곤ᄒ기
로 가권이 다 잠을 드럿거늘, 부인이 옥흠을 니여 힝장(行裝)의 십피
{깊이} 쓰가지고 밧기 나와 북두칠성을 바ᄅᆡ고 갓업시 도망홀졔 ᄒ 고
ᄃᆡ 다다르니 날이 임우[이미] 밝거며{밝으며} 큰 질의 니닷거늘, 힝인
다려 무른직 '영능관 되로(大路)라'ᄒ거늘, 주점의 드러가 조반(朝飯)
을 걸식ᄒ고 종일토록 가되 몃 니를 온 지 모를네라.

ᄒ 고ᄃᆡ 당도ᄒ니 압퍼 큰 물리 잇고, 쏘흔 풍낭은 도쳔247)ᄒ며 창
파(蒼波)는 만경(萬頃)이라. 사고무인젹248)흔듸 청산만 푸리여 잇고,
십 니 장강 빗{빈} 물가의 구진비{궂은비}는 무삼일고. 무심흔 져 빅구
(白鷗)난 ᄉᆞ름 보고 놀닌난 듯 이리져리 날아갈졔, 실푼 마음 진 흔슘
의 피 갓탄 져 눈물 쑥쑥 써러져 빅사장의 나러지니 모ᄅᆡ 우의 불근
졉[點]이 만졈도화249) 핀 듯ᄒ고, 무졍흔 져 물ᄉᆡ는 춘국(春國)인가 날
아들고, 유의(有意)흔 청강셩(淸江聲)은 속졀업시 목미치니{목맺히니}
엇지 안이 흔심ᄒ랴.

부인이 종일토록 힝역(行役)의 기운이 곤ᄒ야 인가를 차자가 밤을
지니고져 ᄒ나 빅 업셔 물가의 주져(躊躇)ᄒ더니, 이쯧여 셔신[西山]의
일모(日暮)ᄒ고 한수(寒水)의 명ᄉᆡᆼ250)ᄒ니 진퇴유곡251)이라. ᄒ릴업

---

244) 진셜(陳設): 잔치나 제사 때, 법식에 따라서 상 위에 음식을 벌여 차림.
245) 자야반(子夜半): 한밤중. 밤 11시 전후.
246) 음복(飮福): 제사를 지내고 난 뒤에 제사에 쓴 술이나 음식을 나누어 먹음.
247) 도천(滔天): 큰물이 하늘에까지 치솟아 넘침.
248) 사고무인젹(四顧無人跡): 사방을 둘러보아도 사람의 자취가 없음.
249) 만졈도화(滿點桃花): 뜰에 흐드러지게 가득히 핀 복숭아꽃.
250) 명ᄉᆡᆼ(冥生): 어두움이 드리움.
251) 진퇴유곡(進退維谷): 나아갈 수도 물러설 수도 없어 궁지에 몰려 있음.

셔 물가의 차자가니 그 질리 슨어지지 안이ᄒ고 산곡 ᄉᆡ이로 연ᄒ야 잇거늘, 질을 일치 안이ᄒ고 졈졈 드러가니 무인격막(無人寂寞)ᄒ듸, 다만 들이난이 두견 접동 우름소ᄅᆡ와 실푼 원셩이 소ᄅᆡᄲᅮᆫ이로다. 쳥임252)을 더우자바253) 간수254)를 발바(밟아)가니 창망ᄒᆫ 달빗 속의 수간초옥(數間草屋)이 뵈이거늘, 반겨 급피 드러가니 시문255)의 ᄀᆡ 지스며 ᄒᆞᆫ 노구256) 문밧기 나오거늘, 노구보고{노구에게} 예를 ᄒᆞᆫ듸 노구 답예ᄒ고 '방으로 드러가자'ᄒ니, 부인이 드러가 안지며 살펴보니 사면의 녀복이 업고 남복만 걸여 잇고 ᄯᅩᄒᆞᆫ 졋튀방{곁방}으로셔 남졍{남정네} 소ᄅᆡ 나거늘 심신이 불안ᄒ여 좌불안석257)이라.

　석반을 먹은 후의 노구할미 문왈,

　　"그듸는 뉘 집 부인이관듸 엇지 혼자 이고듸 왓난잇가?"

　부인이 듸왈,

　　"나난 본듸 황셩 ᄉᆞᄅᆞᆷ으로 친졍의 갓다가 ᄒᆡ상(海上)의셔 수젹(水賊)을 맛나 명(命)을 도망ᄒ야 이고듸 왓난이다."

　노구 이 말 듯고 졋방{곁방}으로 드러가 자식다러 일너 왈,

　　"져 녀인의 말을 드르니 가장 고이ᄒ도다. 수일 젼의 드르니 셕장동

---

252) 쳥임(靑林): 푸르게 무성한 숲.
253) 더우자바(더위잡아): (높은 데로 오르려고) 무엇을 끌어 잡음.
254) 간수(澗水): 골짜기에 흐르는 물.
255) 시문(柴門): 사립문.
256) 노구(老嫗): 할머니.
257) 좌불안석(坐不安席): (불안하거나 걱정스러워) 한 군데에 편안히 오래 앉아 있지 못함.

당질놈이 회수 사공ㅎ다가 금월(今月) 초(初)의 희상의셔 흔 부인을 어
더 빅년동거(百年同居)코자 ㅎ다더니, 직[저] 녀인의 말을 드르니 '수적
을 만나 도망ㅎ여 왓다'ㅎ니, 정영코 당질놈이 어든 계집이라. 밧비 이
밤 삼경의 셕장동을 득달258)ㅎ야 마쳘을 보고 다려다가 이 계집 일치{잃
지} 말나."

흔딕, 노구 자식이 이 말을 듯고 급피 후원의 드러가 말 흔 필 닉여
타고 밧비 치질ㅎ여 나셔니, 본딕 이 말은 쳘니마(千里馬)라 순식간의
셕장동의 당도ㅎ얏난지라.

이쩌의 장부인이 힝역이 곤ㅎ여 노구방의 잠을 집피 드러써니, 비몽
간259)의 흔 노옹(老翁)이 언연260)이 드러와 부인 졋틱 안지며 왈,

  "금야의 딕변(大變)이 날 거스니, 부인은 무삼 잠을 자시난잇가? 급피
  이러나{일어나} 동산의 올나가 은신ㅎ엿다가 변이 이러나거든{일어나거
  든} 밧비 물가의 나려가면 일엽표주261) 물가의 잇슬 거시니, 그 빅를 타
  고 급피 환(患)을 면ㅎ라. 만일 그러치 안이ㅎ면 천금귀체262)를 안보(安
  保)ㅎ기 어려올지라."

ㅎ고 간딕업거늘, 놀나 씨다르니 남가일몽(南柯一夢)이라. 급피 이러
나 보니 노구도 간딕업거늘, 힝장을 엽피 쓰고{끼고} 동산의 올나가 은
신ㅎ고 동경을 살펴보니, 과연 남으로셔 일성 방포소릭 나며 화광이

258) 득달(得達): 목적한 곳에 이름.
259) 비몽간(非夢間): 꿈인지 생시인지 어렴풋할 때.(非夢似夢間)
260) 언연(偃然): 태도가 당당하고 위엄이 있음.
261) 일엽표주(一葉瓢舟): 하나의 잎처럼 떠도는 표주박 같은 작은 배.
262) 천금귀체(千金貴體): 천금같이 소중한 몸으로, 상대편을 높이어 그의 '몸'을 일컫
    는 말.

충천흔 중의 무수흔 도젹이 사면으로 에워坐고, 흔 도젹이 흠셩 왈,

"그 졔집이 여그{여기} 잇난야?"

흔난 소릭 산곡(山谷)이 진동ᄒ니, 부인이 딕경ᄒ야 지쳑을 분별치 못
ᄒ고 젼지도지(顚之倒之) 동산을 너머 물가의 다다르니 사고무인(四顧
無人) 젹막흔듸, 난듸업난 일엽표쥬(一葉瓢舟) 물의 믹여스며, 비 가온
듸 일기 션녀(仙女) 션창(船艙) 박기 나셔며 부인을 직촉ᄒ야 '비 안의
들나'ᄒ니, 부인이 창황(惝怳) 중의 빅예 올나 션녀를 보니, 머리 우의
옥연화263)를 쏫고 손의난 봉미션264)을 들고, 쳥의홍샹265)의 빅옥픽
(白玉佩)를 차스니, 진짓 션녀요 인간 〻룸 안이로다. 부인이 황송(惶
悚)ᄒ야 국궁빅례266) 왈,

"박명(薄命)흔 쳔쳡(賤妾)을 니듸지 구완ᄒ니, 션녀의 깁푼 은덕 엇지
다 갑푸릿가?"

션녀 딕왈,

"소녀는 남히 용왕 장녀읍더니, 금일의 부왕(父王)이 분부ᄒ시기를
'딕명국 유충열의 모 장부인이 금야의 도젹의 변을 볼 거시니, 네 밧비
가 구완ᄒ라' ᄒ시기로 왓〻오니, 부인의 명은 상졔(上帝)도 아난 빅라.
소녀 갓튼 계집이야 무삼 은혜 잇다 ᄒ릿가?"

---

263) 옥연화[玉蓮花]: 옥으로 만든 연꽃.
264) 봉미션(鳳尾扇): 봉황새의 꼬리털로 만든 부채로, 儀仗의 한 가지.
265) 쳥의홍샹(靑衣紅裳): 푸른 저고리에 붉은 치마.
266) 국궁빅례[鞠躬拜禮]: 존경하는 마음으로 몸을 굽혀 절하여 예를 차림.

부인이 상졔게 치ᄒ할졔, 맛지{마치지} 못ᄒ야 도적이 발셔 물가의 다달나 방포일셩(放砲一聲)의 난듸업난 화광은 강수가 쓸난 듯ᄒ고, 일쳑 소션이 양 돗슬 놉피 달아 살갓치 달여드니, 부인의 탄 비여셔 두어 발 나문지라. 젹션(賊船) 중의셔 일원(一員) 도적이 창검을 놉피 들고 션창267)을 두다리며 흠셩ᄒ난 말리,

"네 이년! 어듸로 갈다? 쳔신이 안이여든 물속으로 드러갈가? 가지 말고 게 잇거라. 늬의 호통ᄒ 소릐의 나는 싀라도 쩌러지고 닷난{달아나는} 김싱도 못 가거든, 요망ᄒ 게집이 어듸로 가랴 ᄒ난다?"

이러타시 소릐ᄒ니, 비 가온듸 잇난 부인의 혼빅이 잇슬손야. 창황 중의 도라보니, 도적의 비 션창{부두}으로 달여드니, 부인이 ᄒ릴업셔 통곡ᄒ며 ᄒ난 말리,

"무지ᄒ 도적놈아! 나난 남경 유주부의 안힐너니, 간신의 참소를 만나 이 지경이 되야슨들 네의 안히 될 수 잇난야? 차라리 물의 쌘져 쳥빅고 혼268) 되리라."

도적이 이 말 듯고 분심이 팅쳔ᄒ야 창검으로 닙더 칠졔, 부인의 탄 비 거의 잡게 되여써니, 난듸업난 광풍269)이 동남으로 이러나며 빅사장 써인 돌리 풍편(風便)의 홋날여 비온다시 쩌러지니, 만경창파 집푼 물리 풍낭이 도도270)ᄒ야 벽역갓치 늬러지니, 강산이 두렵거든 도적놈의 일럽쥬[一葉舟]가 졔 여이 견딀손야. 풍낭소릐 쳔지가 진동ᄒ며

---

267) 션창(船倉): 배 안 갑판 밑에 있는 짐칸.
268) 쳥빅고혼(淸白孤魂): 맑고 깨끗한 외로운 넋.
269) 광풍(狂風): 미친 듯이 휩쓸어 일어나는 바람.
270) 도도(滔滔): (기운 등이) 거침없이 한껏 솟아오름.

적션의 양 돗뒤가 부러져 물 가온뒤 늬러지니, 쳔ᄒ 항장사271)라도 희상의 비를 타고 가자 흔들 돗뒤가 업셔스니 어듸로 가리요. 적션은 ᄒ릴업셔 빈 비만 둥둥 쓰고, 부인의 일럽주는 용왕의 포주[瓢舟]라, 바람 분들 파션(破船)할손야. 범범중유272)의셔 놉피 써 살갓치 다라갈졔, 그 비 압편 고요ᄒ여 창파(蒼波)는 잔잔ᄒ고 월ᄉ(月色)은 은은ᄒ뒤, 옥황이 분부ᄒ야 용왕이 주신 비여든 염예가 잇슬야.

순식간의 비를 어덕의 뒤이고 부인을 인도ᄒ야 암상(巖上)의 늬린 후, 부인이 정신을 진정ᄒ야 무슈 치사ᄒ고 힝장을 간수ᄒ야 물가으로 올나갈제, 기운이 진ᄒ야 촌보273)를 못 갈네라. 종일토록 가다가 ᄒ고 뒤 다다르니 산천은 수려ᄒ고 기령인[地形은] 단정ᄒ니, 이 쌍은 천덕산 할임동이라. 그곳슬 당도ᄒ믹 날이 쏘흔 저물거늘, 부인이 뇌곤274)ᄒ야 물가의 쉬이 안자 잠간 조으더니, 전일 현몽275)ᄒ던 노옹이 부인을 ᄭᅵ여 왈,

"부인은 악(惡)이 다 진ᄒ여쓰니, 이 산곡(山谷)으로 드러가면 자연 구할 사룸이 잇슬 거스니 밧비 가라."

ᄒ거늘, 놀닉 ᄭᅵ여 보니 청산(靑山)은 울울276)ᄒ고 세닉{시냇물}는 진진[잔잔]ᄒ난지라. 이러나 차자 드러갈제, 빅옥 갓탄 고온 수족으로 악흔{험한} 산곡 질을 발 벗고 드러가니, 모진 돌의 치이며 모진 남의{나

---

271) 항장사(項壯士): 壯士인 項羽.
272) 범범중유(泛泛中流): 배가 넓은 강이나 바다의 중간쯤에 둥둥 떠 있음.
273) 촌보(寸步): 몇 발짝 안 되는 걸음.
274) 뇌곤(惱困): 번민과 괴로움. 피곤함.
275) 현몽(現夢): (죽은 사람이나 신령이) 꿈에 나타남.
276) 울울(鬱鬱): 나무가 빽빽하게 들어서 매우 무성함.

무]도 치이며 열 발가락이 ᄒ나도 성ᄒᄃᆡ 업서, 유혈이 낭자ᄒ고 알신
[一身]이 흉측ᄒ니 세상이 귀찬ᄒ지라. 월ᄐᆡ화용(月態花容) 고은 얼골
수심(愁心)이 만면(滿面)ᄒ여 피골(皮骨)리 상연277)ᄒ여, 살 마음이 전
이 업서 죽을 마음만 간절ᄒ다. 실피 안저 우난 말이,

    "연경을 가자 ᄒ니 연경이 사만오천육빅 나라, 녀자의 일신이 천산만
    수278)를 엇지 가며, 몃 날리 못ᄒᆞ야서 이러ᄒ 변이 당ᄒᆞᄃᆡ, 연경으로 가
    다가는 ᄂᆡ 신셰 훼졀279)ᄒ고 ᄂᆡ 목숨 살 수 업것다. 차라리 이고ᄃᆡ셔 죽
    어 빅골이나 고향으로 흘너갈가? 나문 혼빅이라도 황성을 다시 보리라."

힝장을 ᄯᅳᆯ너 옥흠을 ᄂᆡ여 노코 비단 수건으로 주홍 글자를 삭여{새
겨} 쓰되,

    「모년 모월 모일의 ᄃᆡ명국 동성문 ᄂᆡ의 사난 유츙열 모 장씨난 옥흠을
    ᄂᆡ 아달 츙열으게 젼ᄒ노라. 죽은 혼빅이라도 바다보라.」

자자(字字)이 ᄉᆡ겨 수건으로 옥흠을 ᄆᆡ여 물 속의 너코 ᄃᆡ성통곡(大
聲痛哭)ᄒ며 초ᄆᆡ[치마]를 무릅씨고280) 물의 ᄲᅡᆫ져 죽으려 할제, 산곡
식이로 엇더ᄒ 녀인이 동의{물동이}를 젓ᄐᆡ 쓰고 금간수281)의서 물을
질다가 부인을 보고 급피 나려와 말유ᄒ여 암상의 안치고 문왈,

    "부인은 무삼 일노 이러ᄒᆞ신고? ᄂᆡ 집으로 가자."

---

277) 상연(相連): 서로 맞닿음.
278) 천산만수(千山萬水): 여러 산과 여러 강.
279) 훼졀[毁節]: 절개를 꺾임.
280) 무릅씨고(무릅쓰고): 위로부터 그대로 덮어쓰고.
281) 금간수[石澗水]: 돌샘. 산골짜기의 돌이 많은 곳에서 나오는 물.

ㅎ거늘, 부인이 문득 노인이 선몽[現夢]ㅎ던 말을 싱각ㅎ고 짜라가니,
암상 석경(石徑) 시이에 수간초옥(數間草屋)이 정묘282)ㅎ듸 치운이 어
리여쓰니 군자(君子) ㅅ난 듸요, 신선(神仙) 잇난 고시로다. 방으로 드
러가 보니 갈건야복283)은 벽상의 걸여 잇고 만권 서칙(書冊)은 안상
(案上)의 노와쓰니, 부인의 마음이 반갑고 안정ㅎ야 고상ㅎ던 전후 말
과 연경을 차자가다가 즁노(中路)의셔 봉변ㅎ던 말을 낫낫치 고ㅎ듸,
주인도 낙누(落淚)ㅎ고 손도 실피 우니 그 안이 가련ㅎ가.

원늬 이 집은 듸명국 성종황제 쩌예 벼살ㅎ던 니인학의 아딜[아들]
니처ㅅ의 집이니, 인학의 모친은 유주부의 종숙모284)라 이별ㅎ 지 적
년285)이라. 쳐ㅅ는 마음이 청빅ㅎ고 힝실이 푀치286)ㅎ야 벼살노 잇더
니 ㅎ직ㅎ고 산중의 드러와 농업을 심쓰며 학업을 일삼더니, 심양
강287) 오류촌(五柳村)의 도쳐사288)의 힝실이요, 부츈산289) 칠니탄(七

---

282) 정묘(淨妙): 깨끗하고 묘함.
283) 갈건야복(葛巾野服): 葛布로 만든 두건과 베옷이라는 뜻으로, '處士나 隱士의 거칠
고 소박한 의관'을 일컬음.
284) 종숙모(從叔母): 유심의 종숙모라면, 유심의 아버지 4촌의 부인이기 때문에 그 남편
은 유씨이어야 하는데, 아들이 이인학이라 했으니 착종된 것이 분명하나 더 이상의
정보가 없기 때문에, 여기서는 원전 그대로 종숙모라 현대어역 하며, 이 처사가 妻叔
이라 한 것도 원전 그대로 현대어역 함을 밝힘.
285) 적년(積年): 여러 해.
286) 푀치[標致]: 행실이 바르고 곧아 모범이 됨.
287) 심양강(尋陽江): 중국 江西省 九江縣 북쪽에 있는 강인데, 당나라 시인 白樂天이 이
곳에서 친구를 작별할 때 〈琵琶行〉이라는 長詩를 지었던 곳임.
288) 도쳐사(陶處士): 東晋의 시인 陶淵明. 일명 陶潛. 그는 彭澤의 현령으로 부임한 지
80여 일 만에 관료세계에 염증을 느껴 〈歸去來辭〉를 지어 사직하고는 尋陽 고향에
돌아가 생활했다. 성품이 高尙簡貴하여 五柳先生이라 자처했다. 그의 작품은 어두
운 현실세계를 풍자 비판하거나 전원의 평화로운 풍경을 묘사한 것들이 대부분인데,
唐 이후 六朝 최고의 시인으로 평가받는다.
289) 부츈산(富春山): 중국 浙江省 桐廬縣 서쪽에 있는 산.

里灘)의 엄자릉290)의 절긔로다. 세상 공명은 장자방291)이 벽곡292) 호
고, 인간 부귀는 소틱부293)가 산금294) 호니, 만고의 일인이요, 일틱의
흔나이라. 씃박기 부인의 말을 듯고 딕경호야 중당의 마자 예필(禮畢)
후의, 젼후슈말(前後首末)를 다 못호고 낙누호야 왈,

"주부 처숙(妻叔)을 이별흔 졔 젹년이라, 그되지(그토록) 인사 변호야
이 지경이 될 줄 엇지 알이요."

셔로 울며 마음을 위로호야 음식 거쳐를 편이 공양(供養)호니 부인
의 일신은 무량(無恙)호나, 다만 흉중의 믹친 흔이 종시 쎠나지 안이호
야 셰월을 보닉더라.

---

290) 엄자릉(嚴子陵): 후한 光武帝 때의 은일지사인 嚴光의 字. 자릉은 벼슬을 마다하고
부춘산에서 밭을 갈고 칠리탄에서 낚시질하며 살았는데, 자릉이 낚시하던 바위를 엄
자릉 釣臺라고 한다.
291) 장자방(張子房): 前漢 創業功臣인 張良의 字. 蕭何와 韓信과 함께 한나라 三傑. 그는
秦末의 병법가인 黃石公으로부터 圯上에서 兵書를 전수받아서 그 병법으로 漢高祖
劉邦의 謀臣이 되어 秦나라를 멸망시키고 楚나라를 평정하여 漢의 건국에 공이 있었
으나, 만년에 세속의 일을 떨쳐버리고 辟穀을 배워 赤松子를 따르고자 하는 심정을
나타냈다. 『史記』〈留侯世家〉.
292) 벽곡(辟穀): 火食을 하지 않고 生食만 하는 일. 漢高祖가 項羽를 치고 洛陽에서 西安
으로 천도할 무렵, 張良이 신하로서의 지위가 너무 높아 신변의 위험을 염려하여 이
법을 썼다.
293) 소틱부(疏太傅): 漢나라 蘭陵 사람인 疏廣. 字는 仲翁. ≪春秋≫에 通曉하여 宣帝
때 太子太傅가 되었는데, 위인이 청렴하고 盈滿을 경계하여 태자태부가 된 지 5년
만에 사임하였고, 治産을 하지 않았다.
294) 산금(散金): 재산을 흩어버림.

회사정의 힝봉딕인295)ㅎ고 옥문관의 젹거노지상296)ㅎ다.

각셜。 이씨의 츙열은 모친을 일코 물의 싼져 살 질리 업셔써니, 문
득 두 발리 닷커늘 자서이 보고 살피여 보니 물 속의 큰 바우라. 그
우의 올나 안자 ㅎ날를 우러러 어미를 찻더니 간딕업고, 사면을 도라
보니 청산언 은은ㅎ고 다만 들이난이 물싀소릭쑨이로다. 강천의 낭자
ㅎ 원성이{원숭이} 소릭 삼경의 실피 우니 츙열이 통곡ㅎ며 셧더니,

잇써의 남경(南京) 장사더리 직물을 만이 실코 북경(北京)으로 써나
갈제 회수의 빅를 노와 범범즁유297)(泛泛中流) 나러가더니, 쳬량혼 우
름소릭 풍편(風便)의 들이거늘, 선인 등이 고이ㅎ야 빅를 밧비 저어 우
난 곳슬 차자가니, 과언 일 동자(一童子) 물의 셔셔 실피 울거늘 급피
건져 주즁(舟中)의 노코 연고(緣故)를 무른직,

  "히상의셔 수젹(水賊)을 만나 어미를 일코 우난이다."

션인 등이 비감ㅎ여 물가의 나려노코 '갈 딕로 가라' ㅎ며 빅를 씌여
북경으로 힝ㅎ더라.

츙열이 션인을 이별ㅎ고 정쳐업시 단이다가 촌촌298)이 걸식ㅎ며 곳
곳시 차숙299)홀 제, 조동모셔300)ㅎ니 추풍낙엽(秋風落葉)이요, 거릭

---

295) 힝봉딕인(幸逢大人): 다행히 대인을 만남.
296) 젹거노지상(謫居老宰相): 늙은 재상을 귀양살이시킴.
297) 범범즁유(泛泛中流): 배가 넓은 강이나 바다의 중간쯤에 둥둥 떠 있음.
298) 촌촌(村村): 이 마을 저 마을.
299) 차숙(借宿): 잠자리를 빌어 잠.
300) 조동모셔(朝東暮西): 아침에는 동쪽 저녁에는 서쪽이라는 뜻으로, '일정한 터전이
    없이 이리저리 옮아 다님'을 일컫는 말.

무종적301)ᄒ니 청천의 부운(浮雲)이라. 얼골이 치픠302)ᄒ고 힝싟이
가련ᄒ다. 흉중(胸中)의 ᄃᆡ장셩(大將星)은 ᄳᅵ 속의 뭇쳐 잇고, 빗상(背
上)의 삼ᄐᆡᆼ셩(三台星)은 헌 옷 속의 뭇쳐쓰니, 활달ᄒᆞᆫ 긔남자303)가 도
로여 걸인(乞人)이라. 담만 ᄊᆞ던 부열304)이도 무졍305)을 만나 잇고,
밧만 갈던 이윤306)이도 은왕(殷王) 셩탕307) 맛나 잇고, 위수(渭水)의
여상308)이도 주문왕309) 만나것만, 유수(流水)갓치 가난 광음(光陰) 울
울리{훌훌히} 흘러가니 츙열의 고은 년광(年光) 십사 셰의 당ᄒᆞᆫ지라.
  천지로 집을 삼고 사ᄒᆡ(四海)의 빕[밥]을 붓쳐 도로의 긔걸310)타가
ᄒᆞᆫ 고ᄃᆡ 다다르니, 이 ᄯᅡᆼ은 초국(楚國)이라. 영능311)을 지닉다가 장

---

301) 거릭무종적(去來無蹤迹): 가고 오는 데 자취가 없음.
302) 치픠[致斃]: 죽기에 이름.
303) 긔남자[奇男子]: 용모와 재주가 뛰어난 남자.
304) 부열(傅說): 殷나라 高宗 때의 어진 재상. 고종 武丁이 어느 날 꿈을 깨고 꿈에 본
    인상을 그리게 하여 이를 찾았던 바, 마침내 傅巖의 들에서 숨어 있던 부열을 찾았다
    한다. 이때 부열은 죄를 짓고 담을 쌓는 토목 공사의 일꾼으로 있었는데, 재상으로
    등용되어 中興의 대업을 이루었다.
305) 무졍(武丁): 殷나라 高宗의 이름.
306) 이윤(伊尹): 湯王을 도와 夏나라를 멸하고 殷나라를 건국하는데 큰 공을 세운 명재
    상. 본디 밭을 갈고 살다가, 탕왕이 세 번이나 찾아가 초빙하므로 벼슬길에 나아갔다.
307) 셩탕(盛湯): 중국 殷나라를 세운 湯王. 夏나라 桀을 내쫓고 천자의 자리에 오른 왕으
    로, 7년 大旱을 다스렸다.
308) 여상(呂尙): 周初의 賢臣. 자는 子牙. 본성은 姜이나, 선조가 呂國에 봉함을 받아
    여씨 성을 따랐다. 姜太公 또는 太公望이라 불리기도 하였다. 文王이 渭水 가에 은
    거하던 그를 만나 군사로 삼았으며, 뒤에 武王을 도와 殷나라 紂王을 쳐 없애고 천하
    를 평정하였다. 그 공으로 齊나라에 봉함을 받아 시조가 되었다.
309) 주문왕(周文王): 商末周初 시대 周族의 지도자로 商나라를 멸망시키고 주나라를 세
    우는 기틀을 마련한 왕.
310) 긔걸(丐乞): 빌어먹음.
311) 영능(零陵): 중국 湖南省 남부에 위치한 지명. 洞庭湖의 남쪽에 있는데, 瀟水와 湘水
    까 합쳐지는 곳이다.

사312)를 바라보고 흔 물가의 다다르니, 창망313)흔 빈 물ㄱ의 실푼 원 성이 소리로다. 빅ㅅ장 세우(細雨) 중의 빅구(白鷗)는 비거비래314) 쌘 이로다. 후면(後面)을 도라보니 녹죽창송315) 우거지고, 적막흔 옛 정 자 풍낭 속의 보이거늘, 그고듸 올나가니 이 물은 명나수[汨羅水]요, 이 정자는 회ㅅ정이라 ㅎ난 정자라. 유주부가 글을 쓰고 물의 쌘져 죽 고저 ㅎ던 고시라.

마음이 절노 비감ㅎ야 정자의 올나가 사면을 살펴보니, 제일은 굴삼 여(屈三閭) 힝장316)을 써 부치고, 그 밋틔 만고 문장 풍월317)이며 힝 인과긱(行人過客) 노정기(路程記)를 사면의 붓쳐써라. 동벽상의 시로 두 줄 글리 잇거늘, 그 글을 보니,

「모년 모월 모일의 남경 유주부는 간신의 픽(敗)를 보고 연경으로 적 거ㅎ다가 명나수의 쌘져 죽노라.」

ㅎ엿거늘, 츙열이 그 글을 보고 정상(亭上)의 써쑤러져 방성통곡 왈,

"우리 부친이 연경으로 갓넌 줄만 아러써니 이 물의 쌘져쏘다. 나 혼 자 사러나서 세상의 무엇ㅎ리? 회수의 모친 일코 명나수의 부친 이러쓰 니, ㅎ면목(何面目)으로 세상의 살나ㄹ고? 나도 홈긔 쌘지리라."

ㅎ고 물가의 나려가니, 츙열이 우름소리 용궁(龍宮)의 사못찻넌지라

---

312) 장사(長沙): 중국 湖南省의 省都. 洞庭湖 남쪽의 湘水 하류에 있다.

313) 창망(滄茫): 넓고 멀어서 아득함.

314) 비거비래(飛去飛來): 날아가고 날아옴.

315) 녹죽창송(綠竹蒼松): 푸른 대나무와 소나무.

316) 힝장(行狀): 사람이 죽은 뒤에 그 평생의 행적을 기록한 글.

317) 풍월(風月): 맑은 바람과 밝은 달을 대상으로 시를 짓고 흥취를 자아내어 즐겁게 논다 는 吟風弄月에서 나온 말로, 한시를 일컬음.

천신이 무심할가.

이쩌의 영능짱의서 사난 강히주라 ᄒ난 지상이 잇스되, 소년등
과318)ᄒ야 승상 벼살ᄒ더니 간신의 참소를 맛나 퇴사319)ᄒ야 고힝[故
鄉]의 도라와쓰나, 일단(一旦) ᄎ신이 국가를 잇지 못ᄒ야 미양 천자
오결320)ᄒ난 일이 이쓰민{있으면} 상소ᄒ야 구완ᄒ니, 조정이 그 직간
(直諫)을 쎄려ᄒ되 그 즁의 정ᄒ담과 최일귀가 가장 미워ᄒ더니, 맛참
본부(本府)의 갓다가 회로321)의 우편(右便) 주점(酒店)의서 자더니, 비
몽간의 오쇠 구름이 명나수{멱라수}의 어리엿ᄂ되 청용(靑龍)이 물속
의 쩐지려 ᄒ며 ᄒ날을 힝ᄒ야 무수이 통곡ᄒ며 빅사장의 비회(徘徊)
ᄒ거늘, 닉렴(內念)의 괴히ᄒ야 날 싀기를 지달이더니 게명셩322)이 나
며 날리 장차 발거늘 명나수의 밧비 오니, 과연 엇더ᄒ 동자 물가의
안자 울거늘, 급피 달여드러 그 아히 손을 잡고 회사정의 올나와 ᄌ세
이 무러 왈,

"너난 엇더ᄒ 아히로셔 어딕로 가며, 무삼 연고로 이곳딕 와 우난다?"

ᄎ열이 우름을 근치고 딕왈,

"소자는 남경 동성문 닉의 사난 정언 주부 유공의 아달이옵더니, 부친
게옵셔 간신의 참소를 만나 연경으로 적거ᄒ시다가 이 물의 쩐져 죽은
종적이 회ᄉ정의 잇난고로 소자도 이 물의 쩐자 죽고져 ᄒ옵닉다."

---

318) 소년등과(少年登科): 젊은 나이에 과거에 합격함.
319) 퇴사(退仕): 벼슬에서 물러남.
320) 오결(誤決): 그릇되게 결정함.
321) 회로(回路): 돌아오는 길.
322) 게명셩[鷄鳴聲]: 닭 우는 소리.

강승상이 이 말을 듯고 디경질싁323)ᄒ여 왈,

"이거시 웬 말인야? 글련[近年]의 노병(老病)으로 황성을 못 가쩌니 그디지 인사 변ᄒ야 이런 변이 잇단 말가? 유주부는 일국(一國)의 츙신이라, 동조324)의 벼살ᄒ다가 나는 년만(年晚)ᄒ기로 고힝으로 도라왓더니, 유주부 이런 줄을 몽중으나 싱각ᄒ여쓰랴. 의외(意外)라. 왕사(往事)는 물논325)ᄒ고 니[나]를 ᄯ라 가자."

ᄒ니, 츙열이 왈,

"디인은 소자를 싱각ᄒ와 가자 ᄒᆞᆸ쓰나, 소자는 천지간 불효자라 사러셔 무엇ᄒ며, ᄯᅩᆫ 모친이 번양 회수 중의 죽삽고 부친은 이 물가의 죽어삿오니, 소자 혼자 살 마음이 업난이다."

승상이 달닉여 왈,

"부모가 구몰326)ᄒ디 너조차 죽단 말가? 세상 사름더리 자식 나셔 조타 ᄒ난 거시 후ᄉ(後嗣)를 싇치지 안이ᄒᆞ미라. 너조차 죽거듸면 유주부 사당의 일점(一點) 영화[香火] 잇슬손야? 잔말 말고 ᄯᅡ라가자."

ᄒ시니, 츙열이 ᄒ릴업셔 강승상을 ᄯ라가니, 영능ᄯᅡᆼ 월게촌이라. 인가 질비[櫛比]ᄒ디 벽제327)소릭 요란ᄒ고, 고루거각(高樓巨閣)이 반공의 소사난듸 수호문창328)이 잇고, 주륜취긔329) 왕닉ᄒᆞ듸 인물이 준수

---

323) 디경질싁[大驚失色]: 크게 놀라 얼굴빛이 변함.
324) 동조(同朝): 같은 조정.
325) 물논(勿論): 말할 것도 없음. 따지지 맒.
326) 구몰(俱沒): (부모가) 모두 세상을 떠남.
327) 벽제(辟除): 존귀한 사람이 행차할 때에 別陪가 여러 사람의 통행을 금하여 길을 치움.

(俊秀)ᄒ더라.

승상이 츙열을 외당으 두고 안으로 드려가 부인 소씨다려 츙열의 말을 낫낫치 ᄒ니, 소씨 이 말을 듯고 츙열을 청ᄒ야 손을 잡고 낙누ᄒ며 왈,

"네가 동성문 닉 사난 장부인의 아달이냐? 부인이 년만토록 자식이 업스믹 날과 갓치 믹일 흔탄ᄒ더니, 장부인은 엇지ᄒ여 저려흔 아달을 두웟다가 영화를 다 못보고 황천긱(黃泉客)이 되야쓰니, 세상사 허망ᄒ다. 간신의 희를 입어 츙신이 다 죽으니 나라인들 무사ᄒ랴? 다른 딕 가지 말고 닉 집의 이쓰라."

ᄒ시니, 츙열이 빅사ᄒ고 외당으로 나오니라.

이씩 강승상이 아달은 업고 다만 일녀(一女)을 두어난지라. 부인 소씨 녀아를 나을 적의 일원(一員) 션녀 오운(五雲)을 타고 나려와 소씨를 딕ᄒ야 왈,

"소녀는 옥황 션녀옵더니, 연분(緣分)이 자미원 딕장성과 흔가지로 잇다가 소녀를 강문330)의 보닉믹 왓스오니, 부인은 이휼(愛恤)ᄒ옵소서."

ᄒ거늘, 부인이 혼미(昏迷) 중의 녀ᄋ를 탄싱ᄒ니 용모 비범ᄒ고 거동이 단정ᄒ야 시셔음율(詩書音律)을 무불통지331)ᄒ니 녀즁군자332)요,

328) 수호문창(繡戶紋窓): 아름답게 꾸민 집과 그 집의 화려한 창문.
329) 주륜취기(朱輪翠蓋): 붉은 수레바퀴와 푸른 덮개란 뜻으로, '지위가 높은 사람이 타고 다니는 화려하게 장식한 수레'를 일컫는 말.
330) 강문: 강씨의 집안.
331) 무불통지(無不通知): 무엇이든지 환히 통하여 모르는 것이 없음.
332) 녀즁군자(女中君子): '정숙하고 덕이 높은 여자'를 일컫는 말.

총명지혜(聰明智慧) 무쌍이라. 부모 사랑ᄒ야 퇴서333)ᄒ기를 염예ᄒ
더니, 천ᄒᆡᆼ(天幸)으로 츙열을 다려다가 외당(外堂)의 거쳐ᄒ고 자식갓
치 질너닐제, 충열의 상(相)을 보니 귀불가언334)이로다. 부귀작녹(富
貴爵祿)은 인간의 무쌍이요 영웅준걸(英雄俊傑)은 만고졔일이라. 승상
이 딕히ᄒ야 ᄂᆡ당(內堂)의 드려가 부인다려 혼사를 의논ᄒ니, 부인 딕
히ᄒ야 왈,

"ᄂᆡ 마음도 츙열을 사랑ᄒ더니, 승상의 말리 쏘ᄒ 그려ᄒᆞᆯ진딕 불수다
언335)ᄒ고 혼ᄉᆞ를 지ᄂᆡ옵소셔."

승상이 밧기 나와 츙열의 손을 잡고,

"네게 딕사(大事)를 진탁336)ᄒᆞᆯ 말리 잇다. 노부(老父) 말년[晚年]의 무
남독녀를 두어쩌니, 금일노 볼진딕 너와 천정337)이 적실ᄒ니, 이제 ᄇᆡᆨ연
고락(百年苦樂)을 네게 부치노라."

ᄒ신딕, 츙열이 궤좌(跪坐)ᄒ야 낙누ᄒ며 엿자오딕,

"소자 갓튼 잔명을 구완ᄒ야 실ᄒ[膝下]의 두고자 ᄒᆞ옵시니 감사무
지338)로딕, 다만 통박(痛迫)ᄒᆞᆫ 이리 흉중의 ᄉᆞ못찻나니다. 소자 박복
ᄒᆞ와 양친이 죽은 줄도 모르고 취쳐(娶妻)ᄒᆞ오면 인간의 죄인이라. 글노
ᄒᆞᆫ이로소이다."

---

333) 퇴서(擇壻): 혼인할 딸을 가진 부모가 사윗감을 고름.
334) 귀불가언(貴不可言): 귀하기가 말로 이루 다 할 수 없음.
335) 불수다언(不須多言): 모름지기 여러 말을 할 필요가 없음.
336) 진탁(眞託): 진실로 부탁함.
337) 천정(天定): 하늘이 미리 정함의 뜻이나, 여기서는 '하늘이 정하여 준 배필'이란 의미.
338) 감사무지(感謝無地): 이를 데 없이 감사함.

승상이 그 말 듯고 비감ㅎ야 츙열의 손을 잡고 왈,

　"그도 일시 권도339)이라. 너의 집 시됴공(始祖公)도 조실부모(早失父
母)ㅎ고 장문의 취쳐ㅎ엿다가 셩군(聖君)을 만나 ㄱ국공신(開國功臣) 되
야쓰니 조금도 셜워{서러워} 말나."

ㅎ시고, 직시 탁일[擇日]ㅎ야 길예(吉禮)를 힝ㅎ니, 신랑·신부의 아롬
다온 거시 션인적강340) 적실(的實)ㅎ다. 예를 파ㅎ고 방으로 드러가
ㅅ면을 살펴보니, 빗나고 빗난 거시 일구난셜(一口難說)이요, 일필난
긔341)로다. 동방화쵹342) 집푼 밤의 신랑·신부 평ㅎ 연분 ㅁ자쓰니,
그 사랑ㅎ 말은 엇지 다 층양ㅎ며, 엇지 긔록ㅎ리. 밤을 지ㄴ 후의 이
튼날 승상 양주343)게 뵈온디 승상 부부 질거온 마음을 이기지 못ㅎ
더라.

　이려구러 셰월이 여류ㅎ야 유싱의 나이 십오 셰라. 이ㅆ이 승상이
현셔(賢壻)을 엇고 말연[晚年]의 근심이 업스나, 다만 유주부 간신의
ㅎ를 보와 뎡나수[뎡라수]의 죽으믈 싱각ㅎ니 분심이 직발[卽發]ㅎ아,
나라의 글을 올여 유주부를 셜원344)코자 ㅎ야 직시 황셩을 가랴 ㅎ거
늘, 유싱이 말유(挽留)ㅎ야 왈,

　"디인의 말삼은 감격ㅎ오나 간신이 만조(滿朝)ㅎ와 국권(國權)을 아서
쓰니, 쳔자 상소를 듯지 안이홀가 ㅎ난이다."

339) 권도(權道): 수단은 옳지 않지만 목적은 정도에 두고 일을 처리하는 방식.
340) 션인적강(仙人謫降): 하늘에서 죄를 짓고 인간 세상에 내려온 신선.
341) 일필난긔(一筆難記): 한 붓으로 기록하기 어려움.
342) 동방화쵹(洞房華燭): 혼례를 치룬 뒤에 신랑이 신부 방에 머물러 자는 의식.
343) 양주(兩主): 바깥주인과 안주인이라는 뜻으로, '부부'을 일컫는 말.
344) 셜원(雪冤): 원통함을 풀어 없앰.

승상이 불청(不聽)ᄒ고 급피 힝장을 차려 황성으로 올나가 퇴직상
(退宰相) 권공달의 집의 ᄉ쳐345)를 졍ᄒ고, 상소를 지여 승지(承旨)를
불너 '쳔자게 올이라' ᄒ더라. 그 상소의 ᄒ여쓰되,

「젼 승상(前丞相) 강히주난 근돈수빅비346)ᄒᄋᆸ고 상소우폐ᄒ젼(上疏
于陛下前)ᄒ나니다. 황송ᄒ오나 츙신은 국가지본심(國家之本心)이요.
간신을 물이치고 츙신을 나소와 인졍(仁政)을 힝ᄒ시고 딕을 베푸사 창
싱347)을 살피시면, 소신 갓탄 병골(病骨)이라도 티고순풍348) 다시 만나
쳥산 빅골(靑山白骨)이나 조혼 쌍의 뭇칠가 ᄒ여써니, 간신의 말을 듯삽
고 쥬부 유심을 연경으로 원찬(遠竄)ᄒ시니, 선인의 ᄒ신 말삼 인군과 신
ᄒ 보기를 초기349)갓치 ᄒ야350) 밧기로 츙신의 입을 막고 간신의 악(惡)
을 바다 국권을 아ᄉ쓰니 엇지 안이 흔심ᄒ오릿가. 왕망(王莽)이 협졍[攝
政]ᄒᄆᆡ 왕실이 미약ᄒ고 회왕(懷王)이 위틱ᄒᄆᆡ 항적(項籍)이 죽어쓰
니, 복원 황상은 집피 싱각ᄒᄋᆸ소셔. 신이 비록 죽난 날이라도 사은(謝
恩) 희(海) 갓사오니, 복원 황상은 츙신 유심을 직시 방송(放送)ᄒ와 폐
ᄒ를 돕게 ᄒᄋᆸ소셔. 주달(奏達)ᄒ올 말삼 무궁ᄒ오나 황송ᄒ와 근치나
니다.」

ᄒ엿거늘, 천자 상소를 보시고 딕로ᄒ야 조졍의 닉리와 보라 ᄒ신딕,
이ᄯᅥ 졍흔담·최일귀 강히주의 상소를 보고 딕분(大忿)ᄒ야 직시 궐닉

345) ᄉ쳐: 고귀한 사람이 길을 가다가 묵는 집.
346) 근돈수빅비(謹頓首百拜): 삼가 머리를 조아려 수백 번 절함.
347) 창싱(蒼生): 세상의 모든 백성.
348) 티고순풍(太古舜風): 오랜 옛날 순임금의 風度라는 뜻으로, '太平聖代'를 일컫는 말.
349) 초기(草芥): 풀과 지푸라기라는 뜻으로, '하찮은 것'을 비유하여 일컫는 말.
350) 인군과 신ᄒ 보기를 초기갓치 ᄒ야: ≪孟子≫〈離婁章句 下〉의 "임금이 신하 보기를
마치 초개같이 본다면, 신하 역시 임금 보기를 원수같이 본다.(君之視臣如土芥, 則
臣視君如寇讎.)"에서 나온 말.

(闕內)여 드러가 엿자오딕,

"퇴신(退臣) 강희주의 상소를 보오니 딕역부도[351]라. 츙신을 왕망의
게 비ᄒᆞ야 폐ᄒᆞ를 죽인다 ᄒᆞ오니, 이놈을 역율[352]노 다사리여 능지쳐참
(陵遲處斬)ᄒᆞ옵고 일변 제의 삼족[353]을 멸ᄒᆞ여지이다."

천자 허락ᄒᆞᆫ딕, 흔담이 직시 승상부의 나와 나졸을 직촉ᄒᆞ아 '강희
주를 나입[354] ᄒᆞ라'ᄒᆞ니, 나졸이 청영(聽令)ᄒᆞ고 권공달의 집의 가 강
희주를 철망으로 결박ᄒᆞ야 자바갈제, 이쩍 강희주 '삼족을 멸ᄒᆞ라' ᄒᆞ
난 말을 듯고, 유싱이 쏘ᄒᆞᆫ 연좌[355] 홀가 ᄒᆞ야 급피 편지를 만드러 집
으로 보닉고, 철망의 싸이여 금부(禁府)로 드러갈제, 빅발이 소소[356]
ᄒᆞ니 피눈물이 반반[357] ᄒᆞ야,

"츙신을 구완타가 장안(長安) 시상(市上)의 무주고혼 되단 말가? 죽은
혼빅이라도 용방[358] · 비간[359]을 벗ᄒᆞ야 천추(千秋)의 영화(榮華) 될 거
스요, 간신 정흔담은 찬역[360] ᄒᆞ랴 ᄒᆞ고 츙신을 무암[361] ᄒᆞ야 원혼(怨魂)
이 되게 ᄒᆞ니 살아도 붓그럽지 안이ᄒᆞ랴."

---

351) 딕역부도(大逆不道): 사람된 도리를 거슬러 막된 일을 함.
352) 역율(逆律): 역적을 다스리는 법률.
353) 삼족(三族): 부계, 모계, 처계의 세 족속.
354) 나입(拿入): 죄인을 잡아들임.
355) 연좌(緣坐): 일가의 범죄로 인하여 죄 없이 처벌당함.
356) 소소(素素): 희고 흼.
357) 반반(斑斑): 여러 빛깔이나 무늬가 섞이어 얼룩짐.
358) 용방(龍龐): 夏나라 桀王의 신하 關龍龐. 걸왕의 惡政을 간하다 죽임을 당한 인물이다.
359) 비간(比干): 殷나라 紂王의 숙부. 주왕의 惡政을 간하다 심장을 찢기어 죽은 인물이다.
360) 찬역(篡逆): 음모로 반역을 하여 왕위를 뻬앗음.
361) 무암[誣陷]: 없는 사실을 날조하여 함정에 몰아넣음.

무수이 호원362)ㅎ고 금부로 드러가니, 이쩍 흔담이 승상부 놉피 안자 승상을 나입(拿入)ㅎ야 게ㅎ(階下)의 쑬이고 수죄(數罪)ㅎ난 말리,

"네 전일 자층[自稱]의 츙신이라 ㅎ더니, 츙신도 역적이 되단 말가?"

승상이 눈을 부름쓰고 흔담을 보며 왈,

"관숙363) · 치숙364)이 주공365)다려 역적이라 안이 ㅎ얏난야? 흔듸 양화366)가 공자다려 소인이라 ㅎ미367) 어제 들은 듯ㅎ노라."

ㅎ니, 흔담이 듸로ㅎ야 좌우 나졸을 지촉ㅎ야 수리{수레} 우의 놉피 실코 장안 시상의 나올 제,

이쩍의 천자 황틱후난 강승상의 고모라. 승상 죽인단 말을 듯고 급피 천자게 드려가 낙누ㅎ여 왈,

---

362) 호원(呼冤): 원통함을 부르짖어 말함.
363) 관숙(管叔): 문왕의 셋째 아들로 무왕의 아우이며, 周公 旦의 형. 이름은 鮮. 무왕이 管에 봉하였으나 문왕이 죽은 후에 주왕의 아들 武庚을 받들어 모반을 꾀하다가 주공에게 피살당했다.
364) 치숙(蔡叔): 周公 旦의 형제로, 관숙과 함께 난을 일으켰다가 피살당했음. 채숙은 관숙과 함께 주공이 成王을 죽이고 천자의 자리를 빼앗고자 반란을 일으키려 한다는 것을 소문내었다.
365) 주공(周公): 중국 주나라 초기의 정치가. 文王의 아들이자 武王의 아우로 성은 姬, 이름은 旦. 형인 武王을 도와 은나라를 멸하고, 무왕이 죽은 후 나이 어린 成王을 도와 주나라의 기초를 확립한 인물이다.
366) 양화(陽貨): 춘추시대 정치가 陽虎의 字. 季氏의 家臣으로 정치에 전력하였으나, 定公을 거역하여 晉으로 망명하였다. 『論語』〈陽貨〉편을 보면, 공자가 한때 그로부터 곤욕을 당한 일이 있었다.
367) 공자다려 소인이라 ㅎ미: ≪論語≫〈陽貨篇〉의 "공자가 말하기를, '얼굴빛은 위엄이 있으면서 마음이 유약한 것을 소인배에 비유한다면 벽을 뚫고 담을 넘는 도둑과 같으리라.(子曰: '色厲而內荏, 譬諸小人, 其猶穿窬之盜也與!')"는 말을 염두에 둔 표현.

"드르니 강히주를 무삼 죄로 죽이난야? 찬졍[親庭] 골육이 다만 늘근 강히주뿐이라. 셜사 죽일 죄가 잇다 ᄒᆞ여도 날노 보와 죽이지 말고 원방 (遠方)의 유찬368) ᄒᆞ기를 바리노라."

천자 이연(哀然)ᄒᆞ여 직시 흔담을 블너,

"죽이지 말고 유심 일체로{한가지로} 옥문관의 원찬[遠竄]ᄒᆞ라."

ᄒᆞ시니, 흔담이 청명ᄒᆞ고 마지못ᄒᆞ아 옥문관의 원찬ᄒᆞ고, '강히주의 일족을 다 잡아다가 궁노비[官奴婢]를 공입(共入)ᄒᆞ라.' ᄒᆞ고, 일변 나 졸을 명초369) ᄒᆞ야 영능으로 간지라.

이ᄯᅢ 유싱이 강히주 승상이 황셩 가신 후로 주야 염예ᄒᆞ더니, ᄯᅳᆺ박 기 강승상의 서간이 왓거늘 급피 ᄀᆡ틱[開坼]ᄒᆞ니, ᄒᆞ여쓰되,

「오호(嗚呼)라! 노부(老夫)는 젼싱 죄 즁ᄒᆞ야 실ᄒᆡ의 자식 업고 다만 일녀를 두어써니 천ᄒᆡᆼ(天幸)으로 그ᄃᆡ를 만나 부귀영화를 보랴 ᄒᆞ고 녀 아(女兒)의 평싱을 그ᄃᆡ의게 붓쳐써니, 가운(家運)이 그러흔지 조물(造物)이 시기흔지 츙신을 구완타가 말니[萬里] 변방의 싱사를 모로난이, 이러흔 변이 ᄯᅩ 잇난야? 노부난 연만(年晩)ᄒᆞ야 풀ᄭᅳᆺᄐᆡ 짐 나고370) 여년 이 불원ᄒᆞ야371) 이제 죽어도 섭지[셥지] 안이ᄒᆞ건과 녀아의 일싱을 싱각 ᄒᆞ니 가련ᄒᆞ고 불상흔지라. 천상연분(天上緣分)으로 그ᄃᆡ를 만나 신 졍372)을 미흡(未洽)ᄒᆞ야 이 지경이 되야쓰니, 형용이 엇지 될지 가삼이 답답ᄒᆞ다. 그러ᄒᆞ나 노부난 역율(逆律)노 잡피어 철망을 씨여 옥문관으

368) 유찬(流竄): 귀양을 보냄.
369) 명초(命招): 명으로 하인 등을 부름.
370) 풀ᄭᅳᆺᄐᆡ 짐 나고: 草頭露인 듯. 풀끝에 맺힌 이슬과 같이 오래 가지 못함을 일컫는 말.
371) 여년(餘年)이 불원(不遠)ᄒᆞ야: 앞으로 살날이 얼마 남지 않아.
372) 신정(新情): 남녀 간에 사귄 지 오래되지 않은 정.

로 원찬ᄒ고, '늬의 일족은 자바다가 궁비속공373)ᄒ라' ᄒ고 나졸이 나려가니, 그듸 급피 집을 써나 환을 면ᄒ라. 만일 신정을 못 이져 도망치 안이ᄒ면 우리 두 집의 일점 혈육이 청츈고혼(靑春孤魂)이 될 거시니, 부듸 도망ᄒ엿다가 일후의 귀이 되거든 늬 자식을 차자 바리지 말고 빅년ᄒ로ᄒ야, 나 죽은 날의 박주374) 일비(一杯)라도 힝화[香火]를 피운 후의, '승상은 일싱 기루던 츙열의 손의 만이 흠양[歆饗]ᄒ고 가라' ᄒ면, 구천의 여혼(餘魂)이라도 일비주를 만반수유375)으로 먹고, 청산의 써근 쎄도 츈풍을 다시 만나 그 은혜를 갑푸리라.」

ᄒ엿거늘, 츙열이 보기를 다ᄒ민 낭자 방의 드러가 편지를 뵈이며, 천싱[前生]의 명이 긔박(奇薄)ᄒ야 조실부모(早失父母)ᄒ고 천지로 집을 삼고, 스희로 밥을 붓쳐 부운(浮雲)갓치 단이더니, 천힝으로 듸인을 만나 낭자와 빅년언약을 미져써니 일 연이 다 못ᄒ야 이런 변이 이쓰니, 엇지 안이 망극ᄒ리요. 입어썬 고의376) 흔삼377)을 버셔 글 두 귀를 뻐 듀며,

"타일의 보사이다."

낭자 이 말을 듯고 듸경질싁[大驚失色]ᄒ야 유싱의 옷슬 집고 방셩듸곡ᄒ여 왈,

"노부(老父) 무삼 죄로 말니 호지(胡地)의 간다 ᄒ며, 청춘 소첩이 무

---

373) 궁비속공(宮婢屬公): 죄인의 아내나 딸 등을 여종으로 만들어 관청의 소유로 삼음.
374) 박주(薄酒): 맛이 좋지 않은 술.
375) 만반수육[滿盤酒肉]: 상에 가득한 술과 고기.
376) 고의(袴衣): 남자의 여름 홑바지.
377) 흔삼(汗衫): 속적삼.

삼 죄로 박명(薄命)ᄒ고? 날 갓튼 여자는 싱각 말고 급피 환을 면ᄒ소셔."

홍상(紅裳) ᄒ 폭을 쎼여 글 두 귀를 지어주며,

"급피 나가쇼셔."

ᄒ거늘, 유싱이 글을 ᄇ다 금낭(錦囊) 속의 넌짓 너코 곡셩(哭聲)으로 ᄒᆡ[日]를 지ᄂᆡ니라. 낭자 울며 왈,

"가군(家君)이 이졔 가면 언의날 다시 보며, 어명(御命)이 지즁(至重)ᄒ야 궁비속공(宮婢屬公)ᄒ거드면 황천(黃泉)의 가 다시 볼가 ᄒ난이다."

츙열이 실피 울며 ᄒ직ᄒ고 가난 정이 희상378) 추야월의 우미인379)을 이별ᄒ 듯ᄒ더라.

힝장을 급피 차려 셔천(西天)을 ᄇᆞᆯ리고 정처 업시 가더니, 신세를 싱각ᄒᄆᆡ 속절업난 눈물이 비 온 다시 나려지며, 장장천지380) 질고 진질의 압피 막켜 못 가것다. 셔천 구름을 바ᄅᆡ보고 ᄒᆞᆫ업시 가더라.

---

378) 희상(垓上): 항우가 한고조 유방에게 패전한 '垓下'를 가리킴.
379) 우미인(虞美人): 초패왕 項羽의 寵姬. 楚漢 전쟁 당시 항우가 垓下에서 劉邦의 군대에 의해 포위되었을 때, 그녀는 구차히 목숨을 구할 수 없다면서 항우의 시에 맞추어 춤을 추고 자결하여 항우를 격려했다는 故事가 있다.
380) 장장천지[長長千里]: 길고 긴 천 리.

소부인은 청수의 투사381)ᄒ고
강낭자는 창가382)의 수절ᄒ다.

각설。 이씨 부인과 낭자 유싱을 이별ᄒ고 일가의 망극ᄒ야 우름소
릭 쩌나지 안이ᄒ더라. 불과 ᄉ오일의 금부도ᄉ383) 나려와 월계촌의
달여드러 소부인과 낭자를 잡아ᄂᆡ여 수릭 우의 실코 군사를 지촉ᄒ야
황성으로 올나가며, 일변 집을 허러 못슬 파고 가니 가련ᄒ다! 강승상
이 셰딕로 잇던 집을 일조의 못슬 파니, 집오리만 둥둥 쩟다.

소씨와 낭자 속절업시 잡펴 올나갈제 청수의 다다르니 일모셔산384)
이라 긱실의 드러 잘제, 이씨 금부 나졸 즁의 장흔이라 ᄒ난 군사 전일
강승상 베살홀 씨예 장한의 부친이 승상부 셔리(胥吏)로셔 득죄ᄒ야
거의 죽게 되여써니 강승상이 구ᄒ야 살인[살린] 고로 장흔의 부자 그
은혜를 주야(晝夜) 싱각ᄒ더니, 이씨를 당ᄒᄆᆡ 불상ᄒᄆᆞᆯ 이긔지 못ᄒ
야 다른 군사 몰으게 실피 우더니, 그날 밤 삼경의 다른 군사 다 잠을
십피[깊이] 드럿거늘 가만이 부인 자난 방문 압푸 나아가니, 이씨 부인
과 낭자 셔로 부들고 울며 잠을 안이 자거늘, 문 밧기 지침[기침]ᄒ고
부인을 부른딕, 부인이 놀ᄂᆡ여 문을 열고 보니, 장흔이 복지ᄒ야 가만
이 엿자오딕,

"소인은 금부 나장385)이옵더니, 전일 딕감 벼살홀 씨예 소인의 아비

---

381) 투사(投死): 몸을 던져 죽음.
382) 창가(娼家): 기생집.
383) 금부도ᄉ(禁府都事): 義禁府의 책임을 맡은 벼슬아치. 조선시대 죄인을 推鞫하는 일
    과 조정의 大獄을 맡아 보던 의금부의 종5품 벼슬이다.
384) 일모셔산(日暮西山): 해가 서산으로 짐.
385) 나장(羅將): 羅卒의 우두머리.

나라의 득죄ᄒ야 죽게 되엿삽더니 되감이 살이시긔로 그 은헤 골수(骨髓)의 ᄉᄆ옷차와 갑기를 바릯더니, 이ᄯᅦ를 당ᄒ야 소인이 엇지 무심ᄒ오릿가? ᄇ릯ᆸ건되 부인은 너무 염예 마옵소셔. 이날 밤의 명(命)을 도망ᄒ오시면 그 뒤는 소인이 당홀 거스니, 조금도 염예 마옵시고 도망ᄒ여 살기를 ᄇ릯소셔."

부인이 이 말을 듯고 마음이 조금 풀이여 낭자를 다리고 장흔을 ᄯᅡ라 주점 밧기 나서니, 밤이 임무[이미] 삼경이라 인적이 고요ᄒ거늘, 동산을 너머 십니를 가니 청수의 다달나 장흔이 ᄒ직ᄒ고 왈,

"부인과 낭자는 이 물가의 ᄲᅥ저 죽은 푀(標)를 ᄒ고 가옵시면 후환이 업실 거스니 부듸 사라나 후ᄉ(後事)를 보사이다."

ᄒ고 가거늘, 이ᄯᅦ 부인이 낭자의 신세 싱각ᄒ니 정신이 아득ᄒ야,

'이제 비록 도망ᄒ야 와쓰나 청춘여자를 다리고 어듸로 가 살며, 혹 살아난들 승상과 현셔(賢壻)를 이별ᄒ고 살아셔 무엇ᄒ리? 차라리 이 물의 ᄲᅥ저 죽으리라.'

ᄒ고, 낭자를 속여 뒤보난 체ᄒ고 급피 청수의 가 신을 버서 물가의 놋코 청강녹수(淸江綠水) 깁푼 물의 ᄲᅮ여드니, 가련ᄒ다! 강승상의 부인 빅옥 갓탄 고혼 몸이 어복중(魚腹中)의 장사ᄒ니, 엇지 안이 가련ᄒ랴.

이ᄯᅦ 낭자 모친을 지달이더니[기다리더니] 종시[끝내] 오지 안이ᄒ거늘, 급피 나셔 살펴보니 사면의 인적이 업난지라. 마음이 답답ᄒ야 모친을 부르며 청수 가의 나와보니, 모친이 신을 버셔 물가의 놋코 간듸업거늘 발 구르며 ᄯᅩ흔 신을 버셔 물가의 놋코 ᄲᅥ저 죽으려 ᄒ더니,

이씨는 밤이 오경이라 동방이 장차 밝아오며, 마참 영능골 관비(官婢)
흔 연이 외촌(外村)의 갓다가 회로(回路)의 청수가의 다다르니, 엇더흔
여자가 물가의셔 통곡ᄒ며 물의 ᄲ져 죽고자 ᄒ거늘, 급피 좃차와 낭
자를 붓드려 물가의 안치고 연고를 무른 후의 '제 집으로 가자'ᄒ니,
낭자 흔ᄉ(限死)ᄒ고 죽으려 ᄒ거늘, 관비 만단기유386)ᄒ야 달이고 와
셔 수양ᄯᆯ을 정흔 후의, 자ᄉᆡ(姿色)과 ᄐᆡ도를 살펴보니 천상선녀(天上
仙女) 갓탄지라. 이 골 등ᄂᆡ387)마닥 수청388)을 드려쓰면 천금지산389)
을 불비390)ᄒ며 만양ᄐᆡ수391)를 원홀손야! 만가지로 달ᄂᆡ여 다른 ᄃᆡ로
못가게 ᄒ더라.

각셜이라。 이씨의 유싱이 강승상의 집을 ᄯᅥ나 셔쳔(西天)을 바ᄅᆡ보
고 정처업시 가며 신세를 싱각ᄒ니,

'속절업고 홀일업다. 이제는 무가ᄂᆡᄒ392)로다, 산중의 드러가 삭발위
승393)ᄒ야 훗질394)이나 닥그리라.'

ᄒ고, 청산(靑山) 바ᄅᆡ고 종일토록 가더니, 흔 고ᄃᆡ 다다르니 압피 큰
산이 잇스되, 천봉만흑(千峰萬壑)이 츙천흔 중의 오ᄉᆡ구름이 구리봉
[구의봉]의 ᄯᅥ 잇고, 각ᄉᆡ 화초(花草) 만발흔지라. 장차 신령흔 산이라

386) 만단기유(萬端改諭): 온갖 방법을 다 써서 잘 타이름.
387) 등ᄂᆡ(等內): 벼슬아치가 그 벼슬을 살고 있는 동안. 일반적으로 '守令'을 일컫는다.
388) 수청(守廳): 기생이 수령에게 몸을 잠시 허락하는 일.
389) 천금지산(千金之産): 아주 많은 재산.
390) 불비(不比): 비할 바가 아님.
391) 만양ᄐᆡ수[萬兩太守]: 만량의 태수란 뜻으로, '녹봉을 많이 받는 원'을 일컫던 말.
392) 무가ᄂᆡᄒ(無可奈何): 어찌할 수가 없음.
393) 삭발위승(削髮爲僧): 머리를 깎고 중이 됨.
394) 훗질(훗길): 뒷길. 앞으로 살아갈 나날.

ᄒ고 차차 드러가니, 경기(景槪) 절승(絶勝)ᄒ고 풍경이 쇄락ᄒ다. 산힝 육칠이(六七里)의 들이난이 물소ᄅᆡ 잔잔ᄒ고 뵈이난이 청산만 울울ᄒ디, 청임(青林)을 더우잡고{더위잡고} 석양의 올나가니, 수양천만ᄉ395)는 춘풍을 못 이기여 동구(洞口)의 흔늘거려 늘여지며, 녹죽창송(綠竹蒼松)은 우거진 가지의 빅조(百鳥) 춘정(春情) 닷토왓다. 층층흔 화게상(花溪上)의난 잉무 공작 넘노난듸396), 창천(蒼天)의 걸인 폭포 층암절벽(層岩絶壁) 치난 소ᄅᆡ 흔산ᄉ397) 쇠북소ᄅᆡ 긱션(客船)의 일으난듯398), 반공(半空)의 소슨 암셕(巖石) 청송(青松) 속의 잇난 거동 산수그림[山水畵] 팔간 병풍 둘너난 듯, 산 중의 잇난 경기 엇지 다 기록ᄒ리.

춘풍이 언듯ᄒ며{잠깐 스치자} 경쇠소ᄅᆡ 들이거들 차점차점 드러가니, 오ᄉᆡᆨ 구름 속의 단청399)ᄒ고 휘황흔 고루거각(高樓巨閣)이 질비(櫛比)ᄒ야, 일주문400)을 바라보니 황금듸자(黄金大字)로 '셔힉 광덕산 빅용사'라 두려시 붓쳐거늘, 산문401)으로 드러가니 일원 듸승(大僧)이 나오거늘, 그 즁의 거동을 보니 소소(素素)흔 두 눈섭은 두 눈을

---

395) 수양천만ᄉ(垂楊千萬絲): 수양버들 가지가 많이 늘어진 모양.
396) 넘노난듸: 넘노는데. 새나 나비 따위가 오르락내리락하며 날다는 말이다.
397) 흔산ᄉ(寒山寺): 중국 江蘇省 蘇州府에 있는 절. 唐나라 詩僧 寒山이 살았던 데서 유래한다.
398) 흔산ᄉ(寒山寺) 쇠북소ᄅᆡ 긱션의 일으난 듯: 이 구절은 張繼의 〈楓橋夜泊〉 詩에 있는 "달은 지고 까마귀 울며 서리는 하늘에 가득한데, 강기슭 단풍과 고깃배 불빛에 잠을 설치는구나. 고소성 밖 한산사에서, 한밤중에 치는 종소리 나그네 배에까지 들려오네.(月落烏啼霜滿天, 江楓漁火對愁眠. 姑蘇城外寒山寺, 夜半鍾聲到客船)"을 활용한 것임.
399) 단청(丹青): 집의 벽·기둥·천장 등에 여러 빛깔로 그림과 무늬를 그리는 것.
400) 일주문(一柱門): 기둥을 한 줄로 세운 문. 흔히 절 입구에 세운다.
401) 산문(山門): 절.

덥퍼 잇고, 빅변402)갓치 두렷흔 두 귀는 두 억기에 늘어저쓰니, 청수
(淸秀)흔 골격과 은은흔 정신은 범승이 안일네라. 빅팔 염주 육한장403)
을 집고 흑포장삼404)의 써러진 송낙405) 씨고 나오며, 유싱을 보고 왈,

"소승이 연만(年晩)ᄒ기로 유상공 오시난 힝차(行次)의 동구(洞口) 밧
기 나가 맛지 못ᄒ니, 소승의 무례ᄒ믈 용사(容赦)ᄒᆞᆸ소셔."

유싱이 되경 왈,

"쳔싱(天生)이 팔자 긔박ᄒ야 조실부모(早失父母)ᄒ고 졍쳐업시 단이
다가, 우연이 이고되 와 되ᄉᆞ를 만나오니 그되지{그토록} 관되(寬待)ᄒ
시며, 소싱의 셩을 엇지 아난잇가?"

노승이 답왈,

"어제날 남악 형산 화션관이 소승의 졀의 왓삽다가 소승달려 부탁ᄒ기
를, '명일 오시(午時)의 남경 동셩문 니의 사는 유심의 아달 츙열이가 올
거스니 츅긱406) 말고 되졉ᄒ라' ᄒ시기로, 소승이 차ᄌ 나옵더니 상공의
복싴(服色)을 보오니 남경 ᄉᆞ롬인 고로 아러난이다."

유싱이 그 말을 듯고 일희일비407)ᄒ야 노승을 ᄯᅡ라 드려가니, 제승
(諸僧)더리 홉장비례(合掌拜禮)ᄒ며 반겨ᄒ난지라. 노승의 방의 드려

---

402) 빅변(白邊): 통나무 중심에서 바깥쪽으로 몸이 좀 무르고 빛깔이 엷은 부분.
403) 육한장[六環杖]: 중이 짚는, 고리가 6개 달린 지팡이.
404) 흑포장삼(黑布長衫): 검은 베로 길이가 길고 소매를 넓게 만든 중의 옷.
405) 송낙: 소나무 겨우살이로 짚주저리 비슷하게 엮어 만든, 여승이 쓰는 모자.
406) 츅긱(逐客): 손님을 푸대접하여 내보내거나 내쫓음.
407) 일희일비[一喜一悲]: 한편으로는 기쁘고 한편으로는 슬픔.

가 셕반(夕飯)을 먹은 후의 그 밤을 편이 쉬니, 이곳슨 션경(仙境)이라. 세승을 모도 잇고 일신(一身)이 무량(無恙)흔지라.

이후로난 노승과 흔가지로[함께} 병셔(兵書)도 잠심408)흐고 불경도 합논(合論)흐니라. 이쪅의 되명천지무가긱이요, 광덕산중유발승이라409), 본신410)이 천상(天上) 스룸으로 싱불411)을 만나쓰니 기이흔 술법을 가르치고, 천지일월셩신[天上日月星辰]이며 천흐명산신령(天下 名山神靈)더리 모도 다 흡역412)흐니, 그 지묘와 영민흐믈 뉘라셔 당흐리요. 주야(晝夜)로 공부흐더라.

천자는 기병쌍궐흐413)흐고, 간신은 투창적진중414)흐다.

각셜. 이쪅의 남경 조신(朝臣) 중의 도총되장(都總大將) 정흔담과 병부상서(兵部尙書) 최일귀 일상[늘} 쎠리던 유심과 강희주를 만 리 밧기 원찬(遠竄)흐고, 묘정 빅관(百官)을 쳐결흐아 천자를 도모(圖謀)코자 흐야, 신기흔 병법과 둔급장신지술415)과 승천입지지칰416)과 변화

---

408) 잠심(潛心): 어떤 일에 대해 마음을 가라앉히고 깊이 생각함.
409) 되명천지무가긱(大明天地無家客)이요, 광덕산중유발승(廣德山中有髮僧)이라: 아주 밝은 하늘 아래에 집 없는 나그네요, 광덕산 속에 머리털 기른 중이 있다는 뜻으로, 유충렬이 절간에 파묻혀 있음을 나타낸 말.
410) 본신(本身): 본래의 신분.
411) 싱불(生佛): 살아있는 부처라는 뜻으로, 덕행이 높은 승려를 이르는 말.
412) 흡역(合力): 힘을 합함.
413) 기병쌍궐흐(起兵雙闕下): 쌍궐 아래에서 군사를 일으킴.
414) 투창적진중(投槍敵陣中): 적진에 창을 버린다는 뜻으로, '적에게 항복함'을 일컬음.

위신지법417)이며 악화두시지술418)을 통달ᄒ게 비와쓰니, 이놈도 본
신이 천상 익성(翼星)으로 인간 사름은 당ᄒ 리 업더라. 일국 만민지상
(一國萬民之相)이라, 소장지변419)이 잇셔쓰니 나라이 엇지 무사ᄒ랴.
　이ᄢᆡ는 영종(英宗) 황제 직위[卽位] 삼년 춘정월(春正月)이라. 국운
(國運)이 불ᄒᆡᆼᄒ와 남흉노 션우420)며 북적(北狄)과 동심ᄒ야 천자를
도모ᄒ랴 ᄒ고, 서천(西天) 삼십육도(三十六道) 군장(君長)과 남만(南
蠻) 가달이며 토번421) 오국(五國)이 흡셰ᄒ야 장사(壯士) 팔천여 원과
정병(精兵) 오ᄇᆡᆨ만으로 주야 ᄒᆡᆼ군ᄒ야 진남관의 다달나 격셔(檄書)를
남경의 보ᄂᆡ고 진남관의 웅거ᄒᆞᆫ지라. 이ᄢᆡ의 ᄇᆡᆨ셩드리 날이{난리}를
보지 못ᄒ엿다가 ᄯᅳᆺ밧기 난을 만나니 농상낙야422)ᄒ여 슨지ᄉ방(散之
四方) 피란ᄒ니, 적연423)도 탕진(蕩盡)ᄒ고 창곡424)도 진갈425)ᄒᆞᆫ지
라. ᄒᆞ날리 정ᄒᆞᆫ 운수 글이 안코 어이ᄒ리.
　이ᄢᆡ 천자 정월(正月) 망일(望日)의 호산ᄃᆡ의 올나 망월(望月)ᄒ고,
환궁(還宮)ᄒ야 ᄃᆡ연(大宴)을 비셜ᄒ고 상ᄒ동낙(上下同樂) 질기더니,

---

415) 둔갑장신지술(遁甲藏身之術): 귀신을 부리어 몸을 감추거나 변화함으로써 남에게 보
　　이지 않게 하는 술법.
416) 승천입지지칙(昇天入地之策): 하늘로 오르고 땅으로 들어가는 술책. 자취를 감추고
　　없어짐을 이르는 말이다.
417) 변화위신지법(變化爲神之法): 변화하여 신이 되는 술법.
418) 악화두시지술[握火杜水之術]: 불을 잡고 물을 막는 술법.
419) 소장지변(蕭墻之變): 내부에서 일어난 변란.
420) 션우(單于): 넓고 크다는 뜻으로, 匈奴가 자기들의 추장을 높이어 부르던 칭호.
421) 토번(吐藩): 중국 唐宋시대에 티베트족을 일컫던 이름.
422) 농상낙야[籠山絡野]: 산을 둘러싸고 들을 뒤덮음.
423) 적연(積燃): 쌓아놓은 땔감.
424) 창곡(倉穀): 창고에 쌓아둔 곡식.
425) 진갈(盡渴): 다 없어짐.

쁫박긔 진남관 수문장(守門將)이 장계426)를 올여거늘 급피 기탁ᄒ니, ᄒ여쓰되,

「남적이 강셩ᄒ야 오국과 흡역ᄒ야 진남관 평사쓸 빅니 ᄂᆡ에 가득ᄒ옵고, 빅셩을 노략ᄒ며 황셩(皇城)을 치랴 ᄒ오니, 밧비 군병을 보ᄂᆡ여 도적을 막으쇼셔.」

ᄒ엿거늘, 천자 ᄃᆡ경(大驚)ᄒ사 졔신(諸臣)을 모와 의논홀시, 이씌 졍흔담과 최일귀 이 말을 듯고 ᄃᆡ히ᄒ야 급피 별당의 드러가 도스를 보고 박긔 도적이 이려낫단{일어났단} 말을 ᄒ고 ᄃᆡᄉ(大事)를 무르니, 도스 문의 나셔 천긔(天氣)를 살핀 후의,

"시직시직427)로다. 신긔ᄒ 영웅이 황셩 ᄂᆡ의 잇난가 ᄒ엿더니 이제 죽어쓰며, 씌 맛참추워[맞추어] 도적이 이려나쓰니, 이ᄂᆞᆫ 그ᄃᆡ 천자(天子)홀 수라. 급격물실428)ᄒ라."

ᄒ니, 흔담이 ᄃᆡ히ᄒ야 일귀로 더부려 갑주429)를 갓초고 궐문(闕門)으로 드려가난지라.

이씌 천자 졔신(諸臣)과 방적430)홀 쇠를 의논ᄒ더니, 장안(長安)의 바람이 이려나며 일원 ᄃᆡ장(一員大將)이 게ᄒ의 복지 주왈(伏地奏曰),

"소장(小將) 등이 비록 직조 업ᄉ오나, 흔번 나가 남적을 흠몰(陷沒)ᄒ

---

426) 장계[狀啓]: 감사 또는 지방에 파견된 벼슬아치가 민정을 살핀 결과를 임금에게 글로 써서 올린 보고.

427) 시직시직(時哉時哉): 때가 되었고, 때가 되었도다. 곧 '적절한 때'임을 일컫는다.

428) 급격물실(急擊勿失): 급히 공격하여 기회를 잃지 말라.

429) 갑주(甲胄): 갑옷과 투구.

430) 방적(防敵): 적을 막음.

와 황상(皇上)의 근심을 덜고 소장의 공을 세워지니드."

ᄒ거늘, 모다 보니 신장(身長)이 십여 척이요 면목이 웅장ᄒ딕, 황금투고의 녹운포(綠雲布)를 입은 거슨 도총딕장 정ᄒ담이요, 면상[面色]이 숫먹 갓고 안치431)가 황홀ᄒ며 빅금투고의 홍운포(紅雲布)를 입은 거슨 병부샹셔 최일귀라. 천자 딕히ᄒ샤 양장(兩將)의 손을 잡고 왈[曰],

"경(卿) 등의 츙셩지략(忠誠智略)은 짐(朕)이 이무{이미} 아난지라. 남적을 흡몰[陷沒]ᄒ야 짐의 근심을 덜게 ᄒ라."

양장이 청영(聽令)ᄒ고 각각 물너나와 정병 오천식 거나려 힝군ᄒ야 진남관의 유진432)ᄒ고, 그날 밤의 군ᄉ 흔 명만 잠을 씌여 가마니 항셔433)를 써주며 ᄯᅩ흔 편지를 써셔 격진중(敵陣中)의 보닉고 회답을 기달이난지라. 그 군사 격진의 드러가 적장을 보고 항셔를 올인{올린} 후의 ᄯᅩ 편지를 드리거늘, 적장이 딕히ᄒ야 직시 기틱[開坼]ᄒ니, ᄒ여 쓰되,

「남경 장사[將帥] 정ᄒ담·최일귀는 일장셔간(一張書簡)을 남진(南陳) 딕장소(大將所)의 올이난이다. 우리 양인(兩人) 등이 갈츙진심434)ᄒ야 천자를 도와 국가의 유공(有功)ᄒ고 빅성의게 덕이 잇셔 지셩(至誠)으로 봉공435)ᄒ되, 지긔436)ᄒ난 인군(仁君)을 못만나 ᄒ시 앙앙437)흔 마음

---

431) 안치(眼彩): 눈빛.
432) 유진(留陣): (행군하던 군대가) 어떤 곳에서 한동안 머물면서 진을 침.
433) 항셔(降書): 항복하는 글.
434) 갈츙진심[竭忠盡心]: 충성을 다하고 마음을 다함.
435) 봉공(奉公): 나라나 사회를 위하여 힘써 일함.
436) 지긔(知己): 자기를 알아줌.
437) 앙앙(怏怏): 마음에 차지 않아 야속함을 품음.

이 잇난지라, 딕장부 셰상의 나셔 엇지 남의 신ᄒ 올릭{오래} 되리요. '남
아유방빅세438) 홀진딕 역당유취만련439)이라' ᄒ여쓰니, 이썬를 당ᄒ야
엇지 묘게[妙計] 업스리요. 우리 양인을 선봉(先鋒)을 삼으시면 흥복홀
거시니, 그딕 쯧시 엇더ᄒ요? 회답을 보닉라.」

ᄒ엿기늘, 젹장이 그 글을 보고 딕히ᄒ야 왈,

  "우리 등이 남경으로 나올 썬의 도스 근심ᄒ기를 졍흔담·최일귀를
염예ᄒ더니, 이졔 져의 등이 몬져 항복고져 ᄒ니 이난 천위신조440)ᄒ
미라."

ᄒ고, 직시 회답을 써준딕, 군사 급피 본진(本陣)으로 도라와 답셔를
올이거늘 씌여보니, ᄒ여쓰되,

  「그딕의 마음이 우리 마음 갓탄지라. 선봉을 원(願)딕로 맛글{맡길}
거시니, 금야(今夜)의 반가이 보사이다.」

ᄒ엿거늘, 졍·최 양장이 급주를 갓초오고 젹진의 드려가난지라.
  이젹의 중군장(中軍將)이 급피 황성(皇城)의 올나가 전후수말(前後
首末)을 천자의게 고ᄒ딕, 천자 이 말을 듯고 용상(龍床) 밋틱 써려져
발를 구르며,

  "졍흔담·최일귀 젹장의게 흥복ᄒ여쓰니 젹진은 범이 날기를 어든 듯
ᄒ고, 짐은 용이 물을 이려쓰니{잃었으니} 이제는 홀일업다."

---

438) 남아유방빅세(男兒流芳百世): 남자의 꽃다운 이름이 후세에 길이 전함.
439) 역당유취만련[亦當遺臭萬年]: 또한 마땅히 더러운 이름을 먼 장래에까지 남김.
440) 천위신조[天佑神助]: 하늘이 돕고 귀신이 도움.

성중의 잇난 군사 낫낫치 총독(總督)ᄒ고 각도각읍(各道各邑)의 힝
관441)ᄒ야 군사와 군량을 준비ᄒ고, 우승상 조정만으로 도셩(都城)을
직키고, 틱자로 중군(中軍)을 정ᄒ시고, 샹(上)이 친이 후군(後軍)이 되
여 힝군을 지촉ᄒ니, 군사 십여 만이요 장수 빅여 원이라.

힝군고442)를 지촉ᄒᆯ제, 전일 길주자스 갓던 니힝이 원문443) 밧기
복지 주왈,

 "소신(小臣)이 직조 업스오나 이쎄를 당ᄒ야 신자 도리여 엇지 스직
(社稷)을 도웁지 안이ᄒ오릿갸? 소신으로 션봉을 졍ᄒᆞᆸ소셔."

천자 딕히ᄒ샤 직시[즉시] 니힝으로 션봉을 삼아 도적을 막을싀, 이
쎄 정ᄒᆞᆫ담·최일귀 적진의 항복ᄒ야, ᄒᆞᆫ담은 션봉이 되고 일귀는 중군
딕장이 되야 급피 황성을 짓쳐 드려오며 의긔 양양ᄒ고 호령이 엄숙ᄒ
딕, 기치·창검(旗幟槍劍)은 팔공산 나무갓치 버려 잇고 투고·깁옷슨
ᄒᆞᆫ천(寒天)의 일광(日光)갓치 안칙(眼彩)가 쐬이ᄂᆞᆫ 듯, 금고·흠셩(金鼓
喊聲)은 천지 진동ᄒ고 목탁·나팔은 강산이 뒤눕난 듯, 순식간의 드려
와 금산성 빅니 쓸의 빈틈업시 버려셔셔 닉외 음양진(陰陽陣)을 치고
도사 진중의 망긔(望氣)ᄒ며 쌋홈을 지촉ᄒ니, 적진 중의셔 방포일셩
의 ᄒᆞᆫ 장수 닉다라 웨여 왈,

 "명진 중의 천극ᄒᆞᆫ 적수(敵手) 잇거든 밧비 나와 딕적(對敵)ᄒ라."

---

441) 힝관(行關): 관아 사이에 공문을 보냄.
442) 힝군고(行軍鼓): 군사가 행군할 때 치는 북.
443) 원문(轅門): 戰陣을 베풀 때에 수레로써 우리처럼 만들고, 그 드나드는 곳에는 수레
    를 뒤집어 놓아 서로 향하게 하여 만든 바깥문.

ᄒ니, 명진 듕의셔 응포444)ᄒ고 좌익장(左翼將) 주션우 응셩445)ᄒ고
달열드러 ᄡᅩᆯ시, 양진 군사 처음으로 귀경ᄒ니 황오[行伍]를 차리지
못ᄒ야 승부(勝負)를 귀경ᄒ더니, 수흡(數合)이 못ᄒ야 극흔의 칼이 번
듯ᄒ며 주션우 머리 마ᄒ(馬下)의 ᄯᅥ러지니, 명진 듕으로 좌익장 죽으
믈 보고 ᄯᅩ ᄒ 장수 ᄂᆡ다라 원문(轅門) 박기 고셩(高聲) 왈,

"극흔은 기지[가지] 말고 최상정의 칼을 ᄇᆞ드라."

ᄒ니, 극흔이 달여드러 흠셩이 ᄯᆞᆫ쳐지고 그 칼리 번듯ᄒ며 최상정의
머리 ᄯᅥ러지니, 명진 듕의셔 션우익장 죽으믈 보고 왕공열이 응셩(應
聲)ᄒ고 달여드러 극흔과 ᄡᅩᆯ시 일흡이 못ᄒ야 거의 죽게 되여셔니,
명진 듕의셔 팔ᄃᆡ장군(八大將軍)이 일시의 달여드러 왕공열을 구완ᄒ
더니, 적진 듕의셔 명진 팔장 나오믈 보고 흔진이 극흔과 흡역[合力]ᄒ
야 팔장으로 더부러 ᄡᅩᆺ오더니, 흔진은 셔편을 치고 극흔은 동을 치니
촉쳐446)의 죽난 군사 그 수를 모를네라. 삼흡이 못ᄒ야 극흔의 창검
ᄯᅳ티 팔장이 다 죽으니,

이ᄯᅥ ᄐᆡ자(太子) 듕군(中軍)의 잇다가 팔장 죽으믈 보고 불승분
심447)ᄒ야 말을 타고 진문 박기 나셔며 위여 왈,

"무도ᄒ 남적놈아! 천명을 거역ᄒ니 죄사무석448)이로다. 너의 진 듕
의 정흔담·최일귀 머리를 버혀 명진 듕의 보ᄂᆡ난 지 잇스면 옥식(玉璽)

---

444) 응포(應砲): 저편에 응하여 포를 쏨.
445) 응셩(應聲): 상대편 소리에 응답함.
446) 촉쳐(觸處): 접촉하는 곳. 닿는 곳.
447) 불승분심(不勝忿心): 분한 마음을 억누르지 못함.
448) 죄사무석(罪死無惜): 지은 죄가 너무나 커서 죽어도 아까울 것이 없음.

를 전ᄒ리라."

ᄒ고, 극흔을 마자 ᄊ오더니, 션봉장 니황 이 말을 듯고 달여오며,

　"틱자는 아직 분을 참으소셔. 소장이 잡으리다."

ᄒ고 나는 다시 드러가 좌수(左手)의 칼을 들고 극흔의 머리를 벼히고, 장창을 들고 흔진의 미리[머리]를 벼혀 두 손의 갈나 들고 좌우로 츙돌ᄒ야 본진으로 도라오니, 적진 중의셔 흔담이 장막(帳幕) 밧기 나서며 청사마를 칙 쳐 구척장검(九尺長劍) 놉피 들고 발로[곧바로] 명진을 틱 칼[단칼]의 흠몰코자 ᄒ니, 이ᄯᅵᆯ의 몬져 남적 션봉으로 왔던 정문걸이 닉다라 흔담을 불너 왈,

　"딕장은 분을 참으소셔. 소장이 니황을 잡으리다."

ᄒ고, 번창출마449)ᄒ야 ᄊ호더니, 일흡이 못ᄒ야 문걸의 칼이 진중의 빗나며 니황의 머리 마ᄒ(馬下)의 닉려지난지라. 문걸이 칼 ᄉ긋틱 쒸여 들고 본진으로 힝ᄒ다가[향하다가] 도로여 명진 션봉을 짓쳐 드러오며,

　"명진은 불상흔 인싱을 죽이지 말고 밧비 흥복ᄒ라."

ᄒ며, 순식간의 션봉을 다 벼히고 달여드러 중군(中軍)으로 드러오거늘, 틱자 중군을 직키다가 당치 못홀 줄 알고 후군(後軍)과 천자를 모시고 금산셩으로 도망흔지라.

　이ᄯᅵᆯ의 문걸이 명진 장ᄉ(將士)를 씨도 업시 다 죽이고 명제(明帝)를 차진직 도망ᄒ고 업난지라. 군장복식450)을 모도 다 탈춰ᄒ고 본진으

---

449) 번창출마(飜槍出馬): 창을 휘두르며 말을 타고 힘차게 달려 나감.

로 도라오며 정흔담이 바로 달여 드러가니,

천자 망극ᄒ야 옥식를 ᄯ의 노코 앙천통곡451) 왈,

"짐이 불명(不明)ᄒ야 선황제(先皇帝) 사빅 연 왕업(王業)을 일조(一朝)의 정흔담의게 일케 되니, 이ᄂ 양호유환452)이라 뉘를 원망ᄒ리요? 모도 다 짐의 불찰(不察)이라. 황천(黃泉)의 도라간들 선황제를 엇지 보며, 인간의 살아쓴들 되놈의게 물읍[무릎]을 엇지 ᄭᅮᆯ야?"

ᄒ며, 금산성이 ᄭ너나ᄀ게 통곡이 진동ᄒ더라. 수문장이 보ᄒ되,

"히남 절도ᄉ 군병올 거나려 왓난이다."

천자 딕히ᄒ야,

"밧비 입시(入侍)ᄒ라."

ᄒᄃᆡ, 절도ᄉ 군사 십만 병을 거나려 셩중의 드러가 천자게 뵈이거늘, 직시[즉시] 절도사로 선봉을 삼아 '도적을 막으라'ᄒ니, 절도사 청영(聽令)ᄒ고 셩ᄒ(城下)의 유진(留陣)ᄒ엿더니,

이ᄯᅵ 흔담이 도셩(都城)으로 드러가 용상(龍床)의 놉피 안고 빅관(百官)을 호령ᄒ니, 만조빅관(滿朝百官)이 일조(一朝)의 항복ᄒ더라. 만셩 인민(滿城人民)이 도적의 밥이 되여 물 쓸틋 ᄒ더라.

이날 흔담이 삼군(三軍)을 직촉ᄒ야 금산성을 쳐 파ᄒ고 옥식를 앗고자 ᄒ야 셩ᄒ의 다다르니 명진 군ᄉ 질을 막거늘, 정문걸이 필마단

450) 군장복식(軍裝服色): 군대의 장비와 군복.
451) 앙천통곡(仰天痛哭): 하늘을 쳐다보고 몹시 욺.
452) 양호유환(養虎遺患): 호랑이 새끼를 길러 후환을 남김.

창453)으로 명진을 지쳐 좌우로 츙돌ㅎ니, 일신(一身)이 검광 되야 닷
난{닿는} 압푸 장졸의 머리 추풍낙엽이요, 호전주퇴454) 갓더라. 순식
간의 죽이고 산셩 문 밧기 달여드러 셩문을 두다리며,

"명제(明帝)야 옥시를 드리라{내놓아라}."

ㅎ난 소틱 금산셩이 문어지며 강산이 뒤눕난{뒤엎는} 듯ㅎ니, 셩즁의
잇난 군사 혼빅이 업셔쓰니 그 안이 가련ㅎ가!

천자와 됴졍만이 황황급급455)ㅎ여 북문을 열고 도망ㅎ야 암셕간의
은신ㅎ엿더니, 이쩍 틱자 황후456)와 틱후457)를 모시고 도망ㅎ랴 ㅎ더
니, 문걸이 셩즁의 드려와 천자를 찻다가 도망ㅎ고 업시믹 황후 틱즈
를 잡아 본진으로 보닉고 도라오니, 졍흔담이 황후를 결박ㅎ야 진 압
푸 쓸이고 '천자 간 곳슬 가라치라' ㅎ딕, 황후 망극ㅎ야 딕답지 안이
ㅎ기늘, 좌우 군사 창검을 갈나 들고 옥체(玉體)를 젼우면셔{겨누면서}
'바른딕로 가랴치라' ㅎ니, 황후 황망(慌忙) 즁의 딕답ㅎ되,

"이 몸은 제집{계집}이라. 셩즁의 뭇쳐 잇다가 불의(不意)예 난을 당ㅎ
야 천자는 박긔 잇난고로 싱스존망(生死存亡)을 모로노라."

흔담이 분로(忿怒)ㅎ야 황후 틱즈를 진즁의 두어 쥬려 죽게 ㅎ고, 용
쌍[龍床]의 놉피 안쟈 천자의 일을 힝ㅎ며 군스를 호령ㅎ되,

---

453) 필마단창(匹馬單槍): 한 필의 말과 한 자루의 창이라는 뜻으로, '혼자 간단한 무장을
　　하고 한 필의 말을 타고 감'을 일컬음.
454) 호전주퇴[虎前走兎]: 호랑이 앞에서 달아나는 토끼.
455) 황황급급(遑遑急急): 몹시 급함.
456) 황후(皇后): 임금의 정실.
457) 틱후(太后): 임금의 어머니.

"명제(明帝)를 사로잡난 지 잇스면 천금상(千金賞)의 민호후458)를 봉 ᄒ리라."

ᄒ니, 군사 청영ᄒ고 각 진으로 도라오니라.

이ᄶᆡ 천자 금산성의셔 도망ᄒ야 조정만으로 더부러 산곡 ᄉᆡ이의 은 신ᄒ고 잇던니, 황틱후(皇太后) 적진의 잡피여 가 죽이려 ᄒ난 말을 듯 고 통곡ᄒ여 암ᄒ(岩下)의 ᄂᆡ려져 죽고자 ᄒ거늘, 됴졍만이 붓드려 구 완ᄒ야 천자를 업고 명셩원으로 도망ᄒ야 갈제 천자게 엿자오딕,

"남경이 진탕459)ᄒ여ᄡᅳ니 도적 졍흔담 잡기는 ᄉᆡ로이 졍문걸 잡을 장 수 업스니, 이제 산동 육국(山東六國)의 쳥병(請兵)ᄒ와 ᄡᅩ오다가 사불 여의460)ᄒ거든 옥쇠를 가지고 소신과 흠기 용동수의 ᄲᅡ져 죽사이다."

천자 올이{옳게} 여겨 조셔461)를 써 산동 육국의 쥬야로 가 구완병 을 쳥ᄒ니, 이ᄶᆡ 육국왕이 이 말을 듯고 각각 군사 십만 병과 장수 쳔 여 원을 조발462)ᄒ야 급피 남경 명셩원으로 보ᄂᆡ니라.

이ᄶᆡ 육국이 흡셰ᄒ야 호산딕 널운 뜰의 빈틈업시 힝군ᄒ야 드려오 니, 천자 딕희ᄒ야 군즁(軍衆)의 드려가 위로ᄒ고 적진 형셰(形勢)와 수차(數次) 픠ᄒ물 낫낫치 말ᄒ고, 적응으로 션봉을 삼고 됴졍만으로 즁군을 삼아 황셩으로 드려올제, 그 웅장흔 거동은 추상(秋霜)갓탄지 라. 빅사장 빅이(百里) ᄂᆡ의 군사 늘려셔셔 들어오니, 남경이 비록 진

---

458) 민호후[萬戶侯]: 일만 호의 백성이 사는 영지를 가진 제후라는 뜻으로, 세력이 강한 제후를 이르는 말.

459) 진탕(震蕩): (세력 등이) 휩쓺. 휘몰아 쓺.

460) 사불여의(事不如意): 일이 뜻대로 되지 않음.

461) 조셔(詔書): 임금의 명령을 적은 문서.

462) 조발(調發): (전시 또는 사변 때) 사람이나 말, 군수품을 뽑거나 거두어 모음.

탕ᄒ여쓰나 무셔운 거시 쳔자의 긔굴463)네라. 금산셩 ᄒ의 유진ᄒ고 쏨을 도도오니,

이ᄯᅵ 정문걸이 션봉의 잇다가 쳥병이 오믈 보고 필마단창(匹馬單槍)으로 진문(陣門)을 열고 나오거늘, ᄒ담이 문걸을 불너 왈,

"젹병이 저디지 엄장(嚴壯)ᄒ듸 장군은 엇지 경션[輕率]이 갈야 ᄒ오?"

문걸이 답왈,

"폐ᄒ, 엇지 소장의 지조를 수히{가볍게} 알으시난잇가? 장편464) 군졸 사십만과 빅긔(百騎)를 ᄒ 칼의 다 죽여쓰니, 남경이 비록 육국의 쳥병ᄒ야 억만(億萬) 병이 왓거니와 소장의 ᄒ 칼싯틔 죽난 귀경 안자셔 보읍소셔."

ᄒ담이 딕히ᄒ여 장딕465)의 놉피 안ᄌᆨ 쏨을 귀경할시, 문걸이 창검을 좌우의 갈너 잡고 마상(馬上)의 놉피 안자 나난 다시 들어가며 호통 일셩(一聲)의,

"명제야! 옥시를 가져왓난야? 너를 자부려 ᄒ엿더니 이제 와쓰믹, 진소위춘치자명466)이라. 밧비 흥복ᄒ야 잔명을 보존ᄒ라."

ᄒ고, 역만군즁(億萬軍衆)의 무인지경(無人之境)갓치 횡힝(橫行)ᄒ야, 동장(東將)을 치난 듯 남장(南將)을 벼히고, 북장(北將)을 베히난 듯 셔

---

463) 긔굴[傀起]: 몸을 일으킴.
464) 장편: 정확히 무슨 뜻인지 알 수 없음.
465) 장딕(將臺): (장수 등이 올라서서) 명령·지휘하는 대.
466) 진소위춘치자명(眞所謂春雉自鳴): 진실로 이른바 봄철의 꿩이 스스로 운다는 뜻으로, '제 허물을 스스로 드러내어 화를 자초함.'을 이르는 말.

장(西將)이 씨려지니, 죽난 군사 여산(如山)ᄒ고 유혈이 셩천(成川) 되
야쏘다. 셔초픠왕[467]이 강동(江東) 건너 흠곡관[468]을 부시난 듯, 상산
(常山) 됴자룡[469]이 산양수(山陽水) 건녀 삼국 쳥병 지치난 듯, 문걸이
닷난 곳마닥 씨홀{싸울} 군사 업셔쓰니 그 안이 망극홀ᄀ. 이쎄 쳔자
됴졍만과 옥시를 갓고 용동수의 쎈지고자 ᄒ나, 쏘흔 도망홀 지리 업
셔 ᄒ날을 우려려 탄식ᄒ긔를 마지안이ᄒ더라.

븩용사의 득갑주창검[470] ᄒ고 송임촌의 득쳔사마[471] ᄒ다.

각셜이라。 이쎄 유츙열이 셔히 광덕산 븩용사의 잇셔 노승과 흔가
지로 지음[472]이 되야 셰월을 보닉더니, 잇쎄는 부흥 십삼년 추칠월 망
간이라. 흔풍(寒風) 소소(蕭蕭)ᄒ고 낙목(落木)은 분분(紛紛)ᄒ듸, 고힝

---

467) 셔초픠왕(西楚霸王): 項羽가 秦나라 王인 子嬰을 폐위시켜 주살한 후에 즉위하여 일
   컬은 칭호. 楚나라 義帝를 섭정으로 도와 통치했으나, 그를 암살했다. 뒷날 劉邦의
   도전으로 楚漢의 끝없는 싸움을 싸우다 패하고 스스로 목숨을 끊었다.
468) 흠곡관(函谷關): 河南省 서북의 관문으로, 渭水盆地에서 동쪽의 중원평야에 들어오
   는 요충지.
469) 됴자룡(趙子龍): 삼국시대 촉한의 武將. 子龍은 자. 이름은 雲. 그는 창을 아주 잘
   썼는데, 劉備가 曹操에게 쫓겨 처자를 버리고 남으로 도망할 때에 騎將이 되어 그들
   을 보호하여 난을 면하게 하니, 유비가 '자룡은 몸 전체가 담이다(子龍一身都是膽)'
   라 평했다.
470) 득갑주창검(得甲冑槍劍): 갑옷투구와 창칼을 얻음.
471) 득쳔사마(得天賜馬): 천사마를 얻음.
472) 지음(知音): 중국 춘추전국 시대에 거문고의 명수인 伯牙의 거문고 소리를 잘 알아들
   은 사람은 오직 그의 친구 鍾子期뿐이었다는 고사에서 온 말로, '마음이 서로 통하는
   친한 벗'을 일컬음.

을 싱각ᄒ야 신세를 싱각ᄒ홀제, 월명야삼경(月明夜三更)의 홀노 안자 비감ᄒ더니, 노승이 이려나 밧기 갓다 드려오며 츙열을 불너 왈[曰],

"상공이 금일의 천문473)을 보와ᄂᆞᆫ잇가?"

츙열이 놀ᄂᆞ여 급피 나와 보니, 천자의 자미셩이 ᄊᆞ려져 명셩원의 짐겨 잇고 남경의 살긔(殺氣) 가득ᄒ엿거늘, 방으로 드러와 흔숨짓고 낙누(落淚)ᄒ니, 노승이 왈,

"남경의 병난(兵亂)은 낫건이와, 산즁의 피난ᄒ난 ᄉᆞ름이 무신 근심이 잇시릿가?"

츙열이 울며 왈,

"소싱은 남경 셰록지신474)이라 국변이 이려ᄒ니{일어나니} 엇지 근심이 업시리요만은, 적수단신475)이 만 리 밧기 잇ᄉᆞ오니 흔탄흔들 엇지ᄒ리요."

노승이 웃고 벽장을 열고 옥함(玉函)을 ᄂᆡ여 노으며 왈,

"옥흠은 용궁조화(龍宮造化)거니와 옥흠 ᄡᆞ민 수건은 엇더흔 ᄉᆞ름의 수적[수건]인지 ᄌᆞ셰이 보라."

유싱이 의심(疑心)ᄒ야 옥함을 살펴보니 「남경 도원슈 유츙열은 기

---

473) 천문(天文): 天體에서 일어나는 온갖 현상. 여기서는 하늘의 별자리를 일컫는다.
474) 셰록지신(世祿之臣): 대대로 나라에서 녹을 받는 신하.
475) 적수단신(赤手單身): 맨손과 홀몸이란 뜻으로, '가진 재산도 없고 의지할 일가붙이도 없는 외로운 몸'을 일컫는 말.

탁(開坼)이라」 금자(金字)로 삭여 잇고, 쏩민 수건을 쓸너 보니 「모년 모월 모일의 남경 동성문 닉의 스는 츙열의 모친 장부인은 닉 아달 츙열으게 부치노라」 ᄒ여써늘, 츙열이 슈건과 옥흠을 붓들고 방성통곡 ᄒ거늘, 노승이 위로 왈,

"소승(小僧)이 수년 젼의 절 중창476) 화주477)로 변양 회수의 다다르니, 기이훈 오식 구름이 수건의 덥펴거늘 밧비 가셔 보니 옥함이 물가의 노얏거늘 임자를 주랴 ᄒ고 갓다 간슈ᄒ엿더니, 금일노 볼진되 상공의 전장긔게478)가 옥흠 속의 잇난가 ᄒ난이다."

딕체(大體) 이 옥흠은 회수 가 사는 마철이가 물속의 잠수질ᄒ다가 큰 거복이 이 옥흠을 지고 나오거늘, 마철이 거복을 죽이고 옥흠을 가져다가 제 집의 두어써니, 젼일 장부인이 도적의게 잡피여 석장동 마철의 집의 ᄀ셔 옥흠을 갓다가 수건의 글 씨고 회수의 너어써니, 빅용사 부체중이 가져다가 이날 츙열을 주엇난지라.

이쎄 츙열이 옥흠을 안고 왈,

"이거시 일정(一定) 츙열의 기물(器物)일진되 옥흠이 열일지라."

ᄒ고 우싹{윗뚜껑}을 여려 노으니, 빈틈업시 들어써늘 보니 급주(甲胄) 훈 벌과 장검 훈나 칙 훈 권이 드럿거늘, 투고를 보니 비금비옥(非金非玉)이라. 광치 찬란ᄒ야 안치(眼彩)를 쏘이난 중의 속을 살펴보니 금자(金字)로 '일광주라' 삭여 잇고, 급옷슬 보니 용궁조화(龍宮造化) 적실

---

476) 중창(重刱): 낡은 건물을 헐기도 하고 고치기도 하여 다시 새롭게 함.
477) 화주(化主): 집집마다 돌아다니며 염불을 해주고 시주를 받아다가 절의 양식을 대는 승려.(施主僧)
478) 전장긔게(戰場器械): 싸움터에서 필요한 도구와 기물.

(的實)ᄒ다. 무어시로 만든 줄 모롤네라. 옷짓[옷깃] 밋틔 금자로 삭여 잇고 장검(長劍)은 노어쓰되 두미(頭尾)가 업난지라. 신화경을 페여 노코 칼 씨난 법을 보니,

「갑주를 입은 후의 신화경 일편(一篇)을 보고 천상(天上) 딕장셩(大將星)을 세 번 보거드면 살린 칼이 절노 페여 변화무궁(變化無窮)할지라.」

ᄒ엿거늘, 직시{즉시} 시염[시험]ᄒ니 십척 장검이 번듯ᄒ며 ᄉ름을 놀닉거늘, 흔가온딕 딕장셩이 식별갓치 박켜 잇고 금자(金字)로 삭이기를 '장셩검'이라 ᄒ엿거늘, 모도 다 힝장의 간수ᄒ고 노승다려 왈,

"천힝(天幸)으로 딕ᄉ를 만나 갑주와 창검은 어더건이와, 용마(龍馬) 업셔쓰니 장군이 무용지지479)라."

흔딕, 노승이 답왈,

"옥황게옵셔 장군을 딕명국의 보닐 제 사히(四海) 용왕(龍王)이 몰을손가? 수년 전의 소승이 셔역(西域)의 가올제 빅용암의 다다르니, 어미 일은{잃은} 미야지{망아지} 누엇거늘, 그 말을 다려와쓰나 산승(山僧)의게 부당(不當)이라, 송임촌 동장자480)에게 막기고{맡기고} 와쓰니, 그곳슬 차자가 그 말을 어든 후의 즁노(中路)의 지체 말고 급피 황셩의 득달(得達)ᄒ와, 지금 천자의 목숨이 경각(頃刻)의 잇사오니 급피 가셔 구완ᄒ라."

흔딕, 유싱이 이 말을 듯고 송임촌을 밧비 차자가 동장자를 만난 후의

---

479) 무용지지[無用之器]: 쓸모가 없는 기물.
480) 동장자(洞長者): 마을에서 가장 손윗사람이나 덕이 높은 사람.

'마를 귀경ᄒ자'ᄒ니, 이ᄶᅵ 천ᄉ마 제 임자를 만나ᄡᅵ니 벽역 갓탄 소리ᄒ며 빅여장(百餘丈) 토굴을 너머 ᄲᅱ여 나셔 츙열의게 달여드려 옷도 물며 몸도 디여 보니, 웅장ᄒᆫ 거동언 일필난긔(一筆難記)로다. 심산(深山) 밍호(猛虎) 닙써 선 듯, 북히 흑용(北海黑龍)이 벽공(碧空)의 올으난 듯, 강산 졍긔난 안치(眼彩)의 갈마 잇고, 비룡 조화(飛龍造化)난 네 굽의 번듯ᄒᆫᄃᆡ, 틱 밋틔 일점 용인(龍鱗)의 삭여ᄡᅬ되 '사송천사마(賜送天賜馬)'라 ᄒ엿거늘, 유싱이 ᄃᆡ히(大喜)ᄒ야 장자다려 '말을 사자'ᄒ니, 장자 우어 왈,

  "수년 젼의 빅용ᄉ 부체즁이 이 말을 막기며 왈, '이 말을 질너니여 임자를 차자주라' ᄒ기로 맛다{맡아} 질너쩌니, 이 말리 장셩(壯盛)ᄒᄆᆡ 잡을 지리{길이} 업셔 토굴의 가두어ᄡᅳ나 쳔만인(千萬人)이 귀경ᄒ되 ᄒ나도 갓가이{가까이} 못 가더니, 오날날 그ᄃᆡ를 보고 제 시ᄉ로{스스로} 차자오니 붓체즁이 일으던 임자 그ᄃᆡ가 젹실(的實)ᄒ니, ᄒ날이 주신 보빅니 엇지 판단 말가? 물각유주481)오니 가져ᄀ옵소셔."

ᄒᆫᄃᆡ, 유싱이 ᄃᆡ히ᄒ야 안장을 가초와 동장자를 ᄒ직ᄒ고 송임촌을 지니여 광덕산을 힝ᄒ야 노승의게 치ᄒᄒ고 젹년졍회482)를 ᄒ직홀졔, 사즁(寺中)의 졔승(諸僧)드리 별회지담483)을 엇지 다 셜화(說話)홀고 긔록ᄒ리. ᄒ직ᄒ고 그 말 우의 놉피 올나 안자 남경을 바라보며 구름을 가라쳐 말다려 경게 왈,

---

481) 물각유주(物各有主): 물건마다 제각기 정해진 임자가 있음. 어떤 물건이라도 아무에게나 되는대로 들어가는 것이 아님을 이르는 말이다.

482) 젹년졍회(積年情懷): 여러 해를 두고 쌓아 온, 마음속에 품고 있는 정.

483) 별회지담(別懷之談): 이별의 회포가 담긴 이야기.

"흥날은 나를 닉시고 용왕은 너를 닐제 그 쓰시 모도 다 남경을 돕게 흥미라. 이졔 남적이 황셩의 강셩흥야 천자의 목숨이 경각의 잇다 흥니, 딕장부 급흥 마음 일각이 여삼추라484). 너는 심{힘}을 다흥야 남경을 순식(瞬息.)의 득달케 흥라."

그 말리 그 말을 듯고 청천(靑天)을 브라보며 벽역갓튼 소릭 흥고 빅운(白雲)을 헛쳐 나닌 다시 드러가니, 스룸은 쳔신(天神)이요 말은 비용(飛龍)이라. 남경을 바람갓치 달어오니 금산셩흥 널운 쓸의 살기(殺氣)가 충천(衝天)흥고 황셩 문안의 곡셩이 진동흥더라.

이씩 쳔자 중군(中軍) 조졍만으로 더부러 옥식를 가지고 도망흥야 용등수의 쌘져 죽고자 흥되 젹진을 버셔날 질이 업셔 황황망극485)흥던 차의, 문득 북편으로 쳔병만마(千兵萬馬) 드러오며 쳔자를 부르거늘 쳔자 딕명군사(大明軍士) 오난가 반거 브릭더니, 남젹과 동심(同心)흥야 마룡이 진공이라 흥난 도스를 다리고 쳔자를 치러 흥야 억만 군병(億萬軍兵)을 총독(總督)흥야 일시의 드러오니, 이씩의 졍흥담이 쳔자 되야 빅관(百官)을 거나리고 최일귀는 딕장이 되야 삼군을 경계홀 졔 쏘흔 북젹(北狄)이 흡세흥야, 그 형세 웅장흥미 만고의 웃듬이라.

션봉장 졍문걸이 의기양양흥야 명진 육국 청병을 흥 칼의 다 뭇지리고 션봉을 허쳐 진중의 드러와,

"명졔야! 항복흥라. 닉 흥 칼의 육국 청병 다 죽이엇고 쏘흔 북젹이 흡세흥야스니, 네 어이 당홀손야? 밧비 나와 항복흥여 네의 모자(母子)를 차져가라."

---

484) 일각(一刻)이 여삼추(如三秋)라: 짧은 시간도 3년 같이 길게 생각된다는 뜻으로, '기다리는 마음이 몹시 애타고 간절함'을 일컫는 말.

485) 황황망극(遑遑罔極): 몹시 마음이 급하여 허둥지둥하기가 그지없음.

ㅎ고 짓쳐드러오니, 이졔 천자 ㅎ릴업셔 옥시를 목의 걸고 항셔(降書)를 손의 들고 항복ㅎ랴 ㅎ고 나올 젹의, 중군 조졍만과 명진의 나문 군ㅅ 엇지 안이 흔심ㅎ고 실푸리요. 천자의 우름소ᄅᆡ 명셩원이 ᄶᅥ나가게 방셩통곡ㅎ며 항복ㅎ러 나오더라.

〈유충열전〉 권지하

각설。 이쩍 츙열이 금산성 ㅎ(下)의셔 망긔(望氣)ㅎ다가 형세 위급
ㅎ물 보고, 일광주(日光胄) · 용인갑(龍鱗甲)의 장성검(將星劍)을 놉피
들고 천사마(天賜馬)를 칙질ㅎ야 밧비 즁군소(中軍所)의 드러가 조졍
만을 보고 셩명을 올여 쏘오긔를 쳥ㅎ디, 즁군이 밧비 나와 손을 잡고
울며 왈,

"그디 츙셩은 지극ㅎ나 지금 황상(皇上)이 흥복ㅎ랴 ㅎ시고 쏘혼 적진
형세 져려ㅎ니, 그디 쳥춘이 젼장(戰場) 빅골(白骨)이 될 거스니 원통ㅎ
고 망극ㅎ다."

츙열이 불승분긔(不勝憤氣)ㅎ야 진문(陣門) 밧긔 나셔면셔 먼져 벽
역갓치 소리ㅎ야 적장(敵將)을 불너 왈,

"이바, 역적 졍흔담아! 남경 동문 니의 사난 유츙열을 아난다? 모로난
다? 밧비 나와 목을 드리라."

ㅎ난 소리 양진(兩陣)이 뒤누의며[뒤흔들리며] 쳔지강산이 진동ㅎ니,
문결[문걸]이 디경[大驚]ㅎ야 도라보니, 일광투고의 안치(眼彩) 쏘이고,
용인갑은 혼신[1]을 감초오고, 천사마는 비룡(飛龍)이 되야 운무(雲霧)

중의 ᄊ이여, 공중의 소ᄅ]만 나고 제 눈의난 보이지 안이ᄒ니 창검만 놉피 들고 주저주저ᄒ던 차의, 벽역 갓탄 소ᄅ] ᄂ즛ᄐ] 장성검(將星劍)이 번듯ᄒ며 정문걸의 머리 공중의 버혀 들고 중군으로 달여드니, 조정만이 업더지며 문 밧기 급피 나와 손을 잡고 드러갈제,

이ᄯ] 천자는 옥ᄉ]를 목의 걸고 항서를 손의 들고 진문 밧긔 나오다가 ᄯᆺ밧긔 호통소ᄅ] 나며 일원(一員) ᄃ]장이 문걸의 머리를 버혀 들고 중군으로 드러가거늘, ᄃ]경ᄃ]희(大驚大喜)ᄒ야 중군을 급피 불너 왈,

"적장 벼히던 장수 셩명이 뉘냐? 밧비 입시(入侍)ᄒ라."

츙열이 말게 나려 천자 젼(前)의 복지ᄒᄃ], 천자 급피 문왈,

"그ᄃ]는 뉘신지, 죽을 ᄉ룸을 살니난가?"

츙열이 저의 부친과 강히주[강희주] 죽으물 절분[2]이 억여{여겨} 통곡ᄒ며 엿자오ᄃ],

"소장은 동성문 ᄂ] 거(居)ᄒ던 정언 주부(正言注簿) 유심의 아달 츙열이옵더니, 주류기걸[3]ᄒ야 말리[萬里] 밧ᄭ] 잇삽다가 아부 원수 갑푸랴고 여긔 잠간 왓삽거니와, 폐ᄒ 정ᄒ담의게 곤핍[4]ᄒ심은 몽즁(夢中)이로소이다. 전일의 정ᄒ담을 츙신이라 ᄒ시더니 츙신도 역적이 되난잇가? 그놈의 말을 듯고 츙신을 원찬(遠竄)ᄒ야 다 죽이고 이런 환(患)을 만나시니, 천지 아득ᄒ고 일월(日月)이 무광(無光)ᄒ옵ᄂ]다."

---

1) 혼신(渾身): 온몸.(全身)
2) 절분(切忿): 몹시 원통하고 분함.
3) 주류기걸(周流丐乞): 두루 떠돌아다니며 빌어먹음.
4) 곤핍(困逼): 곤경을 겪어 형세가 매우 절박함.

실피 통곡ᄒ며 머리를 싸의 두달리니, 산천초목(山川草木)도 시러ᄒ며 만진중(滿陣中)이 낙누 안이ᄒ 리 업더라. 천자 이 말을 드르시고 후회막급5) 홀 말이 업셔 우두건이 안자더니, 틱자 적진의 잡펴 갓다가 본진의셔 문걸 베히물 보고 탈신도쥬6) 급피 와셔 황상 졋틱 안자다가, 츙열의 말을 듯고 보선발노{버선발로} 나려와셔 츙열의 손을 붓들고 왈,

"경이 이게 웬 말인가? 옛날 주셩왕7)도 관칙8)의 말을 듯고 주공을 의심터니 회과자칙9)ᄒ야 셩군(聖君)이 되야쓰니, 츙신이 다 죽기난 막비천운10)이라. 그런 말을 ᄒ지 말고 진츙갈역11)ᄒ야 황상을 도으시면, 틱산(泰山) 갓튼 그 공뇌[功勞]는 쳔ᄒ를 반분(半分)ᄒ고, ᄒ희(河海) 갓튼 그 은혀는 푸를 믹자 갑푸리라12)."

츙열이 우름을 근치고 틱자 긔상(相)을 보니, 천자 긔상 적실(的實)ᄒ고 일딕 셩군(一代聖君) 될 듯ᄒ야 투고[투구] 버셔 싸의 노코 천자 젼의 사죄 왈,

"소장이 아비 죽으물 흔튼(恨歎)ᄒ야 분심(憤心)이 잇난고로 격절13)ᄒ 말삼을 폐ᄒ 젼의 알외여쓰니 죄사무석(罪死無惜)이라. 소장이 죽사온들

---

5) 후회막급(後悔莫及): 후회하나 미칠 수 없음. 후회해도 소용없음.

6) 탈신도쥬(脫身逃走): 몸을 빼어 달아남.

7) 주셩왕(周成王): 周나라 제2대 왕. 武王의 아들. 나이 어리어 임금이 되매 숙부되는 周公 旦의 도움을 받아서 나라를 잘 다스렸다.

8) 관칙(管蔡): 管叔과 蔡叔. 모두 周公 旦의 형제로서 난을 일으켰다가 피살당하였다.

9) 회과자칙(悔過自責): 과오를 뉘우치고 스스로 꾸짖음.

10) 막비천운(莫非天運): 하늘이 정한 운명 아닌 것이 없음. 세상의 모든 일이 운명에 달렸다는 뜻이다.

11) 진츙갈역(盡忠竭力): 충성을 다하고 힘을 다함.

12) 푸를 믹자 갑푸리라: 結草報恩. 죽은 뒤에라도 은혜를 잊지 않고 갚음.

13) 격절(激切): 지나치게 과격함.

폐흥를 돕지 안이ᄒ오릿가?"

천자 츙열의 말을 듯고 친이 게ᄒ(階下)의 나려와셔 투고를 삐이면셔 손을 잡고 ᄒ난 말리,

"과인(寡人)은 보지 말고 그듸 선조 창건(創建)ᄒ던 일을 싱각ᄒ야 나라를 도와주면 틱자 ᄒ던 말듸로 그듸 공을 갑푸리라."

츙열이 청명(聽命)ᄒ고 물너나와 장듸(將臺)의 놉피 안자 군사를 총독(總督)ᄒ니, 피병장졸14)리 불과 일리빅 명이라. 천자 삼층단의 놉피 안자 ᄒ날게 제사ᄒ고 인검15)을 ᄯ너닉어 츙열을 주신 후의, 딕장 사명긔16)예 친필노 쓰시긔를 '딕명국(大明國) 딕사마(大司馬) 도원수(都元帥) 유츙열'리라 두려시 써 닉주니, 원슈 사은ᄒ고 진법(陣法)을 시험홀제, 장사일자진17)을 쳐 두미(頭尾)를 상흡(相合)게 ᄒ고 군중의 호령ᄒ되,

"남북 적병이 비록 억만병(億萬兵)이라도 닉 혼자 당ᄒ련니와, 너의 등은 힝오(行伍)를 일치 말나."

약속홀제, 이적{이때}의 적 진중의셔 문결 죽으믈 보고 일진(一陣)이 진동(振動)ᄒ야 서로 나와 싸오려 홀식, 삼군딕장(三軍大將) 최일귀 분긔를 이기지 못ᄒ야 녹포운갑(綠袍雲甲)의 빅금투고를 쓰고 장창딕

---

14) 피병장졸(疲病將卒): 피로하고 병든 장수와 군졸.

15) 인검(印劍): 임금이 군사를 통솔하는 장수에게 주던 칼. 이 검을 가진 장수는 명령을 어긴 자를 보고하지 않고 죽이는 권한이 주어졌다.

16) 사명긔[司命旗]: 휘하의 군대를 지휘할 때 사용하던 깃발.

17) 장사일자진(長蛇一字陣): 漢字의 '一'자 모양으로 길게 뻗쳐서 친 陣營 또는 列.

검(長槍大劍)을 좌우의 갈나 들고 적제마(赤帝馬)를 치질ᄒ야 나난 다시 달여드며 위여 왈,

"적장 유츙열아! 네 아직 미거[18]ᄒ야 남북 강병(强兵) 억만군(億萬軍)를 능멸리 싱각ᄒ니 밧비 나와 죽어보라."

원슈 장ᄃᆡ(將臺)의 잇다가 최일귀란 말을 듯고 밧비 나와 응셩(應聲)ᄒ되,

"정흔담은 어ᄃᆡ 가고 너만 엇지 나왓난냐? 너의 두 놈의 간을 ᄂᆡ여 우리 부모 영위[19] 전의 ᄌᆡᄇᆡ(再拜)ᄒ고 드리리라."

흠셩ᄒ고 달여드러 장셩검이 번듯ᄒ며 일귀 가진 장장ᄃᆡ검[長槍大劍]이 편편파쇄[20] 부셔지니, 최일귀 ᄃᆡ경(大驚)ᄒ야 철퇴(鐵槌)로 치자 흔들 원슈 일신(一身)이 보이지 안이ᄒ니 치자 흔들 어이ᄒ리. 석진즁[敵陣中]의셔 옥관도사 ᄊᆞ홈을 귀경타가 ᄃᆡ경ᄒ야 급피 징[21]을 처 거두오니, 일귀 제우{겨우} 본진의 도라와 정신을 일엇난지라.

잇ᄃᆡ 북적(北狄) 션봉 마룡은 쳔ᄒᆞ의 명장이라, 츙열을 잡지 못ᄒ고 도라오믈 분이 역여 진문(陣門)을 혓처 왈,

"ᄃᆡ장은 엇지 조고만흔 아히를 살여두고 오니닛가? 소장이 잡아오리니다."

ᄒᆞ며 나난 다시 드러을제, 북적 진중의셔 쏘 ᄒᆞᆫ 도사 진진이 나와 마룡의 말머리를 잡고 왈,

"ᄃᆡ장은 가지 마ᄋᆞᆸ소셔. 젹장의 갑주장검[甲胄槍劍]을 보니 룡궁의 조화라. 수년 전의 ᄃᆡ장셩이 남경의 써러지더니, 이제 검술을 보니 북두셩 ᄃᆡ장셩이 칼빗슬 응ᄒᆞ야 일광주(日光胄)·용인갑(龍鱗甲)은 일신(一身)을 가리와쓰니 사롬은 천신(天神)이오, 말은 비룡(飛龍)이라. 뉘 능히 당ᄒᆞ리요."

마룡이 분로(憤怒)ᄒᆞ야 도스를 꾸지져 왈,

"ᄃᆡ장부 압푸 요망ᄒᆞᆫ 도스놈이 무삼 잔말을 ᄒᆞ난다? 밧비 물너쓰라."

진진이 싱각ᄒᆞ되 미구(未久)의 ᄃᆡ환이 잇실지라, 진중의 드지 말고 소로(小路)로 도망ᄒᆞ야 쓰홈을 귀경터라.

이ᄯᅢ예 마룡이 좌수(左手)의 삼천 근 철퇴를 들고 우수(右手)의 창검을 들고 호통을 지르며 나와 원슈를 마자 쓰오더니, 일광주의 쏘이여 두 눈이 캄캄ᄒᆞ야 정신이 업난지라, 운무(雲霧) 중의 소ᄅᆡ 나며 검광이 빗나며 원수를 치랴 ᄒᆞ니 장셩검이 번듯ᄒᆞ며 마룡의 손을 치니 철퇴든 팔리{팔이} 마자 ᄯᅡ의 써러지니, 마룡이 ᄃᆡ경ᄒᆞ야 우수의 잡은 칼노 공중의 소소와 번ᄀᆡ를 ᄂᆞᆸ더 치니 구척장검 질고 진 칼리 낫낫치 파쇄ᄒᆞ야 빈 자로[자루]만 나문지라, 제 아무리 명장[名將]인들 적수(赤手)로 당할손야. 본진으로 도망코저 ᄒᆞᆯ 지음의 벽역 갓튼 소ᄅᆡ 진동ᄒᆞ며 장셩검이 번듯ᄒᆞ며 마룡의 머리 안ᄀᆡ 속의 나리지니{떨어지니}, 목은 질너 본진의 더지고[던지고] 몸은 적진의 더지며[던지며] 왈,

"이바, 정ᄒᆞᆫ담아! 밧비 나와 죽기를 직촉ᄒᆞ라. 네놈도 이갓치 죽이

리라."

ᄒ며, 좌우로 횡힝(橫行)ᄒ되 공중의 소리만 나고 일신은 안이 보이니, 적진이 되경ᄒ야 혼불부신22)ᄒ더라.

흔담이 되로ᄒ야 용상(龍床)을 치며 왈,

"익만 군즁(億萬軍衆)의 츙열이 잡을 지 업난야?"

형사마 빗기 타고 십쳑장검 ᄲᅬ여들며 진문 밧긔 썩 나셔니, 최일귀 응셩(應聲)ᄒ고 나와 왈,

"되장은 아직 참으소셔. 소장이 당ᄒ리다."

ᄒ며, 나난 다시 드러가 위여 왈,

"적장 유츙열은 어제[이제] 미결(未決)흔 싸홈을 결단ᄒ자."

원수 응셩ᄒ고 천사마상 번듯 올나 좌수(左手)의 신화경은 신장(神將)을 호령[號令]ᄒ고 우수(右手)의 장셩검은 일월(日月)을 하롱[戲弄]ᄒ난지라, 적진을 바라보고 나난 다시 드러가 혼신(渾身)이 일광 되여 가난 주를[줄을] 모롤네라. 일귀를 마자 싸와 반흡이 못ᄒ야셔 장셩검이 번듯ᄒ며 일귀의 머리를 베혀 칼 ᄭᅳᆺ틱 ᄭᅱ여 들고 본진으로 도라와셔 천자 젼의 밧처 왈,

"이거시 최일귀 머리 적실ᄒ온잇가?"

천자 일귀의 목을 보고 되분(大憤)ᄒ사 도ᄆᆡ[도마] 우의 올여노코[올

---

22) 혼불부신(魂不附身): 몹시 놀라 혼이 몸에 붙어 있지 않고 달아남.(魂飛魄散)

려놓고} 점점이 올리면셔{오리면서} 원수를 치사 왈,

"진[朕]이 불명ㅎ야 이놈의 말을 듯고 경의 부친을 문외출송23)ㅎ얏더
니, 이놈이 나를 속여 말이[萬里] 연경의 보닉쓰니, 이제은 설치24)ㅎ고
경의 은혜 논지컨딕 할부봉양25) 부족이라, 빅골이 진퇴(塵土)가 되야도
그 은혜를 다 갑푸리. 황틱후(皇太后)은 어딕 가고 이놈 고기 맛볼 주를
[줄을] 모로난가?"

원수의 손을 잡고 빅 번이나 치사ㅎ니, 원수 더옥 감축(感祝)ㅎ야 고
두사례26)ㅎ고 군즁(軍中)으로 물너나오니, 즁군 조정만이 질거우물
층양치 못ㅎ야 딕ㅎ(臺下)의 닉려 빅비치사[百拜致謝]ㅎ며 길기더라.

이씨 흔담이 일귀 죽으물 보고 분심이 충장27)ㅎ야 벽역 갓튼 소릭
를 쳔동갓치 지르고 상창딕검 다잡아 쥐고 전장28) 오빅 보를 소소와
쒸여셔며 육경육갑29)을 베푸러 좌우 신장(神將) 옹위(擁衛)ㅎ고, 둔갑
장신(遁甲藏身)ㅎ야 변화를 부쳐두고{일으켜두고} 호통을 크게 질너
원슈를 불너 왈,

"충열아! 가지 말고 네 목을 밧비 납상30)ㅎ라."

원슈 흔담이 나오물 보고 딕히ㅎ야 응셩ㅎ고 나올졔, 쳔자 원슈를

---

23) 문외출송(門外出送): 성문 밖으로 쫓아냄.
24) 설치(雪恥): 부끄러움을 씻음.(雪辱)
25) 할부봉양(割膚奉養): 살을 베어내어 지극하게 돌봄.
26) 고두사례[叩頭謝禮]: 머리를 조아리며 감사함을 표시함.
27) 츙장[充壯]: (기세가) 충만하고 씩씩함.
28) 전장(前丈): '앞으로 솟은 길이나 높이'인 듯.
29) 육경육갑[六丁六甲]: 둔갑술을 할 때에 부르는 神將의 이름.
30) 납상(納上): 올려 바침.

당부 왈,

"흔담은 일귀·마룡의 유(類) 안이라. 천신(天神)의 법을 빅와 만부부
당지역(萬夫不當之力)이 잇고 변화 불칙[不測]ㅎ니 각별이 조심ㅎ라."

원슈 크게 웃고 진전(陣前)의 나셔 흔담을 망견(望見)ㅎ니, 신장이
십여 척이요 면목(面目)이 웅장ㅎ며, 황금투고의 녹포운갑(綠袍雲甲)
의 조화를 부쳐난듸[부리는데], 천상(天上) 익셩(翼星)의 정신을 흉중
의 갈마쓰니, 일듸(一代) 명장(名將)이요 역적 될 만ㅎ지라. 원수 기운
을 가다듬고 신화경을 잠간 펴여 익셩 정신을 쇠진(衰盡)케 ㅎ고, 장셩
검을 나시 닥가 셩치31) 칠난[燦爛]케 ㅎ고, 변화의 은신(隱身)ㅎ고 호
통을 크게 ㅎ며, 흔담을 불너 왈,

"네 놈은 명나라 정종옥의 자직[子息] 정흔담이 안이냐? 세듸로 명나
라 녹을 먹고 그 인군(仁君)을 섬기다가 무어시 부족ㅎ야 츙신을 다 죽이
고 부모국을 치랴 ㅎ니, 비단 천하 사룸쑌 안이라 지ㅎ 귀신덜도 너를
잡아 황제 전의 드리고자 홀 거스니, 너 갓튼 만고역적(萬古逆賊)이 살기
를 바릴손야? 네놈을 싱금32)ㅎ야 견후 죄목(罪目) 무른[물은] 후의 네의
살을 포육33) 써셔 종묘(宗廟)의 제사ㅎ고, 그 나문 고기는 바다다가 우
리 부친 츙혼당(忠魂堂)의 석젼제34)를 지니리라. 밧비 나와 나를 보라."

흔담이 분로ㅎ야 응셩출마35) 나오거날, 원수 흔담을 마자 쓰올식,

---

31) 셩치(星彩): 어떤 빛이 나타내는 별 같은 모양. 여기서는 장셩검의 칼날 빛을 일컫
는다.
32) 싱금(生擒): 산 채로 잡음.
33) 포육(脯肉): 얇게 저며서 양념하여 말린 고기.
34) 석젼제[夕奠祭]: 염습 때부터 장사 때까지 매일 저녁 신위 앞에 제물을 올리는 의식.
35) 응셩출마(應聲出馬): 어떤 명령에 응하여 말을 타고 나감.

칼노 치거듸면 반흅의 죽을 거시로듸, 살이고 잡고자 ᄒ야 장성검 노
피 들어 정흔담을 치랴더니, 흔담은 간듸업고 펀펀체운36)이 이러나며
원수의 장성검의 검광(劍光)이 업셔지고 페엿던[펴있던] 칼이 도로 살
리거늘[접히거늘], 원수 듸경ᄒ야 급피 불너와[물러나와] 신화경을 밧
비 페여 일편(一篇)을 외인 후의 장성검을 세 번 치며 풍빅37)을 밧비
불너 체운[彩雲]을 씨러 바리고, 안순풍이지조화38)를 부쳐[부려] 적진
을 살펴보니, 흔담이 변신ᄒ야 체운의 ᄊ이여 십척장검 번더기며[번득
이며] 원수를 싸로거늘, 원슈 그제야 씌닷고 왈,

　　"흔담은 천신이라, 산 치로 잡부려 ᄒ다가는 도로여 환을 당ᄒ리라."

ᄒ고 ᄊ호러 나갈졔, 진전의 안기 자옥ᄒ며 장성검이 번기 되야 공중
의 빗나며 흔담을 치라 ᄒ되, 흔담의 몸으난 종시 칼리 가지기39) 가들
못ᄒ거늘, 적진을 힝ᄒ야 뒤히로 드러 진중을 헤칠 듯ᄒ니, 흔담이 원
슈를 싸라 자부려 ᄒ고 급피 회마(回馬) 차의 번기 언듯ᄒ며 흔담의 탄
말이 싸히 써구러지거늘, 급피 칼을 드러 흔담의 목을 치니 목은 맛지
안이ᄒ고 투고만 씌여지니, 적진의셔 흔담의 투고 씌여지물 보고 듸경
ᄒ아 급피 징을 처 거두오믹, 흔담이 기운이 쇠진ᄒ야 거의 죽게 되야
써니 징을 처 거두믹 본진의 도라와 정신을 노코 긔운을 수십[收拾]지
못ᄒ거늘, 좌우 구ᄒ니, 졔우 정신을 차려 안지며 왈,

36) 펀펀체운[翩翩彩雲]: 뭉게뭉게 일어나는 채색구름.
37) 풍빅(風伯): 바람을 맡아 다스리는 신.
38) 안순풍이지조화: 千里眼順風耳之造化의 잘못. 천 리 앞을 내다보는 눈이라는 천리안
　　과, 천 리 밖의 소리도 들을 수 있는 귀라는 순풍이를 일컫는다.
39) 가지기(가직이): 거리가 가깝게.

"션싱이 엇지 알고 소장을 불너난잇가?"

도사 왈,

"적장의 칼 씃티 장군의 투고 씨여지기로 만분위티[40] ᄒᆞ야 불너노라."

흔담이 디경ᄒᆞ야 머리를 만저보니 과연 투고 업난지라, 더옥 놀늬 왈,

"적장은 일정(一定) 천신이요 사룸은 안이로다. 십 년을 공부ᄒᆞ야 사룸은 컨이와 귀신도 충양치 못ᄒᆞ난 법이 만ᄒᆞ더니{많더니}, 마룡과 최일귀 죽으물 조심ᄒᆞ야 십년 비운 법을 오날날 모도 다 베푸러 적장을 잡부려 ᄒᆞ더니, 잡긔는씌르이[41] 긔운이 쇠진ᄒᆞ야 거의 죽게 되어더니, 천힝으로 션싱의 심{힘}을 입어 목심이 살아쁘나, 천만가지로 싱각ᄒᆞ되 심으로난 잡을 수 업스니, 션싱은 집피 싱각ᄒᆞ옵소셔."

도사 이 말을 듯고 간담이 션을ᄒᆞ야 이윽히 싱각다가 군즁의 젼령(傳令)ᄒᆞ야 진문(陣門)을 구지 닷고, 흔담을 불너 왈,

"적장을 잡부려 홀진디 임력[人力]으로난 잡지 못홀 거스니, 군장긔게(軍裝器械)를 모와 여차여차ᄒᆞ야짜ㄱ, 적장을 유인ᄒᆞ야 진즁의 들거듸면 제 비록 천신이라도 피홀 질이 업스리라."

흔담이 디히ᄒᆞ야 도사의 말디로 약속을 정제(定制)ᄒᆞ고 슈일을 지닌 후의, 급주를 갓초오고 진문의 나셔며 원슈를 불너 왈,

<hr/>

40) 만분위티(萬分危殆): 대단히 위태로움.
41) 잡긔는씌르이[잡기는새로에]: 잡기는 고사하고. '새로에'는 '는', '은'의 밑에 붙어서, '고사하고', '커녕'의 뜻을 나타내는 보조사이다.

"네 흔갓 혈긔만 밋고 우리를 딕적ᄒᆞ니 후싱이 가외로다[42], 쌜이 나와 자웅[43]을 결단ᄒᆞ라."

이ᄯᅵᆮ의 원슈 의긔양양ᄒᆞ야 진젼의 횡힝타가 부르난 소릭를 듯고 응셩출마ᄒᆞ아 일합(一合)이 못ᄒᆞ야 거의 잡게 되야ᄯᆞ니, 적진이 ᄯᅩ흔 징을 쳐 거두거늘 승승축부[44]ᄒᆞ야 바로 적진 션봉을 헛쳐 달여들세, 장딕(將臺)의셔 북소릭 나며 난딕업난 안긔 사면의 가득ᄒᆞ고 적장이 간딕업고 음풍[45]이 소소ᄒᆞ며 흔셜(寒雪)이 분분흔딕 지척을 모롤네라.

가련ᄒᆞ다! 유충열이 적장 쐬여 ᄲᅢ져 흉경의 드러쓰니 명지경각[46]이라. 원슈 딕경ᄒᆞ야 신화경을 페여노코 둔갑장신(遁甲藏身)ᄒᆞ야 일신을 감초오고 안슌법[47]을 베푸러셔 진즁을 살펴보니, 토굴을 집피 파고 그 가온딕 장창검극은 삼ᄯᅵᆮ[48]갓치 버려쓰며, 사ᄒᆡ(四海) 신장(神將)이 나열ᄒᆞ야 독흔 안긔 모진 사석(沙石) 사면으로 ᄲᅢ리면셔, 흠셩소릭 크게 질너 '항복ᄒᆞ라' ᄒᆞ난 소릭 천지 진동ᄒᆞᄂᆞᆫ지라. 원슈 그제야 간게(奸計)에 ᄲᅢ진 줄 알고 신화경을 다시 페여 육졍육갑[六丁六甲]을 베푸러 신장(神將)을 호령ᄒᆞ며 풍빅(風伯)을 밧비 불너 운무를 쓰러바리니, 명낭[明朗]흔 청천빅일[49] 일광주를 히롱ᄒᆞ고 장셩검은 번긔 되야 적진

<hr />

42) 후싱(後生)이 가외(可畏)로다: 후생이 두렵도다. 후진들의 무한한 가능성과 뛰어난 실력으로 발전해오는 것을 비유하는 말이다.

43) 자웅(雌雄): 암컷과 수컷이란 뜻이나, 여기서는 '승패·우열·강약' 등을 일컫는 말로 쓰임.

44) 승승축부(乘勝逐赴): 싸움에서 이기는 기세를 이어서 계속 적을 뒤쫓아 감.

45) 음풍(陰風): 음산한 바람.

46) 명지경각(命在頃刻): 거의 죽게 되어 숨이 곧 넘어갈 지경에 이름. 아주 위태로운 상태를 일컫는다.

47) 안슌법: 千里眼順風耳之法을 일컬음.

48) 삼ᄯᅵᆮ[삼대]: 삼의 줄기.

중이 요란할제, 적진을 살펴보니 무슈흔 군졸이며 진중의 모든 복병
들너쏘셔 빅만 겹의 에워난듸, 장듸의셔 북을 치며 군사를 직쵹커늘,
원슈 분노ᄒ야 일광주를 다시 만져 용인ᄀᆸ을 다시리고 천사마를 치질
ᄒ야 좌우 진중 호통ᄒ며 좌츙우돌 횡힝할제, 호통소릭 지닉난 고듸
번긔불리 이러나며 번긔불리 이러나난 고듸 뇌성벽역(雷聲霹靂) 진동
ᄒ니, 군사 장수 넉실{넋을} 일코 모든 장슈 귀가 먹고 눈이 어두어 제
군사를 제 모론다. 셔로 발펴 분주할제 변화 조타 장셩검은 동천의 번
듯ᄒ며 호적(胡敵)이 씨러지고, 셔천의 번듯ᄒ야 젼후 군사 다 죽으니,
추풍낙엽 볼 만ᄒ며 무릉도원 홍유수50)난 흐르난이 피물이라. 션봉
중군 다 헤치고 적진 장듸(將臺) 달여드니, 졍흔담이 칼을 들고 듸상의
섯거늘, 호통소릭 크게 ᄒ고 장셩검을 놉피 들어 듸칼의 베혀 들고 후
군의 달여드니,

이쩍 황후·틱후 적진의 잡펴가셔 토굴 속의 소릭ᄒ야 ᄒ난 말리,

"저그[저기] 가는 저 장수는 힝여 명나라 장수거든 우리 고부(姑婦) 살
여주소."

원수 분긔 등등(憤氣騰騰)ᄒ야 적진의 횡힝타가 실푼 소릭 나며 천
사마 그곳 질힝51)ᄒ거늘, 급피 가보고 말게 나려 왈,

"소장은 동셩문닉 거ᄒ던 유주부 아달 츙열이읍더니, 아비 원슈 갑푸
랴고 불원천리52) 달여와셔 졍문걸을 흔 칼의 버히고 그 후의 최일귀·마

---

49) 청천빅일(靑天白日): 흐린 데 없이 맑게 갠 하늘에서 비치는 해.
50) 홍유수(紅流水): 붉게 흐르는 물.
51) 질힝(疾行): 빠르게 달려감.
52) 불원천리(不遠千里): 천 리 길을 멀다 하지 않음.

룡을 잡고, 흔담의 목을 베히려 이곳듸 와사오니, 소장과 흠긔 본진으로 가사이다."

황후·틱후 이 말을 듯고 토굴 박긔 나와 원슈의 손을 잡고 치사ᄒ야 왈,

"그듸 일정 유주부의 아달인가? 어듸 가 장셩ᄒ야 저런 명장 되야난가. 그듸 부친은 어듸 잇난요? 장군의 심{힘}을 입어 우리 고부 살여ᄂ니여 소소빅발(蕭蕭白髮) 이ᄂ니 몸이 천자 아달 다시 보고, 연연홍안53) ᄂ니 메나리{며느리} 황제 낭군 다시 보게 ᄒ니, 그 공노 그 은혀은 틱산이 문어저셔 평지가 되야도 이질 수 업고 천지가 변ᄒ야 벽히(碧海)가 될지라도 이질{잊을} 가망 전이 업네. 머리를 버혀 신을 삼고 셔{혀}를 쎄여 창을 바다 빅년 삼만 육천일의 날마다 이고 셔도 그 공노은 다 갑풀가. 본진의 도라가서 ᄂ니의 아달 어셔 보시."

원슈 빅사(拜謝)ᄒ고 황틱후를 밧비 모셔 본진의 도라와 정흔담의 목을 ᄂ니여 천자 전의 바치랴고 칼 싯틔 쎄여 보니, 참놈은 간듸업고 허수아비 목을 버혀 왓난지라. 원슈 분노ᄒ야 다시 싸홈을 도도더라.

이ᄯ 천자 양진 싸홈을 귀경터니, 원슈 적진의 달여드며 사면[四面]의 안기 가득ᄒ고{자욱하고} 적진 복병이 벌이듯[벌여놓은 듯] ᄒ야 빈 틈업시 둘너쓰코, 고각흠셩54)은 천지 진동ᄒ고 원슈의 검광이 뵈이지 안이ᄒ거늘, 천자 듸경질역55)ᄒ야 발을 구르며 짜의 업더져 통곡 왈,

---

53) 연연홍안(娟娟紅顔): 산뜻하고 고운 혈색이 좋은 얼굴.
54) 고각흠셩(鼓角喊聲): 전투에서 돌격 태세로 들어갈 때, 사기를 북돋우기 위하여 북을 치고 나팔을 불며 아우성치는 소리.
55) 듸경질역: '大驚失色'인 듯. 몹시 놀라 얼굴빛이 하얗게 변함.

"이제난 죽거구니. 천힝으로 츙열을 어더쩌니 이제난 죽어쁘니, 불칙 [不測]흔 이닉 팔자 사러 무엇ᄒ리. 신령ᄒ신 황천후토56)는 이런 경상 (景狀)을 살피사 유츙얼을 살여 주소셔."

이러탓 실피 울더니, 뜻밧긔 적진 중의 안긔 업셔지며 벽역 갓탄 소 릭 나며 장성검 번긔 되야 적진 억만병을 순식간의 씨려져 무인지경 (無人之境)이 되야난듸, 일원 듸장이 진문 빗긔 나셔며 황후·틱후를 모시고 본진으로 도라오거늘, 천자와 틱자 보션발노 달여드러 천자는 원슈 손을 잡고 틱자는 틱후의 손을 잡고 흔틱 어우려져 질거온 마음 중양[測量] 업서, 우름 절반 우심 절반 두 가지로 석긔여셔, 천자는 옥 싀를 목의 걸고 항셔(降書)는 손의 들고 항복ᄒ랴 나오다가 뜻밧긔 츙 열을 어더 사라난 말삼을 ᄒ고, 황틱후난 적진의 잡펴가 토굴 속의 갓 치엿다가[갇히었다가] 뜻밧긔 원슈 만나 사라온 말삼을 ᄒ고, 군사덜 도 질거워 치하 분분ᄒ더라.

이쩍 정흔담이 도사의 쇠를 듯고 적장을 유인ᄒ야 흠졍의 너허쩌니, 죽기난 고사ᄒ고 삼국[삼군] 억만병을 흔 칼의 뭇지르고 장듸의 달여 드러 흔담의 흔빅 부친 위인57)을 베히고, 후군을 지치다가 황틱후를 다려가난 양을 보고 넉실[넋을] 이려[잃어] 도사게 드려가 엿자오듸,

"츙열은 일정(一定) 천신이라, 이제는 빅계무칙58)이오니 션싱은 엇지 ᄒ오릿가?"

도사 딕경망극(大驚罔極)ᄒ야 아무리 홀 주를 모로다가 ᄒᆫ 쇠를 싱각ᄒ고 ᄒᆞᆫ담을 불너 왈,

"적장 유츙열은 거거년젼59)의 연경의 귀양간 유심의 아달이라 ᄒ니, 이제 급피 군사를 직촉ᄒ야 유심을 잡아다가 진중의 가두고 죽이랴 ᄒ면, 졔 아무리 츙신이나 인군(人君)만 싱각ᄒ고 졔 아비를 싱각지 안이 ᄒ랴?"

ᄒᆞᆫ담이 이 말을 듯고 딕히ᄒ야 군즁(軍衆)의 젼령ᄒ되, '날닌 군사 십여 명을 조발(調發)ᄒ야 유주부를 쌜이 나입(拿入)ᄒ라' 분부ᄒ니라.

각셜。 이쩌 유주부가 북방 극ᄒᆞᆫ지지60)의 누년(累年) 고상ᄒᄆᆡ 위인(爲人)이 보잘거시업고, 남경의 날이[亂離] 낫단 말을 듯고 주야 근심ᄒ며, 힝여 천자 죽을가 염예ᄒ야 동지장야61) 질고 진 밤의 촉불만 도도 케고{켜고} 축슈 왈,

"명천(明天)이 감동ᄒ사 우리 천자 살일진딕, ᄂᆡ 아달 츙열이 사려쩌든 남경을 구완ᄒ고 졔 아비 웬슈를 갑게 ᄒ소셔."

이려타시 정성을 드리더니, 쯧밧괴 ᄒᆞᆫ 쎄 군사 달여드려 유주부를 자바ᄂᆡ여 수릭 우의 놉피 실고 불원천리 직촉커늘, 유주부 경신 업시 인사62)를 노왓다가 게우 인사를 차려 싱각ᄒ되,

'이제는 하릴업시 죽난쏘다. 우리 천자 승젼(勝戰)ᄒ야스면 날 자바

---

59) 거거년젼(去去年前): 지지난 해.
60) 극ᄒᆞᆫ지지(極寒之地): 지극히 추운 곳.
61) 동지장야(冬至長夜): 동짓달 기나긴 밤.
62) 인사(人事): 개인의 의식이나 능력.

오릭긔 만무(萬無)ᄒᆞ다. 일정 졍ᄒᆞᆫ담이 역적 되야 천자를 죽이고 날도 ᄯᅩ ᄒᆞᆫ 죽이랴고 이 지경이 되야ᄯᅮ나. 청천일월(靑天日月)도 무심ᄒᆞ고 형산(衡山) 신령도 못 밋것다. ᄂᆡ 아달 츙열이도 경영이 쥭어ᄯᅮ나. 사라ᄡᅳ면 어ᄃᆡ 가셔 아비 웬슈 못 갑난가.'

이러타시 실피 우니, 군사덜도 낙누ᄒᆞ더라.

여러 날 만의 적진 즁의 득달ᄒᆞ니, 이ᄯᅢ 졍ᄒᆞᆫ담이 용상(龍床)의 놉피 안자 골용포[63]를 경(淨)이 입고 ᄇᆡᆨ관(百官)이 시위(侍衛)ᄒᆞ야 유심을 자바다가 게ᄒᆞ[階下]의 업지르고 달ᄂᆡ여 ᄒᆞ난 말리,

"그ᄃᆡ 마암이 ᄒᆞ고집ᄒᆞ긔로 만 리 연경의 수년을 고상ᄒᆞ니 ᄂᆡ 마음이 불안ᄒᆞᆫ지라. 이제는 짐이 천자 되여 ᄇᆡᆨ관(百官)을 거나리더니, 그ᄃᆡ 아달이 아직 미거(未擧)ᄒᆞ야 천위[64]를 모로고 죽은 명제(明帝)를 살이랴고 우리 군사를 침노(侵擄)ᄒᆞ니, 죄상을 논지컨ᄃᆡ 진직{일찍} 죽일 거시로ᄃᆡ, 그ᄃᆡ를 ᄉᆡᆼ각ᄒᆞ야 아직 살여두어써니 종시 ᄒᆞᆼ복지 안이ᄒᆞ기로, 그ᄃᆡ를 다려다가 자식의게 편지나 ᄒᆞ야 부자 ᄒᆞᆷ긔 만나 나를 도으면 고관ᄃᆡ작(高官大爵)은 원ᄃᆡ로 ᄒᆞᆯ 거스니 부ᄃᆡ ᄉᆡ양치 말나."

유주부 이 말을 듯고 분심이 ᄐᆡᆼ장[65]ᄒᆞ야 눈을 부릅ᄯᅳ고 쪽골셔{쪼그려} 안지며 왈,

"네 이놈, 졍ᄒᆞᆫ담아! 천지도 무심잔코[무섭잔코] 일월도 두렵지 안이ᄒᆞ난야? 나는 자식도 업고, 자식이 셜혹 잇슨들 우리 천자를 모시고 너 갓튼 역적놈을 죽이랴 ᄒᆞ난ᄃᆡ, 그 아비 무삼 일노 셩군을 져바리고 역

---

63) 골용포[袞龍袍]: 임금이 공무를 볼 때에 입던 정복. 붉은 색이나 누런 색 비단으로 지었으며 어깨와 가슴에 용을 수놓았다.

64) 천위(天威): 임금의 위엄.

65) ᄐᆡᆼ장(撑腸): 화나 욕심 따위가 가슴속에 가득 차 있음.

적을 도으라 ᄒᆞ며, 늬 자식은 싀로이 광듸ᄒᆞᆫ 천지간(天地間)의 삼척동자
(三尺童子)도 네 고기를 먹고자 ᄒᆞ나니, ᄒᆞ물며 늬 아달은 옥황이 점지
ᄒᆞ샤 남경을 도으라 ᄒᆞ여쓰니, 만고역적(萬古逆賊) 너 갓튼 놈을 섬길
ᄯᅳᆺ ᄒᆞᆫ야?"

이려타시 공칙66) ᄒᆞ며 노긔 등등(怒氣騰騰) ᄒᆞ거늘, 흔담이 듸로ᄒᆞ야
유심을 자바늬여 군즁의 볘히라 ᄒᆞ니, 젓ᄐᆡ 잇던 군사 벌쎄갓치 달여
드려 검극(劍戟)을 번덕이며 유주부를 자바늬니, 도사 흔담을 말여 왈,

"그듸 엇지 경션(輕先)이 아난다? 유심의 상을 보니 당듸 왕후(王侯)
긔상이니 천명이 완연(宛然)커늘 글홀{그리할} 가망 잇슬손야? 만일 죽
여싸가는 듸환(大患)이 목견(目前)의 잇슬 거시니 분심을 참으소셔."

흔담이 분긔를 이기지 못ᄒᆞ야 싱전 도라오지 못ᄒᆞᆫ 듸로 다시 귀양
보늬고, 거짓 유심의 편지를 만드러 무사67)로 ᄒᆞ여금 명진즁의 쏘와
원슈를 보게 ᄒᆞ니,
이ᄯᅥᆨ 원슈 장듸의 안가짜가{앉았다가} 난듸업난 살 ᄒᆞ나히 진즁의
ᄂᆡ려지거늘, 급피 주이다가{주워다가} 살을 보니 살 긋ᄐᆡ 편지 ᄒᆞᆫ 장
달여써늘 ᄭᅳᆯ너 보니, 그 편지의 ᄒᆞ여쓰되,

「연경의 적거ᄒᆞᆫ 유주부는 불회자[不孝子] 츙열의게 일장 셔간(一張書
簡) 부치나니 급피 바다 ᄯᅦ여보라. 오호라! 네의 부모 년광이 반이 너머
일점 혈육 업서쩌니 남악산의 산제(山祭)ᄒᆞ고 너를 늣게야 나하 영화를
보랴쩌니, 늬의 팔자 긔박ᄒᆞ야 천자게 득죄ᄒᆞ고 말리 연경의 귀양가셔
사싱(死生)이 관두68)ᄒᆞ되 아비를 찻지 안이ᄒᆞ난구나. 부모를 상봉ᄒᆞ문

---

66) 공칙(恐責): 겁을 주고 꾸짖음.
67) 무사(武士): 弓箭之士. 활을 쏘는 무사.

천륜(天倫)의 당년커늘, 네의 몸만 장성ᄒ야 망ᄒ 나라 섬긔랴고 싀 나라를 침노ᄒ니, 싀 천자 네 아바[아비]를 자바나가[잡아다가] 너 갓탄 못실 자식 두엇다 ᄒ시고 도마{도마} 우의 올여노코 죽이랴 ᄒ니, 이 안이 망극ᄒ야? 셰상 사름이 자식 나흐면 조타 ᄒ난 말리 자식의 심을 입어 영화를 보난고로 싱남(生男)ᄒ면 조타 ᄒ난듸, 나난 무삼 죄로 영화보긔는 싀로이 소소빅발(蕭蕭白髮) 픠려운[파리한] 목의 창검이 웬 일이며, 피골상연(皮骨相連) 늘근 슈죡 슈리소[69]를 어이ᄒ리. 네가 일정(一定) 늬의 자식이거든 급피 항복ᄒ야 우리 부자 상봉ᄒ야 만종녹[70]을 먹게 ᄒ라. 만일 늬 말을 듯지 안이ᄒ면 죽은 혼이라도 자식이라 안이ᄒ고 모진 귀신이 되야 네 몸을 히ᄒ리라. ᄒᆯ 말리 무궁ᄒ되 명지경각(命在頃刻)ᄒ야 황황ᄒ긔로 근치노라.」

ᄒ야써라.

원슈 이 편지를 보고 정신이 아득ᄒ야 흉즁이 막켜 인사를 모로더니, 계우 진정ᄒ고 천자게 드러가 그 편지를 드리며,

"이 글을 보옵소셔. 펴ᄒ 젼일의 소신 아비의 필적(筆跡)을 보아쓸 거스니, 이게 졍영[정녕] 아비의 필젹이오닛가?"

천자와 틱자 그 편지를 다 본 후의 박장되소[71]ᄒ며 원슈를 위로 왈,

"그듸의 부친이 죽은 지 오릭지라. 혼빅이 살어드릭도 글시를 보니 젼후불견[72] 필젹이라. 셜령 사라쓸지라도 이런 말을 어이 ᄒᆯ가? 장군은 염

---

68) 관두(關頭): 가장 중요한 지경 또는 시기.

69) 슈리소(수레소): 능지처참하는 형벌에 쓰는 소.

70) 만종녹(萬鍾祿): 매우 많은 祿俸. 鍾은 중국에서 사용했던 수량 단위로 六斛四斗, 혹은 十斛을 이른다.

71) 박장되소(拍掌大笑): 손뼉을 치며 크게 웃음.

에 말고 정흔담을 사로잡아 그 곡절을 무러보면 늬 말을 올타 ᄒ리라."

원슈 믈너나와 싱각ᄒ되,

'전일 강승상을 만날 쩌의 명나슈[汨羅水] 회사정의 부친이 쌘져 죽은 표적을 부쳐쓰니, 부친이 죽기난 적실(的實)ᄒ지라, 이졔 엇지 적진의 드러가 편지를 부쳐쓰리요. 그러나 늬의 마음 심난(心亂)ᄒ다. 적진을 처 파ᄒ고 흔담을 사로잡아 이 일을 회득73)ᄒ리라.'

ᄒ고, 일광주를 다시 싯고[쓰고] 황용수(黃龍鬚)를 거사리고74) 봉(鳳)의 눈을 부름쓰며, 용인갑을 졸나 입고 딩장검[장셩검]을 놉피 들며 신화경을 손의 들고 천사마를 밧비 모라 진 젼의 나셔며, 흔담을 크게 불너 왈,

"네 이놈! 간사흔 쇠을 늬여 나를 항복고져 ᄒ거니와 늬 엇지 모를손야? 밧비 나와 죽어보라."

흔담이 황겁ᄒ야 도셩의 드러가고 션봉을 머무르며 군문을 구지 닷고 나지 안이ᄒ거늘, 원수 승승축부(乘勝逐赴)ᄒ야 적진의 달여드러 장셩검이 번듯ᄒ며 적진 션봉 씨가 업시 다 죽이고 도셩문의 달여드니 사디문이 닷쳐거늘, 호통소릭 흔 머리[마디]예 장셩검을 번덕이며 철편(鐵鞭)으로 문을 치니, 문이 편편파쇄(片片破碎)ᄒ야 동시월(冬十月) 셜흔풍(雪寒風)의 빅셜갓치 훗날이더라. 순식간의 달여드러 궐문 밧긔

---

72) 전후불견(前後不見): 이전이나 이후에 한 번도 본 일이 없음.

73) 회득(會得): 깨달아 이해함.(了解)

74) 거사리고: 수염이 거꾸로 섰다(鬚倒竪)는 한문투 표현에서 나온 어휘. '치세우다'의 뜻이다. 《三國志》 제28회의 "장비는 고리눈을 부릅뜨고 호랑이수염을 치세워 천둥처럼 고함질렀다.(張飛圓睜環眼, 倒竪虎鬚, 吼聲如雷.)"에서 그 예가 나온다.

진 친 군사 딕칼{단칼}의 뭇지르고 경훈담을 밧비 차자 궐문 안의 드러 갈식, 이쩌 훈담이 원슈 도셩의 든단 말을 듯고 황황급급 북문으로 도 망ᄒ야 도사를 다리고 호산딕의 놉피 올나 피란ᄒ난지라.

원슈 도셩의 드러 훈담의 가권(家眷)을 잡고 ᄯ 제의 삼족(三族)을 다 자바 본진으로 보닉고, 만조빅관(滿朝百官)을 호령ᄒ야 옥연75)을 갓초와 본진의 도라가 천자를 모셔 화궁(還宮)ᄒ고, 훈담의 가솔(家率) 을 낫낫치 문죄 후의 씨 업시 베히고, 조졍만을 신칙76)ᄒ야 본진을 직 키오고, 원슈는 전일 사던 집터를 가보니 웅장훈 고루거각(高樓巨閣) 빈 터만 나마써라. 실푼 마음 진졍ᄒ고 궐문을 힝ᄒ야 도라셔니 부모 싱각 츙양업셔 나가는 질리 캉캄ᄒ야 참을 지리[길이] 업난지라. 급주 (甲冑) 버셔 싸의 놋코 가삼을 두다리며 딕셩통곡ᄒ난 말리,

"옛날 은(殷) 긔자77)도 나라이 망훈 후의 옛터를 지닉다가 궁실리 문 어져셔 쑥딕밧치 되물 보고 믹수가78)를 실피 지여 고졍(古情)을 싱각ᄒ 더니, 이졔 유충열은 물 가온딕 부모 일코 도로의 긔걸(丐乞)타가 이닉 몸이 장셩ᄒ야 사던 딕를 다시 보니, 장부 훈심 졀노 난다. 우리 부모난 어딕 가시고 이런 줄을 모로시난가? 상전벼힉79)ᄒ단 말을 고지 안이 드 러써니, 이닉 일을 싱각ᄒ니 빅년인싱(百年人生) 초로(草露)갓고 만세광

---

75) 옥연(玉輦): 임금의 수레를 높이어 일컫는 말.

76) 신칙(申飭): 단단히 타일러 경계함.

77) 긔자(箕子): 殷나라의 太師. 紂王의 숙부로 주왕의 잘못을 자주 간하다가 잡혀 종이 되었다. 은나라가 망한 후 조선으로 도망하여 기자조선을 창업했다는 설도 있다.

78) 믹수가(麥秀歌): 箕子가 殷의 古都를 지나며 지었다고 전하는 시. "보리 이삭은 무럭 무럭 자라나고, 벼와 기장도 윤기가 흐르는구나. 교활한 저 철부지가, 내 말을 듣지 않았음이 슬프구나.(麥秀漸漸兮, 禾麥油油兮, 彼狡童兮, 不興我好兮.)"라고 읊었는 데, 고국의 멸망을 탄식한 것이다.

79) 상전벼힉[桑田碧海]: '뽕나무 밭이 변하여 푸른 바다가 된다.'는 뜻으로, '세월이 덧없 이 변함'을 의미.

음(萬歲光陰) 유수(流水)로다. 부귀영화 본다ᄒ고{누린다고} 부ᄃᆡ 사름 경(輕)이 말고, 제 복 잇셔 잘 산다고 일가친척 괄세[恝視] 말소. 고진감ᄂᆡ(苦盡甘來) · 흥진비ᄂᆡ(興盡悲來)는 고금(古今)의 상사(常事)로세. 양지(陽地)가 음지(陰地) 되고 음지가 양지 되난 주를{줄을} 게[그] 뉘라셔 알어보리. 권셰 조타 귀ᄒᆞᆫ다고 천만련[千萬年]을 밋지 마소."

이러타시 낙누ᄒ고 도셩의 드러오니, 만조빅관 시위(侍衛) 중의 츙신은 다 죽고 나마 잇난 지는 졍흔담의 동유(同類)라. 낫낫치 자버ᄂᆡ여 죄지경즁(罪之輕重)ᄒᆞ야 장안 시(市)의 처참(處斬)ᄒ고, 졍흔담을 차지라고 군즁의 결령[傳令]ᄒᆞ야 차지니라.

이ᄯᆡ 졍흔담이 호산ᄃᆡ의셔 도ᄉᆞ다려 의논ᄒᆞᆯᄉᆡ, 도ᄉᆞ 흔 쇠를 싱각ᄒᆞ야 왈,

"이졔ᄂᆞ 빅게무칙[百計無策]이라. 여간80) 나문{남은} 군사로 픽문81) 지여 남만과 셔번과 호국의 보ᄂᆡ여 픽젼(敗戰)흔 말을 ᄒᆞ고 구완병{구원병}을 쳥ᄒᆞ야 흔번 ᄊᆞ온 후의, 사불여의(事不如意)ᄒᆞ면 목심[목숨]만 도망ᄒᆞ야 후일을 보미 엇더ᄒ요?"

흔담이 ᄃᆡ히ᄒᆞ야 픽문(牌文)을 지여 급피 오국의 보ᄂᆡ니라.

이ᄯᆡ 오국 군왕이 각가[각각] 장수를 보ᄂᆡ여 승젼ᄒᆞ긔를 쥬야 지달ᄂᆡ더니 ᄯᅳᆺ밧긔 픽군(敗軍)흔 소식이 왓거늘, 각각 분로ᄒᆞ야 셔쳔 삼십육도 군장(君長)이며, 가달 토변왕과 호국ᄃᆡ왕이 정병(精兵) 팔십만과 용장(勇將) 쳔여 원(員)이며, 신긔흔 도ᄉᆞ를 좌우의 안치고 진셰(陣勢)를 살피며, 각각 군왕 등은 즁군이 되야 천하 명장을 간퇵82)ᄒᆞ야 션봉

---

80) 여간(如干): 몇몇.(若干)
81) 픽문(牌文): 알리는 글.

을 졍흔 후의 힝군을 직축ᄒ야 달여드니, 그 거동 웅장ᄒ문 일구난셜
(一口難說)이라.

이ᄯᅵ 졍흔담이 쳥병 오물 보고 긔운이 펄젹ᄒ야 셩명을 밧비 젹어
군즁(軍衆)의 통자83)ᄒ고, 도사와 흠긔 호왕게 션신84)ᄒ고 젼후수말
(前後首末)을 낫낫치 알외니, 호왕 등이 이 말을 듯고 졍문걸이며 마룡
죽어ᄯᅡᆫ 말을 듯고 간담이 션을ᄒ야{서늘하여} 졉젼(接戰)홀 마음이 업
시나, 흔갓 분심을 못 이긔여 졍흔담과 동심(同心)ᄒ야 호산듸예 진을
치고 격셔85)를 남경으로 보ᄂᆡ니라.

이ᄯᅵ 원슈는 도셩의 들고 조졍만은 금산셩 ᄒ의 유진(留陣)ᄒ엿더
니, 쯧박긔 조졍만이 장게[狀啓]를 올여거늘 급피 기탁(開坼)ᄒ야 보
니, ᄒ어ᄡᅬ되,

> 「오국 군왕더리 픽군(敗軍)흔단 말을 듯고 각각 즁군(中軍)이 되야 오
> 난 즁의 졍흔담과 옥관도ᄉ 흡역(合力)ᄒ여 격셔[檄書]를 보ᄂᆡ여ᄡᅵ니,
> 원슈는 급피 와 방젹(防敵)ᄒ소셔.」

ᄒ엿거늘, 원슈 듯고[읽고] 크게 우어 왈,

> "졍문걸·마룡은 쳔ᄒ 명장이라도 ᄂᆡ 칼 ᄭᅳᆺ티 죽어거든, ᄒ물며 오국
> 병호[胡兵]야. 졔 비록 승쳔입지(昇天入地)ᄒ난 놈이 션봉이 되여ᄡᅳ나,
> 흔갓 장셩검의 피만 뭇칠 ᄯᅮᆷ이라. 황상은 염예 마음시고 소장의 칼 ᄭᅳᆺ
> 티 젹장의 머러[머리] ᄰᅥ러지난 귀경이나 ᄒᆞᆸ소셔."

---

82) 간퇴(揀擇): 가리어 뽑음.
83) 통자(通刺): 예전에, 명함을 내놓고 면회를 청하던 일.
84) 션신[現身]: 아랫사람이 윗사람을 찾아뵙고 인사함.
85) 격셔[檄書]: 널리 세상 사람에게 알려 선동하거나 의분을 고취시키려 쓰는 글.

직시[즉시] 급주를 갓초오고 본진의 도라와 군사를 신칙(申飭)ᄒ야 항오(行伍)를 각별이 단속ᄒ고 적진의 글을 보ᄂ여 ᄊᆞ홈을 도도올졔, 이ᄯᅥ 졍흔담이 오국 군왕 젼의 흔 쇠를 드려 왈,

"도ᄉᆞ의 ᄌᆡ조는 소장이 십년 공부ᄒ야 변화[變化] 무궁ᄒ오니 구쳑장검 칼머리예 강산도 문어지고 ᄒᆡ히(河海)도 뒤덥더니, 명진 도원슈 유츙열은 쳔신이요 ᄉᆞ름은 안이라. 이졔 ᄃᆡ왕이 억만 병을 거나려 와ᄊᆞ나 츙열 잡기는ᄉᆡ로이 졉젼흘 장슈 업ᄉᆞ오니, 만일 ᄊᆞᄒᆞ다가는 우리 군사 씨가 업고 ᄃᆡ왕의 즁흔 목심 보존ᄒᆞ긔 어려올 거스니, 오날밤 삼경(三更)의 군사를 갈나 금산셩을 치거ᄃᆡ면 졔 응당 구홀 차로 올 거시니, 그ᄯᆞ를 타 소장은 도셩의 드러가 쳔자를 항복밧고 옥ᄉᆡ를 아ᄉᆞ쓰면, 졔 비록 쳔신인들 졔 인군(人君) 죽어난ᄃᆡ 무삼 면목으로 ᄊᆞ올잇가?"

"그 쇠 맛낭ᄒᆞ오니 ᄃᆡ왕의 쳐분은 엇더ᄒᆞ시닛가?"

호왕이 ᄃᆡ히ᄒᆞ야 흔담으로 ᄃᆡ장 삼고 쳔극흔으로 션봉을 삼고 약속을 졍졔(定制)홀졔, 군즁의 긔치를 둘너 모셩[都城]으로 갈 듯이[듯이]ᄒᆞ니, 원슈 산ᄒᆞ의 잇다가 적셰를 탐지ᄒᆞ고 도셩의 드러오니라.

이밤 삼경의 흔담이 션봉장 극흔을 불너 군사 십만 병을 주어 '금산셩을 치라'ᄒᆞ니, 극흔이 쳥명(聽命)ᄒᆞ고 금산셩의 달여드러 호통 일셩(一聲)의 십만 병을 나열ᄒᆞ야 군문(軍門)을 밧비 헛쳐 군즁(軍衆)의 드러 좌우를 츙돌ᄒᆞ며 군사를 지쳐 드러가니, 불의(不意)예 환을 만나 황황급급(遑遑急急)흔지라.

원수 도셩의셔 적셰를 탐지ᄒᆞ더니, 흔 군사 보(報)ᄒᆞ되,

"직금[지금] 도적이 금산셩의 드러 군사를 다 죽이고 즁군장 차자 횡ᄒᆡᆼᄒᆞ니, 원수는 급피 와 구안ᄒᆞ소셔."

원슈 딕경ᄒ야 금산성 십이[十里] 쓸의 나난 다시 달여드려 병역[霹
靂]갓치 소릭ᄒ며 젹진을 헛쳐 즁군의 드려가셔 조졍만을 구완ᄒ야 장
딕의 안치고, 필마단창(匹馬單槍)으로 셩화갓치 달여드려 장셩검 지닌
고딕 쳔극흔의 머리를 베히고, 쳔사마 닷난 고딕 십만 군병이 팔공산
초목이 구시월 만난 다시 순식간의 업셔지니, 원수 본진의 도라와 칼
ᄶ슬 보이, 졍ᄒ담은 어딕 가고 젼후불견(前後不見) 되놈이라.

이ᄯ 흔담이 원슈를 치우고{그만두고} 졍병(精兵)만 가리여 급피 도
셩의 드니, 셩즁의 군사 업고, 쳔자난 원슈의 심만 밋고 잠을 집피 드
려싸가, ᄯᆺ밧긔 쳔병만마(千兵萬馬) 셩문을 씩치고 궐닉(闕內)의 드러
가 흠셩ᄒ난 말리,

"이바, 명졔야! 어딕로 갈다? 팔낭가비86)라 비상쳔87)ᄒ며, 뒤지기{두
더쥐}라 쌍으로 들다? 네놈의 옥시 아시라고 ᄒ더니, 이졔난 어딕로 갈
다? 밧비 나와 항복ᄒ라."

ᄒ난 소릭 궁궐이 문어지며 혼빅이 상쳔(上天)ᄒ난지라, 명졔(明帝) 넉
셜{넋을} 일고{잃고} 용상(龍床)의 써러져 옥시를 품의 품고 말 흔 필
자ᄇ 틱고 업더지며 잡바지며 북문으로 도망ᄒ야 변슈가의 다다르이,
흔담이 궐닉의 달여드러 쳔자를 차진직 간딕업고 황후·틱후·틱자 도
망ᄒ야 나오거늘 호령ᄒ고 달여드러 황후를 잡아 궐문의 나와 호왕의
게 맛기고 북문의 나셔니,

이ᄯ 쳔자 변슈가의 도망커늘, 흔담니 딕히ᄒ야 쳔동 갓탄 소릭 ᄒ
고 순식간의 달여드려 구쳑장검 번듯ᄒ며 쳔자의 안진 말리 빅사장의

---

86) 팔낭가비(팔랑개비): 바람개비.
87) 비상쳔(飛上天): 하늘로 날아오름.

써쑤러지거늘, 천자를 자버닉여 마ㅎ(馬下)의 업지르고 셜리{서리} 갓 탄 칼[88]노 통천관[89]을 씌 던지며 호통ㅎ난 말리,

"이바, 들라! ㅎ날리 날 갓탄 영웅을 닉실졔는 남경의 천자 시긔미라, 네 엇지 쳔자를 바릴손야. 네 흔 놈을 잡으라고 심년[십년]을 공부ㅎ야 변화 무궁ㅎ니, 네 엇지 순종치 안이ㅎ고 조고만흔 츙열을 어더 닉 군사 를 침노ㅎ니, 네의 죄를 논지컨딕 이졔 밧비 죽일 거시로딕 옥시를 드리 고{바치고} 항셔(降書)를 써셔 올이면 죽이지 안이ㅎ련이와, 그럿치 안 이ㅎ면 네놈의 노모·쳐자를 한 칼의 죽이리라."

천자 ㅎ릴업셔 ㅎ난 말리,

"항셔를 씨자[쓰자] ㅎ들 지필(紙筆)이 업다."

ㅎ시니, 흔담이 분노ㅎ야 창검을 번덕이며 왈,

"용포(龍袍)를 쩨고 손까락을 씌여 항셔를 써지 못홀가?"

천자 용포를 쩨고 손가락을 씌물여 ㅎ니 참마 못홀 지음[즈음]의 황 천(皇天)인들 무심ㅎ리.

이썩 원슈 금산셩의 적진(敵陣) 십만 병을 흔 칼의 뭇지르고 바로 호 산딕의 득달ㅎ야 적진 쳥병을 씨 업시 흡몰코자 힝ㅎ더니, 쯧밧긔 월 식(月色)이 히미ㅎ며 난딕업난 비방울리 원슈 면상(面上)의 닉려지거 늘, 원슈 고히ㅎ야 말를 잠간 머무르고 쳔긔(天氣)를 살펴보니, 도셩의 살긔 가득ㅎ고 천자의 자미셩이 써러져 번슈 가의 빗쳐거늘, 딕경ㅎ야

---

88) 셜리 갓탄 칼: 찬 셔리같이 흰 빛이 번뜩이는 날카로운 칼.
89) 통천관(通天冠): 임금이 정무를 보거나 詔勅을 내릴 때에 쓰던, 烏紗로 만든 관.

발을 구르며 왈,

"이게 웬 변이냐?"

급주·창검 갓초오고 천사마 상 밧비 올나 산호편(珊瑚鞭)을 놉피 드러 말석[90]을 치질ᄒ며 말다려 정셜[91] 왈,

"천사마야! 네의 용밍 두어ᄯ가 이런 ᄢ의 안이 쓰고 어듸 쓰리요? 지금 천자 도적의게 잡피여 명직경각(命在頃刻)이라, 순식간의 득달ᄒ야 천자를 구원ᄒ라."

천사마는 본듸 천상으셔 타고 온 비룡(飛龍)이라, 치질을 안이ᄒ고 정셜(叮說)만 ᄒ되 비룡의 조화라 제 가난 듸로 두워도 순식간의 몃 철 이을 갈 줄 모로난듸, ᄒ물며 제 임자 급ᄒ 말노 정셜ᄒ고 산호치로 치질ᄒ니 엇지 안이 급피 갈가. 눈 ᄒ 번 ᄭ작이며 황셩 밧긔 얼는 지니여 변슈 가의 다다르니,

잇ᄯ 천자는 빅사장의 업더지고 흔담은 칼을 들고 천자를 치랴 ᄒ거늘, 원슈 이ᄯ를 당ᄒᄆᆡ 평상(平常)의 잇난 긔력과 일ᇰ의 질은 호통을 진력(盡力)ᄒ여 댜 지르니, 천사마도 평ᇰ 용밍 이ᄯ예 다 부리니, 변화 조ᄒ 장셩검도 삼십삼천[92] 어린 조화 이ᄯ예 다 부리고, 원슈 닷난 압푸 귀신인들 안이 울며, 강산도 문어지고(무너지고) ᄒ ᄒᆡ도 뒤늡난 듯, 혼빅인들 안이 울이요. 혼신(渾身)이 불빗 되야 벽역갓치 소릭ᄒ며 왈,

---

90) 말석(末席): 끝자리. 여기서는 '말의 뒷부분'이라는 뜻인 듯.

91) 정셜(叮說): 단단히 타일러 말함.

92) 삼십삼천(三十三天): 불교에서 말하는 慾界, 色界, 無色界의 서른세 가지 공간.

"이놈, 정흔담아! 우리 천자 히치 말고 늬의 칼을 네 바드라."

흔난 소릐의 나난 짐싱도 써려지고 강신흐빅(江神河伯) 넉실{넋을} 이러{잃어} 용납지 못흐거든, 정흔담의 혼빅인들 안이 가며 간담이 셩홀 손야. 호통소릐 지늬난 고듸 두 눈이 캉캄흐고 두 귀가 먹먹흐야 탓던 말 둘너[돌려] 타고 도망흐야 가랴다가 형산마 썩구러져 빅사장의 써러지니, 창검을 갈나 들고 원슈를 바우거늘[93], 구만 청천 구름 속의 번기칼리 언듯흐며 흔담의 두 팔목이 마흐(馬下)의 나려지며, 장셩검 언듯흐며 흔담의 장창듸겸(長槍大劍) 부셔지니, 원슈 달여드러 흔담의 목을 산 치로 자바들고 말게 늬려 천자 압푸 복지(伏地)흐니,

이썩 천자 빅사장의 업더져셔 반싱반사(半生半死) 긔절흐야 누엇거늘, 원슈 붓자바 안치고 정신을 진정[차리게 한] 후의 복지 주왈,

"소장이 도적을 흡몰흐고 흔담을 사로잡아 말게 달고 왓난이다."

천자 황망 중의 원슈란 말을 듯고 별덕[벌떡] 이러{일어나} 안져보니 원슈 복지흐야써늘, 달여드러 목을 안고,

"네가 일정 츙열인야? 정흔담은 어듸 가고 네가 엇지 예 왓난야. 나는 죽게 되야써니 네가 와셔 살이도다."

원슈 전후슈말(前後首末)을 아른[아뢴] 후의 흔담의 머리를 푸러 손의 가마들고 도셩의 드러오니,

이썩 오국 군왕이 셩중의 드럿다가 흔담이 사로잡펴단 말을 듯고 황겁흐야 도셩의 드러 셩중보화(城中寶貨) 일등미쇡(一等美色)을 탈취흐

---

93) 바우거늘: 겨누거늘.

고, 황후와 틱후와 틱자를 사로잡여 슈릭 우의 놉피 실코 본국으로 드
러가고 업난지라. 젼자[天子] 원슈를 붓들고 딕셩통곡 왈,

"이 몸이 하날게 득죄ᄒ야 나라이 망케 되아짜가 츙신 그딕를 어더 회
복되게 되야쓰나, 부모 쳐자를 되놈의게 보닉고 나 혼자 사라 무엇ᄒ리?
쳔ᄒ를 그딕의게 젼ᄒ나니 그리 알나. 과인(寡人)은 이졔 죽어 혼빅이나
호국의 드리가 모진을 만나보면 구쳔(九泉)의 드러가도 여한(餘恨)이 업
스리라."

ᄒ고 궐닉(闕內) 빅화담의 ᄲᅥ져 죽고져 ᄒ거늘, 원슈 부쓰려 용상의 안
치고[앉히고] 엿자오딕,

"쇼신(小臣)이 츙셩이 부죡ᄒ야 이 지경이 되여쓰나, 이ᄯᅢ를 당ᄒ야
신자(臣者) 도리에 호국을 그져 두오릿가? 소신이 직조 업사오나 호국의
드러가 호종94)을 흡몰ᄒ고 황틱후를 편이 모셔 도라오리이다."

쳔자 원슈 손을 잡고 낙누ᄒ며 부탁ᄒ되,

"경(卿)이 츙셩을 다ᄒ야 호국을 쳐 멸ᄒ고 과인(寡人)의 노모와 쳐자
를 다시 보게 ᄒ면 살을 베혀도 앗깁지 안이ᄒ리요."

원슈 비사(拜謝)ᄒ고 나와 졍ᄒ담을 ᄭᅳᆯ너 계ᄒ(階下)의 업지리고, 좌
우 나졸 호령ᄒ야 왼갓[온갖] 형벌 갓초오고, 젼후죄목95)을 낫낫치 무
러 왈,

"이놈, 드르라! 네 자층[自稱] 신황졔(新皇帝)라 ᄒ고 날다려 쳔의(天

---

94) 호종(胡種): 오랑캐 종족. 오랑캐 씨.
95) 젼후죄목(前後罪目): 그간에 저지른 죄목.

意)를 모론다 ᄒ더니, 엇지 두 팔리 업셔 늬게 잡펴 왓난야?"

흔담이 참괴무인96)이라.

"네 자층 십년 공부ᄒ야 천자를 도모(圖謀)흔다 ᄒ더니, 엇더흔 놈의게 공부ᄒ야 역적이 되야난야?"

흔담이 엿자오되,

"소인이 불힝ᄒ야 도스놈의 말을 듯고 이 지경이 되여쓰니 아뢸 말삼이 업난이다."
"도스놈은 어딕 갓난고?"
"소인이 변슈 가의 갓슬 썩의 호국의 드러갓슬 듯ᄒ나니다."

원슈 왈,

"네놈은 날과 불공딕천지슈97)라 진직[진작] 죽일 거시로딕, 늬 부친의 존망(存亡)을 알고자 ᄒ나니, 바론딕로 아뢰라."

흔담이 다시 엿자오되,

"소인이 죄 즁(重)ᄒ야 도스의 말을 듯고 경언 주부를 무암98)ᄒ야 연경의 귀양갓삽더니 슈일 젼의 다시 잡아다가 항복을 밧고져 ᄒ되, 종시(終是) 듯지 안이ᄒ난고로 다시 호국 포판이라 ᄒ난 딕로 귀양 갓사오니, 그간 싱사는 모로난이다."

---

96) 참괴무인[慙愧無言]: 부끄러워 아무 말을 못함.
97) 불공딕천지슈(不共戴天之讎): 한 하늘 아래서는 같이 살 수 없는 원수라는 뜻으로, '도저히 그냥 둘 수 없을 만큼 원한이 깊이 사무친 원수'를 일컬음.
98) 무암[誣陷]: 없는 사실을 그럴 듯하게 꾸며 남을 함정에 빠뜨림.

원슈 이 말을 듯고 통곡 왈,

"강희주난 죽어난야, 살이난야?"

흔담이 엿자오듸,

"강승상도 무흠(誣陷)ᄒ야 옥문관으로 귀양ᄒ고, 그 집 가솔을 다 잡 아오더니 즁노(中路)의 야간도쥬(夜間逃走)ᄒ야 영능산 쳥수의 ᄲᅦ져죽 다 ᄒ더니다."

원슈 모친이 회수의 봉변 일리 흔담의 소위(所爲)인 줄 모로고, 강낭 자 죽은 일만 절분(切忿)ᄒ야 흔담을 듸칼의 베이고자 ᄒ되, '부친을 만난 후의 죽이리라'ᄒ고 삼목99)을 갓초와 절박[결박]ᄒ야 전옥100)의 가두고, 급쥬·장검을 갓초와 천자게 ᄒ직ᄒ고 나오려 ᄒ니, 천자 게ᄒ (階下)의 나려 손을 잡고 낙누 왈,

"짐의 수족(手足)을 만 리 타국(萬里他國)의 보닌고 마음이 엇더ᄒ고? 부듸 츙성을 다ᄒ야 모친과 자식을 살여 수이{쉬이} 도라오쇼. 만일 그간 의 환이 잇스면 뉘로 ᄒ야 사라날가?"

십니 박긔 전송ᄒ며 만번당부ᄒ니, 원슈 쳥명(聽命)ᄒ고 필마단창 (匹馬單槍)으로 만 리 타국의 드러갈졔, 이씩 호왕이 드리가며{되돌아 가며} 후환이 잇슬가 ᄒ야 각 도 각 관(各道各關)의 힝관(行關)ᄒ야, 호 국 드러오난 질의 인가(人家)를 업세우고 물마닥{강마다} 빅를 업셔여

<hr>

99) 삼목(三木): 옛날에 사용하던 세 가지의 刑具. 곧 머리와 손과 발에 끼우는 틀로서, 칼·차꼬·족쇄 따위를 일컫는다.
100) 전옥(典獄): 죄인을 가두는 감옥.

인적(人跡)을 통치 못ㅎ게 ㅎ야난지라.

원수 전장(戰場)의 고상ㅎ며 음식을 전폐(全廢)흔 나리 만흔 중의, 부친의 소식을 알고져 ㅎ야 침식이 불안ㅎ던 차의, 호국 수만 리를 주점(酒店) 업시 지닉오니 긔운이 반감(半減)ㅎ야난지라, 힝역(行役)이 뇌곤(惱困)ㅎ야 유주[101]의 득달ㅎ여 자사(刺史)를 잡아닉여 문죄(問罪) 왈,

"네 이놈! 셰틱로 국녹지신(國祿之臣)으로 국가 불안ㅎ되 네 몸만 싱각ㅎ고 국사를 돌보지 안이ㅎ며, 또흔 정흔담의 말을 듯고 유주부를 네 골의 귀양ㅎ엿다 ㅎ더니 어딕 개시요?"

자사 황겁ㅎ야 사죄(謝罪) 왈,

"소인도 국녹지신으로 엇지 무심(無心)ㅎ릿가만은, 호병이 남경의 가난 질의 소인 고을의 달여드러 군사와 양식을 탈취(奪取)ㅎ고 소인을 죽이랴 ㅎ긔로 소인이 도망ㅎ야 목심만 사라쓰나, 본딕 지조 업고 적수단신(赤手單身)이라 홀 바를 몰나 다만 국가 엇지될 즈를 모로더니, 수일 전의 소식을 드러본직 호병이 승전ㅎ야 황후·틱후·틱자를 사로잡아 가노라 ㅎ긔여 황황망극(遑遑罔極)ㅎ던 차의 장군이 와 겨쓰니, 황송ㅎ오나 셩명은 뉘시며 무삼 일노 유주부를 찻난잇가?"

원슈 비감ㅎ야 왈,

"나는 이 고을 적거ㅎ신 유주부 아달일너니, 부모 원수 갑푸랴고 적진의 드러가 천자를 구완ㅎ고, 정흔담·최일귀를 흔 칼의 베히고 오국 정병(精兵)을 일시의 뭇지르고 천자를 모셔 환궁ㅎ얏더니, 쓴밧긔 오국 왕이

---

101) 유주(幽州): 중국 河北省에 있던 州.

드러와 나를 소겨 도성을 엄살102)ᄒ고 황후를 사로잡아 갓난고로, 북적
을 흡몰ᄒ고 황후를 모셔 오랴고 가난 질의 드럿노라."

자사 이 말을 듯고 게ᄒ(階下)의 나려 빅비치사(百拜致謝)ᄒ고, 주육
(酒肉)을 만이 ᄂᆜ여 딕접ᄒ고 심니[십리] 박긔 젼송ᄒ니라. 원슈 유주
를 써나 호국의 다다르니, 풍설은 분분ᄒ고 도로는 험악ᄒ야 인젹(人
跡)이 업난지라.

각셜. 이씩 호왕이 십만 병을 거나려 남경의 갓다가 흔담이 사로잡
펴여단 말을 듯고 도성의 드러가 황후·티후·티자를 사로잡고 성즁보
화(城中寶貨)와 일등미식(一等美色)을 탈취ᄒ야 본국으로 도라와 승젼
곡(勝戰曲)을 울이며 잔치를 빅셜(排設)ᄒ고 수일 길긴[즐긴] 후의, 황
후·티후·티자를 잡아ᄂᆜ여 게ᄒ의 업지리고 나졸이 좌우의 느러셔셔
{늘어서서} 검극(劍戟)을 버려난듸, 호왕이 인검(印劍)으로 난간을 치
며 티자를 호령(號令)ᄒ야 왈,

"네 이놈! 젼일은 네 아비 심을 밋고 범남(氾濫)이 동궁103)이랴 ᄒ얏
가니와, 이제는 과인(寡人)이 ᄒ날게 명을 바다 천자를 항복밧고 네 조모
(祖母)를 사로잡아 와쓰니, 만승천자104)가 나박긔 쏘 잇난야? 네 밧비
항복ᄒ야 나를 도으면 죽이지 안이ᄒ련이와, 그러치 안이ᄒ면 너의 모자
(母子)를 북ᄒᆡ상(北海上)의 더지리라[던지리라]."

이럿탓 호령ᄒ니, 군사의 엄장(嚴莊)ᄒ문 염왕국105)이 갓가온 듯,

---

102) 엄살(掩殺): 뜻하지 않은 때에 갑자기 습격하여 죽임.

103) 동궁(東宮): 太子 또는 世子.

104) 만승천자(萬乘天子): 천자를 높이어 일컫는 말. 고대 중국에서 천자는 사방으로 천리
    에 해당하는 영지를 소유하였으며, 거기에서 兵車 1만을 징발할 수 있었다.

105) 염왕국(閻王國): 염라왕이 다스리는 저승.

호왕의 엄흔 위풍 단산 밍호 장을 치난 듯106), 황후·틱후 정신이 아득
ᄒ야 삼인이 셔로 목을 안고 계ᄒ의 업디져셔 아무리 홀 줄 모로더니,
이쩍 틱자의 년이 십삼 셰라, 호왕을 호령ᄒ야 ᄒ난 말리,

　"네 이놈! 역적놈이 흔갓 강포만 밋고 외람이 남경을 침노ᄒ야 이 지경
　이 되야쓰나, 인감싱심107)의 황제를 진록108)ᄒ며 나를 항복바다 네 신
　ᄒ를 삼을손야? 군신지분의(君臣之分義)를 논지컨딕, 황제는 만민지부
　(萬民之父)요 황후는 만민지모(萬民之母)라, 너는 만고 역적(萬古逆賊)
　놈이라."

ᄒ니, 호와[胡王]이 분노ᄒ야 나졸을 직촉ᄒ니 일시의 달여드러 황후·
틱후·틱자를 잡어ᄂᆡ여 왼갓{온갓} 형벌 다 갓초오고 수릭 우의 놉피
실코 동문 딕도(大道)상의 나올 적의, 긔치검극(旗幟劍戟)은 삼쩍갓치
세워난딕 총융딕장 놉피 안자 ᄌᆞ긱109)을 상급(賞給)ᄒ고 검술을 히롱
홀제, 황후·틱후·틱자 수릭의 나려 황후는 틱후의 목을 안고, 틱자는
황후의 목을 안고 삼인이 흔 몸 되여 빅사장 너룬{너른} 들의 업더져
짜를 허부며 방셩통곡ᄒ난 말리,

　"젼싱의 무삼 죄로 빅발노구110)·홍안소부111)·어린 손자 압셰우고 되

---

106) 단산 밍호[南山猛虎] 장(杖)을 치난 듯: 남산의 사나운 호랑이를 몽둥이로 치는 듯.
　　《水滸傳》 74회 〈燕靑智撲擎天柱, 李逵壽張喬坐衙〉의 "주먹으로 남산의 맹호를 치
　　고, 발로는 북해의 교룡을 찬다.(拳打南山猛虎, 脚踢北海蒼龍.)를 활용한 표현이다.
107) 인감싱심[焉敢生心]: 어찌 감히 그런 마음이나 품을 수 있겠는가.
108) 진록[叱辱]: 꾸짖고 욕함.
109) ᄌᆞ긱(刺客): 일정한 음모에 가담하여 사람을 몰래 찔러서 죽이는 사람이란 뜻이나,
　　여기서는 '사형을 집행할 때에 죄인의 목을 베던 일을 맡아보는 망나니'를 의미함.
110) 빅발노구(白髮老嫗): 머리털이 하얀 늙은 할머니.
111) 홍안소부(紅顔少婦): 얼굴이 고운 젊은 아낙네.

놈의게 잡펴와셔 흔 칼 긋틱 다 죽으니, 북방 천 리 멀고 먼 질의 무주고
혼(無主孤魂) 되단말가? 피골상연(皮骨相連) 이닉 몸은 되놈의게 자식
일코, 청춘소부(靑春少婦) 닉 메나리 되놈의게 낭군 일코, 혈혈단신112)
닉 손자 되놈의게 아비 일어, 만 리 호국(萬里胡國) 험흔 짜의 뉘 보랴고
예 왔다가 셰 몸이 흔 몸 되야 자긱{망나니} 손의 죽게 되니, 천만련[千萬
年]을 지닉간들 이런 변을 다시 볼가? 광듸흔 천지간{이 세상}의 흉악ᄒ
고 불직[不測]흔 게 우리 셔이{셰} 팔자로셰. 도적의게 황셩 일코 우리
아달 정흔담을 피ᄒ야 북문으로 도망터니 죽엇단가, 살어난가? 혼빅이
나 동동 쎠셔 늘근 어미 죽난 주를 귀신이나 알언만은, 창망(滄茫)흔 구
름 속의 사름 소릭뿐이로다. 유츙열은 어듸 가고 날 살일 줄 모로난가?
흔심ᄒ다. 형산 신령, 인션113)흔 닉 아달을 남경의 점지ᄒ야 용상(龍床)
우위 안칠 적의 그 어미는 무삼 죄로 이 지경이 되며, 만고영웅(萬古英
雄) 유츙열을 듸며국[大明國]의 점지흘졔 엇던 인군(人君) 셤긔랴고 닉
의 손자 죽난 주를[줄을] 모로난야? 비난이다, 비단이다. 형산 실령[신
령]은 듸명국 황셩의 급피 가 우리 유원슈를 차자 닉 말을 견ᄒ되, 듸명
국 황틱후 불상흔 며나리와 어린 손자 목 안고 긔차창검[旗幟槍劍] 나열
ᄒ며 빅포장(白布帳) 장막 안의 자긱이 버렷난듸 셰 몸을 흔틱 노코 금일
오시(午時)만 지닉면 무죄흔 세 목숨이 창검 긋틱 달여쓰니 흔씩 속전(速
傳)ᄒ여 주오."

이러타시 통곡ᄒ니, 피 갓탄 져 눈물은 소상강(瀟湘江) 져문 비가 반
죽114)의 쑤리난 듯, 가련ᄒ다! 만승황후(萬乘皇后) 시년115)이 이십팔

---

112) 혈혈단신(孑孑單身): 의지할 곳 없이 외롭게 혼자 된 몸.
113) 인션(仁善): 어질고 착함.
114) 반죽(斑竹): 얼룩무늬의 대나무. 일명 二女竹. 이녀는 중국 堯임금의 딸인 娥皇과 女
英. 둘은 함께 舜임금에게 시집가서 아황은 后, 여영은 妃가 되었는데, 순임금이 蒼梧
山에서 죽자 슬피 울다가 湘江에 빠져 죽어 아황은 湘君이 되고, 여영은 湘夫人이
되었다. 이때 두 비가 흘린 눈물로 부근의 대나무가 얼룩졌다는 고사가 있다.

세라. 옥빈홍안116) 고은 얼골, 월티화용117) 귀흔 몸이 여러 날 잠 못자
고 굴머쓰니 형용이 초최흔 중의 호왕이 잡아닐제, 흉악흔 군사놈이
억지로 쓸너닉니 유혈(流血)이 만면(滿面)흐고 의상이 남누(襤褸)흐니,
청천의 발근(밝은) 달이 흑운(黑雲) 속의 잠겨난 듯, 녹수(綠水)의 홍연
화(紅蓮花)가 흑비를 머금은 듯, 가련흐고 실푼 경상 참아 보지 못흘
네라.
　이씨예 총융뒤장 군사를 직촉흐야 죄인을 잡아다가 긔씩 밋티 업지
리고 자긱을 호령흐야,

　　"일시(一時)의 쳐참흐라."

흐니, 자긱더리 청명(聽命)흐고 홍포남뒤118) 허리여 씌고 비슈검(匕首
劍)을 번덕이며 좌우의 갈나 셔셔 '힝영(行令)흔다' 고흠소리 청천의
진동흐니, 천지 엇지 무심흘가.
　이씩 유원슈 호국지경(胡國之境)의 득달흐야 상남 쓸의 밧비 가니
호국 션우뒤119)가 구름 속의 보이거늘, 창강(滄江) 빅셜(白雪) 갈뒤 밋
티 천사마를 물 먹이고 강수(江水) 쥐여 낫 싯더니 사고무인(四顧無人)
젹막흔뒤, 난뒤업난 일엽표주(一葉瓢舟) 강상의 써오더니, 일원(一員)
션녀 션창(船艙) 박긔 나아와셔 원슈의게 예흐고 금낭(錦囊)을 쓸너 과

---

115) 시년(是年): 지금의 나이.
116) 옥빈홍안(玉鬢紅顔): 옥 같은 귀밑털과 불그스레한 얼굴이란 뜻으로, '젊고 아름다운
　　여인'을 일컬음.
117) 월티화용(月態花容): 달 같은 자태와 꽃다운 얼굴이란 뜻으로, '미인의 모습'을 형용
　　하여 일컫는 말.
118) 홍포남뒤(紅袍藍帶): 붉은 도포를 입고 남빛 허리띠를 두름.
119) 션우뒤(單于臺): 漢武帝가 18만 병력을 직접 이끌고 長城을 나와 북쪽으로 가서 올랐
　　다는 대. 옛터는 지금의 내몽고 呼和浩特 곧 綏遠省 歸化城 서쪽에 있다고 한다.

실 두긔를 주며 왈,

"힝역(行役)이 곤고(困苦)ㅎ오니 이 과실 흔 긔를 자시고, 흔 긔는 두 엇다가 일후(日後)의 쓰련이와, 지금 황후·틱후·틱자 호국의 잡펴가셔 동문 듸도상의 왼갓 형별[刑罰] 갓초오고 자긕을 지촉ㅎ야 검술을 히롱 ㅎ니, 황후의 귀흔 명이 경각 잇난지라, 장군은 엇지 급ㅎ물 모로고 밧비 가지 안이ㅎ난잇가?"

두어 말 이로더니 범범중유(泛泛中流) 가난지라. 원수 듸경ㅎ야 그 과실 흔 긔 먹고 천긔를 살펴보니, 틱자의 장셩(將星)이 쎠러질 쯧ㅎ 고, 자미셩이 칼 씃틱 달여쎠늘, 듸경ㅎ야 황용수를 거사리고 봉의 눈 을 부릅쓰고, 일광주·용인갑을 단단이 졸나 믹고 장셩검은 펴여 들고, 천사마를 치질ㅎ야 나난 다시 드러가니, 동문 밧[밖] 십이[십리] 사장 의 군사 가득ㅎ야쎠늘, 말다릭[120]를 급히 여러 조총[121]을 잠간 늬여 듸흔고[122]를 흔 번 노ㅎ니, 우릭 갓탄 흠셩소릭 청천빅일(靑天白日) 진동흔 듯, 호왕를 불너 웨난[외치는] 말리,

"여바라, 호왕놈아! 황후·틱후 히치 말나."

이쎡 자긕이 비수를 번덕이며 틱자 목을 치랴홀제, 난듸입난 벽역소 릭 청천(晴天)의 쎠리지며 일원(一員) 듸장이 제비갓치 드러오니, 일진 (一陣)이 황겁ㅎ야 주져주져ㅎ던 차의, 천사마 눈 흔번 쌈작이며 동문 듸도상의 장셩검이 불빗 되야 십니[十里] 사장 널운[너른] 들의 오마

---

120) 말다릭(말다래): 말을 탄 사람의 옷에 흙이 튀지 않도록 가죽 같은 것으로 만들어 말의 안장 양쪽에 늘어뜨려 놓은 물건.(障泥)

121) 조총(鳥銃): '火繩銃'의 예전 이름.

122) 듸흔고[對眼高]: '눈보다 높은 곳을 향해'라는 뜻인 듯.

딕[123]로 쓰인 군사 씨 업시 다 베이고, 성중의 달여드러 궐문을 씨치고 문안의 만조빅관 딕칼[단칼]의 뭇지리고, 용상을 처부시며 호왕의 머리 푸러 손의 감아쥐고 동문 딕로의 급피 오니, 이씨 황후·티후·티자 자긱의 검광 쏫티 혼빅이 훗터져셔 긔졀ᄒ야 업더졋난지라. 원슈 급피 달여드러 티자를 붓드러 안치고 황후·티후를 흔드러 안치니, 흔 식경[124]이 지닌 후의 제우{겨우} 인사를 차리거늘, 원슈 복지ᄒ야 엿자오딕,

"졍신을 차리옵소셔. 딕명국 도원슈 유츙열이 호왕을 사로잡고 자긱과 군사를 흔 칼의 다 죽이고 이고딕{이곳에} 왓난이다."

티자 이 말을 듯고 급피 이러나 황후의 목을 안고,

"남경 유츙열이 왓네. 졍신을 진졍ᄒ야 츙열을 다시 보쇼."

이러라시 부르지지니 황후·티후 긔졀ᄒ엿다가 유츙열이 왓단 말을 듯고 가삼{가슴}을 두다리며 벌덕 이러 안자 사면을 바라보니, 군사는 흔나도 엽고 일원 딕장 압푸 복지ᄒ얏거늘, 다시 엿자오딕,

"소장은 남경 유츙열이옵더니 호왕을 사로잡아 이고딕 왓난이다."

황후 이 말을 듯고 칵 달여드러 손을 잡고 ᄒ난 말리,

"그딕 일졍(一定) 유원슈냐? 종천강[125]ᄒ며 종지츌[126]흔가? 북방 호

---

123) 오마딕(五馬隊): 오열종대로 편성된 騎馬隊.
124) 식경(食頃): 한 끼의 밥을 먹을 동안이라는 뜻으로, '조금 긴 시간'을 일컬음.
125) 종천강(從天降): 하늘로부터 내려옴.
126) 종지츌(從地出): 땅으로부터 솟아나옴.

지 수만 리를 엇지 알고 와난가? 그뒤 은덕 갑풀진뒤 빅골난망[127]이라.
엇지 다 갑푸리요."

틱자도 만단치사[128]ᄒ고 천자 존의[尊位]를 밧비 무른뒤, 원수 엿자
오뒤,

"소장이 도적의게 속아 금산셩의 드러가온직 적장 젼극ᄒ[천극ᄒ]이
십만 병을 거나려 왓거늘 ᄒ 칼의 다 베혀고, 급피 도라오다가 천기를
보온직 황상(皇上)이 변수 가의 죽게 되엿거늘 급피 달여가니, 황상은 빅
사장의 업더지고 정ᄒ담은 칼을 드러 황상을 치랴 ᄒ거늘 소장이 달여드
러 정ᄒ담을 사로잡아 젼옥(典獄)의 가두고 황상은 편이 모셔 환궁ᄒ신
후의, 소장은 뒤비(大妃)·뒤군(大君)을 모신 후의 아부[아비]를 차지려
ᄒ고 왓난이다."

삼인이 빅빅치사 왈,

"북망산[129]의 잇난 부모 회싱ᄒ야 다시 본들 이외여 더 반가오며, 강
동(江東)의 써난 형제 야즁(夜中)의 만나본들 이두곤{이보다는} 더홀손
야. 이제 도라가 우리 천자와 원슈로 더부러 결의형제(結義兄弟)ᄒ야 만
세유젼(萬世流傳)토록 써나 사지{살지} 안이ᄒ며, 천ᄒ를 반분ᄒ야 동낙
틱평(同樂太平)홀가 ᄒ노라."

틱자 호왕 잡아오믈 보고 원슈의 칼을 썌셔 갓고 호왕을 업지리
고 왈,

---

127) 빅골난망(白骨難忘): 죽어 백골이 된다 하여도 잊을 수 없음. 큰 은혜나 덕을 입었을
　　때 감사의 뜻으로 하는 말이다.
128) 만단치사(萬端致謝): 무수하게 고맙다는 뜻을 나타냄.
129) 북망산(北邙山): 중국 河南省 洛陽 동북쪽에 위치한 구릉 이름. 이곳에 漢代 이후의
　　역대 제왕들의 능이 많았던 바, '사람이 죽어서 파묻히는 곳'을 일컫게 되었다.

"네 이놈아! 황후를 진욕[叱辱]ᄒ며 나를 항복바다 네 신ᄒ를 삼고자 ᄒ더니, 청천일월(晴天日月)이 발가거든 언감싱심(焉敢生心)인들 ᄒ날를 욕할손야?"

분심을 참지 못ᄒ야 장성검을 놉피 드러 호왕의 머리를 베혀 칼 끗티 쒜여들고 호왕의 간을 ᄂ여 낫낫치 씨분 후의 성중의 드러가 약간 나문 군사 다 죽이고 그 중의 군사 오명을 자바ᄂ여 쥰마 셰 필을 구ᄒ야 교자130)를 갓초와 황후·ᄐ후·ᄐ자를 모시고 호국 옥ᄉ(玉璽)와 지도셔(地圖書)를 가지고 힝군ᄒᄉ, 도로장(道路將)을 불너 왈, 포판을 뭇고, 길을 ᄌ촉ᄒ며 부친을 싱각ᄒ야 눈무리 비오 듯ᄒ니, 실푼(슬픈) 마음 이긔지 못ᄒ야 방셩통곡(放聲痛哭) 우난 말리,

"천자는 날 갓탄 신ᄒ를 두엇다가 만 리 호국의 죽게 되[된] 부모 쳐자 다시 만나모간이와, 나난 포판의 잇난 부친 죽엇난가, 살앗난가? 회수졍의 모친 일코, 만 리 북방의 부친 일코, 능영[영릉] 천수[청수]의 안히 이러쓰니, 사라셔 무엇ᄒ며 죽어도 악ᄂ잔코(아깝지 않고) 도로여 악귀가 될지라. 포판을 어서 가며 우리 부친의 싱사를 아라볼가?"

ᄒ며 실피 우니, ᄐ후와 ᄐ자 원슈의 손을 잡고 만단위로ᄒ야 길을 ᄌ촉터니, 녀러(여러) 날 만의 포판을 득달ᄒᄃ, 이 ᄯ은 북히상 무인지지(無人之地)라 사무인적(四無人跡)ᄒ고, 다만 들이난이 히상 풍낭소리 ᄉ름의 간장을 격동ᄒ고, 소실ᄒ풍131) 원셩이(원숭이)난 실피 우러 긱의 수심(愁心)을 돕난구나. 귀신이 난잡(亂雜)ᄒᄃ 유주부의 혈혈단신(孑孑單身) 살 가망이 젼이 업다.

---

130) 교자(轎子): '平轎子'의 준말. 옛날 종1품 이상 및 耆老所 당상관이 타던 가마.
131) 소실ᄒ풍[蕭瑟寒風]: 으스스한 찬바람.

이씩 유주부 도적의게 잡펴 갓다가 항복지 안이혼다 ᄒᆞ고 피골상연 (皮骨相連) 약혼 몸의 형장132)을 만이{많이} 맛고[맞고], 북히상 무인 지(無人地)예 음식이 업셔쓰니 긔갈(飢渴)를 어이ᄒᆞ리, 미구(未久)의 운명(殞命)ᄒᆞ게 되여써니, 이씩 원슈 순식간의 달여드러 보니 토굴를 집피{깊이} 파고 험혼 수목으로 사면을 둘너씨고 집자리{짚자리} 혼 입 우의 문 밧기 수직133)혼 군사 혼 명만 두어 삼순구식134)으로 구먹 밥135)을 주난지라. 이 거동을 보고 업더지며 투고 버셔 싸의 노코 사 면 수목을 헤치고 토굴문 밧긔 복지ᄒᆞ야 엿자오딕,

"딕명국 남경 동성문 늬 사난 츙열언 도적을 잡아 평난(平亂)ᄒᆞ고, 황 후·틱후·틱자를 모셔 이리 왓난이다."

이씩 유주부 긔운이 쇠진(衰盡)ᄒᆞ야 인사를 바리고 잠을 집피 드러 써니, 몽즁의 얼푸시 드르니 츙열이란 말을 드르믹, 천 리 박긔셔 나난 듯ᄒᆞ야 숨을 씌여 안지며 왈,

"네가 귀신인야? 이 싸은 무인지경이라, 물귀신이 만흔 고지라. 어이 알고 예{여기에} 완난야?"

통곡ᄒᆞ며 가삼[가슴]을 두다리다가 기가 막켜 다시 왈,

"네가 귀신인야, 스룸인야?"

132) 형장(刑杖): 죄인을 신문할 때 쓰는 몽둥이.
133) 수직(守直): 맡아서 지킴.
134) 삼순구식(三旬九食): 삼십 일에 아홉 끼니밖에 못 먹는다는 뜻으로 '家勢가 매우 어려움'을 일컫는 말.
135) 구먹밥: 옥에 갇혀 있는 죄수에게 벽 구멍으로 몰래 들여보내는 밥.(구메밥)

"츙열이 스라 왔나니다."

주부 귀신인가 의심ᄒ야 츙열이 차자오기난 천만리사[千萬思] 밧긔라. 진언[136]을 외오며 왈,

"닉 아달 츙열은 회수의 죽어쓰니, 네가 일정 혼신(魂神)인야. 혼빅이라도 반갑고 반갑다."

츙열이 울어 왈,

"소자 회수의 죽게 되얏더니, 천힝(天幸)으로 사라나서 도적을 흡몰(陷沒)ᄒ고, 천자를 모셔 환궁(還宮)ᄒ옵고, 지금 호국의 가 황후·틱후·틱자를 모셔 문 밧긔 왓난이다."

유주부 이 말을 듯고,

"이게 웬 말인야?"

토굴을 두다리며,

"네가 일정 츙열인야? 츙열이 적실(的實)커든 십년 젼의 연경으로 귀양올 적의 주던 죽장도(竹粧刀) 어듸 보자."

원슈 옷슬 급피 벗고 흔삼[137]의 차인 죽도(竹刀)를 쓸너닉여 두 손의 밧드러,

"올이나니다."

─────────────

136) 진언(眞言): 陰陽家나 術家 등이 술법을 부리거나 귀신을 쫓으려 할 때 외는 글귀.(呪文)
137) 흔삼(汗杉): 속적삼을 이르는 말.

주부 일[이] 말을 듯고 토굴문의 업쎼여셔 손을 늬여 바다보니, 소상 반쥭(瀟湘斑竹) 다섯 마듸 '황강쥭누(黃岡竹樓)'를 화침138)으로 싁여쓰니, 구쳔(九泉)의 도라간들 부자신표(父子信標) 몰을손야. 벌덕 이러 안져 왈,

"이게 웬 말인야? 츙열이 와쑤나. 쥭도(竹刀)는 보와쓰나 늬 아달 츙열은 가삼의 듸장셩(大將星)이 박키고 등의난 삼틱셩(三台星)이 잇난이라."

원슈 옷슬 버셔 싸의 노코 주부 져틱 안지니, 주부 가삼과 등을 살펴보니 식별 갓튼 삼틱셩과 듸장셩이 두려시 박켜난듸, 금자(金字)로 '듸 명국 도원슈라' 번쯧ㅎ게 싁여쎠늘, 왈칵 쒸여 달여드러 츙열의 목을 안고 왈,

"어듸 갓다 이제 온아? ㅎ날노 써러저난야? 싸의로 소사난야? 우리 쳔자 살아게시며, 네의 모친 엇지 ㅎ며, 만고역젹 졍흔담이 우리집의 불을 노와 너의 모자 쥑이러 ㅎ다더니 엇지 살아나셔 져듸지[이토록] 장셩ㅎ얏난야? 네가 일졍(一定) 츙열인야? 네가 일졍 셩학인야? 쥭도 보고 표젹 보니 츙열일시 분명ㅎ되, 졍흔담의 화환(禍患) 만나 회수 즁의 죽엇거든, 만경창ᄒᆡ(萬頃蒼海) 너룬[넓은] 물의 칠세동(七歲童)이 엇지 살아 부자 상봉ㅎ단 말가!"

이러타시 상곡(傷哭)ㅎ다가 긔졀ㅎ니, 원슈 듸경ㅎ야 힝장을 급피 슬너 션녀 주던 실과(實果)를 늬여 주부를 먹인 후의 슈족(手足)을 만져 졍신을 회싱케 ㅎ니, 식경(食頃)이 지듸여 이러 안지며 졍신을 수십

---

138) 화침(火針): 불에 뜨겁게 달구어 쓰는 침.

ᄒ니, 난듸업난 말근 긔운이 청천일월(晴天日月) 갓탄지라, 츙열의 손을 잡고 왈,

"네 무삼 약을 이더[어더] 이러탓 나를 구ᄒ난야?"

이쩐 황후·틴후 주부 회싱ᄒ물 보고 급피 드러가 주부의 손을 잡고 왈,

"엇지 저리 귀ᄒ 아달을 두어 만 리 타국의 그듸와 우리를 살여늬여 이고듸 셔로 만나보게 ᄒ난고?"

주부 복지 주왈(伏地奏曰),

"이게 다 황상의 덕틱이로소이다."

이쩐 원슈 황후·틴후·틴자를 모시고 호국의 쩌나 양자강(揚子江)을 건네갈제, 남경이 장차 사만 오천육빅 니라. 황쥬의 달여드러 요긔(療飢)ᄒ고 나올제, 명나수[멱라수] 회사정의 부친 글을 쩨바리고 황셩의 드러올제,

이쩐 천자 원슈를 만 리 타국의 보늬고 주야 흔탄ᄒ며 천힝으로 황후·틴후·틴자를 차자올가 ᄒ야 축슈ᄒ더니, 뜻박긔 유원슈 장게를 올엿거늘 급피 긔탁ᄒ야 보니,

「도원슈 유츙열은 호국의 드러가 호적을 흡몰(陷沒)ᄒ고, 황후·틴후·틴자를 모시고 오난 질의 포판의 가 주부를 살여늬여 흠긔 본국의 드러오난이다.」

ᄒ얏거늘, 천자 듸희ᄒ사 십 니 밧긔 나와 연접139)할제, 황후·틴후 달

여드러 일변 반긔며 일변 실피 우니, 그 정상은 차마 보지 못홀네라.

틱자 복지ᄒ야 엿자오디, 호국의 드러가 호왕의게 견퓌[140]ᄒ고 동문 듸도상의 거의 죽게 되엿더니 천힝으로 원슈를 만나 사라난{살아난} 말을 알외며, 포판의 드러가 주부 살여온 말삼을 낫낫치{낱낱이} 주달(奏達)ᄒ니, 천자 이 말을 듯고 츙열의 등을 만지며 왈,

"옛날 삼국시절의 유·관·상[141] 삼인이 도원결의[142]ᄒ얏더니, 과인(寡人)도 경(卿)으로 더부러 결의형제(結義兄弟)ᄒ리라."

ᄒ고 빅번치사ᄒ시니, 이쎄 주부 복지 주왈,

"소신은 연경의 귀양갓던 유심이옵더니, 자식의 심을 입어 잔명을 사라나셔 펴ᄒ를 다시 뵈오니 만힝이오나, 펴ᄒ 이럿탓 국사(國事)의 근고[143]ᄒ시되 소신의 츙셩이 부족ᄒ야 호국의 갓치여삽긔로 고도[144]치 못ᄒ오니, 죄사무셕(罪死無惜)이로소이다."

천자 유주부란 말을 듯고 보선발노 뛰여나려 주부의 손을 잡고 왈,

"이게 웬 말인가? 회ᄉ정의 죽은 졸만 알어써니 엇지ᄒ야 살아온가? 과인이 불명(不明)ᄒ야 역적 놈의 말을 듯고 무죄(無罪)ᄒ 우리 주부를 만 리 연경의 보늬여쓰니, 뉘를 원망홀가? 모도[모두] 다 과인이 불명ᄒ 타시로셰. 그듸의 얼골을 보니, 죄 중ᄒ 이늬 몸이 무삼 면목으로 사죄

---

139) 연접(延接): 맞아들임.(迎接)
140) 견퓌(見敗): 패배를 당함.
141) 유관장(劉關張): 劉備, 關羽, 張飛를 가리킴.
142) 도원결의(桃園結義): 중국 소설 〈三國志〉에서 蜀나라 劉備가 關羽·張飛와 더불어 형제의 의를 맺었다는 고사에서 나온 말로, '의형제를 맺는 일'을 가리킴.
143) 근고(勤苦): 힘들게 고생함.
144) 고도(顧導): 돌보아 이끎.

(謝罪)홀가? 그딕의게 흔 공덕을 갑풀진딕 살을 베혀 봉힝[奉養]ᄒ고 천 ᄒ를 반분흔들 엇지 다 갑풀가."

이러타시 치사ᄒ고 도성의 드러오니, 이쩍 장안 만민(萬民)이며 중 군 조정만이며 군사 일시의 드러와 원수 말고 낫낫치 빅사ᄒ고, 남녀 노소 입시 원수의 말을 잡고 뉘 안이 송덕(頌德)ᄒ며 뉘 안이 축수(祝 手)홀손가.

쏘흔 빅발노인이 죽장(竹杖)을 잡고 쩌러진 감토를 쓰고 어린 아히 압세우고 동편 골목의 나오면서, 술 흔 잔 바다들고{받아들고} 안주는 낙엽의 싸셔 손자의게 들이고{들리고} 긔염긔염[기엄기엄] 긔여나와 원슈 젼의 빅비치ᄉᄒ며 만만셰(萬萬歲)를 불너 왈,

"소인이 도셩문[동셩문] 늬 사옵더니, 삼딕독신(三代獨身)으로 소인의 게 밋쳐 삼자일녀(三子一女)를 나하노코 귀이 질너 졔 몸이 장셩145)터 니, 만고역적 졍흔담이 도셩을 쳐 파ᄒ고 용상의 놉피 안져 자층[自稱] 천자ᄒ고 만민(萬民)을 도탄(塗炭)홀졔, 소인의 자식 두를{둘을} 군사의 츙슈146)ᄒ야 전장(戰場)의 벗오다가 자식 흔나를 죽여쩌니, 옥황이 남경 을 도으사 '장군임을 남졍의 졈지ᄒ야 도적을 치라'ᄒ고 진중의 말여드 러 적장 졍문걸을 반 홉(半合)의 베혀 들고 천자를 구완ᄒ시거늘, 소인의 ᄉ즛틱 자식을 셩중(城中)의 두엇다가은 졍흔담의게 쥑일 듯ᄒ야, 중군 조 졍만의게 야간 도망ᄒ야 장군임 진중의 보닉고 북두칠셩(北斗七星) 젼의 일연(一年) 삼빅육십일의 밤마닥 축수ᄒ며 '우리나라 장수님이 승젼(勝 戰)ᄒ게 ᄒ옵소셔.' 니러타시 축슈ᄒ옵더니, 장군임의 심을 입이[입어]

---

145) 장셩(長成): 몸집이 커지고 나이를 먹음. 이뿐만 아니라 마음도 몸만큼 자라서 사리 를 분별하고 성숙한 인격을 갖춘 것을 일컫는다.

146) 츙슈[充數]: 어떤 집단에 들어감.

명진 군수는 ᄒ나도 상(傷)치 안코 와겻긔로 소인의 슷틔 자식이 사러나셔 이 손자를 두어쓰니, 이놈은 장군임 자식과 다르미 엄난지라. 이제난 소인이 죽어도 빅골(白骨) 엄토(掩土)ᄒ 자식이 잇고 선형힝화[先塋香火] 밧들 손자 잇사오니, 이난 모도 다 장군임의 덕이오미, 소인이 죽을 날이 머지 안이 ᄒ온지라, 다만 술 ᄒ 잔을 장군님 전의 올이나니 만셰무량(萬歲無量)ᄒ옵소셔. 이제 죽어도 여ᄒ(餘恨)이 업실가 ᄒ야 손자을 이글고 왓난이다."

이ᄯᅵ 원슈며 쥬부와 황후·틱후·틱자며 제즁 이 말을 듯고 일심(一心)이 비감ᄒ야 낙누(落淚)ᄒ며 왈,

"이난 모도 다 노인의 축수ᄒ 공이요 천자의 은덕이라, 날 갓탄 ᄉ름이야 무삼 공이라 ᄒ리요. 도라가 편이 살나."

노인이 드리난 술은 바다 천자의게 드리고 힝군[行軍]을 지촉ᄒ니, 천자 노인의 말을 듯고 조정만을 밧비 불너,

"그 노인의 아달 일홈을 아라 입시(入侍)ᄒ라."

ᄒ시니, 이ᄯᅵ ᄒ 군사 ᄯᅥ러진 절립147) 쓰고 흔도148) ᄒ나 손의 들고 원슈 압푸 복지ᄒ엿거늘, 성명을 무른 후의 충찬[칭찬]ᄒ고 친국문 호위장을 삼아 빅종녹149)을 붓쳐 '늘근 아비를 섬그라'ᄒ고, 말을 지촉ᄒ야 도성의 드러 궐닉여 드러가니, 약간 잇난 츙신드리 고두(叩頭) 빅빅치사(百拜致謝)ᄒ고 물너나니 삼군(三軍)이 원슈를 송덕(頌德)ᄒ더

---

147) 절립[戰笠]: 예전에 군인들이 쓰던 벙거지.
148) 흔도[環刀]: 예전에 군복을 입고서 차던 軍刀.
149) 빅종녹(百鍾祿): 백종의 녹봉. 鍾은 용량의 단위로 6斛 4斗를 말한다.

라. 이ᄯᅵ 천자와 원슈머 황후·틱후 일석(一席)의 안져 달야150)토록 젼후 고상ᄒᆞ던 말을 셜화ᄒᆞ고,

잇튼날 젼옥관151)을 불너 흔담을 자바다가 구졍152) ᄯᅳᆯ의 업지르고 유주부 천자 졋틱 안자 나졸을 호령ᄒᆞ아 왼갓 형벌 갓초오고 수죄(數罪) 왈,

"네 이놈, 졍흔담아! 젼상(殿上)을 치아다 보라. 나를 아난야, 모로난야? 네 자층 천자라 ᄒᆞ더니 만승천자(萬乘天子)도 두 팔이 업난야? 조고만흔 유심의 이릭[아릭] 복지ᄒᆞ기난 무삼 일고? 네 죄를 네 아난야?"

흔담이 복지쥬왈(伏地奏曰),

"소신의 털를 ᄲᅢ여 죄를 논지ᄒᆞ여도 털이 모지릭오니 죽여 주옵소셔."

주부 딕로(大怒) 왈,

"죄목이 열 가지니 자셰이 드르라. 네놈이 천상 익셩으로 명국의 젹강(謫降)ᄒᆞ야 용밍이 졀인153)ᄒᆞ미 도스를 다러다가 노코 항상 천자를 도모코져 ᄒᆞ니 만고의 큰 죄 흔나이요, 조졍의 직신(直臣)을 ᄡᅥ려 무죄흔 신ᄒᆞ를 무훔ᄒᆞ야 나를 연경의 귀양 보닉니 죄 두리요{둘이요}, 도사 놈의 말를 듯고 신기흔 영웅이 황셩(皇城)의 잇다 ᄒᆞ미 닉 자식을 죽이랴고 닉 집의 불을 노왓다가 사라 회수의 당ᄒᆞ미 군사를 보닉여 닉의 자식을 결박[結縛]ᄒᆞ야 물속의 더져[던져] 죽이려 흔 거시 죄 셰이요, 퇴직상(退宰相) 강희주를 역적으로 몰아 옥문관의 보닉어ᄡᅳ니 죄 너이요, 강승상의

---

150) 달야(達夜): 밤을 새움. 밤새도록.
151) 젼옥관(典獄官): 典獄署의 관리.
152) 구졍(毬庭): 궁중이나 귀족들의 집안에 만들어 놓았던, 격구를 하는 크고 넓은 마당.
153) 졀인(絶人): 남보다 아주 뛰어남.

가솔(家率)을 잡아다가 즁노(中路)의셔 쥭은 거시 죄 다섯시요, 황후· 태후· 태자를 사로잡아 진즁의 가두어 주려 죽게 ᄒᆞ미 죄 여섯시요, 츙신을 다 죽이고 천자를 속여 도적을 막으려 ᄒᆞ다가 도적의게 ᄒᆞᆼ복ᄒᆞ미 죄 일곱이요, 자층 천자라 ᄒᆞ야 ᄉᆡᆼ민을 도탄ᄒᆞ고 츙신을 자바 항복 밧고져 ᄒᆞ미 죄 야달이요, 호국의 청병ᄒᆞ야 황후· 태후· 태자를 호왕의게 잡펴 보ᄂᆡ고 장안 미ᄉᆡᆨ(美色) · 보화(寶貨)를 모도 다 탈취ᄒᆞ야 남적의게 보ᄂᆡᆫ 거시 죄 아홉이요, 천자를 번수 가의 죽이려 ᄒᆞ미 죄 열 가지라. 세상의 인신 되야 만고의 업난 열 죄목을 가져쓰니, 이러ᄒᆞ고 살긔을 바릴손야? 우리 황상게ᄋᆞᆸ셔 이러타시 상ᄒᆞᆫ[고생한] 일과, ᄃᆡ비· ᄃᆡ군게ᄋᆞᆸ셔 여러 번 죽을 번ᄒᆞᆫ 일과, 만셩인민(滿城人民)이며 육국(六國) 군사 죽은 일과, 강승상· 유주부 타국의 죽게 된 일과, 천ᄒᆞ 진동ᄒᆞ야 종묘사직(宗廟社稷)이 위ᄐᆡᄒᆞ고, ᄇᆡᆨ셩더리 황겁ᄒᆞ야 신자사방[散之四方]의 도망ᄒᆞ니, 이게 도시 네 놈의 소위(所爲) 안이냐?”

ᄒᆞᆫ담이 아무 갈도[말도] 못ᄒᆞ고 묵묵부답(默默不答)이라. 나졸을 지촉ᄒᆞ야 ‘ᄒᆞᆫ담의 목을 장안시의 베히라’ᄒᆞ니, 나졸이 달여드러 ᄒᆞᆫ담의 목을 ᄆᆡ여 수ᄅᆡ 우의 놉피 실코 장안 ᄃᆡ도상(大道上)의 지촉ᄒᆞ야 나오며 웨여 왈,

“이바, ᄇᆡᆨ셩더라! 만고역젹(萬古逆賊) 정ᄒᆞᆫ담을 오날날노 베히려 가니 ᄇᆡᆨ성덜도 구경ᄒᆞ라.”

ᄒᆞ며 소ᄅᆡᄒᆞ고 나올 적의, 성중(城中) · 셩외(城外) ᄇᆡᆨ셩더리 ᄒᆞᆫ담 죽이러 간단 말을 듯고, 남녀노소 상ᄒᆞ 업시 그놈의 간을 ᄂᆡ여 먹고져 ᄒᆞ야, 동편 사람은 셔편을 부르고 남촌 사ᄅᆞᆷ은 북촌 사ᄅᆞᆷ을 불너[부르며] 셔로 차자 골목골목이 빈틈업시 나오며,

"이바, 벗임늬야! 가시 가시, 어셔 가시. 만고역적 정흔담을 우리 원슈
장군임이 사로자바 두 팔 싄코 젼후죄목 무른 후의 빅셩덜을 뵈이랴고
장안시의 베힌단이, 밧비밧비 어셔 가셔 그놈의 살을 베혀 부모 일은{잃
은} 스름은 부모 웬수 굽퓨주고, 자식 일은{잃은} 스름은 자식 웬수 굽퓨
주시."

빅발노구(白髮老嫗) 손자 업고 홍안소부(紅顔少婦) 자식 품고 젼후
좌우 나열ᄒ야, 엇던 스름은 달여드러 흔담을 호령ᄒ고, 엇더ᄒ 녀인
더른{여인들은} 흔담의 상토 잡고 신쪽 버셔 양 귀밋츨 쪽쪽 치며,

"네 이놈, 정흔담아! 너 안이면 늬 가장(家長)이 죽어쓰며, 늬 자식이
죽을손야? 덕틱(德澤)이 ᄒ희(河海) 갓튼 우리 원슈 네놈 목을 진즁의셔
베히더면 네놈 고기를 맛보지 못홀 거슬, 빅셩덜을 뵈히랴고 산 치로 자
바늬여 오날날 베힌고로 네 고긔를 난와다가 우리 가장 혼빅(魂魄)이나
여흔(餘恨) 업시 굽푸리라."

수릐쇼{수레소}를 지촉ᄒ야 사지(四肢)를 난와노니, 장안 만민(萬民)
드리 벌쎄가치 달여드려 점점이 올러노코, 간도 늬여 씹어보고 살도
베혀 먹어보며 유원슈의 놉푼 덕을 뉘 안이 층송ᄒ리.

각 도 각 관(各道各關)의 회시[154]ᄒ고 최일귀·정흔담의 삼족을 다
멸ᄒ고, 천자 삼층단(三層壇)의 올나 천제(天祭)ᄒ고, 주부 유심의 직
첩[155]을 도도와 금자광녹틱부(金紫光祿太夫) 되승상 연국공(燕國公)의
연왕(燕王)을 봉ᄒ시고 옥시·용포의 통천관을 상급(賞給)ᄒ시고 만종
녹(萬鍾祿)을 주시고, 원슈로 되사마 되장군의 겸 승상 위국공(魏國公)

---

154) 회시(回示): 죄인을 끌고 다니며 여러 사람에 돌려 보임.
155) 직첩(職牒): 조정에서 벼슬아치에게 내리던 임명장.

을 봉ㅎ야 만종녹을 점지ㅎ시고 도원결의(桃園結義)ㅎ야 츙무후(忠武
侯)를 봉ㅎ시고, 그 나문 장슈와 군사을 치례로 베살{벼슬}을 주워 상
사(賞賜)ㅎ시니, 모다 질긔난 소릐 틱평천지(太平天地), 요지일월 순지
건곤156)의 강구동요157) 질기난 듯 천자를 축수(祝壽)ㅎ며, 원슈를 송
덕ㅎ난 소릐 천지 진동ㅎ더라.

연왕 부자 천자 은덕을 축사(祝謝)ㅎ니, 천자 위로 왈,

"그딕의 숙소를 위션{우션} 졍ㅎ야 약간 공(功)을 씨건이와, 그 은혀
[은혜]를 갑풀진딕 살을 싹가{베어} 봉양ㅎ고 천만번이라도 승상의 공은
갑풀 지리 업다."

ㅎ시니, 원슈 복지 주왈,

"천은(天恩)이 망극(罔極)ㅎ와 부자는 만나건이와, 모친은 어딕 가고
이런 주를 모로난가? 옥문관의 적거ㅎ 강 승상은 죽어난지, 살어난지?
가련ㅎ다! 강 낭자는 청수 중의 죽어쓰니 어딕 가셔 만나볼가? 낭자의
부탁ㅎ 딕로 옥문관을 차자가셔 강승상의 쌔나 거두워다가 무더쥬고, 회
수의 모친을 제사ㅎ고, 청수의 지닉오며 강낭자의 혼빅이나 위로ㅎ고,
다른 딕 취처(娶妻)ㅎ야 부친으게 영화를 뵈일가 ㅎ난이다."

흔딕, 상(上)이 이 말삼을 드르시고 비감ㅎ야 틱후 전의 그 말삼을 고
ㅎ니, 틱후난 강승상의 고모라, 이 말을 듯고 실피{슬피} 낙누ㅎ시며
원슈를 입시(入侍)ㅎ야 손을 잡고 울며 왈,

---

156) 요지일월(堯之日月) 순지건곤(舜之乾坤): 요임금이 다스리던 시대와 순임금이 다스
     리던 세상. '太平聖代'을 일컫는 말이다.
157) 강구동요(康衢童謠): 천하가 태평함을 구가하는 동요. 요임금이 강구에서 동요를 듣
     고 자기의 정치가 잘 되었다는 것을 알았다는 고사에서 나온 말이다.

"강 승상은 늬의 족ㅎ{조카}라 지금가지 살아난지? 그듸의 심{힘}을 입어 늬 몸은 살아쓰나 친졍 일가는 그 흔나쑨이라. 사러거든 달려오고 [데려오고] 죽어거든 빅골이나 주셔오소."

원슈 쥬왈,

"그 사회[사위] 되야난이다."

틱후 듯고 딕히ㅎ야,

"이게 웬 말인가? 만고영웅 유츙열이 늬의 츙신인 줄만 알아쩌니, 늬의 손녀셔(孫女壻)가 되여쑤나. 어셔 가셔 싱사를 알고, 그듸의 모친과 늬의 손녀를 위로ㅎ야 졔사(祭祀)ㅎ고 급피 도라오게 ㅎ소."

원슈 천자와 부왕(父王)게 ㅎ직ㅎ고 딕군을 거나려 바로 셔번국을 힝ㅎ야 양관을 너머 셔편관을 득달ㅎ야, 격셔 밧비 쎠 셔번국의 보늬고 힝군을 직촉ㅎ야 드러가니, 셔천 삼십육도 군장(君長)드리 츙열의 지조를 알고 황겁ㅎ야 금은보화를 만이[많이] 슬코[싣고] 옥식와 지도셔(地圖書)를 손의 들고 항셔(降書)를 쎠 원슈 젼의 바치고, 인슌을 목의 걸고 낫낫치{낱낱이} 항복ㅎ거날, 원슈 장딕(將臺)의 놉피 안져 군왕[君長]을 자버늬여 일일 수죄(數罪)ㅎ고, 항셔 삼십육장을 연폭158)ㅎ야 장계를 급피 쎠셔 남경으로 보늰 후의, 번왕을 불너 옥문관 소식을 뭇고[묻고] 직시[즉시] 힝군ㅎ야 옥문관을 차져갈졔, 실푼 마음 진졍ㅎ고 셩즁의 달여드러 슈문장(守門將)을 불너 천자의 공문을 뵈이며,

---

158) 연폭(連幅): 피륙, 종이, 널빤지 따위의 조각을 너비로 마주 이어서 붙임.

"적거(謫居)흔 강승상이 어듸 잇난야?"

슈문장이 엿자오듸,

"강승상이 셩즁의 잇삽더니, 십여 일 젼의 남적이 달여드러 강승상을 자바늬어 호국으로 갓난이다."

원슈 이 말을 듯고 분심(憤心)이 싀로 나셔 노긔 등등ᄒ야, 군사를 옥문관의 두고 수문장의게 신칙(申飭)ᄒ야,

"군사를 착시리 호군159)ᄒ야 나 도라오긔를 지달이라(기다리라)."

ᄒ고, 필마단검(匹馬單劍)으로 남쳔을 바리보고 구름을 허쳐(헤쳐) 나난 다시 달여 드러갈졔, 호국지경의 다다르니 분긔 더욱 팅젼[撑天]ᄒ야 격셔를 보늬니라.

이쩌 가달왕이 남경의셔 다려간 일등미싴(一等美色) 좌우의 안치고 가진(갓은) 풍악으로 날마닥 걸기더니, 다려간 도사 마음이 산란ᄒ야 쳔긔를 살펴보니 남경 도원슈 지경(地境)의 드러오거늘, 듸경ᄒ야 왕게 고(告)ᄒ듸,

"남경 도원슈 지경의 들면 엇지ᄒ리요."

문무졔신(文武諸臣)을 모와 방적(防敵)을 의논홀싀, 장ᄒ(帳下)의 삼원(三員) 듸장이 빅금투고의 흑운포를 입고 삼쳔 근 쳘퇴를 들고 구쳑 장검을 좌수의 들고 게ᄒ의 복지 쥬왈,

---

159) 호군(犒軍): 군사들에게 음식을 베풀어 위로함.

"소장 삼형제는 번양 셕장동 사는 마쳘 등이옵더니, 남경 유츙열이 드러온단 말을 듯고 불원쳔리(不遠千里) 왓사오니, 소장을 션봉을 주시면 츙열의 목을 베혀 오리니다."

모다 보니 신장이 십 쳑이요, 긔골(氣骨)이 엄장흔지라. 가달왕이 디히흐야 마쳘노 션봉을 삼고, 마웅으로 중군을 삼고, 마학으로 후군을 삼아, 졍병 팔십만을 조발(調發)흐야 셕듸산 흐의 유진흐고, 도사와 문무빅관을 거나리고 산의 올나 귀경흐더라.

이쩍 강승상이 되놈의게 잡펴가셔 험악이 극심흐되 종시(終是) 항복지 안이흐고 진욕[叱辱]을 무수이 흐니 호왕이 디로흐야 미구(未久)의 죽이려 흐더니, 쯧박긔 유원슈 드러오믹 죽이지 못흐고 젼옥(典獄)의 가두고 주려 죽게 흐난지라.

호왕이 남경의셔 다려간 게집 흐나히 되놈의게 종시(終是) 훼절(毁節)치 안이흐고, 일싱[항상] 강승상을 붓들고 써나지 안이흐고 불피풍우160) 흐고 밤마닥[밤마다] 축원흐야 왈,

"우리나라 유원슈 어셔 와셔 남적을 흡몰(陷沒)흐고, 본국 스름을 살어닉여 부모 얼골을 다시 보게 흐옵소셔."

이러타시 축슈흐더니, 쯧밧긔 강승상을 옥즁의 가두니 흔가지로[함께] 싸려가셔 쥬야 흐튼흔지라.

이쩍 원슈 필마단창으로 호국의 달여드니, 셕듸산 흐의 쳔병만마(千兵萬馬) 유진흐야쓰며 검술을 희롱흐고 의긔 양양흐거늘, 원슈 순식간의 달여드러 적진을 바라보며 벽역 갓튼 소릭를 쳔동갓치 지르며,

---

160) 불피풍우(不避風雨): 비바람을 피하지 아니함.

"네 이놈, 가달왕아! 강승상을 히(害)치 말나."

ᄒ며 적진 션봉을 헤쳐가니, 뒤장 마철이 응성출마ᄒ야 원수를 마자 썻와 반 홉이 못ᄒ야 철퇴마자 부셔지며, 창검마자 써러지난지라. 마응·마학이 졔 형이 당치 못홀 줄 알고 일시(一時)의 달여드러 좌우로 쪼차오며 달여드나, 일광주·용인ᄀᆞᆸ은 천신의 수적(手跡)이요, 용궁의 조화라, 살 ᄒ ᄀᆞ가 범ᄒ며 철란[철탄] ᄒ나 마실손가. 장셩검 번ᄀᆞ 되야 동천의 번듯ᄒ며 마철의 머리을 베이고, 남천의 번듯ᄒ며 마응을 베히고, 즁왕[즁앙]의 번듯 마학의 머리를 베혀 들고, 젹진 빅만 뒤병을 순식간의 흡몰ᄒ고, 쳔사마를 지쵹ᄒ야 셕뒤산 ᄒ의 다다르니, 호왕과 도ᄉ 뒤경ᄒ야 도망ᄒ되, 쳔사마 닷난 압푸 나는 졔비도 가지 못ᄒ거든, ᄒ물며 ᄉ름이야 엇지 갈이요. 경각의 달여드러 호왕을 치니, 통쳔관이 ᄭᅵ여지고 상토마자 업ᄂᆞᆫ지라. 호왕이 엇자오되,

"이ᄂᆞᆫ 너 죄 안이라, 모도 다 옥관도사의 죄로소이다."

원슈 분ᄒ(憤恨) 즁의 옥관도ᄉ 말을 듯고 왈,

"도ᄉ난 어되 잇난야?"

호왕이 이러안자 가라치거늘, 도ᄉ를 자바ᄂᆡ여 전후죄목을 무른 후의,

"너를 이고뒤 죽여 분을 풀 거시로뒤, 남경으로 잡아다가 쳔자와 우리 부친 젼의 밧쳐 죽이라."

ᄒ며, 두 손목을 ᄭᅥᆫ코 두 발을 ᄭᅥᆫ어 슈ᄅᆡ의 실코 셩즁의 드러가 호왕을 수죄ᄒ고, 강승상을 무른직 '옥즁의 가두엇다'ᄒ거날, 옥문의 달여드러 옥문을 ᄭᅵ치고 승상을 부르니, 승상과 조낭자 '호왕이 죽이랴고 찻

난가' 딕경ᄒ야 긔질[氣絶]ᄒ난지라. 원슈 밧비 드러 강승상 전의 엿자
오딕,

"정신을 진정ᄒᆞ옵소셔. 소자는 회사정의 만나던 유충열이옵더니, 딕
명국 도원슈 되야 남적을 흡몰ᄒ고 호왕을 잡고 도ᄉ를 사로자바 이고딕
와난이다."

승상이 혼몽 중의 충열이란 말을 듯고 벌덕 이러안져 보니, 과어[果
然] 충열이 분명ᄒ다, 왈칵 달여드러 손을 잡고 통곡ᄒ며 ᄒ난 말리야
엇지 다 충양[測量]ᄒᆯ가. 조낭자 졋틱 안저다가 원슈란 말을 듯고 압푸
달여드러 왈,

"장군임이 엇지 알고 와셔 죽은 사람을 살여닉여, 고국산천 다시 보
고 부모 동싱 다시 보게 ᄒ니, 이런 일이 쏘 잇슬가? 천자님도 사라게
시닛가?"

원슈 딕답ᄒ고 승상 전의 엿자오딕, 집을 써나 빅용사 부체[부처]를
만나 전장긔게(戰場器械) 어든 후의 남적을 흡몰ᄒ고 오란[오는] 말삼
을 낫낫치 고ᄒ니, 승상이 딕히ᄒ야 충찬불이[161] ᄒ더라.

원슈 조낭자 전후슈말(前後首末)을 무른 후의 치사ᄒ고 흥긔 궐문의
드러가 격셔(檄書)를 써셔 토번국의 보닉니, 번왕이 원슈 온단 말을 듯
고 황겁ᄒ야 항셔 쓰고 치단(彩緞)을 갓초와 사신을 부려 가달노 보닉
거날, 사신을 수죄ᄒ고 달왕의 항셔와 번왕의 항셔와 도사를 사로잡아
보닉난 연유를 천자게 장게ᄒ고,

전일 가달왕이 남경의셔 다려간 미쇠더을 낫낫치 차자 '본국으로 가

---

161) 충찬불이[稱讚不已]: 칭찬을 마지않음.

자'ㅎ니, 이쩌 미싁드리 고국을 싱각ㅎ고 부모를 싱각ㅎ야 주야 흔탄
ㅎ더니, 원슈를 만나ㄷ 젼지도지(顚之倒之)ㅎ야 나오며 전후좌우 나열
ㅎ야 원슈 젼의 빅빅치ㄷ(百拜致謝)ㅎ고 승상을 모시고 원슈를 싸라올
졔, 쥰마(駿馬) 삼빅 필의 낫낫치 다 틱우고 조낭자는 옥교(玉轎)를 타
고 강승상 젓틱 안자 힝군을 직쵹ㅎ야 도라올졔,

어러[여러] 날 만의 회슈가의 다다르니 소연흔심162)이 절노 난다.
젼(前) 듯던 풍낭소리 ㄷ름의 간장 다 녹이고, 전의 보던 좌우청산 장
부 흔심 도도운다. 원슈 모친을 싱각ㅎ야 빅사장의 나려 안져 가삼{가
슴}을 두다리며 셰셰원졍163) 긔록ㅎ야 제물을 장만ㅎ여 졔사ㅎ랴 ㅎ
고 번양 회슈 드러갈졔, 남만 오국의셔 바든 금은칙단이며, 옥문관의
두고 갓던 군사며, 다려오난 미싁드리며, 강승상은 멀이 모셔 조낭자
는 옥교 타고 오마디(五馬隊)로 힝군ㅎ야 번양 성즁 드러오니, 그 영화
그 거동은 옛날 소진164)이 육국 정승인165)을 차고 거긔치즁166) 나열
ㅎ야 낙양셩즁 드러가난 듯, 당(唐)나라 곽분양167)이 양경(兩京)을 회
복ㅎ고 분양(汾陽) 짜의 왕이 되야 고힝[고향]의 도라온 듯, 각 도의 빅
성덜은 전후의 옹위(擁衛)ㅎ고 열읍(列邑) 수령더른 좌우의 나열ㅎ야,

---

162) 소연(蕭然)흔심: 쓸쓸한 마음에서 나오는 한숨.

163) 셰셰원졍(細細原情): 하나하나의 원통한 마음.

164) 소진(蘇秦): 중국 전국시대의 謀士. 燕의 文侯에게 六國合縱의 이익을 설명하여 채용
되고, 또 趙·韓·魏·楚를 설복하여 기원전 333년 육국합종에 성공하였다.

165) 육국(六國) 정승인(政丞印): 六國黃金印. ≪史記≫〈蘇秦列傳〉의 "나에게 낙양의 부
곽전 2頃만 있었던들 내 어찌 六國의 政丞印을 찰 수 있었겠는가?(使我有洛陽負郭田
二頃, 豈能佩六國相印乎?)"라고 한 蘇秦의 고사를 일컫는다.

166) 거긔치즁(車騎輜重): 戰馬와 騎馬에 실은 군수품.

167) 곽분양(郭汾陽): 唐나라 중기의 정치가 郭子儀. 安祿山의 난 때 史思明의 군대를 격
파하였고, 肅宗 때 司徒 代國公에 이어 汾陽王으로 봉해졌으며, 代宗 때 吐蕃의 침략
을 물리쳐 공을 세웠다. 五福을 겸비한 팔자를 곽분양의 八字라 한다.

권마셩168) ᄒ난 소릭 반공의 놉피 쯰고, 좌긔초169) ᄒ난 소릭 원근의
진동ᄒᄂ다.

긱사(客舍)의 좌긔170)ᄒ고 번양 틱수 밧비 불너 천금을 닉여주며 제
물(祭物)을 장만ᄒᆯ제, 왼갓 어육(魚肉) 갓초오고 왼갓 치소 등딕171)ᄒ
야, 각 읍 관장 시위ᄒ고 가진{온갓} 제물 봉진172)ᄒᆯ제, 빅사장(白沙
場) 십니 쓸의 빅포청장(白布靑帳) 둘너치고, 원슈는 빅의(白衣) 입고
빅건(白巾), 빅딕(白帶)의 힌[흰] 갓 쓰고 축문 일장 실피 지어 회슈가
의 나오니, 이썩 조낭자은 모욕직게[沐浴齋戒] 졍(淨)이 ᄒ고 소복(素
服)으로 단장ᄒ야 힝노[香爐] 들고 원슈를 비힝173)ᄒ야 물가의 나올제
고금 다를손야. 남경 도원슈 회슈의 쌘져죽은 모친을 위ᄒ야 제사ᄒᆫ단
말을 듯고 남녀노소 업시 원슈 공덕을 치ᄉᄒ며, 그 얼골을 보랴 ᄒ고,
쌍쌍작반174)ᄒ야 회수가 십니 쓸의 빈틈업시 둘너셔셔 구경왈제[구경
할제], 원슈 제소(祭所)의 드러와 삼층단 놉피 무어{만들어} 단상의 제
물을 진셜(陳設)ᄒ고, 조낭자는 힝노 들어 단상의 올여노코, 낭자가 집
사175) 되야 분힝[焚香]ᄒ고 나오니, 원수 통곡ᄒ고 궤좌(跪坐)ᄒ야 독
축176)ᄒ니, 그 축문의 ᄒ여쓰되

---

168) 권마셩(勸馬聲): 임금이나 높은 벼슬아치가 행차할 때 그 위세를 더하기 위하여 司僕
　　下人이나 驛卒이 가늘고 길게 부르는 소리.
169) 좌긔초(坐騎哨): 말을 타고 망을 보는 哨兵. 五馬隊로 행군하여 번양 성안으로 들어
　　간다고 했기 때문에, 이렇게 볼 수 있지 않을까 한다.
170) 좌긔(坐起): 앉음.
171) 등딕(等待): 분부에 따라 미리 갖추어 두고 기다림.
172) 봉진(奉進): 받들어 올림.
173) 비힝(陪行): 모시고 나옴.
174) 쌍쌍작반(雙雙作伴): 쌍쌍이 짝을 이룸.
175) 집사(執事): 지휘자나 주인의 지시를 받아 일을 맡아보는 사람이란 뜻이나, 여기서는
　　'향을 받드는 사람'의 의미.

「유셰차177) 부경 십칠년 급자 이월 급인삭 이십팔일 신사(辛巳)의 남
경 동셩문 닉(內)셔 사는 불효자 유츙열은 모친 장씨 젼의 예로 갓초와
지젼178)으로 히샹고혼(海上孤魂)을 위로ᄒ오니, 혼빅이나 바드소셔. 오
회(嗚呼)라! 우리 부모 년광(年光)이 반이 남어 일졈혈육(一點血肉)이 업
셔씌로, 복즁(腹中)의 셔룬 마음 남악산의 졍셩179) 듸려 천힝(天幸)으로
츙열을 나아노코 익지즁지(愛之重之) 키여닉어 영화를 보려쎠니, 간신의
히를 보와 부친이 민 리 연경의 간 후의, 모친만 모시고 잇다가 피회(避
禍)ᄒ야 다라날졔 이 물가의 다다르니, 난듸업난 히샹수젹(海上水賊) 사
면으로 달여드러 우리 모친 졀박ᄒ야 풍낭 즁의 닉쳐 노으니, 모친임은
간듸업고 천힝으로 모진 목슴 츙열이만 사라나셔 모친 쥬시던 옥홈을 어
더 젼장긔게 갓초와셔 도적을 합몰[陷沒]ᄒ고 졍ᄒ담과 최일귀를 베인
후의, 천자를 구완ᄒ고 만 리 연경의 격거ᄒ신 부친임을 모셔다가 쳔은
(天恩)을 입어 연왕이 되야 만죵녹(萬鍾祿)을 밧게 ᄒ고, 남적을 소멸ᄒ
후의 강승상을 살여닉여 이 질노 오옵더니, 모친을 싱각ᄒ야 이고듸 왓
ᄉ오나 모친은 어듸 가고 츙열을 모로난가. 호국의 갓던 부찬[父親]은 사
러왓네. 옥문관 갓던 강승샹도 사러오고, 호국의 잡펴갓던 고국 ᄉ롬덜
도 사라오고, 황후·틱후 즁ᄒ 옥체(玉體) 번국의 잡펴갓다 츙열이가 살
여 왓네. 모친은 어듸 가고 사라올 줄 모로난가. 이번의 부친임이 소자를
보닉실졔 부탁ᄒ시긔를, '번양 짜의 가 네 어마님을 차져오라' ᄒ시더니,
만경창파(萬頃蒼波) 집푼 물의 빅골인들 차질잇가. 모친님이 옥홈을 주
실졔 수건의 쓴 글시를 가져와쓰니 혼빅이나 와셔 츙열을 만져 보시요.
츙열은 명나라 듸ᄉ마 도원슈의 겸 승상 위국공이 되고, 부친님은 금자

---

176) 독축(讀祝): 축문을 읽음.

177) 유셰차(維歲次): '이해의 차례'이라는 뜻으로, 祭文의 첫머리에 관용적으로 쓰는 말.

178) 지젼(紙錢): 종이를 돈 모양으로 둥글게 오려 만든 것. 죽은 사람을 위하여 저승으로
   가는 길에 노자로 쓰라는 뜻으로 관속에 넣어준다.

179) 졍셩(精誠): 祈子致誠. 초인적인 능력을 지닌 것으로 생각되는 대상물에 자식을 점지
   해 달라고 비는 신앙행위를 일컫는다.

광녹틱부 겸 틱승상 연국공의 연왕이 되여쓰니, 이 갓탄 만그영화[萬古榮華]를 어틱 가고 모로난가. 우리집의 불을 노은 졍흔담을 사로잡아 젼옥의 가두엇다가 부친을 모신 후의 부친 압푸 업지리고 젼후죄목을 무른 후의 그놈의 간을 닉여 모친임 젼의 졔스흐야써니, 그런 주를 아러난가. 츙열이 귀히된 줄 혼령은 알연마는 언졔 다시 만나볼가. 셰상의 귀흔 영화 날 갓탄 이 업건만은 피 갓탄 이닉 눈물 엇지흐야 소사난가. 모친님을 펀이 모셔 연만(年晩)흐야 도라가면 이틱지 통박(痛迫)흘가. 만 리 연경의 가장(家長) 일코, 무변틱히[180]의 자식 일코, 도적의게 절박흐야 슈중고혼(水中孤魂) 되야쓰니 천만세를 지닉간들 모친갓치 통박흘가. 혼령이나 외겨거든{와계시거든} 이러타시 만반진수[181]를 흠힝[歆饗]흐고 도라가겨 후싱(後生)의나 다시 만나 셰셰상봉(世世相逢) 모자 되야 다치 못흔 자모지졍(子母之情)을 다시 풀가 바릭난이다. 흐올 말삼 무궁흐오나 눈무리 흘너 옷시 젓고 흉중이 답답흐야 그만 근치난이다. 상힝[尚饗].」

흐며 우난 소릭 용궁(龍宮)의 사못차고 산천이 흠누[182]흐니, 용신(龍神)도 낙누흐고, 산신령도 비감흔다. 이쎡 빅포장(白布帳) 닉외간(內外間)의 귀경흐난 스름더리 원슈의 축문 외오며 우난 소릭를 드르니, 쳘셕간장[183] 안이여든 뉘가 안이 낙누흐며, 초목금슈(草木禽獸) 안이여든 언이 뉘가 안이 울이. 좌우 방빅·수령더른 쌕리난이 눈물이요, 각읍 군수·현령더른 셔로 보고 실피 우니, 그 중의 환과고독[184] 셔룬 스름은 방셩통곡흐난 소릭, 강천이 창망흐야 일월이 무광(無光)흐고, 운

---

180) 무변틱히(無邊大海): 가없는 큰 바다.
181) 만반진수(滿盤珍羞): 상에 가득히 차린 귀하고 맛있는 음식.
182) 흠누(含淚): 눈물을 머금음.
183) 쳘셕간장(鐵石肝腸): 쇠나 돌처럼 굳고 단단한 마음. '매우 단단한 의지나 지조'를 일컫는 말이다.
184) 환과고독(鰥寡孤獨): 홀아비, 과부, 고아, 자식 없는 늙은이.

무(雲霧) 자옥ᄒ아 천지 나직ᄒ다.

제(祭)를 파(罷)ᄒ 후의 왼갓{온갓} 음식 만이 쓰셔 히상의 드리치고, 성즁의 드러와 군사를 호군(犒軍)ᄒ고 길을 쩌나갈시, 각 읍의 션문185) 노코 금능 성즁의 득달ᄒ야 숙소ᄒ고 군사를 쉬난지라.

각셜。 이ᄯᅥ 장부인이 활인동 니쳐사 집의 잇셔 세월을 보ᄂᆡ더니, 일일은 남경의 날이[亂離] 낫단 말을 듯고 탄식 왈,

"흥릴업다. 이제는 주부 속졀업시 죽것다. 우리 츙열이 사라쓰면 평난(平亂)ᄒ고 부모를 차지련마는, 죽긔가 적실ᄒ다."

방성통곡ᄒ더니, 마잠[마참] 니쳐ᄉ 번양의 갓다가 ᄃᆡ명국 도원슈 유츙열이 회수의셔 제사ᄒ난 말을 듯고 빅성 총즁186)의 흠긔 귀경ᄒ다가, 원수 축문 외난 소ᄅᆡ를 듯고 ᄃᆡ경ᄃᆡ히[大驚大喜]ᄒ야 급피 집의 도라와 장부인다려 왈,

"세상의 긔이ᄒ고 의심난 이리 잇난다. 마잠[마참] 오날날 번양의 갓삽다가 오옵더니, 남ᄃᆡ로(南大路)셔 천병만마(千兵萬馬) 드러오며 회수가의 둔취187)ᄒ엿거늘, 무른직 '남경 도원슈 유츙열이 모친을 위ᄒ야 회수의 제사ᄒ다' ᄒ긔로 빅성 흠긔 귀경ᄒ더니, 원슈 소의소관188)으로 만만제물(萬萬祭物)을 진셜ᄒ고 독축(讀祝)ᄒ며 통곡ᄒ난 소ᄅᆡ을 드른직 적실이 부인의 아달이라. 부인 항상{평소} ᄒ시던 말삼을 낫낫치 ᄒ더니다."

부인이 이 말을 듯고 머리를 허부며 ᄯᅡᆼ을 두다리며 왈,

---

185) 션문(先文): 벼슬아치가 지방에 출장할 때 그 도착 날짜를 미리 통지하는 글.
186) 총즁(叢中): 모인 가운데.
187) 둔취(屯聚): 여러 사람이 한 곳에 모여 있음.
188) 소의소관(素衣素冠): 흰옷과 흰 관.

"이게 웬 말이냐? 원슈의 ᄒ던 말을 다시 ᄒ라."

니 처사 ᄃᆡ왈,

"전후슈말(前後首末)리 약차약차[189) ᄒ더니다."

부인이 이 말을 듯고 왈칵 닙더{넙다} 셔며 왈,

"어저 가시. 늬 아달 츙열이 사라왓네. 옥흠을 바더단 말이 웬 말인가?"

통곡ᄒ며 가고저 ᄒ거늘, 처사 말유[挽留] 왈,

"적시리[的實이] 글어할진ᄃᆡ{그러할진대} 늬가 몬져 그 진위(眞僞)를 알고 오리니다."

ᄒ고 나셔거늘,

"원슈 나흔 얼마나 ᄒ며, 제의 외가는 뉘 집이라 ᄒ던가?"

ᄃᆡ왈,

"나흔 이십이요, 외가는 이부상셔 장윤이라 ᄒ더니다."

부인 왈,

"젹시리[的實이] 그러ᄒ구나. 늬 아달 안이면 엇지 늬의 부친 존위190) 를 알야? 밧비 가셔 알아오소."

189) 약차약차(若此若此): 이러이러 함.
190) 존위[尊諱]: 돌아가신 분의 생전의 이름인 諱를 높여 이르는 말.

니쳐사 젼지도지(顚之倒之) 밧비 가셔 금능 셩즁 달여드러 군사를 불너 통자[191]호되,

"만수산 활인동 사난 니쳐사 원슈 젼의 뵈와지라 호난이다."

원슈 '들나' 호니, 쳐사 드러가 비시[拜謝]호고 안진[앉은] 후의 공덕을 층송호니, 원슈 식양(辭讓)호되,

"막비 쳔자의 덕[192]이라 무삼 공이 잇사오며, 무삼 허무리[허물이] 잇셔 누지(陋地)의 욕임[193] 호시닛가?"

쳐사 왈,

"적시리 알고저 호난 이리 잇셔 왓사오나, 어제날 회슈 가의 장공[相公] 독축(讀祝)호난 말삼이 졍녕(丁寧) 그려호온잇가?"

원수 이 말을 드르믹 마음이 자연 비감호야 실피 낙누(落淚) 딕왈,

"귀인(貴人)은 엇지 뭇난잇가? 직시리[的實이] 그러호오니다."
"적시리 그러홀진딕 만고의 드문 이리라. 유주부를 모셔왓다 호니, 유주부는 닉의 쳐숙(妻叔)이라. 젼일의 그런 말삼 호더닛가?"

원슈 딕경 왈,

"션인(先人)의 존호을 부르기 미안호나, 젼일 홀임학사[翰林學士] 니인학과 엇지 되난잇가?"

---

191) 통자(通刺): 처음 만나는 사람에게 자신의 이름을 알림.
192) 막비 천자의 덕: '莫非天子之德'을 풀어 쓴 것으로, '천자의 덕이 아닌 것이 없음'의 뜻.
193) 욕임[辱臨]: '귀한 사람이 낮은 사람의 집을 찾아옴'을 높이어 일컫는 말.

처사 왈,

"늬의 부친이로소이다."

원슈 이 말을 듯고 처사의 손을 잡고 왈,

"존형(尊兄)을 이고듸 와서 만나볼 줄 몽중(夢中)이나 싱각ㅎ오릿가?"

쳐스도 그제야 단무타이[194]라 원슈를 붓들고 비감ㅎ야 왈,

"모친을 지척의 두고 엇지 차질 주{찾을 줄}을 모로난가?"

원슈 이 말을 듯고 정신이 아득ㅎ야 제우 진정ㅎ며 쳐사를 붓들고 왈,

"이게 웬 말인가? 늬의 모친 장부인이 근쳐의 잇단 말리 어인 말가?"

쳐사 원수를 위로ㅎ야 정신을 차린 후의 왈,

"이런 이리{일이} 천만고(千萬古)의 쏘 잇슬가? 나를 싸라가면 모친을 만나리라."

원슈 마음이 건공[195]의 싸여 쳐사를 싸라갈제 전지도지(顚之倒之)ㅎ야 순식간의 쳐사집을 당도ㅎ니, 쳐사 급피 드러가며 장부인을 불너 왈,

"쳐숙모는 어듸 가겨신가? 츙열이 다러왔나니다."

---

194) 단무타이[斷無他意]: 조금도 다른 생각이 없음.
195) 건공(乾空): 허공.

이씩 부인이 쳐사를 보닉고 소식을 알아올가 만심고딕(滿心苦待)ᄒ던 차의, 쯧밧긔 츙열이 다려 왓단 말을 듯고 딕경질싴[大驚失色]ᄒ야 긔졀ᄒ난지라. 츙열이 달여드러 문 압푸 복지(伏地)ᄒ니, 쳐사 구완ᄒ야 졍신을 차린 후의 부인이 여광여취196)ᄒ야 ᄒ난 말리,

"네가 귀신인야? 닉 아달 츙열인야? 닉 아달 츙열은 회슈의 일졍 죽어 서든 엇지 사러 육신(肉身)이 온가? 닉 아달 츙열은 등의 삼틱셩(三台星) 이 표젹으로 박켜난이라."

원슈 급피 옷슬 벗고 져틱{곁에} 안지니, 과연 삼틱셩이 두러시 박켜 잇고, 금자(金字)로 씍인 거시 어졔 본 듯 완연ᄒ니, 서로 부들고 방셩통곡ᄒ난 졍이 만 리 호국의 부친 만날 씩와 비나 더ᄒ지라. 쯧밧긔 모자 상봉ᄒ야쓰니 인지상졍(人之常情)이라, 고금의 달을손야. 죽은 부모 다시 만나 영화 보게 되여쓰니, 반급고 실푼 졍은 일구난셜(一口難說)이라. 부인이 말ᄒ며 츙열이 울고, 츙열이 말ᄒ면 부인이 운니, 쳥쳔일월이 무광ᄒ고 산쳔초목도 다 실어 ᄒ난 듯,

이씩 강승상이며 조낭자 이 말을 듯고 옥교(玉轎)를 갓초와 활인동의 드러올졔 언비쳔리197)라. '회슈의 졔ᄉᄒ던 유츙열이 활인동 닉쳐ᄉ 집의셔 모친을 만낫다'ᄒ니, 각 읍 관장(官長)과 귀킹ᄒ난 사름 금능 셩즁의 드러 셔로 보고 층창ᄒ난 말이,

"이런 말은[일은] 만고(萬古)의 쳐음이라. 엇던 부인은 팔자가 조와 져러 아달 두엇난고?"

---

196) 여광여취(如狂如醉): 몹시 기뻐서 미친 듯, 취한 듯함.
197) 언비쳔리(言飛千里): 발 없는 말이 천 리를 감.

ᄒᆞ며 귀경ᄒᆞ더라. 이ᄯᅵ 강승상이 옥교를 가지고 활인동의 드려가 부인
젼의 예ᄒᆞ고 부인을 모셔 셩즁의 드러올제, 귀경ᄒᆞ난 녀인드리 옥교를
잡고 부인 젼의 ᄇᆡᆨ비치ᄒᆞ(百拜致賀)ᄒᆞ고 송덕(頌德)ᄒᆞ난 소ᄅᆡ 산신령
도 춤을 추고 강산도 우(又) 질기니, ᄒᆞ물며 사름이야 무언(無言)홀가.
부인이 낫낫치 위로ᄒᆞ고 셩즁의 드러와 수일 길기더니, 질을 ᄶᅥ나ᄆᆡ
니쳐사 가권(家眷)을 모도 다 거나리고 황셩의 올나갈제, 활인동 어구
의 삼장(三丈) 셕비(石碑)를 셰워 젼후슈말을 긔록ᄒᆞ고, 셔쳔 삼십육도
사신이며 남만 오국 금은치단 만여 필을 압셰우고, 남경 인물이며 군
사 좌우의 나열ᄒᆞ고, 각 도 각 관 방ᄇᆡᆨ·수령 젼후의 옹위ᄒᆞᆫ디, 귀경ᄒᆞ
난 사름조차 ᄇᆡᆨ 니의 연속ᄒᆞ니, 낭자(狼藉)ᄒᆞᆫ 거동은 천고(千古)의 처
음이라.

원슈 모친과 승상을 모시고 질을 ᄶᅥ나 영능을 바ᄅᆡ보고 ᄒᆡᆼ군ᄒᆞ야 올
나갈제, 일희일비(一喜一悲) 실푼 마음 소연(蕭然)ᄒᆞᆫ심[한숨] 졀노 난
다. 슈즁의 죽은 부모 다시 만나 보나, 강낭자를 어디 가셔 만나 볼가.
모친 보고 승상 보니 남궁가북궁슈198)라. 모친은 옥교 즁의 희식(喜
色)이 만면(滿面)ᄒᆞ야 천만(千萬)근심 ᄯᅵ를 버셔 잇고, 승상은 수ᄅᆡ 우
의 일희일비 실푼 마음 처자(妻子)를 ᄉᆡᆼ각ᄒᆞ야 수심(愁心)이 만면ᄒᆞ
더라.

영능으로 드러올제, 이ᄯᅢ는 츈삼월(春三月)이라. 천지 긔운이 ᄇᆡᄒᆞᆸ
(配合)ᄒᆞ야 만산(萬山)의 홍녹더른[紅綠 들은] 일연일도199) 다시 만나
ᄇᆡᆨ조[百草] 츈경(春景) 닷토올제, 연자200)는 남남201) 인가(人家)를 차

<hr>

198) 남궁가북궁슈(南宮歌北宮愁): 남쪽 궁에서는 노래하고 북쪽 궁에서는 슬퍼함. '한편
으로는 기쁘고 한편으로는 슬픔'을 일컫는 말이다.
199) 일연일도(一年一度): 한 해에 한 번.

자 들고, 호졉202)은 편편203) 화간(花間)의 나라들졔, 남무남무[나무나
무] 셩입[成林]204)호고 가지가지 봄빗시라. 틱평셩디(太平聖代) 댜난
[만난]빅셩, 쳥츈쇼년(靑春少年), 홍안미식(紅顏美色) 쌍쌍이 작반(作
伴)호고, 삼삼오오(三三五五) 답쳥닉205)는 니화도화(李花桃花) 썩거
들고 힝산곡 도라들어 화젼206)호며 길거흘졔, 츈심을 못이긔여 쌍쌍
디무207)호며 노릭호야 유원슈를 송덕호니, 그 노릭 질겁쏘다.

> 「천운(天運)이 순환(循環)호야 디명(大明)이 발가쓰니,
> 만고의 어진 영웅 뉘 집의 낫단 말가?
> 동셩문 다리 인[內]의 유상공의 집이로다.
> 역적이 씨 모로고 뽕나무 활을 미니208),
> 원슈의 가진 칼이 사히(四海)의 발가쏘다.
> 승젼곡(勝戰曲) 흔 소릭여 흅몰도적[陷沒盜賊]호야 천호가 틱평호
> 호국의 죽은 군친209) 고힝의 사라오고
> 여렴(閭閻)의 잇난 처자(處子) 부모 홈긔 동낙(同樂)호니,
> 우리 인군 덕이 놉파
> 일통츈광호시졀[一到春光好時節]의 빅화(百花) 만발 피여쓰니,

---

200) 연자(燕子): 제비.

201) 남남(喃喃): 제비가 지저귀는 소리.

202) 호졉(胡蝶): 나비.

203) 편편(翩翩): 나비가 훨훨 나는 모양.

204) 셩입[成林]: 나무가 자라서 森林을 이룸.

205) 답쳥닉(踏靑네): 봄날에 파릇하게 돋은 풀을 밟으며 거니는 봄놀이를 즐기는 사람들.

206) 화젼(花煎): 꽃으로 전을 부침.

207) 쌍쌍디무(雙雙對舞): 쌍쌍이 마주보며 춤을 춤.

208) 뽕나무 활을 미니: '桑蓬之志'에서 나온 말. 천하를 위하여 공명을 세우고자 하는 큰
    뜻. 옛날 중국에서 남아가 출생하면 뽕나무 활에 쑥대 화살을 당기어 장래에 천하를
    위하여 큰 공을 세우기를 빌며 천지 사방에 쏘았다고 한다.

209) 군친(君親): 임금과 어버이.

화젼(花煎)ᄒᄂᆞᆫ 빅셩드리 뉘 안이 송덕ᄒᆞ리.
우리 유원슈 부모 만나 다남다녀(多男多女)ᄒᆞ옵소셔.」

이러타시 길거ᄒᆞ니 원슈ᄂᆞᆫ 강낭자를 싱각ᄒᆞ야 영능 셩즁의 드러오
니, 이ᄯᅥᆫ[짜]은 승상의 고토210)라. 실푼 마음을 엇지 다 층양ᄒᆞ리요.
긱사의 숙소ᄒᆞ고 월게촌 소시[消息]을 알고자 ᄒᆞ야 사오 일을 유련211)
ᄒᆞ난지라.

각셜。 이ᄯᅥ 강낭자 목심을 도망ᄒᆞ야 쳥슈 가의 오다가 모친은 쳥수
의 ᄲᅡ져 죽고, 낭자ᄂᆞᆫ 영능골 관비(官婢)게 잡펴와 머무나 쳔비(賤婢)
ᄒᆞ난 힝사(行事)가 고금이 달을손아. 낭자를 만단기유212)ᄒᆞ야 틱슈의
수쳥을 드리고져 ᄒᆞ여 수양ᄯᆞᆯ을 삼은 후의 무슈이 훼졀213)코자 ᄒᆞᆫ들
빙셜 갓탄 말근 졀긔 일시를 변ᄒᆞ며, 일월갓치 발근 마음 궁곤214)타고
변홀손야. 이 ᄭᅬ로 모피215)ᄒᆞ고 제 ᄭᅬ로 모피ᄒᆞ니 관장216)의게 욕도
보고 관비의게 믹도 만이 마지니, 가련ᄒᆞᆫ 그 졍상은 참아 보지 못홀
네라.

이ᄯᅥ예 관비 ᄯᆞᆯ ᄒᆞ나가 잇스되, 제 몸은 미쳔ᄒᆞ나 마음은 어지러{어
질어} 믹일 강낭자를 불상이 여겨 그 졀긔를 층찬ᄒᆞ야 제 모(母)를 말
유[挽留]ᄒᆞ고 낭자를 구완ᄒᆞ며 믹양 몸을 밧고와 졔가 슈쳥ᄒᆞ고 낭자
ᄂᆞᆫ 구완ᄒᆞ야 살니난지라.

---

210) 고토(故土): 고향 땅.
211) 유련[留連]: 객지 등에 잠시 머물러 묵고 있음.
212) 만단기유(萬端改諭): 온갖 방법을 다 써서 잘 타이름.
213) 훼졀(毁節): 절개를 깨뜨리고 변절케 함.
214) 궁곤(窮困): 생활 형편이 가난하고 어려움.
215) 모피(謀避): 꾀를 부려 피함.
216) 관장(官長): '관아의 수령'을 가리켜 일컫는 말.

이씨 유원슈 동원[東軒]의 좌긔ㅎ고 사오 일 유련홀졔, 관비 싱각
ㅎ되,

'원슈는 호걸(豪傑)이요, 낭자는 미싴(美色)이라, 이런 씨를 당ㅎ야 수
청을 드려쓰면 원슈의 혹(惑)ㅎ 마음 천만 양(千萬兩)을 앗길손야.'

급피 드러가 힝수217) 션신[現身]ㅎ고 니날[이날] 밤의 낭자를 보뇌
고져 ㅎ더니, 졔의 쌀 연심이 쏘 이 기미를 알고 낭자다려 왈,

"금야(今夜)의 변을 만날 거스니 그딋 싱각ㅎ야 싀양치 말고 드러가
면, 늬가 즁노218)의 잇다가 딕로219) 드러갈 거시니, 글이{그리} 알고
잇스라."

과연 그날 밤의 관비 낭자를 다리고 '귀경가자'ㅎ며 동원으로 가거
늘, 낭자 우시며 왈,

"이제논 염예{염려} 말고 나가라. 원슈의 수청이야 싀양을 엇지ㅎ리요."

관비 딕히ㅎ야 왈,

"네 몸이 과이[과연] 놉푸다. 이 고을 관장(官長)은 무슈이 지뉘되 종
시(終是) 허락지 안이ㅎ더니, 남경 딕사마 도원슈 겸 딕승상 위국공의 수
청은 싀양치 안이ㅎ니, 인물이 잘나고도 볼 거시다. 마음도 놉푸고 소원
도 놉도다. 우리도 소년 시졀의 월게촌 강승상이 ㅎ남졀도사로 와 겨실
제 일등미싴 삼빅여 명 중의 나 혼자 수청드러 금은보화를 만이 바다써

217) 힝수(行首): 한 무리의 우두머리.
218) 즁노(中路): 일을 하여 나가거나 되어 가는 중간.
219) 딕로(代勞): 남을 대신하여 일을 함.

니, 셰월이 웬슈로다."

ᄒ며, 이러타시 비양²²⁰⁾ᄒ고 나가난지라. 이쩌 연심이 제 어미 나가믈 보고 낭자를 늬보늬고 제가 드러가니,

원슈 등촉을 발키고 낭자를 싱각ᄒ야 금낭(錦囊)을 쓸너 낭자의 글을 볼제 일자일체²²¹⁾ᄒ니 실푼 흔심 절노 난다.

'삼경야월(三更夜月)은 꼿가지여 비초난 듯, 공산(空山) 두견(杜鵑) 우지 말라. 너는 뉘를 싱각ᄒ야 장부 간장 다 녹이냐. 낭자는 어듸 가고 속절업난 글 두 귀만 금낭 속의 드러난야. 여관흔등독불면ᄒ니 긱심ᄒ사로 젼체연²²²⁾은 날노 두고 일으미라. 일낙장사추싴원ᄒ니 부지ᄒ쳐조상군²²³⁾은 낭자 볼 길 업시미라. 옛날 사마장경²²⁴⁾은 초년(初年)의 곤궁타가 문장부귀(文章富貴) 겸젼(兼全)ᄒ야 고힝의 도라오니 그 안히 탁문군²²⁵⁾이 문 밧긔 밧비 나와 손을 잡고 드러가고, 낙양 짜 소진(蘇秦)이는 헌순빅결²²⁶⁾ 몸이 되야 곤곤이 지늬더니 육국(六國) 정승인(政丞印)을 차고

---

220) 비양(飛揚): 잘난 체하고 거드럭거림.
221) 일자일체(一字一涕): 한 글자를 볼 때마다 한 번씩 눈물을 흘림.
222) 여관흔등독불면(旅館寒燈獨不眠)ᄒ니 긱심ᄒ사(客心何事)로 젼체연(轉凄然): 여관 쓸쓸한 등불에 잠 못 이루니, 나그네 마음 무슨 일로 더욱더 처연한가. 이 구절은 唐代 高適의 시 〈除夜作〉 중 1구와 2구이다.
223) 일낙장사추싴원(日落長沙秋色遠)ᄒ니 부지ᄒ쳐조상군(不知何處弔湘君): 해는 장사에 지고 가을빛 먼데, 어느 곳에서 상군을 조상할 수 있을지? 이 구절은 唐代 李白의 〈遊洞庭湖詩〉에 나오는 시구이다.
224) 사마장경(司馬長卿): 前漢의 문인 司馬相如의 字. 그는 景帝 때 벼슬에서 물러나 後梁에 가서 〈子虛之賦〉를 지어 이름을 떨쳤는데, 그의 辭賦는 화려하여 漢魏六朝의 문인들이 이를 많이 모방하는 등 모범이 되었다.
225) 탁문군(卓文君): 西漢의 여류 음악인이며, 蜀郡 臨邛의 부호인 卓王孫의 딸. 미모에 거문고를 잘 탔던 그녀는 17세에 과부가 되었으나 司馬相如가 자신의 음악을 알아주므로 당시의 인습을 깨고 함께 成都로 도망했다. 후에 사마상여가 茂陵의 여자를 첩으로 삼으려는 것을 보고 질투하여 〈白頭吟〉을 지었다 한다.

고힝의 도라오니 그 안히 젼지도지(顚之倒之) 나와 인도ᄒ야 드러가되, 딕명국 유츙열은 조년227)의 부모 일코 십싱구사228) 살아나셔 도원슈 딕 승상의 만 리 타국(萬里他國)의 승전ᄒ고 죽은 부모 살여닉여 고힝의 도 라온들, 청수의 죽은 낭자 엇지 와셔 마자가며 소소빅발(素素白髮) 강승 상을 무어시라 위로할가.'

이러타시 흔탄ᄒ고 그 밤을 지닉더니,

이쩍 낭자 연심을 딕로(代勞) 보닉고 침실의 도라와 원슈를 싱각ᄒ 아 자탄(自歎)ᄒ고 잠 못드러 싱각ᄒ되,

'셰상의 수상ᄒ 일도 잇도다. 원슈의 셩명을 드르니, 닉의 낭군과 동셩 동명(同姓同名)이라. 낭군이 적실ᄒ거듸며 응당 월계촌의 들어가 우리집 소식을 무르연만은(물으련마는), 월계촌을 안이 가니 답답ᄒ고 원통ᄒ 다. 연심이 어셔 나오면 진위(眞僞)를 아라보리라.'

ᄒ고, 경경불미(耿耿不寐) 잠 못드러 금낭(錦囊)을 쓸너 노코 낭군이 쥬던 글을 보며 자자(字字)이 낙누(落淚)ᄒ며,

'구천(九泉)의 만나자고 말삼이 잇셔써니, 모진 목심 사라나고 낭군은 죽엇도다. 살긔곳 살아쓰면 딕명국 도원슈를 닉의 낭군박기 ᄒ 리 업견 마는, 몰나보니 답답ᄒ다.'

이튿날 연심이 나오다가 졔 어미를 만나니(마주치니), 관비 그 긔미 를 알고 딕로(大怒)ᄒ야 원수 전의 알외고(아뢰고) 낭자와 연심를 죽이

---

226) 헌순빅결[懸鶉百結]: 노닥노닥 기운 옷.

227) 조년(早年): 어렸을 때. 젊을 때.

228) 십싱구사(十生九死): '九死一生'과 같은 뜻으로, 여러 차례 죽을 고비를 넘고 겨우 살아남.

고자 ᄒᆞ야 급피 드러가 문안(問安)ᄒᆞ고 엿자오ᄃᆡ,

　"소인의 ᄯᆞᆯ이 얼골리 절ᄉᆡᆨ(絶色)이오 ᄐᆡ도 잇난고로 상공 전의 수청을 보ᄂᆡ써니, 제 몸은 피ᄒᆞ고 다로[다른] 연이 ᄃᆡ로(代勞) 드러갓사오니, 두 년을 치죄(治罪)ᄒᆞ옵소셔."

원슈 ᄃᆡ로ᄒᆞ야,

　"ᄃᆡ로 온 년을 나입(拿入)ᄒᆞ라."

연심이 잡펴 드러 게ᄒᆞ(階下)의 복지ᄒᆞ니, 원슈 문왈,

　"너난 부삼[무삼] 욕심으로 ᄃᆡ신을 잘 단이난야? 죽을 ᄃᆡ도 ᄃᆡ로 갈가?"

연심이 엿자오ᄃᆡ,

　"소녀 비록 천비(賤婢)오나 일싱의{살아오는 동안에} 수졀(守節)ᄒᆞ난 ᄉᆞ름을 불상 어기옵더니, 수년 전의 어미 외촌(外村)의 갓다가 엇더ᄒᆞᆫ 녀자를 다려다가 수양ᄯᆞᆯ을 삼아 등ᄂᆡ(等內)마닥 수청을 드리고자 ᄒᆞ되, 그 녀자 구든 졀긔 청천(晴天)의 일월 갓고 삼동(三冬)의 촉불갓치 변홀 긔리 업난고로 소녀 ᄆᆡ양 구졔ᄒᆞ옵더니, 마잠 ᄃᆡ상공(大相公)이 힝차ᄒᆞ옵시ᄆᆡ 그 녀자를 구완ᄒᆞ야 ᄃᆡ로 와ᄉᆞ오니 죄를 주옵소셔."

원슈 이 말을 듯고 마음이 졀노 비감ᄒᆞ야 의심이 나난지라. 다시 왈,

　"그 녀자의 셩명이 무엇시며, '졀긔 잇다'ᄒᆞ니 뉘 집 녀자냐?"

언심이 ᄃᆡ왈,

　"그 녀자 소녀의 사오 년을 동거(同居)ᄒᆞ되, 종시 '셩명을 모론다'ᄒᆞ고

뉘 집이란 말을 안이ㅎ더니다."

원슈 고히{이상하게} 여겨 왈,

"적실리{的實이} 그러홀진딕 밧비 입시(入侍)ㅎ라."

이찍 낭자 연심이 잡펴갓단 말을 듯고 신세를 자탄ㅎ더니, 뜻박긔 관비 십여 명이 나와 잡아나가 게ㅎ의 복지ㅎ니, 원수 창문을 열고 낭자의 상을 보니 숙면229)인 듯ㅎ고, 심신(心神)이 비감ㅎ야 자세이 보니 의상은 남누(襤褸)ㅎ나 긔싱(妓生)되기 싱심(生心) 박기요{밖이요}, 천인(賤人) 자식 앗갑쏘다. 원수 소릭를 나지기 ㅎ야 낭자다려 왈,

"거동(擧動)을 보니 천인 자식 안이요, 녀자의 말을 드러거니와 '수절(守節)을 흔다'ㅎ니 뉘 집 자손이며, 낭자는 누구관딕 청츈소년(靑春少年)의 수절ㅎ며, 무삼 일노 져리 되여 관비 양녀자가 되어난지, 진졍(眞情)을 은위230)치 말고 날다려{나에게} 이르면 알 일이 잇스리라. 말을 자상이 ㅎ라."

ㅎ니, 이찍 낭자 게ㅎ(階下)의 복지ㅎ야 원슈의 말을 드르믹, 낭군과 이별홀 씨 ㅎ직ㅎ고 가던 말리 두 귀예 징징ㅎ야 일분도231) 다르미 엽난지라[없는지라]. 낭자 전일은 도망ㅎ야 왓긔로 성명거지[姓名居住]를 속여쩌니, 마음이 자언[自然] 비감ㅎ야 진정으로 엿자오딕,

"소녀는 다른 사름이 안이라. 이 골 월게촌 사는 강승상의 무남독녀(無男獨女)옵더니, 부친이 말리[萬里] 연경의 귀양간 유주부를 위ㅎ야 상소

---

229) 숙면(熟面): 익숙하게 잘 아는 얼굴.
230) 은위[隱諱]: 꺼리어 숨기거나 감춤.
231) 일분(一分)도: 조금도.

(上疏)ᄒᆞ야써니, 만고역적 졍ᄒᆞᆫ담이 츙신을 모흠ᄒᆞ야 승상을 옥문관의 귀양ᄒᆞ고, 소녀의 모녀를 잡바 궁비속공(宮婢屬公)ᄒᆞ랴 ᄒᆞ고 금부도ᄉᆞ(禁府都事) 와 잡아갈제, 청수의 야간도주(夜間逃走)ᄒᆞ야 모친은 물의 ᄲᅢ져 죽고 소녀도 죽으려 ᄒᆞ더니, 영능 관비(官婢) 외촌(外村)의 갓다 오난 길의 다리고 졔 집의 와 혐악이 무슈ᄒᆞ되, 연심의 심{힘}을 입어 이ᄯᅢ가지 살이쓰나, 오날은 이 말을 원슈 젼의 고ᄒᆞ고 ᄒᆞ릴업시 자결(自決)코져 ᄒᆞ난이다."

원슈 이 말을 듯고 당의 ᄯᅱ여 나려셔며,

"이게 웬 말인가! 영능 ᄐᆡ슈 밧비 불너 강승상을 오시라."

ᄒᆞ니라.

이ᄯᅢ 강승상이 쳐자(妻子)를 ᄉᆡᆼ각ᄒᆞ야 잠을 못자니 몸이 곤ᄒᆞ야 조으더니 ᄯᅳᆺ밧기 원슈 오시란 말의 놀ᄂᆡ어 드러오니, 원슈 왈,

"이게 강낭자 안이온닛가? 강낭자 사라왓난이다."

승상이 이 말을 듯더니 정신이 아득ᄒᆞ야 천지가 캉캄ᄒᆞᆫ지라. 원슈 이별ᄒᆞᆯ ᄯᅢ 셔로 주던 신표(信標)를 ᄂᆡ여 노코 상고[232)] ᄒᆞ니, 일호[233)]도 의심이 업난지라. 승상이 낭자의 목을 안고 궁글며{구르며} 왈,

"ᄂᆡ ᄯᅡᆯ 경화야! 청수의 죽엇다더니 혼ᄇᆡᆨ이 사라왓냐? ᄭᅮᆷ이냐, ᄉᆡᆼ시냐? 너의 낭군 유츙열이 와쓰니 소식 듯고 차자왓냐? 우리집이 쏘[沼]이 되여 양유청청(楊柳靑靑) 푸린[푸른] 가지 빈터만 나마쓰니, 실푼{슬픈} 마음 엇지 다 진졍ᄒᆞ리."

---

232) 상고(相考): 서로 비교하여 살펴봄.

233) 일호(一毫): 하나의 터럭이란 뜻으로, '아주 작은 정도'를 비유하여 일컫는 말.

원슈 낭자를 보고 ᄒ난 말이며 셰셰졍담(細細情談)을 엇지 다 기록
ᄒᆞᆯ가.

이ᄯᅵ 장부인이 ᄂᆡ동원234)의 잇다가 이 기별을 듯고 급피 나와 보니,
낭자 고부지예235)로 문안ᄒᆞ고 살아난 말삼을 자상(仔詳)이 ᄒᆞ니, 장부
인이 손을 잡고 왈,

"셰상 ᄉᆞ름이 고상이 만타 ᄒᆞ나 우리 고부 갓탈손냐?"

이ᄯᅵ 낭자 다려간 관비 혼빅이 상쳔(上天)ᄒᆞ고 간장이 녹난 듯, 원슈
동원[東軒]의 놉피 안져 관비를 자바드려 수죄(數罪) 왈,

"너를 죽일 거시로ᄃᆡ 너 갓탄 쳔기(賤妓)년이 ᄉᆞ름을 아라볼손야? 쳥
수의 가 낭자 구흔 일노 방송(放送)ᄒᆞ난니 덕인 줄 알나."

연심을 불너 무슈(無數)이 치사(致謝)ᄒᆞ고 보ᄂᆡ려 ᄒᆞ니, 낭자 져ᄐᆡ
{곁에} 안져짜가 왈,

"연심은 날과 빅년은인(百年恩人)이니, 일시 치사(致謝)ᄲᅮᆫ 안이라 평
싱을 홈긔 지ᄂᆡ고져 ᄒᆞ나니 황셩으로 다려가사이다."

원슈 그 말을 올이{옳이} 여겨 연심을 불너,

"부인을 착시리 모시라."

연심이 황공ᄒᆞ여 ᄒᆞ더라.

원슈 젼후사연을 낫낫치 긔록ᄒᆞ야 나라의 장계(狀啓)ᄒᆞ고 길을 ᄯᅥ나

---

234) ᄂᆡ동원[內東軒]: 지방관아에 있던 안채.
235) 고부지예(姑婦之禮): 시어머니와 며느리 간의 지켜야 할 예의범절.

올시, 장부인은 금덩[236]을 타고 강낭자와 조낭자는 옥교(玉轎)를 타고 좌우로 모시고, 강승상은 수리 타고 오국 사신이 모셔난듸, 원슈는 일광주(日光胄)·용인갑(龍鱗甲)의 장셩검(將星劍)을 들고 듸완마[237]상(上) 놉피 안자 오마듸(五馬隊)로 힝군ᄒ야 완완[238]이 나오니, 그 거동과 그 영화는 쳔고의 쳐음이라.

계양역을 지닉여 쳥수 가의 다다르니, 소부인 죽던 고시라[곳이라]. 원슈 승상을 위ᄒ야 영능 틱슈 밧비 불너 졔물(祭物)을 작만[장만]ᄒ야, 승상을 주인 삼고 조낭자는 집사(執事) 되야 원슈는 축관(祝官) 되고 독축(讀祝)ᄒ며 통곡ᄒ난 말리 회슈의 모친 졔사홀 썻와 다름 업더라.

졔를 파ᄒᆫ 후의 힝군ᄒ야 올나올졔, 이쩍 쳔자와 황틱후며 연왕과 조정의셔 츙열을 가달국의 보닉고 주야(晝夜) 싱각ᄒ며 '장부인을 차자오난가'ᄒ야 일야(日夜) 흔탄ᄒ더니, 쯧박긔 원슈의 장계(狀啓)를 보고 질거온 마음 층양업시며, 장안 빅셩더리 닉 말을 듯고 각각 자식을 보랴 ᄒ고 다토와 나오더라.

쳔자와 틱후와 연왕이 빅니 박기[밖에] 나와 마질시, 원슈의 위염을 보니 셔쳔 삼십육도며 남만 오국이며 금은예단(金銀禮緞)과 일등미식(一等美色)드리 차례로 말을 타고, 오국 사신이 션봉 되야 낭자ᄒ게 드러오고, 그 가온듸 금덩[金덩]·옥교 쩌오난듸 강낭자는 좌편(左便)이오 조낭자는 우편(右便)이라. 좌우 쳥장[靑旌] 고여난듸, 금슈단[239] 양

---

236) 금(金)덩: 호화롭게 장식한 가마.
237) 듸완마(大宛馬): 천리마. 大宛國에서 생산되는 천리마는 붉은 피 같은 땀을 흘린다고 한다. 대원국은 漢나라 때 옛 소련 타시켄트 지방에 있었던 나라이다.
238) 완완(緩緩): 동작이 느릿느릿함. 천천함.
239) 금슈단(錦繡緞): 수를 놓은 비단.

산딕240)은 반공의 소사쏘다.

강승상이 수릭 우의 놉피 안자 오며 군사 전후 나열ᄒ고, 그 뒤의 싸로난이 십장홍모241) 사명긔(司命旗)는 흔가온딕 셰워오고, 용졍봉긔242) 딕장긔(大將旗)며 긔치창검(旗幟槍劍) 삼쳔병마 젼후의 작딕(作隊)ᄒ고, 승젼고(勝戰鼓)와 힝군고(行軍鼓)는 원근(遠近) 산쳔의 진동ᄒ며, 도원슈는 일광주·용인금·장셩검 놉피 들고 쳔사마(天賜馬) 빗겨 타고 황용슈(黃龍鬚)를 거사리고{치셰우고} 봉(鳳)의 눈을 반만 쎠셔 군사를 직쵹ᄒ니, 웅장흔 거동은 일딕장관(一大壯觀)이요 쳔추(千秋)의 피문243)이라.

이쎡 장안 만민(萬民)이 남젹의 잡펴갓던 며나리며 쌀이며 동싱더리 본국의 도라온단 말을 듯고, 호산딕 십니 쓸의 빈틈업시 마조[마즁] 나와 각각 만나 옥수나삼(玉手羅衫) 부여잡고 가루던{그리던} 그 졍곡244) 못닉{무쳑이나} 질거ᄒ야, 우름소릭 우심소릭 반공(半空)의 뒤셕기어 호산딕가 쎠나간 듯, 원슈를 지사[致謝]ᄒ고 장부인을 치사ᄒ난 소릭 낭자ᄒ야 요란ᄒ고, 금산셩ᄒ 다다르니 쳔자와 황딕후 옥연[玉輦]의 밧비 나려 장막 박기 나셔니, 원슈 긥주를 갓초고 군례(軍禮)로 션신[現身]ᄒ니, 쳔자와 팁후 원슈의 손을 잡고 못닉 치사 왈,

"과인의 슈족(手足)을 만 리 타국의 보닉고 주야 염예ᄒ더니, 이럿타시 무사이 도라오니 질거운 마음 엇지 다 츙찬ᄒ며, 회슈의 죽은 모친

240) 양산딕(陽繖臺): 양산으로 만든 의장대. 양산은 日傘 모양과 비슷한데, 가로로 넓은 헝겊을 둘러 꾸며서 아래로 늘어뜨렸다.
241) 십장홍모(十丈紅毛): 10장 되는 길이의 붉은 털.
242) 용졍봉긔(龍旌鳳旗): 용과 봉황이 그려진 깃발.
243) 피문[表聞]: 드러나 알리어져 본보기가 될 만함.
244) 졍곡(情曲): 간곡한 정.

다러온다 ㅎ니 만고의 업난 일이며, 옥문관의 강승상과 쳥수의 죽은 강
낭자를 살여오니 쳔추(千秋)의 드문 일이라. 그듸의 은혜는 빅골난망(白
骨難忘)이라, 그 말이야 엇지 드ㅎ리요."

황틱후 원슈를 치사흔 후의 강승상을 부르시니, 승상이 밧비 드러와
복지ㅎ니, 쳔자 나려와 승상의 손을 잡고 위로 왈,

"과인이 불명(不明)ㅎ여 역적의 말을 듯고 충신을 원방(遠方)의 보닉
스니, 무삼 면목으로 경(卿)을 딕면(對面)ㅎ리요. 그러ㅎ나 왕사245)는 물
논246)ㅎ오."

이쩍 황틱후 승상을 보고 ㅎ시난 말삼이야 엇지 다 셩언247)ㅎ리.
이쩍 연왕이 다른 사쳐(私處)의 잇다가 장부인이 금뎡을 타고 오물
보고 마음이 건공(乾空)의 쩌셔 츙열이 나오기를 고딕ㅎ더니, 원슈 쳔
자게 물너나와 부왕 젼의 복지 쥬왈,

"불효자(不孝子) 츙열이 남적을 소멸ㅎ고 오난 질의 회슈의 와 졔사ㅎ
읍다가 쳔힝(天幸)으로 모친 만나 왓난이다."

연왕이 반가오물 칭양치 못ㅎ야 왈,

"너의 모친이 어닉 오난야?"

이쩍 장부인 니모{이믜} 장(帳) 박기 잇다가 주부의 말소릭를 듯고
반가온 마음은 엇덧타 홀 수 업셔 여광여취(如狂如醉) 드러가니, 연왕

245) 왕사(往事): 지나간 일.
246) 물논(勿論): 잘잘못을 따지지 말라.
247) 셩언[形言]: 말로 표현함.

이 부인을 붓들고 왈,

"그되 일정 장상셔의 딸임인거? 멀고 먼 황천 길의 죽은 사름드 사르
오난 법이 잇난가? 회수 창파 만경 즁의 빅골이 되야슬졔 엇년 사름이
살여왓나? 뉘 집 자손이 모셔왓나? 츙열아! 네가 일정 살여왓나?"

북방 쳔리만리(千里萬里) 호국의 잡피여 죽게 되 유주부와 만경창파
(萬頃蒼波) 회슈 즁의 십년 전의 일은 장씨 다시 만나 질길 줄과, 칠세
(七歲) 자식 환란 즁의 이럿더니[잃었다가] 다시 만나 영화 볼 줄 몽즁
(夢中)이나 싱각훌가.

장부인이 셕장동 마쳘의 집의 잡펴 갓던 말이며, 옥흡[玉函]을 가지
고 야간 도망ᄒ야 노구(老嫗)집의셔 환(患) 만나던 말이며, 옥흡을 물
의 너코 죽으려 ᄒ다가 활인동 니쳐사 집의 사라난 말을 낫낫치 셜화
(說話)ᄒ며 질기니, 그 졍곡(情曲)은 층양치 못훌네라.

원슈 졋틔 안자다가 왈,

"소자 가달국의 갓실졔 적진 션봉이 마쳘의 삼형졔라. 흔 칼의 베혀
웬수를 갑푸난이다."

연왕과 부인이 못늬 길기더라.

쳔자를 모시고 셩즁의 드러올ᄉ 자식 만나 치ᄒᄒ난 소리며 만조졔
신(滿朝諸臣) ᄒ례(賀禮)ᄒ난 말을 엇지 다 긔록ᄒ리.

이ᄯ 황후·틔후 강낭자를 입시ᄒ야 젼후왕사를 낫낫치 무를졔, 부
인의 고상흔 말을 낫낫치 ᄒ고 셔로 울며 장부인이 치사(致詞)ᄒ긔를
마지안이ᄒ더라.

이ᄯ 원슈가 쳔자와 부왕을 모셔 황극젼[248)]의 젼좌[249)]ᄒ시고 오국

사신 례를 바다 문목수죄[250]흔 연후의, 옥관도ᄉ를 잡바드려 게ᄒ의 업지리고 슈죄 왈,

"간사흔 도사놈아! 네 천지조화지술(天地造化之術)을 빈화 졍흔담을 가라쳐, 신긔흔 영웅이 황셩 니의 잇난 주른 알고, 광덕산의 사러나셔 너 죽일 주른 모로난야? 네 젼일의 졍흔담다려 ᄒ기를 '천지일시[251]라 급격 믈실(急擊勿失)ᄒ라'더니, 엇지 조고만흔 유츙열을 못 자바셔[잡아서] 너의 놈더리 몬져 다 죽난야?"

도사 엿자오디,

"픾군지장(敗軍之將)은 불가이어룡[252]이라 ᄒ니 차막비천명[253]이라, 무삼 말삼 ᄒ오릿가만은, 소인이 신긔흔 술법을 빈와 젼장(戰場)의 나올 졔, 사히 신장(四海神將)이며 디명국 강산신령(江山神靈)과 천귀만신(千鬼萬神)과 이미망양[254] 어두귀면지졸[255]과 천지기벽(天地開闢) 후의 신장귀졸(神將鬼卒)을 모도 다 불너닉여 지위간[256]의 너허두고, 승천입

---

248) 황극젼(皇極殿): 황제가 정사를 보는 궁전.
249) 젼좌(殿座): 왕이 정사 처리하거나 신하의 조회 받기 위해 옥좌에 나와 앉음.
250) 문목수죄(問目數罪): 범죄 행위를 들추어내 죄인을 신문함.
251) 천지일시(千載一時): 천년에 한 번 올 수 있는 기회.
252) 픾군지장(敗軍之將)은 불가이어룡(不可以語勇): ≪漢書≫〈韓信傳〉의 "망한 나라의 대부는 살기를 도모하지 않고, 싸움에서 패한 장수는 용기를 말하지 않는다.(亡國之 大夫, 不可以圖存, 敗軍之將, 不可以語勇.)"에서 나온 말.
253) 차막비천명(此莫非天命): 이것은 천명이 아닌 것이 없음.
254) 이미망양(魑魅魍魎): 山川·木石의 精靈에서 생겨난다는 온갖 종류의 도깨비와 귀신 을 일컫는 말.
255) 어두귀면지졸(魚頭鬼面之卒): 물고기 머리에 귀신 낯짝을 한 졸개들이라는 뜻으로, '어중이떠중이'나 '지지리 못난 사람들'을 낮잡아 일컫는 말. 어두귀면은 고기 대가리 에 귀신 상판대기라는 뜻으로, '망측하게 생긴 얼굴 또는 지지리 못난 사람'을 일컫는 말이다.
256) 지위간[指揮間]: 지시할 수 있는 가까운 거리.

지(昇天入地)ᄒ여 셩산셩히(成山成海)ᄒ며 변화 무궁터니, 그 중의 유독
셔히 광덕산 빅용사의 잇난 노승과 남히 형산 화션관이 소인 영(令)을 좃
지{좇지} 안이ᄒ고로 고이 알어삽더니, 젼일 유원슈 졉젼(接戰)ᄒ시는
법을 보오니 급쥬창검도 쳔신(天神)의 조화거니와, 빅용사 노승은 원슈
우편의 옹위ᄒ고 남악 형산 화션관은 좌편의 시위혀쓰니, 소인인들 엇
지호릿가? 주판지세257)로 싸오기는 이리 될 주를 알아쓰나, 죽사온들
무삼 혼이 잇사오릿가?"

원슈 마음의 그놈의 지조를 탄복ᄒ고 군사를 지촉하야 장안시(長安
市)이 쳐참(處斬)ᄒᆫ 후의 오국 사신을 각각 도라보니고,

황셩 동문밧 인가(人家)를 다 허러{헐어} 별궁(別宮)을 지은 후의 직
쳡(職牒)을 도도올시, 산동 육국의 드러오난 결총258)은 모도 다 연왕
의 부치고{농사짓게 하고}, 원슈로 남평·여원 양국(兩國) 옥시를 주워
남만 오국을 차지하야 녹(祿)을 부쳐쓰되, 딕사마 딕장군 겸 승상 인수
(印綬)를 주어 국중만사259)를 모도 다 막겨 실하[膝下]의 써나지 못ᄒ
게 ᄒ고, 장부인으로 졍열부인(貞烈夫人)의 겸 동궁야후 연국왕후를
봉하야 경양궁의 거쳐ᄒ게 ᄒ고, 강승상으로 달왕 직쳡을 주어 빈사지
위260)의 잇게 ᄒ고, 강부인으로 졍숙부인(貞淑夫人)의 겸 동궁후(東宮
后) 언셩왕후[仁聖王后]를 봉하야 시녀 삼빅의 강승상의 위장261) 삼아
봉황궁의 거쳐ᄒ고, 활인동 이쳐사로 간의틱부262) 도훈관263)의 이부

---

257) 주판지세(走坂之勢): 가파른 산비탈을 내리달리는 형세라는 뜻으로, '사람의 힘으로
　　는 어찌할 도리가 없어 되어 가는 대로 맡겨둘 수밖에 없는 형세'를 일컬음.
258) 결총(結總): 논밭 면적의 총계. 토지 면적을 표시하던 단위인 목(結)·짐(負)·뭇(束)
　　의 통틀어 일컫는 말이다.
259) 국중만사(國中萬事): 나라 안의 모든 일.
260) 빈사지위(賓師之位): 諸侯에게 빈객의 대우를 받던 학자의 지위.
261) 위장(衛將): 호위하는 장수.

상셔(吏部尚書)를 겸ᄒ야 육조(六曹)를 다시리게 ᄒ고, 영능 관비 연심
으로 남평왕의 후궁을 봉ᄒ야 인셩왕후 직첩을 주워 봉황궁의 강부인
을 모시고, 그 나문[남은] 제장(諸將)은 차러로[차례로] 벼살을 도도
니라.

이ᄯᅵ 남국의 잡펴가 강승상을 부모갓치 섬긔던 녀자는 다른 사름이
안이라, 술 ᄒᆫ잔 바다들고 원슈 젼의 자례²⁶⁴⁾ᄒ던 노인의 ᄯᆯ이라. 그
노인을 불너 상면ᄒᆫ 후의 조낭자로 남평왕의 우부인을 봉ᄒ고, 그 오
릭비[오라비]로 총융ᄃᆡ장(總戎大將)을 삼아 그 아비를 봉양ᄒ게 ᄒ니,
상ᄒ 인민이 송덕ᄒᄂᆫ 소릭 천지 진동ᄒ니 그 안이 틱평인가 ᄒ노라.

[金東旭所藏本]²⁶⁵⁾

---

262) 간의틱부(諫議太夫): 정치상 또는 천자의 언동에 대하여 간언을 담당하는 관리.(諫議
   大夫)
263) 도훈관(都訓官): 훈련관 가운데 으뜸자리.
264) 자례[自禮]: 스스로 예를 갖춤.
265) 이 대본은 완판 86장본으로『景印 古小說板刻本 全集 2』(김동욱 편)의 335~377면
   에 수록되어 있다.

찾아보기

〈유충렬전〉 관련 연구 논저와 논문 목록

〈자료집〉

『유충렬전』, 동미서시, 1915.

『유충렬전』, 동양서원, 1925.

「유충렬전 대호평」, 『매일신보』 6월 11일, 매일신보사, 1936.

『유충렬전』, 세창서관, 1952.

『유충렬전』, 김인성, 공동문화사, 1954.

『유충렬전』, 영화출판사, 1956.

『유충렬전』, 이홍우, 을유문화사, 1962.

『조웅전/유충렬전 외』, 정휘창·윤운강, 정음사, 1969.

『조웅전/장국진전/전우치전/ 유충렬전』, 한국대표문학편집위원회, 홍진출판사, 1975.

『유충렬전/임진록 외』, 김기동, 양우당, 1977.

『유충렬전』, 서대석 편, 형설출판사, 1977.

『유충렬전』, 장덕순 편, 희망출판사, 1978.

『유충렬전/조웅전』, 장덕순 편, 일신각, 1980.

『유충렬전/조웅전』, 민족문화사, 1981.

『유충렬전/전우치전/최고운전』, 한국고전연구회 편, 지하철문고사, 1981.

『유충렬전/장국진전』, 금성출판사, 1985.

『유충렬전/홍계월전』, 최태권·김복련, 문예출판사, 1990.

『유충렬전』, 편집부 편, 삼중당, 1991.

『안락국전/유충렬전/음양삼태성』, 김기동·전규태 편, 서문당, 1994.

『임경업전/유충렬전/박씨전/최척전/장국진전』, 보성출판사, 1994.

『유충렬전/홍계월전』, 태학사, 1994.

『배비장전/조웅전/운영전/유충렬전』, 김은전·이문규 편, 선영사, 1995.

『유충렬전/최고운전』, 최삼룡·이월영·이상구 역주, 고려대학교 민족문화연구소, 1996.

『유충렬전』, 김광순 편, 박이정, 2002.

『유충렬전』, 구인환 엮음, 신원문화사, 2004.

『유충렬전/정비전』, 김유경·이윤석 교주, 이회출판사, 2005.

『유충렬전: 푸른 담쟁이 우리문학』, 조성기, 웅진씽크빅, 2005.

『유충렬전』, 김형양, 현암사, 2006.
『유충렬전』, 김원석, 영림카디널, 2007.
『유충렬전』, 이상구 옮김, 지식을만드는지식, 2010.
『유충렬전』, 아이반 엮음(우한용·김기형 감수), 한국톨스토이, 2011.
『유충렬전』, 신충행, 꿈소담이, 2011.
『천사마 높이 날고 장성검 번뜩이다』, 김하연 풀어씀, 나라말, 2012.
『충심으로 칼을 들다: 〈유충렬전〉』, 유영소, 미래엔 휴이넘, 2013.
『유충렬전』, 이병찬, 푸른생각, 2015.
『유충렬전: 천상의 별이 지상에 내려와 나라를 구하니』, 장경남, 휴머니스트, 2016.

〈연구논저〉
김용기, 『고소설 출생담의 연원과 변모 과정』, 책사랑, 2015.
김현양, 『한국 고전소설사의 거점』, 보고사, 2007.
류탁일, 『완판방각소설의 문헌학적 연구』, 학문사, 1983.
박일용, 『영웅소설의 소설사적 변주』, 월인출판사, 2003.
오세정·조현우, 『고전, 대중문화를 엿보다: 젊은 인문학자의 발칙한 고전 읽기』, 이숲, 2010.
윤보윤, 『고전소설의 영웅인물과 담론양성』, 보고사, 2017.
임치균, 『고전소설 오디세이: 고전의 바다에서 건져올린 35편의 우리소설』, 글항아리, 2015.
최혜진, 『고전서사문학의 문화론적 인식』, 박이정, 2009.

〈학위논문〉
강인혜, 「〈최고운전〉과 〈유충렬전〉 비교연구」, 홍익대학교 교육대학원 석사학위논문, 2005.
김도환, 「고전소설 군담의 확장방식 연구」, 고려대학교 국어국문학과 박사학위논문, 2010.
김민영, 「〈유충렬전〉의 이원론적 세계관 연구」, 중앙대학교 교육대학원 석사학위논문, 2011.
김선정, 「적강형 영웅소설 연구: 〈유충렬전〉·〈유문성전〉·〈김진옥전〉·〈소대성전〉을 중심으로」, 경남대학교 국어국문학과 석사학위논문, 1990.
김숙영, 「조선후기 영웅소설과 현대 판타지소설 비교 연구」, 창원대학교 교육대학원 석사학위논문, 2011.
김용기, 「인물 출생담을 통한 서사문학의 변모양상 연구」, 중앙대학교 국어국문학과 박사학위논문, 2008.
김지혜, 「〈유충렬전〉의 시공간적 성격과 의미」, 숙명여자대학교 교육대학원 석사학위논문, 2009.
김진희, 「〈유충렬전〉·〈홍계월전〉 비교를 통한 영웅소설 교육방안 연구」, 아주대학교 교육대학원 석사학위논문, 2013.

김혜란, 「〈유충렬전〉 연구」, 조선대학교 교육대학원 석사학위논문, 2002.

문방근, 「〈유충렬전〉 연구」, 경희대학교 교육대학원 석사학위논문, 1994.

박은미, 「영웅소설에 나타난 조력자의 유형과 역할: 〈홍길동전〉·〈유충렬전〉·〈용문전〉을 중심으로」, 성신여자대학교 국어국문학과 석사학위논문, 2013.

손길원, 「고소설에 나타난 道仙思想 연구」, 경희대학교 국어국문학과 박사학위논문, 1998.

송도찬, 「〈유충렬전〉의 傳承本 연구」, 고려대학교 교육대학원 석사학위논문, 1987.

엄태웅, 「방각본 영웅소설의 지역적 특성과 이념적 지향」, 고려대학교 국어국문학과 박사학위논문, 2012.

윤경미, 「군담소설에 나타난 '苦難克復過程' 연구: 〈조웅전〉·〈유충렬전〉을 中心으로」, 수원대학교 국어국문학과 석사학위논문, 2003.

윤보윤, 「고전소설에 나타난 영웅인물의 유형과 형상화 연구」, 충남대학교 국어국문학과 박사학위논문, 2013.

이강호, 「협동학습을 통한 〈유충렬전〉의 지도방안 연구」, 충남대학교 교육대학원 석사학위논문, 2013.

이경숙, 「〈유충렬전〉 욕망성취의 담론적 의미」, 부산대학교 교육대학원 석사학위논문, 1998.

임일수, 「수준별 이동학습을 통한 〈유충렬전〉의 교육방안 연구」, 충남대학교 교육대학원 석사학위논문, 2012.

장영진, 「〈유충렬전〉 연구」, 경원대학교 교육대학원 석사학위논문, 1991.

전동식, 「작자의식을 통한 작품의 구조적 연구: 〈유충열전〉을 중심으로」, 공주사범대학교 교육대학원 석사학위논문, 1987.

조덕순, 「〈유충렬전〉 유형 연구」, 경남대학교 교육대학원 석사학위논문, 1990.

조동권, 「한글필사본 〈유충렬전〉 書體 연구」, 원광대학교 서예학과 석사학위논문, 2001.

조병훈, 「영웅소설 〈유충렬전〉 지도방안 연구」, 순천대학교 교육대학원 석사학위논문, 2000.

조치성, 「〈임진록〉·〈유충렬전〉과 〈삼국지연의〉의 창작방법 비교 연구」, 가천대학교 국어국문학과 석사학위논문, 2014.

차영숭, 「〈유충렬전〉의 학습지도 방안 연구」, 청주대학교 교육대학원 석사학위논문, 2012.

〈연구논문〉

강문종, 「일제시대 〈유충렬전〉의 수용 양상」, 『고소설연구』 31, 한국고소설학회, 2011.

권미숙, 「20세기 중반 책장수를 통해 본 활자본 고전소설의 유통 양상」, 『고전문학과 교육』 20, 한국고전문학교육학회, 2010.

김동욱, 「〈유충렬전〉과 〈충렬굿〉」, 『문헌과 해석』 54, 태학사, 2011.

김민수, 「〈유충렬전〉의 태몽 연구」, 『단산학지』 4, 전단학회, 1998.

_____, 「〈유충렬전〉의 기자정성에 대하여」, 『단산학지』 5, 전단학회, 1999.

_____, 「〈유충렬전〉의 화소 '활약'에 대하여」, 『단산학지』, 6, 전단학회, 2000.

김민수, 「〈유충렬전〉의 적대자 고」, 『단산학지』 8, 2002.

_____, 「〈유충렬전〉의 결연에 대하여」, 『연민학지』 10, 연민학회, 2002.

김병권, 「작명으로 본 〈유충렬전〉의 인물 연구」, 『한국문학논총』 60, 한국문학회, 2012.

김선정, 「諷降型 영웅소설 연구: 〈유충렬전〉·〈유문성전〉·〈김진옥전〉·〈소대성전〉을 중심으로」, 『인문논총』 2, 경남대학교 인문과학연구소, 1990.

김영실, 「〈유충렬전〉 작품의식」, 『어문집』 29, 진주교육대학교, 1985.

김용기, 「고소설 인물 출생담의 기능과 의미 고찰: 영웅소설·애정소설을 중심으로」: 『어문논집』 36, 중앙어문학회, 2007.

_____, 「〈유충렬전〉에 나타난 '액운-재난-회운'의 구조」, 『우리문학연구』 56, 우리문학회, 2017.

김재웅, 「영남지역의 선비 집안과 필사본 고전소설의 유통」, 『선비문화』 11, 남명학연구원, 2007.

_____, 「영남지역 필사본 고소설에 나타난 여성 향유층의 욕망」, 『한국고전여성문학연구』 16, 한국고전여성문학회, 2008.

김현양, 「〈유충렬전〉과 "가족애(家族愛)"」, 『고소설연구』 21, 한국고소설학회, 2006.

김현주, 「고소설과 구술적 서사 패턴: 〈유충렬전〉에 나타나는 반복 병치 및 중첩 연쇄의 서사 패턴을 중심으로」, 『고소설연구』 11, 한국고소설학회, 2001.

박일용, 「〈유충렬전〉의 문체적 특징과 그 소설사적 의미」, 『홍대논총』 25, 홍익대학교, 1993.

_____, 「〈유충렬전〉의 문체적 특징」, 『한글』 226, 한글학회, 1994.

박일용·진경환, 『〈유충렬전〉의 서사구조와 소설사적 의미 재론, 질의」, 『고전문학연구』 8, 한국고전문학회, 1993.

백사영, 「영웅소설의 작품구성에 관한 고찰: 〈조웅전〉·〈유충렬전〉·〈이대봉전〉의 비교 검토」, 『이화』 28, 이화여자대학교, 1973.

성현경, 「〈유충렬전〉 검토: 〈소대성전〉·〈장익성전〉·〈설인귀전〉과 관련하여」, 『고전문학연구』 2, 한국고전문학회, 1974.

손태도, 「조선후기 '영웅소설'을 위하여」, 『고전문학과 교육』 3, 한국고전문학교육학회, 2001.

송소라, 「여성국극 〈유충렬전〉의 형성 배경과 지향성」, 『국어국문학』 162, 국어국문학회, 2012.

신동일·정재민, 「영웅소설에 나타난 전쟁 양상」, 『육사논문집』, 육군사관학교, 1991.

신재홍, 「〈유충렬전〉의 감성과 가족주의」, 『고전문학과 교육』 20, 한국고전문학교육학회, 2010.

심우장, 「〈유충렬전〉의 담론 특성과 미학적 의의」, 『관악어문연구』 28, 서울대학교 국어국문학과, 2003.

안기수, 「영웅소설 〈유충렬전〉의 게임 스토리텔링 연구」, 『어문논집』 51, 중앙어문학회, 2012.

유탁일, 「완판 〈유충렬전〉의 문헌학적 분석」, 『어문교육논집』 5, 부산대학교 국어교육과, 1981.

윤경미, 「군담소설에 나타난 고난 극복 과정 연구: 〈조웅전〉, 〈유충렬전〉을 중심으로」, 『기전어문학』 14·15, 수원대학교 국어국문학과, 2003.

윤보윤, 「영웅소설의 층위적 과업 연구: 〈권익중전〉과 〈유충렬전〉을 중심으로」, 『어문연구』 68, 어문연구학회, 2011.

이상구, 「〈유충렬전〉의 갈등 구조와 현실 인식」, 『어문논집』 34, 안암어문학회, 1995.

이상설, 「英雄小說의 의미구조 연구: 홍길동·유충렬을 중심으로」, 『인문과학논총』 2, 성결대학교 인문과학연구소, 1997.

임성래, 「〈유충렬전〉의 대중소설적 연구」, 『연민학지』 2, 연민학회, 1994.

임재욱, 「악신징치 신화소의 두 유형, 해양형과 내륙형 비교 연구」, 『구비문학연구』 33, 한국구비문학회, 2011.

장우석, 「〈유충렬전〉, 父權 표상의 몰락 서사」, 『우리문학연구』 27, 우리문학회, 2009.

전상경, 「〈소대성전〉과 〈유충렬전〉의 상관성 연구」, 『고소설연구』 1, 한국고소설학회, 1995.

정인혁, 「〈유충렬전〉의 인물 구성과 서술적 특성」, 『한국고전연구』 24, 한국고전연구학회, 2011.

정하영, 「尋父談의 연원과 문학적 형상화」, 『한국고전연구』 21, 한국고전연구학회, 2010.

조병훈·이상구, 「〈유충렬전〉의 작품구조와 역사적 성격」, 『어학연구』 12, 순천대학교 어학연구소, 2001.

최혜진, 「〈유충렬전〉의 문학적 형상화 방식」, 『고전문학연구』 13, 한국고전문학회, 1998.

하성란, 「〈유충렬전〉의 서사구조 연구: '소명'과의 관계를 중심으로」, 『동방학』 25, 한서대학교 동양고전연구소, 2012.

역주자 신해진(申海鎭)

경북 의성 출생
고려대학교 국어국문학과 및 동대학원 석·박사과정 졸업(문학박사)
현재 전남대학교 인문대학 국어국문학과 교수
BK21플러스 지역어 기반 문화가치 창출 인재양성 사업단장

저역서
『이와전/투첩성옥/옥당춘낙난봉부』(보고사, 2016)
『왕경룡전/용함옥』(역락, 2016), 『한국고전소설의 이해』(공저, 박이정, 2012)
『용문전』(지만지, 2010), 『장풍운전』(지만지, 2009), 『소대성전』(지만지, 2009)
『한국 고소설의 이해』(공저, 박이정, 2008), 『권칙과 한문소설』(보고사, 2008)
『서류 송사형 우화소설』(보고사, 2008), 『조선조 전계소설』(월인, 2003)
『조선후기 가정소설선』(월인, 2000), 『역주 조선후기 세태소설선』(월인, 1999)
『조선후기 우화소설선』(공편, 태학사, 1998) 이외 다수의 저역서와 논문

완판방각본 유충렬전

2018년 9월 7일 초판 1쇄 펴냄

역주자 신해진
펴낸이 김흥국
펴낸곳 보고사

책임편집 김하놀
표지디자인 손정자

등록 1990년 12월 13일 제6-0429호
주소 경기도 파주시 회동길 337-15 보고사 2층
전화 031-955-9797(대표), 02-922-5120~1(편집),
02-922-2246(영업)
팩스 02-922-6990
메일 kanapub3@naver.com/bogosabooks@naver.com
http://www.bogosabooks.co.kr

ISBN 979-11-5516-368-9 93810
ⓒ 신해진, 2018

정가 23,000원